〔漢〕韓嬰 撰
許維遹 校釋

韓詩外傳集釋

中華書局

圖書在版編目(CIP)數據

韓詩外傳集釋/(漢)韓嬰撰;許維遹校釋. —北京:中華書局,2020.8(2022.9 重印)
ISBN 978-7-101-14660-8

Ⅰ.韓… Ⅱ.①韓…②許… Ⅲ.①《韓詩外傳》-注釋②《詩經》-詩歌評論 Ⅳ.I207.222

中國版本圖書館 CIP 數據核字(2020)第 130019 號

責任編輯:劉 明
責任印製:陳麗娜

韓詩外傳集釋

〔漢〕韓 嬰 撰
許維遹 校釋

*

中 華 書 局 出 版 發 行
(北京市豐臺區太平橋西里 38 號 100073)
http://www.zhbc.com.cn
E-mail:zhbc@zhbc.com.cn
三河市鑫金馬印裝有限公司印刷

*

850×1168 毫米 1/32 · 11¾印張 · 2 插頁 · 260 千字
2020 年 8 月第 1 版 2022 年 9 月第 2 次印刷
印數:3001-6000 册 定價:35.00 元

ISBN 978-7-101-14660-8

出版説明

西漢初年傳授詩經的，有魯、齊、韓、毛四家，其中魯、齊、韓三家列爲學官。韓詩一派的創立者是韓嬰，文帝時爲博士官，景帝時做常山太傅。漢書儒林傳説，「嬰推詩人之意而作内外傳數萬言」，内傳在兩宋之間就亡失了，只有外傳還留存着。但現在我們所看到的韓詩外傳，據考證已不是原書之舊，非但卷數不同（漢志作六卷，今本及隋唐志均作十卷），即内容可能也有一部分經過後人的修改了。

這部韓詩外傳，按照儒林傳的説法，應該是一部闡述經義的書，但實際情況不是這樣。從散見于宋以前古籍中一些零星的佚文看來，儒林傳的説法大致符合於已經亡失的内傳，而現存外傳的體例卻跟劉向的新序、説苑、列女傳等相類似，都是先講一個故事，然後引詩以證。這原是古人著述引詩的慣例，創始於論語，以後墨子、孟子都有，而荀子則最多。荀子引詩，常在一段議論之後用作證斷。四庫提要説：「王世貞稱外傳引詩以證事，非引事以明詩，其説至確。」因此四庫館臣認爲外傳已無關於詩義，只把它附在經部詩經類的最後，這是對的。然而它記録了一些古代的故事和傳説，並且又可藉以校勘諸子古籍，所以還是有一定的價值的。

清人考訂全書的，以趙懷玉的校和周廷寀的注爲最著。這兩部書，在一年内相繼印出，但互不相見，所校各有異同，因此互有得失。吴棠合刊爲一書，一般都認爲是善本。

許維遹先生收集了有關的校注材料和不同版本，約有數十種之多，並旁及諸子、類書和其他材料，悉心剪裁，同時加上他自己的意見，撰成本書。但到許先生去世時止，本書尚非定稿。現經我們校讀，核對引文，統一體例，改正了一些誤字、標點和個别文字，排印出來，供研究者參考。

本書定名爲韓詩外傳集釋，實際上，許先生的勞動更多的是花在集校這一部分上，僅有少數地方作了集釋的工作。由於許先生已作古人，我們未加更改。

許維遹（一九〇五——一九五一）號駿齋，山東榮城人。畢業於北京大學中國文學系，在清華大學（包括抗戰時期的西南聯大）任教多年，著有吕氏春秋集釋、管子集校及本書，還有一部燕禮考未完成。

中華書局編輯部

一九七九年十一月

目録

韓詩外傳卷第二

韓詩外傳卷第三

韓詩外傳卷第四

韓詩外傳卷第五

韓詩外傳卷第六

韓詩外傳卷第七

韓詩外傳卷第八

韓詩外傳卷第九

韓詩外傳卷第十

韓嬰小傳

漢書儒林傳云：韓嬰，燕人也，孝文時爲博士，景帝時至常山太傅。嬰推詩人之意而作外傳數萬言，維遹案：秦更年翻元本（下簡稱元本）、明沈辨之野竹齋本（下簡稱沈本）、程榮校本（下簡稱程本）同，毛子晉汲古閣本（下簡稱毛本）、清張晉康校明虞海本（下簡稱張本）「外」上有「内」字，今本漢書同。其語頗與齊魯間殊，然歸一也。淮南賁生受之。「賁」音「聞」。○維遹案：元本、沈本同，毛本、張本無「賁音聞」三字。燕趙間言詩者由韓生。韓生亦以易授人，推易意而爲之傳。燕趙間好詩，故其易微，惟韓氏自傳之。武帝時，嬰嘗與董仲舒論於上前，其人精悍，處事分明，仲舒不能難也。後其孫商爲博士，孝宣時涿郡韓生其後也。

韓詩外傳卷第一

第一章

曾子仕於莒，得粟三秉。方是之時，曾子重其祿而輕其身。親没之後，齊迎以相，楚迎以令尹，晉迎以上卿。方是之時，曾子重其身而輕其祿。懷其寶而迷其國者，不可與語仁。窘其身而約其親者，不可與語孝。任重道遠者，不擇地而息。家貧親老者，不擇官而仕。故君子橋褐趨時，當務爲急。元本、沈本、毛本、學津討源刻元劉節齋手鈔本（下簡稱劉本）同，明鍾惺本（下簡稱鍾本）、黄錫禧校本（下簡稱黄本）、楊宗震本（下簡稱楊本）「橋」作「矯」。○俞樾云：「橋」「矯」並叚字。周疑爲「矯」，非也。「矯褐」乃雙聲連語，即文選射雉賦之「揭驕」，語有倒順耳。射雉賦云「眄箱籠以揭驕，睨驍媒之變態」，徐爰注曰：「揭驕，志意肆也。」又曰：「楚辭揭驕字作拮矯。」善曰：「楚辭曰：意恣睢以拮矯。」今按「揭驕」蓋有急欲赴之之意，故射雉賦用之。其下云「鬱軒翥以餘怒，思長鳴以效能」，正其義也。此云「矯褐趨時」，矯褐之與揭驕，聲異而義同，亦猶楚辭之爲「拮矯」。古義存乎聲，不泥其形也。傳云：不逢時而仕，任事而敦其慮，維遹案：詩北門篇「王事敦我」，釋文引韓詩曰：「敦，迫。」爲之使而不入其謀，貧焉故也。詩曰：「夙夜在公，實命不同。」

第二章

傳曰：夫行露之人許嫁矣，然而未往也。見一物不具，一禮不備，守節貞理，守死不往。列女傳貞順篇「貞理」作「持義」，「守死」作「必死」。○周廷寀云：疑當從〔列女〕傳作「必」。君子以爲得婦道之宜，列女傳貞順篇「宜」作「儀」。○梁端云：御覽作「宜」，「儀」「宜」古字通用。詩角弓「如食宜飫」，韓詩作「儀」。故舉而傳之，揚而歌之，以絕無道之求，防汙道之行乎？詩曰：「雖速我訟，亦不爾從。」

第三章

孔子南遊適楚，至於阿谷之隧，有處子佩璜而浣者。「璜」舊作「瑱」，列女傳辯通篇亦作「瑱」。○梁端列女傳校注本作「璜」。校云：「璜」舊誤「瑱」。案瑱，充耳也，非佩玉，從詩女曰雞鳴疏引校改。太平御覽資產部六引韓詩外傳作「璜」，今外傳亦誤作「瑱」。○維遹案：梁校是也。類聚九、御覽（據景宋本，下同）五百七十七、又八百十九、事類賦十一引「瑱」並作「璜」，今據正。孔子曰：「彼婦人其可與言矣乎？」抽觴以授子貢，維遹案：「抽觴」與下文「抽琴」一例。御覽七十四引「抽」作「執」。「執」爲「盩」之壞字。呂氏春秋節喪篇「涉血盩肝以求之」，高注：「盩，古抽字。」蓋御覽所據本作「盩」，今本作「抽」，此古今字也。曰：「善爲之辭，以觀其語。」子貢曰：「吾北鄙之人也，將南之楚。逢天之暑，思心潭潭，列女傳辯通篇「潭潭」作「譚譚」。○王照圓云：

「潭」「譚」蓋皆「燂」之借音耳。説文云：「燂，火熱也。」疑作「燂」爲是。願乞一飲，以表我心。」周廷寀云：「表」，列女傳〈辯通篇〉作「伏」。婦人對曰：「阿谷之隧，隱曲之氾，其水載清載濁，流而趨海，欲飲則飲，何問於婢子！」「何問於婢子」舊作「何問婦人乎」。○趙懷玉云：御覽七十四引作「何問於婢子」，列女傳辯通篇同。○許瀚云：御覽引是也。「子」與上文「氾」「海」韻，如今本則失其韻矣。蓋「婢」譌爲「婦」，「子」譌爲「乎」，「人」乃「於」之爛字也。讀者覺「何問人婦乎」不可通而乙轉之，益失其真。○維遹案：趙許校是。書鈔百五十九、御覽八百二十六引作「何問婢子」，省「於」字。禮記曲禮篇：「自世婦以下自稱曰婢子。」此亦婦人自稱之詞，故當以「婢子」爲是。今據正。受子貢觴，沈本、毛本、劉本同，元本「受」作「授」。○維遹案：本或作「授」，與御覽七十四引合。作「受」字是。迎流而挹之，奐然而棄之，從流而挹之，「從」舊作「促」。○趙本作「從」。校云：舊作「促」。案上文云「迎」，是逆也，此云「從」，乃順也。作「從」爲是，據御覽〈七十四〉、列女傳〈辯通篇〉改正。○維遹案：趙校是也，今據正。奐然而溢之，坐置之沙上。維遹案：御覽七十四引「坐」上有「跪」字，列女傳辯通篇作「跪置沙上」。案古人跪坐不分，此疑校者據列女傳注「跪」字於「坐」旁，御覽誤合之耳。曰：「禮固不親授。」子貢以告。孔子曰：「丘知之矣。」抽琴去其軫，以授子貢曰：「善爲之辭，以觀其語。」子貢曰：「嚮子之言，穆如清風，不悖我語，和暢我心。於此有琴而無軫，願借子以調其音。」婦人對曰：「吾野鄙之人也，僻陋而無心，五音不知，安能調琴？」子貢以告。孔子曰：「丘知之矣。」抽絺綌五兩以授子貢，維遹案：「五兩」猶言「五匹」。古之布帛，每匹兩端對卷，故謂之兩。易賁「束帛戔戔」，子夏傳「五匹爲束」，禮記雜記篇「束五兩」，則五兩即五匹也。儀禮士冠禮：「束帛儷皮」，鄭注：「束，十端也。」每匹兩端，則十端亦爲五匹。或稱五匹，或稱五兩，名雖不同，其實一也。曰：「善爲之辭，以觀其語。」子貢曰：「吾北鄙之人也，將南之楚。於此有絺綌五兩，吾不敢以當子身，敢置之水浦。」維遹案：列女傳辯通篇作「願注之水旁」。説文水部：「浦，水瀕也。」吕氏春秋召類篇：「堯戰於丹水之浦」，高注：「浦，岸也，一曰崖也。」「浦」「旁」聲轉義同。婦人對曰：「行客之人，嗟然永久，「行客之人，嗟然永久」，舊作「客之行差遲乖人」。沈本、張本、毛本、劉本亦作「客之行差遲乖人」，元本作「客之行，差然乖久」。○趙懷玉云：句有譌。御覽八百十九作「行客之人，嗟然永久」，列女傳〈辯通篇〉同。○許瀚云：御覽引是也。「久」與下文「鄙」「子」「矣」韻，如今本則失其韻矣。鄕於吴市見黄蕘圃孝廉所藏沈本前五卷，係依元本校勘者，元本與御覽所引悉合，則今本之誤自明始也。又云：此章多韻語。「楚」「暑」韻，「潭」「心」韻，「汜」「海」「子」韻，「風」「心」「音」韻，「心」「琴」韻，「楚」「浦」韻，「久」「鄙」「子」「矣」韻。而「風」不讀「豐」，「久」不讀「九」，與古音部分合。即如孔叢子儒服篇子高説起於後世，亦周末之文也。○維遹案：趙許校是，今據補正。分其資財，棄之野鄙。吾年甚少，何敢受子？子不早去，今竊有狂夫守之者矣。」周廷寀云：「守」〈列女〉傳辯通篇作「名」，此下傳尚有「子貢以告孔子，孔子曰：丘已知之矣，斯婦人達於人情而知禮」二十四字。

詩曰：「南有喬木，不可休思，元本、沈本、張本、毛本、劉本同。○趙懷玉云：「思」毛本作「息」，乃後人所改，今從詩考。許瀚云：今毛詩作「不可休息」，朱子詩集傳舊本「休息」下有注云：「吴氏曰：韓詩作思。」故王浚儀詩考序謂「文公集傳不可休思，從韓詩也。」案：吴氏謂才老，才老不及見韓詩，當即據外傳言之。漢有游女，不可求思。」此之謂也。許瀚云：自「抽觴以授子貢」「授」字至引詩「漢有游女」「游」字，共三百六十字，本多脱去，程榮、胡文煥、唐琳、鍾惺本皆然。其不脱者，薛汝修芙蓉泉書屋本、沈辨之野竹齋本、毛子晉汲古閣本。薛本每葉十八行，行十八字，每章首行頂格，次行以下皆低一格，故每葉實三百六字。此章所脱，乃薛本之第二葉也。案孔叢子儒服篇：「平原君問子高曰：吾聞子之先君南游，過乎阿谷，而交辭於漂女，信有之乎？答曰：阿谷之言，起於近世，殆是假其類以行其心者之爲也。」宋洪氏容齋隨筆亦議之，是此文久爲儒者所詬病，不惜毀棄者已。獨怪此葉諸家展轉傳刻，皆不之覺，變薛本之行款而聯次其已脱之文，抑何可笑也。

第四章

哀公問孔子曰：「有智者壽乎？」「智」下舊脱「者」字。○趙懷玉云：説苑雜言篇作「有智者壽乎」，家語五儀解「智者」上無「有」字。○趙善詒云：孔子集語孔子御篇引「智」下有「者」字。○維遹案：趙校是也，今據補。**孔子曰：「然。人有三死而非命也者，自取之也。居處不理，飲食不節，佚勞過度者，病共殺之。**舊脱「佚」「度」二字。○趙懷玉云：説苑〈雜言篇〉作「佚勞過度者」，家語〈五儀解〉同。此似脱二字。○趙善詒云：趙校甚是。〈孔子〉集語〈孔子御篇〉引同説苑，作「佚勞過度者」，且下文「求索不止」「忿不量力」俱四字爲句，其例正同。○維遹案：趙校是也，今據補。**居下而好干上，嗜欲無厭，求索不止者，刑共殺之。少以敵衆，**沈本、張本、鍾本、黃本、楊本、毛本、劉本、程本同，元本「敵」作「獲」。趙善詒云：孔子集語孔子御篇引「敵」作「犯」，犯者侵人也，以少侵衆，故謂忿不量力，與下「侮」字相對，當據正之。説苑〈雜言篇〉、家語〈五儀解〉、文子〈符言篇〉俱作「犯」，可證。**弱以侮强，忿不量力者，兵共殺之。故有三死而非命也者，**「命」下舊脱「也」字。○維通案：此複舉上文，「命」下當有「也」字，説苑雜言篇有「也」字，今據補。

自取之也。」詩曰：「人而無儀，不死何爲。」

第五章

傳曰：在天者莫明乎日月，在地者莫明於水火，在人者莫明乎禮義。故日月不高則所照不遠，水火不積則光炎不博，禮義不加乎國家則功名不白。故人之命在天，國之命在禮。君人者降禮尊賢而王，荀子天論篇、彊國篇「降」作「隆」。○趙懷玉云：「降禮」疑是「隆禮」。○許瀚云：漢書揚雄傳甘泉賦「隆厥福兮」，文選作「降厥福兮」。「隆」由「降」得聲，同聲者相假借，或亦不必改字也。○俞樾校同。○維通案：許俞校是。重法愛民而覇，好利多詐而危，權謀傾覆而亡。詩曰：「人而無禮，胡不遄死。」

第六章

君子有辯善之度，荀子修身篇「辯」作「扁」。○王念孫云：「扁」讀爲「徧」，「辯」亦古「徧」字也（説見日知録）。徧善者，無所往而不善也。君子依於禮則無往而不善，故曰徧善之度。以治氣養性，則身後彭祖。修身自强，則名配堯禹。維通案：「性」與「生」通。荀子修身篇作「生」。又「修身自强」，荀子「修」上有「以」字。本書因上文「以治氣養性」之「以」字直貫此句，故省「以」字。全書多有此例，説詳第八章。**宜於時則達，厄於窮則處，**荀子作「宜於時通，利以處窮」。○王引之云：「時」與「處」同義，外傳蓋未達「時」字之義而增改其文。**信禮者也。凡用心之術，由禮則理達，不由禮則悖亂。飲食衣服，動靜居處，由禮則和節，**「和節」舊作「知節」。○趙本作「和節」。校云：本皆作「知節」，今依荀子修身篇文改。○維遹案：趙校是也，今據正。**不由禮則墊陷生疾。**維遹案：荀子修身篇「墊」作「觸」。「觸」當作「溺」，字之誤也。「墊」「溺」同義。尚書皋陶謨篇「下民昏墊」，僞孔傳：「墊，溺。」後漢書明帝紀「下生愁墊」，章懷注：「墊，溺也。」左傳成公六年「郇瑕氏土薄水淺，其惡易覯。易覯則民愁，民愁則墊隘，於是乎有沈溺重膇之疾」，杜注：「墊隘，羸困也。」孔疏：「方言云：墊，下也。地之下濕狹隘，猶人之羸瘦困苦。」是「墊陷」與「墊隘」「溺陷」義亦相因。**容貌態度，進退趍步，**「趍步」舊作「移步」。○趙本作「趍步」。校云：舊作「移步」，譌。荀子修身篇作「趨行」，此乃「趍」字誤爲「移」也。○維遹案：趙校是也。「移」本作「迻」，與「趍」形近。論語鄉黨「趨進翼如也」，唐寫本「趨」作「趍」。疑今本之誤，自唐始也。趍步與趨行同義。今據正。**由禮則雅，不由禮則夷固。**舊作「由禮則夷國」。○趙本作「由禮則雅，不由禮則夷固」。校云：本皆作「由禮則夷國」，譌脱殊甚。今依荀子〈修身篇〉補正。荀云：「不由禮則夷固僻違，庸衆而野。」楊注：「夷，倨也。固，陋也。」○周廷寀校同。○維遹案：趙周校是。今據正。**故人無禮則不生，**舊作「政無禮則不行王」。○趙本作「故人無禮則不生」。校云：舊本「故」字譌作「政」，又脱「人」字。「不生」作「不行」。有「王」字，屬下句。今案「行」字衍，「王」乃「生」之譌，俱依荀子〈修身篇〉改正。○維遹案：趙校是也，今據正。**事無禮則不成，國無禮則不寧，王無禮則死亡無**

日矣。詩曰：「人而無禮，胡不遄死。」

第七章

傳曰：不仁之至忽其親，俞樾云：「忽」當作「忍」，字之誤也。「忍其親」與下「倍其君」「欺其友」文義相稱。字誤作「忽」，則無義矣。不忠之至倍其君，不信之至欺其友。此三者，聖人之所殺而不赦也。詩曰：「人而無禮，不死何爲。」

第八章

王子比干殺身以成其忠，尾生殺身以成其信，「尾生」舊作「柳下惠」。○郝懿行云：柳下惠殺身以成其信，未見所出。○趙懷玉云：柳下惠不證岑鼎，呂氏春秋審己篇、新序節士篇皆載之，此所謂成其信也。説苑立節篇作「尾生」，此泥殺身而失之者也。尾生之信，豈可與比干夷齊並論哉！○俞樾云：此當從説苑作「尾生」，方與殺身義合。若柳下惠，豈有殺身之事哉？至云「尾生之信豈可與比干夷齊並論」，則古人之語固不斤斤於此。史記蘇秦傳：「今有孝如曾參，廉如伯夷，信如尾生，得此三人者以事大王，何若？」陳丞相世家：「魏無知曰：今有尾生孝己之行，而無益於勝負之數，陛下何暇用之乎？」漢書東方朔傳：「勇若孟賁，捷若慶忌，廉若鮑叔，信若尾生。」是尾生之信，固古人所盛稱。莊子盜跖篇，世之所謂賢士者，亦以伯夷叔齊與尾生相連而及。何必改此文之尾生爲柳下惠，而轉使柳下惠受殺身之誣乎？○維遹案：俞校是也，今據正。**伯夷叔齊殺身以成其廉。此四子者，皆天下之通士也。**「四」舊作「三」。○維遹案：「三」當作「四」。比干、尾生、伯夷、叔齊，凡四人，不得言三子。説苑立節篇三正作四，今據正。何允中本、日本關嘉纂注説苑皆無「柳下惠殺身以成其信」九字，「四子」作「三子」。而韓詩外傳諸本皆有此九字，「四子」均作「三子」，或校者據説苑無此九字本妄改，此其致誤之由也。**豈不愛其身哉？爲夫義之不立，名之不顯，則士恥之，故殺身以遂其行。由是觀之，卑賤貧窮，非士之恥也。夫士之所恥者，**舊脱「夫士之所恥者」一句。○趙善詒云：「非士之恥也」一句直接下文，文義殊未明順。説苑〔立節篇〕此句下有「夫士之所恥者」一句，此似奪之，宜補入。○維遹案：趙校是也，今據補。**天下舉忠而士不與焉，舉信而士不與焉，舉廉而士不與焉。三者存乎身，名傳於世，**周廷寀云：「世」上説苑〔立節篇〕有「後」字。**與日月並而不息，**「而」下舊脱「不」字。趙本有「不」字。校云：「不」字脱。○維遹案：趙校是也，今據補。此「不」字趙據説苑立節篇補。趙氏凡删補本書，前已舉書名，後不再舉，此其通例也。**天不能殺，地不能生，當桀紂之世，不之能污也。**維遹案：「不」下「之」字疑涉上文而衍。説苑立節篇無。**然則非惡生而樂死也，惡富貴好貧賤也，**維遹案：「非」字直貫下句「惡富貴」。「而」字上文已言，故下「好」字上從省，與説苑立節篇「非惡富貴而樂貧賤也」句異而義同。本書卷二第八章「不崇仁義尊賢臣」「不」字亦直貫下句「尊賢臣」，而説苑建本篇作「不崇仁義，不尊賢臣」。其例正與此同。此「惡富貴」上趙本據説苑補「非」字，未必能復本書之舊。考本書之文，多有所本，而每增減其文，與本書不必盡同。説苑又採自本書，亦不必盡同。校者但可疏通其文義，若必强求其同，反失其真矣。

由其理尊貴及己而仕，不辭也。「仕」下舊有「也」字。○維遹案：「也」字本在下文「富而可求」下，錯移於此。説苑立節篇作「士不辭也」，「仕」「士」古通用，亦無「也」字。今據刪。孔子曰：「富而可求也，雖執鞭之士，吾亦爲之。如不可求，從吾所好。」「求」下舊脱「也」字，「吾亦爲之」下脱「如不可求，從吾所好」八字。○維遹案：「也」字及「如不可求，從吾所好」八字，當據論語述而篇補。説苑立節篇亦有此文，「如」作「而」，「而」上有「富」字，蓋校者不解「如」「而」同義，乃依上文妄增「富」字。趙本據説苑補，不如據論語之爲當。故阨窮而不憫，勞辱而不苟，然後能有致也。詩曰：「我心匪石，不可轉也。我心匪席，不可卷也。」此之謂也。

第九章

原憲居魯，環堵之室，茨以蒿萊，蓬户甕牖，揉桑而爲樞，「揉」舊作「桷」，「爲」舊作「無」。○沈本、張本、鍾本、黄本、楊本、毛本、劉本、程本亦作「桷桑而無樞」，元本作「桷桑而爲樞」。○周廷寀云：「桷」新序節士〔篇〕作「揉」，「而無」作「以爲」。疑此誤，當從新序。○維遹案：周校是也，惟「而」字非誤文，「而」與「以」同義。「桷」新序作「揉」，「無」元本作「爲」，今據正。莊子讓王篇、高士傳作「桑以爲樞」。上漏下溼，匡坐而絃歌。子貢乘肥馬，衣輕裘，中紺而表素，軒車不容巷而往見之。「軒」下舊脱「車」字。○趙本有「車」字。校云：本皆脱「車」字，據莊子〔讓王篇〕、新序〔節士篇〕補。○維遹案：趙校是也，今據補。高士傳作「巷不容車」。原憲楮冠黎杖而應門，正冠則纓絶，振襟則肘見，納履則踵決。子貢曰：「嘻！先生何病也？」原憲仰而應之元本、沈本、張本、毛本、劉本、程本同，鍾本、黃本、楊本「仰」作「抑」。○郝懿行云：「仰」舊本作「抑」。○維遹案：本或作「仰」，與新序節士篇合。曰：「憲聞之，無財之謂貧，學而不能行之謂病。憲貧也，非病也。若夫希世而行，比周而友，學以爲人，教以爲己，仁義之匿，車馬之飾，衣裘之麗，憲不忍爲之也。」維遹案：莊子讓王篇、新序節士篇、高士傳「匿」作「慝」，古亦通用。上三「之」字，義猶「是」也。子貢逡巡，面有慙色，不辭而去。原憲乃徐步曳杖歌商頌而反，聲滿於天地，如出金石。「滿」舊作「淪」。○維遹案：「淪」當作「滿」，字之誤也。莊子讓王篇、新序節士篇並作「滿」，今據正。天子不得而臣也，諸侯不得而友也。故養身者忘家，養志者忘身。身且不愛，孰能忝之？周廷寀云：「忝」新序節士篇作「累」。詩曰：「我心匪石，不可轉也。我心匪席，不可卷也。」

第十章

傳曰：所謂士者，雖不能盡乎道術，必有由也。「盡」下舊有「備」字。○維遹案：「盡」與「備」同義，「備」字衍文。蓋一本作「盡」，一本作「備」，校者誤合，亦或校者據家語五儀解注「備」字於下文「盡」字旁，而錯移於此耳。「雖不能盡乎道術」與下「雖不能盡乎美善」文同一例。荀子哀公篇、大戴禮哀公問五儀篇、家語五儀解並無「備」字，今據刪。雖不能盡乎美善，必有處也。「美」下「善」字舊作「著」。○趙本作「善」。校云：「善」字本譌作「著」。案大戴禮哀公問五儀篇作「雖不能盡善盡美」，家語五儀解作「遂不能備百善之美」。作「善」字是。○維遹案：趙校是也，今據正。言不務多，務審其所謂，行不務多，務審其所由而已。以上四句舊作「言不務多，務審所行而已」。○維遹案：此與下文不相接，有脱文。尋繹下文，僅以行言二者承之，則此當據荀子哀公篇作「言不務多，務審其所謂，行不務多，務審其所由而已」。荀子云：「知不務多，務審其所知。言不務多，務審其所謂。行不務多，務審其所由。」家語五儀解略同。案荀子舉知言行三者，此取言行二者。本書節録荀文，家語全録之，故不盡同。全書例多類此。行既已尊之，言既已由之，俞樾云：「尊」字無義，當讀爲「遵」。後漢書蔡遵傳「遵美屏惡」，漢平都相蔣君碑「遵五併四」，今論語作「尊五美」，是「尊」與「遵」通也。爾雅釋詁：「遵，循也。」「行既已遵之」，與「言既已由之」同義。若肌膚性命之不可易也。詩曰：「我心匪石，不可轉也。我心匪席，不可卷也。」

第十一章

傳曰：君子潔其身而同者合焉，善其音而類者應焉。荀子不苟篇「潔」作「絜」，「身」作「辯」，「音」作「言」。○王先謙云：「潔其身」「善其言」對文。馬鳴而馬應之，牛鳴而牛應之，非知也，其勢然也。故新沐者必彈冠，新浴者必振衣，莫能以己之皭皭容人之混沄然。「沄」舊作「污」。○趙善詒云：「混污」當作「混混」。文子上德篇：「混混之水濁，可以濯吾足乎。」○維遹案：趙校近是。「污」爲「沄」之譌。廣韻：「沄，户昆切。」音義與「渾」同，而書傳「渾」與「混」通，是「沄」「混」亦通。混沄即混混也。本書與文子字異而音義不異。「然」猶「焉」也。楚辭卜居篇作「安能以身之察察受物之汶汶者哉」，字異而義同。荀子不苟篇作「其誰能以己之潐潐受人之掝掝者哉」，楊注：「潐潐，明察之貌。掝掝，昏也。」即本楚辭。案：「皭」「潐」聲類同。莊子逍遥遊篇「爝火不息」，呂氏春秋求人篇「爝」作「焦」，説文口部：「噍」或從「爵」作「嚼」，此「嚼」與「潐」相通之證也。又荀子「掝掝」即「惑惑」別體。楚辭「汶汶」即「昏昏」假借。其與本書「混沄（混）」義皆爲昏濁貌。今據正。詩曰：「我心匪鑒，不可以茹。」

第十二章

荊伐陳，陳西門壞，周廷寀云：説苑立節〔篇〕「壞」作「燔」。因其降民使脩之，維遹案：説苑立節篇「使」字在「因」下。孔子過而不式。子貢執轡而問曰：趙懷玉云：「子貢」説苑〔立節篇〕作「子路。」「禮過三人則下，二人則式。今陳之脩門者衆矣，夫子不爲式，何也？」孔子曰：「國亡而弗知，不智也。知而不争，非忠也。争而不死，非勇也。「争」舊作「亡」。○周廷寀云：説苑〔立節篇〕云「忠而不死，不廉」，亦疑有誤。○趙善詒云：「亡而不死」疑當作「争而不死」，蓋承上「知而不争」句。「知而不争」承上「國亡而弗知」句，三句本一貫而下也。「争」作「亡」，涉上「國亡」之「亡」而誤。○維遹案：趙校是也，今據正。脩門者雖衆，不能行一於此，吾故弗式也。」詩曰：「憂心悄悄，慍于群小。」小人成群，何足禮哉？

第十三章

傳曰：喜名者必多怨，維遹案：淮南子詮言篇「喜名」作「喜德」，文子符言篇作「善怒」。管子宙合篇「夫名實之相怨久矣」，與本書義合。又樞言篇「得者怨之本也」，與淮南子義合。當各依本書爲解。好與者必多辱。

唯滅跡於人，能隨天地自然，爲能勝理而無愛名。名興則道不用，道行則人無位矣。夫利爲害本，而福爲禍先。唯不求利者爲無害，不求福者爲無禍。詩曰：「不忮不求，何用不臧。」

第十四章

傳曰：聰者耳聞，明者目見。「耳」「目」兩字舊均作「自」。○劉師培云：兩「自」字爲「耳」「目」之誤。說苑雜言篇作「聰者耳聞，明者目見」。○維遹案：劉校是也，今據正。聰明則仁愛著而廉恥分矣。周宗杬云：「聰明」下說苑雜言（篇）有「形」字。故非其道而行之，雖勞不至。「非」下舊脱「其」字。○維遹案：「非」下當有「其」字。此與下「非其有而求之」對文。說苑雜言篇正有其字，今據補。非其有而求之，雖強不得。故智者不爲非其事，廉者不求非其有，是以害遠而名彰也。詩云：「不忮不求，何用不臧。」

第十五章

傳曰：安命養性者不待積委而富，名號傳乎世者不待勢位而顯，德義暢乎中而無外求也。信哉，賢者之不以天下爲名利者也。詩曰：「不忮不求，何用不臧。」

第十六章

古者天子左五鐘，右五鐘。舊脱「右五鐘」三字。○維遹案：下文云「將出則撞黄鐘，而右五鐘皆應之，入則撞蕤賓，而左五鐘皆應之」，（今本脱「而左五鐘皆應之」七字，説詳下。）並承此而言。尚書大傳作「天子左五鐘，右五鐘」。初學記十六、御覽五百六十五引作「天子左右五鐘」，即約此文。今據大傳補。將出，則撞黄鐘，而右五鐘皆應之。馬鳴中律，駕者有文，御者有數。立則磬折，拱則抱鼓，行步中規，折旋中矩。然後太師奏升車之樂，告出也。入則撞蕤賓，而左五鐘皆應之，舊脱「而左五鐘皆應之」七字。○維遹案：尚書大傳有此七字，與上文「將出則撞黄鐘，而右五鐘皆應之」詞例正同。今據補。以治容貌。容貌得則顔色齊，顔色齊則肌膚安。蕤賓有聲，鵠震馬鳴，及倮介之蟲，無不延頸以聽。在内者皆玉色，在外者皆金聲。然後少師奏升堂之樂，即席告入也。此言音樂相和，物類相感，同聲相應之義也。維遹案：尚書大傳「音樂」作「至樂」。詩云：「鐘鼓樂之。」此之謂也。

第十七章

枯魚銜索，幾何不蠹？二親之壽，忽如過客。「客」舊作「隙」。○許瀚云：文選古詩十九首「忽如遠行客」，注引作「忽如過客」。「隙」與「索」「蠹」爲韻，「客」亦爲韻。蓋韓本作「客」，説苑建本篇作「隙」，家語致思篇亦作「隙」，後人因以改韓傳耳。○維遹案：許校是也，今據正。**樹木欲茂，霜露不使。**「使」上舊有「凋」字。○趙本無「凋」字。校云：「使」上本皆衍「凋」字。説苑建本篇作「不使」，今據刪。○許瀚云：刪之是也。「凋使」無解，或欲「凋」斷句，「使」屬下讀，亦不可通。且「使」與「待」韻，以「凋」爲句，則失其韻矣。○維遹案：趙許校是，今據刪。**賢士欲養，**舊作「賢士欲成其名」。○許瀚云：説苑（建本篇）作「賢者欲養」，案此言養親，非言成名，當依説苑改作「賢士欲養」。○維遹案：許校是也，今據刪補。**二親不待。故曰：家貧親老，不擇官而仕也。**舊脱「故曰」「也」三字。○許瀚云：「家貧親老」二句説苑（建本篇）上有「故曰」二字，下有「也」字，乃應上文之辭。韓傳既脱上文，讀者不知，因刪棄之矣，今當依補。○維遹案：許校是也，今據補。**詩曰：「雖則如㷇，父母孔邇。」**「㷇」舊作「燬」。○許瀚云：「燬」當依詩考所引後漢書（周磐傳）注改作「㷇」。説文引詩亦作「㷇」，而「燬」別爲字，「㷇」「燬」音義同，得通用也。○陳喬樅校同。○維遹案：許校是也，今據正。**此之謂也。**許瀚云：此章有脱文。説苑建本篇：「子路曰：負重道遠者（家語致思篇「道」作「涉」），不擇地而休，家貧親老者不擇祿而仕。昔者由事二親之時，常食藜藿之實，而爲親負米百里之外。親没之後，南遊於楚，從車百乘，積粟萬鍾，累茵而坐，列鼎而食，願食藜藿爲親負米之時，不可復得也。」下「枯魚銜索」云云，與韓傳略同，惟無詩詞。案説苑此文蓋即采之韓傳。韓引詩「雖則如燬，父母孔邇」，正對子路食藜藿爲親負米言之。脱此數行，則不知引詩之意何謂矣。後漢書周磐傳：「居貧養母，儉薄不充，嘗誦詩至汝墳之卒章，慨然而嘆」，章懷太子注：「韓詩曰：汝墳，辭家也。其卒章曰：魴魚赬尾，王室如㷇。（今本作「燬」，後人依毛詩改之。此從王浚儀詩考，下同。）雖則如㷇，父母孔邇。」薛君章句：「赬，赤也。㷇，烈火也。孔，甚也。邇，近也。言魴魚勞則尾赤，君子勞苦則顏色變。以王室政教如烈火矣，猶觸冒而仕者，以父母甚迫近飢寒之憂，爲此祿仕。」此韓詩義也。

以此證彼，義正相符，則説苑之言即韓傳脱文明矣。

第十八章

孔子曰：「君子有三憂。弗知，可無憂與？知而不學，可無憂與？學而不行，可無憂與？」詩曰：「未見君子，憂心惙惙。」

第十九章

魯公甫文伯死，其母不哭也。周廷寀云：檀弓云：「敬姜據其牀而不哭。」孔叢子記義〔篇〕云：「室人有從死者，其母怒而不哭。」季孫聞之曰：「公甫文伯之母，貞女也，子死不哭，必有方矣。」使人問焉。對曰：「昔是子也，吾使之事仲尼。仲尼去魯，送之不出魯郊，贈之不與家珍。趙懷玉云：御覽四百四十一引「與」作「以」。病不見士之來視者，「之」下舊脱「來」字。○趙善詒云：「之」下疑有「來」字，「來視者」與下「流涙者」對文。御覽四百四十一引「視」作「來」，此二書互奪一字耳。○維遹案：趙校是也，今據補。死不見士之流涙者，趙懷玉云：御覽四百四十一引「涙」作「涕」。死之日，宮女縗絰而從者十人。此不足於士而有餘於婦人也，吾是以不哭也。」詩曰：「乃如之人兮，德音無良。」

第二十章

傳曰：天地有合，周廷寀云：説苑辨物〈篇〉「合」上有「德」字。○維遹案：禮記樂記篇云：「天地訢合。」則生氣有精矣。陰陽消息，則變化有時矣。時得則治，時失則亂。故人生而不具者五。目無見，不能食，不能行，不能言，不能施化。三月微眗而後能見，「眗」舊作「的」。○大戴禮本命篇「微的」作「徹眗」，盧注：「眗，精也，轉視貌。徹，或爲微也。」○洪頤煊云：「眗」即「眴」字，説文作「矎」，云：「兒初生瞥者，從目，睘聲。」「瞥，一曰財見也。」「纔見」與「微」字義近，「眴」「矎」同聲字。○維遹案：洪校是也，家語本命解作「微眴」，（據五行大義卷五引，今本「眴」誤爲「煦」。）説苑辨物篇作「達眼」。日本關嘉説苑纂注云：「大戴禮作徹眗。注：眗，精也。韓詩外傳同。」則其所據本「的」作「眗」，今據正。八月生齒而後能食，「八」舊作「七」，「月」下有「而」字。○周廷寀云：家語〈本命解〉作「八月」。○趙本作「八月生齒」。校云：舊本作「七月而生齒」，案下文是「八月」，此當與大戴〈禮本命篇〉同。又「而」字衍，大戴〈禮本命篇〉、説苑〈辨物篇〉皆無，今據刪。○維遹案：趙校是也，今據刪正。朞年臏就而後能行，「臏」舊作「髑」。○趙本作「臏就」。校云：大戴〈禮本命篇〉、説苑〈辨物篇〉俱作「生臏」。○周廷寀云：説苑「髑就」作「生臏」。「髑就」疑當作「臏就」。○維遹案：趙周校是，今據正。三年顖合而後能言。「顖」舊作「腦」。○趙懷玉云：説苑〈辨物篇〉作「顖合」，大戴禮「本命篇」作「瞦合」。「瞦」爲「目」，童子精似不當言「合」。或云從「月」，亦無考。家語本命解作「腮合」。○維遹案：家語「腦」作「顋」，（據五行大義引，今本誤爲「顒」）「顖」即「囟」字。説文囟部：「囟，頭會匘蓋也。」今據説苑改正。十六精通而後能施化。陰陽相反，陰以陽變，陽以陰變。故男八月生齒，八歲而齔齒。「齔」舊作「齠」。○俞樾云：下云「女七月生齒，七歲而齔齒」，是男毀齒謂之齠，女毀齒謂之齔也。説文無「齠」字。齒部：「齔，毀齒也。男八月生齒，八歲而齔，女七月生齒，七歲而齔。」是男女同謂之齔，初無異名。後漢書閻后紀引大戴禮「男八歲而齔，女七歲而齔」，與説文合。説文、玉篇均無「齠」字。然則此文之誤無疑。庾信齊王憲碑「未逾齠齔，已議論天下事」，顏氏家訓序致篇「昔在齠齔，便蒙誨誘」，「齠齔」連文，或疑本此。然彼所謂齠齔者，齔謂毀齒，齠謂垂髮也。後漢書伏湛傳注：「髫髮，謂童子垂髮也。」字亦作「齠」。文選七命「元齠巷歌」，注曰：「齠與髫古字通也。」是「齠」即「髫」字。因變從「髟」爲從「齒」，又適與「齔」連文，讀者誤以爲亦毀齒之名，遂成此誤矣。家語本命解男女並作「齔」，與後漢書引大戴〔禮〕合，説苑辨物篇男女並作「毀齒」，與今本大戴禮合。此於女既云齔齒，則於男亦必同文。其「齠」「齔」異文者，淺人妄改，不可不正。○維遹案：俞校是也，今據正。十六而精化小通。黄生云：凡言後竅爲大，前竅爲小。小通謂其精通於前，可以爲人道也。女七月生齒，七歲而齔齒，十四而精化小通。是故陽以陰變，陰以陽變。故不肖者精化始具，而生氣感動，觸情縱欲，反施亂化，「施」下舊脱「亂」字。○周本有「亂」字。校云：「亂」字據説苑〔辨物篇〕補。○趙懷玉校同。○維遹案：周趙校是，今據補。是以年壽亟夭而性不長也。周廷寀云：性，生也。詩曰：「乃如之人兮，懷婚姻也，太無信也，不知命也。」賢者不然。精氣闐溢，而後傷時不可過也。趙懷玉云：説苑〔辨物篇〕「時」下有「之」字。不見道端，乃陳情欲，以歌道義。詩曰：「靜女其姝，俟我乎城隅。愛而不見，搔首躊躇。」「瞻彼日月，遥遥我思。道之云遠，曷云能來！」「躊躇」舊作「踟躕」，「遥遥」舊作「悠悠」。○許瀚云：「俟我乎城隅」，説苑辨物篇同，今毛詩「乎」作「於」，王浚儀詩考未及。案：「乎」「於」通用。

「俟我乎城隅」與「俟我乎巷」、「俟我乎堂」、「期我乎桑中，要我乎上宫，送我乎淇之上」、「遭我乎猛之間」句法一例，則作「乎」爲長。「若俟我於著乎而」三章皆用「於」字，則以下用「乎而」，故上用「於」字避之，與此又别。「搔首踟蹰」，各本同。案：文選注十五、十六引韓詩並作「躊躇」，則外傳亦當作「躊躇」。今本作「踟蹰」，蓋依毛詩改，非其舊矣。「悠悠我思」説苑作「遥遥我思」。劉子政固述韓詩，此章又全采外傳，則外傳當亦本作「遥遥」矣。○陳喬樅云：説苑「悠悠」作「遥遥」，蓋從魯詩之文。○維遹案：許校是也，今據正。**急時之辭也。**「時」下舊脱「之」字。○維遹案：今本「之」字錯移於下句。説苑辨物篇有「之」字，今據補。**甚焉故稱日月也。**舊作「是故稱之日月也」。○許瀚云：句不可解，説苑（辨物篇）作「甚焉故稱日月也」。「是」即「甚」字之譌。「甚」譌爲「是」，又删「焉」字，增「之」字，以遷就其語，而益不可通矣。當依説苑改正。○維遹案：許校是也，今據補正。

第二十一章

楚白公之難，有莊之善者，「莊之善」舊作「仕之善」。○趙本作「莊之善」。校云：「莊」本皆作「仕」，譌。新序義勇篇作「莊善」，無「之」字。渚宫舊事注云「新序作莊義之」，恐誤。○陳喬樅云：漢書古今人表有嚴善，列中中第五等，即外傳所云「莊之善」，避明帝諱改「莊」字爲「嚴」也。新序義勇篇正作「莊善」，無「之」字。俗本外傳作「仕之善」者，古「莊」「壯」通用，因譌「壯」爲「仕」。趙懷玉校本據新序改正，是已。渚宫舊事注引新序作「莊義」，疑「義」又「善」之譌字也。○趙善詒云：陳説甚是。御覽四百二十九引作「壯之善」，可證。類聚二十二引作「社之善」，御覽四百九十九引作「杜之善」，「社」「杜」亦皆「壯」之譌也。○維遹案：趙陳校是，今據正。**辭其母，將死君。**趙善詒云：類聚二

十二、御覽四百二十九引「君」下有「難」字，於義爲長。其母曰：「棄母而死君可乎？」曰，「吾聞事君者，「吾」字舊脱。○維遹案：新序義勇篇有「吾」字，今據補。内其禄而外其身。今之所以養母者，君之禄也，請往死之。」比至朝，三廢車中。其僕曰：「子懼，何不反也？」維遹案：御覽四百二十九引「懼」下有「如是」二字，「反」作「返」。又四百九十九引與今本同，「反」亦作「返」。曰：「懼，吾私也，死君，吾公也。吾聞君子不以私害公。」遂往死之。「遂」下舊脱「往」字。○趙善詒云：御覽四百二十九、四百九十九引「遂」下俱有「往」字，當補之，於義爲勝。渚宫舊事亦有「往」字，可證。○維遹案：趙校是也，今據補。君子聞之曰：「好義哉，○維遹案：新序義勇篇「義」下有「乎」字。必濟矣夫。」詩云：「深則厲，淺則揭。」此之謂也。

第二十二章

晉靈公之時，宋人殺昭公，周廷寀云：春秋文十六年冬，宋人弑其君杵臼。趙宣子請師於靈公而救之。靈公曰：「非晉國之急也。」宣子曰：「不然。夫大者天地，其次君臣，所以爲順也。今殺其君，所以反天地，逆人道也，天必加災焉。晉爲盟主而不救，天罰懼及矣。詩云：『凡民有喪，匍匐救之。』而況國君乎？」於是靈公乃與師而從之。元本、沈本、張本、鍾本、黄本、楊本、毛本、劉本、程本同。○趙本「與」作「興」。校云：「興」本皆譌「與」，今案文義改。○俞樾云：作「與」者是也。「與」者「舉」之叚字。周官師氏「王舉則從」，故書舉爲「與」，是「與」「舉」古通用。「與師而從之」即「舉師而從之」，趙以爲「興」

之誤，非也。○維遹案：俞校固通，然趙校亦非無據。本書卷六第二十五章「襄子興師而次之」，卷七第十四章「後吳興師攻楚」，卷十第二十一章「楚莊王將興師伐晉」，蓋即趙氏所本。宋人聞之，儼然感説，而晉國日昌。何則？以其誅逆存順。詩曰：「凡民有喪，匍匐救之。」元本、沈本、張本、毛本、程本同，鍾本、黃本、楊本、劉本「曰」作「云」。趙宣子之謂也。

第二十三章

傳曰：水濁則魚喁，趙懷玉云：淮南〔子〕繆稱篇「喁」作「噞」。○周廷寀云：説苑政理〔篇〕「喁」作「困」。○維遹案：説文口部：「喁，魚口上見。」文選吳都賦注：「噞喁，魚在水中群出動口貌。」是「喁」「噞」同義，説苑作「困」亦通。令苛見民亂，城峭則崩，岸峭則陂。趙懷玉云：淮南〔子繆稱篇〕作「岸崝者必陀」。高注云：「崝，峭也。陀，落也。」○周廷寀云：此「峭」説苑〔政理篇〕作「竦」，「陂」作「陁」。故吳起峭刑而車裂，「峭」舊作「削」。○元本、沈本、張本、毛本、劉本亦作「削」，鍾本、黃本、楊本、程本作「峭」。○維遹案：本或作「峭」，是，今據正。淮南子繆稱篇作「刻削」，亦當據本書作「峭刑」。商鞅峻法而支解。治國者譬若乎張琴然，大絃急則小絃絶矣。故急轡銜者，非千里之御也。有聲之聲不過百里，無聲之聲延及四海。故禄過其功者削，名過其實者損，情行合而名副之，「情行合而名副之」舊脱「而」「副之」三字。○維遹案：此有脱文。淮南子繆稱篇作「情行合而名副之」，説苑政理篇作「情行合而民副之」，「民」即「名」譌。今據補。禍福不虛至矣。

詩云：「何其處也，必有與也。何其久也，必有以也。」故惟其無爲，能長生久視，而無累於物矣。郝懿行云：「『故惟其無爲』以下，疑他篇錯簡在此。」○維遹案：下第二十四章詩辭末，説苑脩文篇有「惟有以者，爲能長生久視而無累於物也」十六字。今本下章無，而此章有，蓋即郝氏所本。

第二十四章

傳曰：衣服容貌者，所以説目也。應對言語者，所以説耳也。好惡去就者，所以説心也。故君子衣服中，容貌得，則民之目悦矣。言語遜，應對給，則民之耳悦矣。就仁去不仁，則民之心悦矣。三者存乎身，周廷寀云：「身」説苑脩文篇作「心」，句下又有「暢乎體，形乎動静」七字。雖不在位，謂之素行。故中心存善，周廷寀云：説苑脩文篇「中」作「忠」，「存」作「好」。而日新之，維遹案：元本「新」作「親」，古字通用。則獨居而樂，德充而形。元本「則」作「故」。○周廷寀云：説苑脩文篇云：「獨居樂德，内悦而形。」詩曰：「何其處也，必有與也。何其久也，必有以也。」

第二十五章

仁道有四，磏爲下。郝懿行云：字彙補古文「廉」作「磏」，觀下文所釋，則作「廉」者是也。又云：刻意求仁，即與廉義相近，廉猶礪也。韓非子六反篇云：「世尊之曰磏勇之士。」有聖仁者，有智仁者，有德仁者，有磏仁者。上知天能用其時，下知地能用其財，中知人能安樂之，是聖仁者也。上亦知天能用其時，下知地能用其財，中知人能使人肆之，是智仁者也。「仁」下舊脱「者」字。○元本、沈本、張本、毛本亦無「者」字，鍾本、黄本、楊本、劉本、程本有「者」字。○周宗杬云：「仁」下刻脱「者」字。○維遹案：本或有「者」字，是，今據補。寛而容衆，百姓信之，道所以至，弗辱以時，是德仁者也。廉潔直方，疾亂不治，惡邪不匡，雖居鄉里，若坐塗炭，命入朝廷，如赴湯火，許瀚云：「湯火」當作「火湯」。「湯」與上文「方」「匡」，下文「嘗」「兄」「祥」爲韻。互倒則失其韻矣。非其民不使，非其食弗嘗，疾亂世而輕死，弗顧弟兄，以法度之，比於不祥，維遹案：元本「祥」作「詳」，古字通用。是磏仁者也。舊本此下提行。○趙懷玉云：此下舊本別提行，今案文義連之。○牟庭云：「傳曰山鋭則不高」宜接「磏仁者也」下爲一篇，編書者誤分之。○維遹案：趙牟校是。鍾本、黄本、楊本、程本別提行，元本、沈本、張本、毛本、劉本不別提行，今從之。傳曰：山鋭則不高，維遹案：元本「鋭」作「兑」，「兑」古「鋭」字。水徑則不深，仁磏則其德不厚，志與天地擬者其人不祥。是伯夷、叔齊、卞隨、介子推、原憲、鮑焦、袁旌目、申徒狄之行也，其所受天命之度，適至是而止，「止」舊作「亡」。○周廷寀云：「亡」疑當爲「止」。○維遹案：周校是也。新序節士篇作「其節度淺深適至而止矣」，今據正。弗能改也，雖枯槁弗捨也。詩云：「亦已焉哉，天實爲之，謂之何哉！」磏仁雖下，然聖人不廢者，匡民隱括，有在是中者也。

第二十六章

申徒狄非其世，將自投於河。崔嘉聞而止之曰：「吾聞聖人仁士之於天地之間也，民之父母也。今爲濡足之故，不救溺人，可乎？」「濡足」舊作「儒雅」。○趙本作「濡足」。校云：「濡足」本譌作「儒雅」，據新序節士篇改正。御覽六十一引同。初學記〔六〕引作「今以濡足之故」。○牟庭云：後漢書章懷注崔駰傳、周黄徐姜傳再引新序所載此文，「儒雅」字作「濡足」。「儒」「濡」字形相似，「雅」字古作「疋」，與「足」字相似，是以譌傳也。○維遹案：趙牟校是。莊子盜跖篇釋文、文選任彦昇百辟勸進今上牋注、類聚八、事類賦六引並作「濡足」，今據正。楚辭思美人篇：「憚褰裳而濡足。」申徒狄曰：「不然。昔桀殺關龍逢，「桀」上舊脱「昔」字。○趙本有「昔」字。校云：舊本脱，今據初學記〔六〕、御覽〔六十一〕補。○維遹案：莊子盜跖篇釋文、事類賦六引亦有「昔」字，今據補。新序節士篇作「昔者」。紂殺王子比干，而亡天下。吳殺子胥，陳殺泄冶，而滅其國。故亡國殘家，非無聖智也，不用故也。」遂抱石而沉於河。趙懷玉云：新序〔節士篇〕、初學記〔六〕、御覽〔六十〕「抱石」皆作「負石」。君子聞之曰：「廉矣。如仁與智，則吾未之見也。」「與」舊作「歟」，下脱「智」字。○維遹案：「歟」當作「與」，下又脱「智」字。「仁」與「智」指上文「仁士」「聖智」二者而言，此不得省。因脱「智」字，校者乃改「與」爲「歟」，與下文語氣仍不相貫。新序節士篇作「廉矣乎，如仁與智，吾未見也」。今據補正。詩曰：「天實爲之，謂之何哉！」

第二十七章

鮑焦衣弊膚見，挈畚捋蔬，遇子貢於道。「捋」舊作「持」。〇趙懷玉云：御覽四百二十六「持蔬」作「採蔬」，新序節士篇作「將蔬」，下同。〇俞樾云：「持」疑「捋」字之誤。詩芣苢篇「薄言捋之」，傳曰：「捋，取也。」新序節士篇作「將」，此作「持」，皆「捋」字之誤。御覽作「採」，則後人以意改之。〇趙善詒云：俞說甚是。御覽七百六十五亦作「持」，已同今本，則宋時已誤。〇維遹案：俞校是也。今據正，下同。左傳宣公二年疏引「持」亦作「采」。法言淵騫篇：「貨殖，曰蚊，曰血國三千，使捋疏飲水褐博没齒無愁也。」俗本法言「捋」亦誤「將」。子貢曰：「吾子何以至於此也？」維遹案：御覽四百二十六引「貢」下有「問」字，「也」作「乎」。鮑焦曰：「天下之遺德教者衆矣，吾何以不至於此也？吾聞之，世不已知而行之不已者，是爽行也。「爽」上舊脱「是」字。〇趙本有「是」字。校云：本皆脱「是」字，今據新序節士篇、御覽四百二十六補。〇維遹案：趙校是也，「是爽行也」與下「是毀廉也」詞例正同。御覽引作「是華行也」。元本「爽」作「萃」。「萃」「華」形近，故御覽譌爲「華」。「萃」「華」皆爽字之形誤也。上不已用而干之不止者，是毀廉也。行爽廉毀，「廉毀」舊作「毀廉」。〇元本、沈本、張本、毛本亦作「毀廉」，鍾本、黄本、楊本、劉本、程本作「廉毀」。〇維遹案：本或作「廉毀」，是，今據乙。然且弗舍，惑於利者也。」維遹案：元本「惑」作「或」，「或」古「惑」字。子貢曰：「吾聞之，非其世者，不生其利。汙其君者，不履其土。維遹案：莊子盜跖篇成疏、史記魯仲連、鄒陽傳正義引作「吾聞非其政者不履其地，汙其君者不受其利」，蓋古本如是。今本似字誤句倒。**今吾子汙其君而履其土，非其世而捋其蔬，其可乎？**「非」上舊脱「今吾子汙其君而履其土」十字，「蔬」下脱「其可乎」三字。○趙本「非」上有「今吾子汙其君而履其土」十字。校云：此十字本闕，據新序（節士篇）補。○維遹案：莊子盜跖篇成疏、史記魯仲連、鄒陽傳正義引作「今子履其地，食其利，其可乎」，御覽七百六十五引作「今子非其世而持其蔬乎」，則今本「蔬」下又脱「其可乎」三字。今據補。**詩曰：『溥天之下，莫非王土。』此誰之有哉？」**「之有」舊作「有之」。○趙本作「之有」。○維遹案：趙本是也。新序節士篇、御覽四百二十六引並作「之有」，今據乙。**鮑焦曰：「於戲！吾聞賢者重進而輕退，廉者易愧而輕死。」**維遹案：新序節士篇「愧」作「醜」。「醜」「愧」同義。呂氏春秋恃君篇高注：「醜，愧也。」是其義。**於是棄其蔬而立槁於洛水之上。**周廷寀云：「立」字新序（節士篇）屬上爲句，「槁」下有「死」字。○維遹案：後漢書崔駰傳注引作「焦棄其蔬而立槁，死於洛濱也」。亦有「死」字。莊子盜跖篇釋文司馬引作「槁洛水之上也」，亦從「立」字絶句。而莊子盜跖篇云「鮑子立乾」，風俗通義愆禮篇云「鮑焦立枯而死」，文選鄒陽獄中上書自明注引列士傳作「棄其疏，乃立枯於洛水之上」，又以「立」字屬下爲句。**君子聞之曰：「廉夫剛哉！夫山鋭則不高，水徑則不深，行磏者其德不厚，**「德」上舊脱「其」字。○維遹案：新序節士篇「德」上有「其」字。下句云「志與天地擬者其爲人不祥」，「其德不厚」與「其爲人不祥」文正相對。前第二十五章云「仁磏則其德不厚，志與天地擬者其人不祥」，「德」上亦有「其」字。今據補。**志與天地擬者其爲人不祥。鮑焦可謂不祥矣。其節度淺深，適至於是矣。」**元本「於」作「如」。○周廷寀云：新序（節士篇）「於是」作「而止」。**詩云：「亦已焉哉。」**趙懷玉云：句見詩考。新序〔節士篇〕無亦字。天實爲之，謂之何哉！」

第二十八章

昔者周道之盛，趙善詒云：世説新語規箴篇劉孝標注引「盛」作「隆」。邵伯在朝，有司請營邵以居。邵伯曰：「嗟！以吾一身而勞百姓，此非吾先君文王之志也。」諸本皆同，元本「非」作「誠」。於是出而就蒸庶於阡陌隴畝之間而聽斷焉。諸本皆同，元本「出」作「接」。○維遹案：本或作「接」。卷二第二十二章「於是伊尹接履而趨」，此「於是出而」或作「於是接履而出」，則「接」字有著矣。惟今本亦通。邵伯暴處遠野，廬於樹下，趙善詒云：世説新語〔規箴篇〕注引作「乃暴處於棠下，而聽訟也」。○維遹案：御覽九百七十三引「廬於樹下」作「廬於棠樹之下」。百姓大説，耕桑者倍力以勸。○維遹案：元本「倍」作「陪」，古字通用。於是歲大稔，民給家足。其後，元本「其」作「爾」。在位者驕奢，不恤元元，税賦繁數，百姓困乏，耕桑失時。於是詩人見邵伯之所休息樹下，美而歌之。趙善詒云：世説新語〔規箴篇〕注引「樹下」作「之棠」。詩曰：「蔽芾甘棠，勿剗勿伐，召伯所茇。」「剗」舊作「翦」。○陳喬樅云：據毛詩釋文及集韻，是韓詩「翦」作「剗」，與毛文異。今本韓詩外傳引詩作「翦」，蓋後人順毛改之耳。○維遹案：陳校是也，今據正。此之謂也。郝懿行云：漢書王吉傳：「昔召公述職，當民事時，舍於棠下而聽斷焉，是時人皆得其所。後世思其仁恩，至虖不伐甘棠，甘棠之詩是也。」吉爲韓詩，故與韓詩説同。

韓詩外傳卷第二

第一章

楚莊王圍宋，有七日之糧，曰：「盡此而不克，將去而歸。」於是使司馬子反乘闉而窺宋城。「闉」舊作「闉」。○趙本作「闉」。校云：舊作「闉」，譌。案本「堙」字，借用「闉」。堙，距堙，上城具，見公羊宣公十五年傳，「闉」作「堙」。○趙善詒云：孫子謀攻篇云：「攻城之法，距堙又三月而後已。」曹注云：「距堙者，踊土積高而前，以附其城也。」「闉」，説文：「城曲重門也。」「堙」即「闉」。尉繚子〔戰威篇〕「乘闉發機」是也。○維遹案：趙校是也，今據正。宋使華元乘闉而應之。子反曰：「子之國何若矣？」華元曰：「憊矣。易子而食之，析骸而爨之。」子反曰：「嘻，甚矣憊！雖然，吾聞圍者之國，箝馬而秣之，「秣」舊作「抹」。○元本、沈本、張本、毛本亦作「抹」，鍾本、黃本、楊本、劉本、程本作「秣」。○維遹案：本或作「秣」，與公羊宣公十五年傳合，今據正。使肥者應客。今何吾子之情也？」維遹案：吕氏春秋行論篇作「情矣宋公之言」，「情」「誠」古通用。下文「華元以誠告子反」，即「情」「誠」互文見義。公羊宣公十五年傳何注「猶曰大露情」，增文解經，不可從也。華元曰：「吾聞君子見人之困則矜之，小人見人之困則幸之。吾望見吾子似於君子，是以情告也。」維遹案：「情」下疑脱「告」字。下文「華元以誠告子反」，「情告」猶「誠告」也。公羊宣公十五年傳作「是以情告於子也」，是其證。子反曰：「諾，子其勉之矣。吾軍有七日糧爾。」揖而去。子反告莊王，莊王曰：「若何？」子反曰：「憊矣。易子而食之，析骸而爨之。」莊王曰：「嘻，甚矣憊！今得此而歸爾。」子反曰：「不可，吾已告之矣。曰：軍亦有七日糧爾。」莊王怒曰：「吾使子視之，子曷爲而告之？」子反曰：「區區之宋猶有不欺之臣，可以楚國而無乎？」「可」舊作「何」。○趙懷玉云：「何」似當作「可」。○維遹案：公羊宣公十五年傳「何」作「可」，即趙校所本。今據正。吾是以告之也。」莊王曰：「雖然，吾今得此而歸爾。」「吾」下舊有「子」字。○周廷寀云：公羊無「子」字，疑此爲衍。○趙本無「子」字。校云：舊有「子」字衍。今删。○維遹案：公羊宣公十五年傳無「子」字，即趙校所本。今據删。子反曰：「王請處此，臣請歸耳。」王曰：「子去我而歸，吾孰與處乎此？吾將從子而歸。」遂引師而歸。「遂」舊作「還」，下脱「引」字。○張本亦作「還」，元本、沈本、鍾本、黄本、楊本、劉本、程本作「遂」。○趙本作「遂」。校云：公羊（宣公十五年傳）作「引師而去之」，此「遂」下似脱一「引」字。○維遹案：趙校是也。本或作「遂」，是。今據正。「引」字據公羊傳補。君子善其平乎己也。「平」下舊脱「乎」字。○周廷寀云：公羊（宣公十五年傳）云：「大其平乎己也」，「平」下當補「乎」字。○維遹案：周校是也，今據補。華元以誠告子反，得以解圍，全二國之命。詩云：「彼姝者子，何以告之？」君子善其以誠相告也。

第二章

魯監門之女嬰相從績，中夜而泣涕。其偶曰：「何謂而泣也？」趙懷玉云：「謂」「爲」通用。嬰曰：「吾聞衛世子不肖，周宗杬云：「衛」當作「魯」，據上下文義可知。列女傳漆室女亦云當魯穆公時也。所以泣也。」趙懷玉云：御覽四百六十九引作「是」。○趙善詒云：類聚八十二引「所」亦作「是」。其偶曰：「衛世子不肖，諸侯之憂也。子曷爲泣也？」嬰曰：「吾聞之，異乎子之言也。昔者宋之桓司馬得罪於宋君，出奔於魯，「出」下舊脱「奔」字。○趙善詒云：類聚八十二引「出」下有「奔」字。○維遹案：趙校是也，今據補。其馬佚而騳吾園，而食吾園之葵。維遹案：説文馬部：「騳，馬轉臥土中也。」是歲，吾聞園人亡利之半。越王勾踐起兵而攻吳，諸侯畏其威。魯往獻女，吾姊與焉。兄往視之，道畏而死。越兵威者吳也，兄死者我也。由是觀之，禍與福相及也。「及」舊作「反」。○元本、沈本、張本、鍾本、黄本、楊本、毛本、劉本、程本亦作「反」，何本、趙本作「及」。○維遹案：本或作「及」，類聚八十二、御覽四百六十九、九百七十九引同。今據正。今衛世子甚不肖，好兵，吾男弟三人，能無憂乎？」詩曰：「大夫跋涉，我心則憂。」是非類與乎？

第三章

高子問於孟子曰：「夫嫁娶者非己所自親也，衛女何以編於詩也？」孟子曰：「有衛女之志則可，無衛女之志則怠。若伊尹於太甲，有伊尹之志則可，無伊尹之志則篡。夫道二，常之謂經，變之謂權。懷其常道而挾其變權，乃得爲賢。夫衛女行中孝，慮中聖，權如之何？」詩曰：「既不我嘉，不能旋反。視我不臧，我思不遠。」

沈本、張本、毛本、劉本同，元本、鍾本、黄本、楊本、程本重一「權」字。○趙本作「我」。校云：本或從毛改「爾」。○元本、沈本、張本、黄本、毛本、劉本亦作「爾」，鍾本、楊本、程本作「我」。○趙本作「我」，「我」舊作「爾」。○維遹案：本或作「我」，是，今據正。

趙懷玉云：今孟子外書爲正篇載之，「嫁娶」無「娶」字，「怠」作「殆」，「挾其變」下無「權」字。此衛女不知是詩何篇。所引載馳，不可謂即指此。○孫志祖云：共姜，非衛女也。此蓋指許穆夫人。初，許求許穆夫人，齊亦求之。懿公將與許，女因其傅母而言於衛侯。衛侯不聽而嫁之於許。卒有翟難，而許不能救。事見列女傳。故外傳此下即引載馳之詩以證之。外傳引詩有與本事不相比附者。有即述本事者，此其例也。○陳喬樅云：外傳所謂衛女得編於詩，當即指載馳篇，故下引是詩之詞。蓋禮，諸侯夫人父母終，惟得大夫問於兄弟，義不得歸。許穆夫人欲歸國而唁其兄，是以許人尤之，而轉責其大夫之穉且狂。四章又言我遂往，「無我有尤」，違禮徇情，咎人怨己。此高子所以疑其不得編於詩也。然而閔國之亡，憂民之困，其志可悲，卒止於義而守其防，孟子以爲行中孝，慮中聖，不虛矣。又列女傳三載衛女事甚詳，亦言女作載馳，可證。趙懷玉云：此衛女不知是詩何篇，所引載馳。未可謂即指此，蓋考之不審耳。

第四章

楚莊王聽朝罷晏。樊姬下堂而迎之，曰：「何罷之晏也，得無飢倦乎？」「飢」舊作「饑」。○元本、張本、毛本「饑」作「飢」，今據正，下同。列女傳賢明篇亦作「飢」。○洪頤煊云：「飢倦」當作「谻倦」，漢書司馬相如傳：「窮極倦谻。」郭璞曰：「疲憊也。」又曰：「谻，疲極。」此與下文俱作「飢倦」者，淺人所改。○蕭道管云：列子湯問〔篇〕：「飢倦則飲神瀵。」莊王曰：「今日聽忠賢之言，不知飢倦也。」樊姬曰：「王之所謂忠賢者，諸侯之客歟？國中之士歟？」「國中」舊作「中國」。○維遹案：文選景福殿賦注引列女傳作「諸侯之客與，將國中士也」。今本列女傳無此二句，疑即本書之文，「中國」正作「國中」，今據乙。莊王曰：「則沈令尹也。」趙懷玉云：「則」「即」古通用。新序雜事一、列女傳賢明篇皆載此事，「沈令尹」俱作「虞丘子」。○陳喬樅云：虞丘子即沈令尹之號（說見卷七第六章）。樊姬掩口而笑。王曰：「姬之所笑者何等也？」舊脱「者」字「等」字。○維遹案：治要引作「姬之所笑者何等也」，今據補。今本無「者」「等」二字，或後人據列女傳賢明篇妄删。姬曰：「妾得侍於王，「得」下舊脱「侍」字。○趙善詒云：治要引「得」下有「侍」字，新序雜事一作「妾幸得執巾櫛以侍王」，則此「得」下宜補「侍」字。○維遹案：趙校是也，今據補。尚湯沐，維遹案：「尚」猶「掌」也。列女傳辯通篇載虞姬事與此相類，作「掌奉湯沐」。執巾櫛，振衽席，十有一年矣。然妾未嘗不遣人之梁鄭之間，求美人而進之於王也。與妾同列者十人，賢於妾者二人。妾豈不欲擅王之愛，專王之寵哉？舊脱「之愛專王」四字。○趙善詒云：此句疑已爲後人所删改。治要引作「妾豈不欲擅王之愛，專王之寵哉」，新序（雜事一）作「非不欲專責擅愛也」，列女傳（賢明篇）作「妾豈不欲擅王之愛寵乎」，皆愛寵並舉。似宜據治要補正。○維遹案：趙校是也，今據補。不敢以私願蔽衆美也，舊脱「以」字「也」字。○維遹案：列女傳賢明篇作「妾不能以私蔽公」，治要引「美」下有「也」字，今據補。欲王之多見，則知人能也。「知」舊作「娸」，脱「人能也」三字。○趙懷玉云：列女傳賢明篇作「欲王多見知人能也」，似勝此。○維遹案：趙校是也。此文本作「欲王之多見，則知人能也」，「娸」即「知」字之壞，校者依誤文，又删「人能也」三字，今據補。今沈令尹相楚數年矣，維遹案：「數年」新序雜事一作「數十年」，列女傳賢明篇作「十餘年」。未嘗見進賢而退不肖也，又焉得爲忠賢乎？」莊王旦朝，以樊姬之言告沈令尹。令尹避席而進孫叔敖。叔敖治楚三年，而楚國霸。楚史援筆而書之於策曰：「楚之霸，樊姬之力也。」詩曰：「百爾所思，不如我所之。」樊姬之謂也。

第五章

閔子騫始見於夫子，有菜色，後有芻豢之色。子貢問曰：「子始有菜色，今有芻豢之色，何也？」閔子曰：「吾出蒹葭之中，入夫子之門。夫子内切瑳以孝，維遹案：御覽三百八十八引「門」下有「聞」字。外爲之陳王法，心竊樂之。出見羽蓋龍旂，旃裘相隨，「旃裘」舊作「裘旃」。○元本、沈本、張本、毛本、程本亦作「裘旃」，鍾本、黄本、楊本、劉本作「旃裘」。○維遹案：本或作「旃裘」，與下文一例，今據乙。心又樂之。二者相攻胸中而不能任，是以有菜色也。今被夫子之教寖深，鍾本、黄本、楊本、程本同，元本、沈本、張本、毛本、劉本「教」作「文」。○維遹案：本或作「文」，御覽三百八十八引同。周語下有「夫子被文矣」語，蓋「文」與「教」同義。又賴二三子切瑳而進之，内明於去就之義，出見羽蓋龍旂，旃裘相隨，視之如壇土矣，趙懷玉云：御覽三百八十八引作「糞土」。○維遹案：「壇」與「墠」通，説文土部：「墠，野土也。」是以有芻豢之色。」詩曰：「如切如瑳，如錯如磨。」「錯」舊作「琢」。○陳喬樅云：今俗本韓詩外傳「瑳」作「磋」非。又太平御覽七百六十四引韓詩曰：「如磨如錯。」又引方言曰：「錯，鑢牙名也。」説文曰：「鑢錯，銅鐵也。」宋綿初云：「磨錯當上下互易以諧韻。」韓文本作「如錯如磨」，今本外傳引作「琢」者，後人順毛詩所改。束晳補亡詩白華篇「粲粲門子，如磨如錯」，其即用韓詩之語歟？○維遹案：陳校是也，今據正。

第六章

傳曰：雩而雨者何也？曰：無何也，猶不雩而雨也。星墜木鳴，國人皆恐，荀子天論篇同。俞樾云：古有社鳴之説。文選運命論「里社鳴而聖人出」，李善注引春秋潛潭巴曰：「里社明，此里有聖人出，其呴，百姓歸天辟亡。」「明」與「鳴」古字通。所謂社鳴者，社必樹其土所宜木，故古文「社」從木作「𡊮」，社鳴實即其木鳴。古人蓋甚畏之，故荀子以星墜木鳴並言也。何也？是天地之變，陰陽之化，物之罕至者也。怪之可也，畏之非也。夫日月之薄蝕，怪星之黨見，「黨」舊作「晝」。○鍾本、黄本、楊本、劉本、程本亦作「晝」，元本、沈本、張本、毛本作「黨」。○荀子天論篇作「黨」。○王念孫云：「黨」古「儻」字。「儻」者或然之詞，謂怪星之或見也。

莊子繕性篇「物之儻來寄也」，釋文：「儻，崔本作黨。」史記淮陰侯傳「恐其黨不就」，伍被傳「黨可以徼幸」，「黨」並與「儻」同。作「書」者，恐是後人所改。○維遹案：本或作「黨」，與荀子合，今據正。風雨之不時，是無世而不嘗有也。上明政平，是雖並至無傷也。上闇政險，是雖無一無益也。維遹案：「無一」猶言無一至，以上句已有「至」字，故此句從省。荀子天論篇作「則是雖無一至者無益也」，其義相同。夫萬物之有災，人妖最可畏也。曰何謂人妖？曰枯耕傷稼，荀子「枯」作「楛」，下同。楊注：「粗惡不精也。」○牟庭云：「枯」字當讀爲「楛」，今俗皆有其語，謂楛僈耕耘，不勤力也。○維遹案：楊牟校是。說文木部：「枯」下引夏書曰：「唯箘輅枯」，今本禹貢篇「枯」作「楛」。荀子解蔽篇「農精於田」，精與楛義正相對。枯耘傷歲，政險失民，田穢稼惡，糴貴民飢，道有死人，寇賊並起，上下乖離，鄰人相暴，對門相盜，禮義不脩，元本、沈本、張本、毛本、劉本同，鍾本、黄本、楊本、程本「脩」作「循」。○維遹案：本或作「脩」，與荀子天論篇合，本或作「循」，「循」即「脩」之形誤。牛馬相生，郝懿行云：牛馬相生，謂喪失禮義，同人道於牛馬也。六畜作妖，臣下殺上，趙懷玉云：殺讀曰弑。父子相疑，是謂人妖。妖是生於亂。「是」上舊脱「妖」字。○維遹案：「是」上脱「妖」字。古人凡遇重文，多以二小畫代之，故易脱。荀子天論篇有「妖」字，今據補。

傳曰：天地之災，隱而廢也，萬物之怪，書不說也。無用之變，不急之察，棄而不治。「察」舊作「災」。○維遹案：「變」與「辯」通。禮記禮運篇「大夫死宗廟謂之變」，鄭注：「變當爲辯，聲之誤也。」易坤文言「由辯之不早辯也」，釋文「辯，荀作變」，是其例。「災」當作「察」。「災」籀文「烖」字，或作「灾」。「灾」「察」形略近易譌。亦或涉上文「天地之災」而誤。荀子天論篇作「無用之辯，不急之察」，是其證。荀子解蔽篇引傳曰「析辭而爲察，言物而爲辨，君子賤之」，是其義。如今本則失之遠矣。今據荀子改正。若夫君臣之義，父子之親，男女之別，切瑳而不舍也。詩曰：「如切如瑳，如錯如磨。」

第七章

孔子曰：「口欲味，心欲佚，教之以仁。心欲安，鍾本、周本同，元本、沈本、張本、黄本、楊本、毛本、劉本、程本「安」作「兵」。○周廷寀云：「安」諸本作「兵」，誤。○陳喬樅校同。身欲勞，教之以恭。好辯論而畏懼，教之以勇。目好色，耳好聲，教之以義。」易曰：「艮其限，列其䐜，「䐜」舊作「臏」。元本、沈本、張本、毛本亦作「臏」，鍾本、黄本、楊本、劉本、程本作「夤」，趙本作「䐜」。○維遹案：趙本作「䐜」是也。易艮九三作「列其夤」（集解本「列」作「裂」），夤，釋文：「鄭本作䐜。」説文夕部之「夤」，夕即肉字之譌。䐜從肉，故馬融注云：「夾脊肉也。」趙本作「䐜」，與易鄭本合，今據正。厲薰心。」元本、沈本、張本、毛本、劉本同，鍾本、黄本、楊本、程本「厲」作「危」。○維遹案：「厲」「危」同義，易集解本「薰」作「閽」，馬融注本作「薰」，「薰」「閽」古今字也。詩曰：「吁嗟女兮，無與士耽。」皆防邪禁佚，調和心志。趙善詒云：引詩後二句，文氣未盡，且與外傳例亦不合，疑「皆」爲「言」字之誤，而句末奪「也」字。如卷九第一、第二兩章俱作「言賢母使子賢也」，其例正同，可以爲證。

第八章

高牆豐上激下，未必崩也。降雨興，維遹案：管子度地篇「降雨下」，降雨猶隆雨也。説文生部：「隆，豐大也，從生，降聲。」隆從降得聲，故二字古通用。齊策「歲八月，降雨下」，風俗通義祀典篇「降雨」作「隆雨」，是其證。流潦至，則崩必先矣。草木根荄淺，未必撅也。飄風興，暴雨墜，則撅必先矣。君子居是邦也，不崇仁義，尊其賢臣，以理萬物，未必亡也。「尊」下舊脱「其」字。○沈本、張本、毛本、劉本亦無「其」字，元本、鍾本、黄本、楊本、程本有「其」字。○維遹案：本或有「其」字，與治要引合，今據補。又案「不」字直貫下三句，猶言「不崇仁義，不尊其賢臣，不以理萬物，未必亡也」。説苑建本篇「尊其賢臣」作「不尊賢臣」，無「以理萬物」句，句異而義同。一旦有非常之變，維遹案：説苑建本篇「一」上有「然」字。諸侯交争，人趨車馳，迫然禍至，乃始愁憂，「愁憂」舊作「憂愁」。○沈本、張本、毛本、劉本亦作「憂愁」，元本、鍾本、黄本、楊本、程本作「愁憂」。○維遹案：本或作「愁憂」，與治要引合，今據乙。乾喉焦唇，仰天而嘆，庶幾乎望其安也，不亦晚乎？孔子曰：「不慎其前而悔其後，嗟乎！雖悔無及矣。」詩曰：「惙其泣矣，「惙」舊作「掇」。○元本、沈本、鍾本、黄本、楊本、程本亦作「掇」，張本、毛本作「啜」，劉本、周本作「惙」。○維遹案：本或作「惙」，與詩考引合，今據正，下章同。嗟何及矣！」「嗟何」舊作「何嗟」。○胡承珙云：「何嗟及矣」，箋云：「及，與也。泣者，傷其君子棄己。嗟乎，將復何與爲室家乎？」詳玩箋語，經文當作「嗟何及矣」，（「何及」二字文義相連，「嗟」字自當在句首。）傳寫者誤倒之。韓詩外傳、説苑建本篇皆作「何嗟及矣」。然外傳引孔子曰：「不慎其前而悔其後，嗟乎！雖悔無及矣。」是正以「何及」二字相連爲義，而所引詩仍作「何嗟」，亦皆傳寫誤倒之。○維遹案：胡校是也，今據乙。下章同。

第九章

曾子曰：「君子有三言，可貫而佩之。一曰無内疎而外親，二曰身不善而怨他人，三曰患至而後呼天。」維遹案：荀子法行篇作「無内人之疏而外人之親，無身不善而怨人，無刑已至而呼天」，本書「無」字直貫下兩句，猶言「二曰無身不善而怨他人，三曰無患至而後呼天」。因上句有「無」字，故下兩句從省，本書多有此例，校者不得據荀子補「無」字。子貢曰：「何也？」曾子曰：「内疏而外親，不亦反乎？身不善而怨他人，不亦遠乎？患至而後呼天，不亦晚乎？」詩曰：「惙其泣矣，嗟何及矣！」

第十章

夫霜雪雨露，殺生萬物者也，天無事焉，猶之貴天也。執法厭文，治官治民者，有司也，君無事焉，猶之尊君也。夫闢土殖穀者后稷也，決江疏河者禹也，「疏」舊作「流」。○元本、沈本、張本、鍾本、黄本、楊本、毛本、劉本、程本亦作「流」，崇文本、周本作「疏」。○維遹案：本或作「疏」，與類聚二十、御覽四百一引合，今據正。呂氏春秋愛類篇「禹於是疏河決江爲彭蠡之障」，淮南子主術訓亦有「禹決江疏河」語。聽獄執中者皋陶也。維遹案：「執」疑當作「折」，二字草書形近。尸子仁意篇作「折」，淮南詮言訓作「制」，「制」「折」古通用。尚書呂刑篇「折民惟刑」，猶言制民惟刑。本書卷十第二章、呂氏春秋勿躬篇並有「決獄折中」語，是其證。然而有聖名者堯也。「而」下舊脱「有」字，「名」舊作「后」。○趙善詒云：「聖后」無義，類聚二十、御覽四百一引並作「聖名」，作「后」者形誤，淮南詮言篇亦作「名」，是其證。○維遹案：趙校是也，今據正。故有道以御之，身雖無能也，必使能者爲己用也。無道以御之，彼雖多能，諸本皆同，元本「多能」作「能多」。猶將無益於存亡矣。詩曰：「執轡如組，兩驂如舞。」貴能御也。

第十一章

傳曰：孔子云：美哉顔無父之御也，馬知後有輿而輕之，知上有人而愛之。馬親其正而愛其事，如使馬能言，彼將必曰：「樂哉，今日之騶也！」周廷寀云：「騶」當讀爲「騶中韶濩」之「騶」。至於顔淪，少衰矣。趙善詒云：「淪」「倫」音同通叚，漢書揚雄傳「顔倫奉輿」，顔注：「倫，古善御者也。」馬知後有輿而輕之，知上有人而敬之。馬親其正而敬其事，如使馬能言，彼將必曰：「騶來，其人之使我也！」至於顔夷而衰矣。馬知後有輿而重之，知上有人而畏之。馬親其正而畏其事，如使馬能言，彼將必曰：「騶來！騶來！女不騶，彼將殺女。」故御馬有法矣，御民有道矣。法得則馬和而歡，道得則民安而集。詩曰：「執轡如組，兩驂如舞。」此之謂也。

第十二章

顏淵侍坐魯定公于臺，周廷寀云：荀子哀公篇、新序雜事〔五〕、家語顏回〔篇〕並同。而莊子達生〔篇〕、呂氏春秋〔適威篇〕以顏淵爲顏闔，定公爲莊公。○梁玉繩云：莊子人間世篇言顏闔將傅靈公太子，讓王篇言魯君致幣顏闔，李云魯哀公亦見呂氏春秋貴生篇。又莊子列禦寇篇言「魯哀公問顏闔」。當以呂氏春秋適威篇爲衞莊公是也。而荀子、韓詩外傳、新序、家語皆云魯定公問顏回東野之御，蓋傳聞異辭耳。東野畢御馬于臺下。沈本、張本、毛本、劉本同，元本、鍾本、黄本、楊本、程本「于」作「乎」。定公曰：「善哉！東野畢之御也。」諸本皆同，元本、鍾本、楊本、程本「御」下衍「上」字。顏淵曰：「善則善矣，其馬將佚矣。」定公不説，以告左右曰：「聞君子不譖人。君子亦譖人乎？」顏淵退，俄而廄人以東野畢馬佚聞矣。定公蹵席而起，「蹵」舊作「揭」。○趙懷玉云：「揭」新序〔雜事五〕作「蹵」。疑此「揭」本作「蹋」，乃「蹵」字之俗體。○陳喬樅校同。○維遹案：趙陳校是，今據正。荀子哀公篇、家語顏回篇並作「越」，「越」「蹵」義同。曰：「趣駕召顏淵。」沈本、張本、毛本、劉本同，元本、鍾本、黄本、楊本、程本「趣」作「輒」。○牟庭云：「輒」當作「趣」。○周廷寀云：「趣」荀子〔哀公篇〕、新序〔雜事五〕作「趨」，楊注：「趨讀爲促，速也。」此「趣」當與彼音同。家語〔顏回篇〕作「促」。顏淵至，定公曰：「鄉寡人曰：『善哉東野畢之御也。』吾子曰：『善則善矣，然則馬將佚矣。』不識吾子何以知之？」「何以」舊作「以何」。元本、沈本、張本、毛本亦作「以何」，鍾本、黄本、楊本、劉本、程本作「何以」。○維遹案：本或作「何以」，與荀子哀公篇、新序雜事五同，今據乙。呂氏春秋適威篇作「子何以知其敗也」，家語顏回篇作「不識吾子奚以知之」，可作旁證。顏淵曰：「臣以政知之。昔者舜工於使人，造父工於使馬。舜不窮其民，造父不極其馬。是以舜無佚民，元本、沈本、張本、毛本、劉本同，鍾本、黃本、楊本、程本「是」作「者」。○牟庭云：「者」當作「是」。造父無佚馬也。「馬」下舊脱「也」字。○元本、沈本、張本、毛本亦無「也」，鍾本、黃本、楊本、劉本、程本有「也」字。○維遹案：本或有「也」字，與荀子哀公篇合，今據補。今東野畢之御，上車執轡，銜體正矣，「之」下舊脱「御」字。○周本有「御」字。校云：荀子〈哀公篇〉有「馭」字，今補。○維遹案：周校是也。此與上文「善哉，東野畢之御也」義正相應。新序雜事五、家語顏回篇亦有「御」字。荀子作「馭」，「馭」「御」古今字。今據補。周旋步驟，朝禮畢矣，郝懿行云：此讀宜斷，體正禮畢相屬，上句言馭之習，下句言馬之習也。「朝」與「調」古字通，毛詩言「調飢」即「朝飢」，此言馬之馳驟皆調習也。歷險致遠，馬力殫矣，然猶策之不已，所以知其佚也。」「知」下舊脱「其」字。○維遹案：呂氏春秋適威篇作「臣是以知其敗也」，新序雜事五作「是以知其失也」，並有「其」字，於文爲順，今據補。定公曰：「善，諸本皆同，元本「善」作「然」。○維遹案：本或作「善」，與荀子哀公篇合。可少進乎？」「進」下舊脱「乎」字。○維遹案：荀子哀公篇、家語顏回篇並有「乎」字，今據補。新序雜事五「乎」作「歟」，其義亦同。顏淵曰：「獸窮則齧，鳥窮則啄，元本、沈本、張本、毛本、劉本同，鍾本、黃本、楊本、程本「啄」作「喙」。○維遹案：本或作「啄」，與荀子哀公篇、家語顏回篇合。人窮則詐。自古及今，窮其下能不危者，未之有也。詩曰：『執轡如組，兩驂如舞。』善御之謂也。」定公曰：「寡人之過矣！」維遹案：依本書通例「善御之謂也」下，不當有文，疑「定公曰寡人之過矣」八字本在「詩曰」上。家語顔回篇作「自古及今，未有窮其下而能無危者也」，下接「公悦，遂以告孔子」云云，文雖不同，亦與上文相連。今本或傳寫者據新序雜事五妄移，而不知新序與本書體例不同矣。

第十三章

崔杼弒莊公，周廷寀云：春秋襄二十五年，夏，齊崔杼弒其君光。令士大夫盟。「令」舊作「合」。○周廷寀云：「合」當從新序義勇〔篇〕作「令」。○維遹案：周校是也。晏子春秋雜上篇作「令無得不盟者」，今據正。盟者皆脱劍而入。言不疾，指不至血者死，舊作「措血至者死」。○沈本、毛本、劉本亦作「措血至者死」，元本、張本、鍾本、黄本、楊本、程本作「指血至者死」。○趙本作「指不至血者死」。校云：本譌作「指血至者死」，據晏子春秋雜上篇、新序義勇篇改正。○維遹案：趙校是也，今據補正。所殺者十餘人。次及晏子。晏子捧杯血，「晏子」二字舊不重。○趙本重「晏子」二字。校云：舊本不重，今補。○維遹案：趙校是也。晏子春秋雜上篇、新序義勇篇亦重「晏子」二字，今據補。仰天而嘆曰：「惡乎！崔杼將爲無道而殺其君。」於是盟者皆視之。元本、沈本、張本、毛本、劉本同，鍾本、黄本、楊本、程本「之」作「足」。○趙懷玉云：「足」作「之」非。○周廷寀云：「之」本或作「足」，非。○維遹案：周校是也，新序義勇篇「足」亦作「之」。崔杼謂晏子曰：「子與我，吾將與子分國。子不與我，殺子。」維遹案：「殺子」上省「吾將」二字。以上文已有，故此不再出。新序義勇篇作「子不吾與，吾將殺子」。句有繁簡，義無不同。直兵將推之，曲兵將鉤之，晏子春秋雜上篇同。孫星衍云：高誘注淮南子〔精神篇」「晏子不從崔杼之盟，將見殺。晏子曰：句戟何不句？直矛何不摧？不撓不義」。○劉師培云：「推」乃「摧」字之訛也。摧者，摧陷之義也。韓詩外傳及新序義勇篇均作「推」，與此同誤。當從淮南注訂正。吕氏春秋知分篇作「子惟之矣」，「惟」亦「推」之誤。高注淮南所據蓋古本。○維遹案：「推之」猶「刺之」，高注作「摧」亦通。廣雅釋詁三：「摧，推也。」新序義勇篇白公勝將弑楚惠王條云：「子胡不推之？白公勝乃内其劍。」劍即直兵之屬，劉説殊泥。吾願子圖之也。」「子」下舊有「之」字。○維遹案：「之」字涉下文而衍。晏子春秋雜上篇、新序義勇篇並作「唯子圖之也」，今據删。晏子曰：「吾聞留以利而倍其君者非仁也，舊脱「吾聞」二字，「君」下舊脱「者」字。沈本、張本亦無「吾聞」二字，鍾本、黄本、楊本有，元本有「聞」字，無「曰」字「吾」字，「者」字諸本皆無。○維遹案：本或有「吾聞」二字，是，今據補。晏子春秋雜上篇、新序義勇篇「留」作「回」，義亦相近。新序「君」下有「者」字，與下文「劫以刃而失其志者非勇也」句法相同，今據補。劫以刃而失其志者非勇也。詩曰：『莫莫葛藟，延于條枚。』元本、沈本、張本、毛本、程本同，鍾本、黄本、楊本、劉本「延」作「施」。○周廷寀云：「延」本或作「施」，吕覽〔知分篇〕作「延」。○維遹案：本或作「延」，與詩考引合。本或作「施」，後人順毛詩所改。愷悌君子，求福不回。』嬰其可回矣？直兵推之，曲兵鉤之，嬰不之革也。」崔杼曰：「舍晏子。」晏子起而出，援綏而乘。「援綏」舊作「授綏」。○元本、沈本、張本、毛本、劉本亦作「授綏」，鍾本、黄本、楊本、程本作「授纓」。○劉師培云：意林引吕氏春秋〔知分篇〕作「援綏」，疑「授」爲「援」之誤。○維遹案：劉校是也，本或作「纓」者，因「援」誤爲「授」，又改「綏」爲「纓」，晏子春秋雜上篇、新序義勇篇亦作「授綏」。孫星衍、盧文弨校晏子，亦云「授」當作「援」，今據正。其僕馳。趙懷玉云：吕氏春秋〔知分篇〕、新序〔義勇篇〕「僕」下有「將」字。晏子撫其手曰：「麋鹿在山林，其命在庖廚。命有所縣，安在疾馳？」安行成節，然後去之。詩曰：「羔裘如濡，恂直且侯。彼己之子，舍命不偷。」「偷」舊作「渝」。○張本、毛本亦作「渝」，元本、沈本、鍾本、黄本、楊本、劉本、程本作「偷」。○陳喬樅云：「渝」「偷」古相通用。韓詩「偷」字義當亦從毛訓變，謂見危授命，至死不變也。○維遹案：本或作「偷」，與詩考引合，今據正。本或作「渝」，後人順毛詩所改。晏子之謂也。

第十四章

楚昭王有士曰石奢，趙懷玉云：史記循吏傳、新序節士篇所載同。呂氏春秋高義篇作「石渚」，渚宫舊事同。其爲人也，公正而好直。「公」下舊脱「正」字。○趙本有「正」字。校云：舊脱「正」字，據御覽四百三十八補。○陳喬樅校同。○維遹案：趙陳校是也。新序節士篇作「公正而好義」，亦有「正」字。今據補。王使爲理。於是道有殺人者，石奢追之，則其父也。「則」下舊脱「其」字。○趙本有「其」字。校云：舊脱「其」字，從御覽（四百三十八）增。○陳喬樅校同。○維遹案：趙陳校是也。新序節士篇亦有「其」字，渚宫舊事二引同。呂氏春秋高義篇、史記循吏傳作「乃其父也」，「則」「乃」同義。今據補。還返於廷曰：「殺人者，臣之父也。以父成政，非孝也。不行君法，非忠也。弛罪廢法，而伏其辜，臣之所守也。」遂伏斧鑕，「鈇」各本均作「斧」。○維遹案：「斧」與「鈇」通。御覽四百三十八引作「鈇」，當據改，與下文一律。曰：「命在君。」君曰：「不追而不及，庸有罪乎？子其治事矣。」周廷寀云：「治事」呂氏春秋高義篇作「復事」。石奢曰：「不然。不私其父，非孝也。不行君法，非忠也。以死罪生，不廉也。維遹案：新序節士篇「生」下「不」字作「非」，與上文一律。御覽四百三十八引「罪」下有「而」字。君欲赦之，上之惠也。臣不能失法，下之義也。」維遹案：吕氏春秋高義篇、新序節士篇「不」下「能」字並作「敢」。遂不去鈇鑕，刎頸而死乎廷。維遹案：吕氏春秋高義篇「刎頸」作「殁頭」，「刎」「殁」義同。一切經音義引字略曰：「斷首曰刎。」又曰：「刎古文殁同。」又御覽四百三十八引「廷」下有「中」字，與新序節士篇合。君子聞之曰：「貞夫法哉，石先生乎！」孔子曰：「子爲父隱，父爲子隱，直在其中矣。」詩曰：「彼己之子，邦之司直。」石先生之謂也。

第十五章

外寬而内直，自設於隱括之中，大戴禮衞將軍文子篇同。○王引之云：「設」字文不成義。盧注「能以禮自犨直也」，亦譌誤難曉。史記仲尼弟子傳索隱引此「設」作「娱」。群書治要引尸子勸學篇曰：「孔子曰：自娱於檃栝之中，蘧伯玉之行也。」娱字與小司馬所見本合。蓋作「娱」者，此記原文也。「娱」與「虞」同。廣雅：「虞，安也。」言自安於檃栝之中也。今本作「設」，蓋後人用韓詩外傳改之。案韓詩外傳「設」字當作「誤」。古「虞」「誤」同聲，故外傳借「誤」爲「虞」，寫者誤爲「設」耳。○俞樾云：「設」當讀爲「翕」。尚書盤庚中篇「各設中于乃心」，漢石經「設」作「翕」。是「設」與「翕」古字通也。爾雅釋詁：「翕，合也。」「自翕於檃栝之中」，謂自合於檃栝之中也。群書治要引尸子勸學篇作「自娱於檃栝之中」，蓋「設」譌作「誤」，後人因改爲「娱」耳。或反以「娱」字爲是，失之甚矣。○維遹案：文選郭有道碑文注引同今本。家語弟子行篇「設」作「極」。詳玩諸書，字雖各異，而其義可展轉相通。禮記禮器篇：「禮也者，合於天時，設於地財，順於鬼神，合於人心。」司馬法本仁篇：「先王之治，順天之道，設地之宜。」禮記以「設」「合」相對，司馬法以「設」「順」相對，是「設」有「合」義，「順」義，故廣雅釋詁云：「設，合也。」合即順適。尚書盤庚篇「各設中于乃心」，「設中」猶「適中」，漢石經作「翕中」，「翕中」亦「適中」也。尸子「設」作「娛」，「娛」與「虞」同。「虞」訓「安」，安即安適。家語作「極」。詩氓篇「士也罔極」，毛傳：「極，中。」中亦適合也。古書字異者多矣，若强求其同，勢必遷此就彼耳。**直己而不直人，善廢而不悒悒，**「己」下舊脱「而」字。○趙善詒云：「己」下當有「而」字，與下句相對。大戴禮〈衛將軍文子篇〉、家語〈弟子行篇〉、治要引尸子俱有「而」字，可證。○維遹案：趙校是也，今據補。**蘧伯玉之行也。故爲人父者則願以爲子，爲人子者則願以爲父，爲人君者則願以爲臣，爲人臣者則願以爲君，名昭諸侯，天下願焉。詩曰：「彼己之子，邦之彦兮。」此君子之行也。**

第十六章

傳曰：孔子遭齊程本子於郯之間，「郯」舊作「剡」。元本、沈本、張本、毛本、劉本亦作「剡」，鍾本、黄本、楊本、程本作「郯」。○維遹案：初學記十七引作「孔子過齊，遇程本子於談郯之間」，御覽八百十八引作「孔子之齊，遇程丕子於譚郯之間」，「郯」與「談」「譚」古通用。孔叢子雜訓篇作「子思曰：吾昔從夫子於郯，遇程子於塗，傾蓋而語，終日而別，命子路將束帛贈焉」。説苑尊賢篇、家語致思篇作「孔子之郯，遭程子於塗」，皆與本書小異，惟「剡」作「郯」，今據正。**傾蓋而語終日，有間，**趙懷玉云：「有間」初學記〈十七〉引作「甚説」。○維遹案：説苑尊賢篇亦作「有間」，家語致思篇作「甚相親」，子華子作「甚相懽也」。**顧子路曰：「由來！取束帛以贈先生。」**「由」下舊脱「來」

「取」二字，「帛」下舊有「十匹」二字。○趙本有「來取」二字，無「十匹」二字。校云「來取」二字本脱，初學記（十七）有。又云：衍「十匹」二字，下亦同。説苑尊賢篇、家語致思篇皆無。初學記亦無，今據删。○維遹案：趙校是也。今據删補。説苑作「取束帛一」，家語作「取束帛」。易賁「束帛戔戔」，子夏傳「五匹爲束」，儀禮士冠禮「束帛儷皮」，鄭注：「束，十端也。」案每匹兩端，則十端爲五匹，與五匹爲束，名異而實同。古人贈物取其偶數，束帛計爲十端，亦偶數也。此文既稱束帛，不當再言其數。且十匹之數亦不合。蓋校者不曉束帛之義，誤釋束爲十，旁注十匹二字，遂混入正文。亦或依説苑尊賢篇「束帛一」，改「一」爲「十匹」耳。

子路不對。有間，又顧曰：「取束帛以贈先生。」「曰」下舊脱「取」字。「帛」下舊有「十匹」二字。○維遹案：據説苑尊賢篇補「取」字，又删「十匹」二字，説詳於前。

子路率爾而對曰：「昔者由也聞之於夫子，士不中道相見。維遹案：「道」與「導」同。導，引也。卷三第十八章「四方之士相導而至矣」，相導者言相引薦也。然則中導猶中間耳。家語致思篇作「中間」，御覽四百二引説苑尊賢篇作「士不中間而見」，注云：「中間，謂紹介也。」紹介與引薦義同。今本説苑脱「間」字。

女無媒而嫁者，君子不行也。」孔子曰：「夫詩不云乎：『野有蔓草，零露漙兮。有美一人，青陽宛兮，舊作「清揚婉兮」。○諸本皆作「清揚婉兮」，元本作「清陽宛兮」。○維遹案：詩考引作「青陽宛兮」，今據正。

邂逅相遇，適我願兮。』且夫齊程本子，天下之賢士也，吾於是而不贈，終身不之見也。周廷寀云：「之」家語致思篇作「能」。

大德不踰閑，小德出入可也。」

第十七章

君子有主善之心，而無勝人之色，德足以君天下，而無驕肆之容，行足以及後世，而不以一言非人之不善。故曰：君子盛德而卑，虚己以受人，旁行不流，應物而不窮。雖在下位，民願戴之。雖欲無尊，得乎哉？詩曰：「彼己之子，美如英，美如英，殊異乎公行。」

第十八章

君子易和而難狎也，荀子不苟篇「和」作「知」。○郝懿行云：「知」作「和」，於義較長。○王念孫云：「和」與「狎」義相近，故曰易和而難狎。○俞樾云：韓詩外傳作「和」，字之誤也。知者接也。墨子經篇曰：「知，接也。」古謂相交接曰知，故後漢書宋宏傳「貧賤之交不可忘」，群書治要作「貧賤之知」。是「知」有交接之義。「易知而難狎」，謂易接而難狎也。詩芄蘭篇首章曰「能不我知」，次章曰「能不我甲」，毛傳訓甲爲狎。蓋首章言不與我交接，次章言不與我狎習也。荀子以「知」「狎」對文，正本乎詩。韓嬰不達此旨，改「知」爲「和」，失之矣。王氏念孫謂當從外傳，非也。易懼而不可劫也，畏患而不避義死，好利而不爲所非，交親而不比，言辯而不亂，盪盪乎其義不可失也，鍾本、劉本同，沈本、張本、毛本「義」作「易」，元本、程本「義」作「易」，「失」作「大」，黄本、楊本「義」仍作「義」，「失」作「大」。○維遹案：今本是，本或作「易」，涉上文而誤。本或作「大」，「大」即「失」字之壞。嗛乎其廉而不劌也，元本、沈本、毛本、劉本同，鍾本、黄本、楊本、程本「磏」作「嗛」。○維遹案：本或作「嗛」，即「磏」之形誤。温乎其仁厚之寬大也，鍾本、黄本、楊本同，元本、沈本、張本、毛本、劉本、程本「寬」作「光」。○維遹案：「之」猶「而」也，「寬」本或作「光」，「光」與「廣」通，「寬」「廣」同義。超乎其有以殊於世也。詩曰：「美如玉，美如玉，殊異乎公族。」

第十九章

商容嘗執羽籥，馮於馬徒，欲以化紂而不能。「化」舊作「伐」，下同。○郝懿行云：商容蓋禮樂之官，故嘗執羽籥。樂記云「行商容而復其位」，鄭注云：「商，禮樂之官也。」○牟庭云：「伐」當作「化」。困學紀聞二卷引此傳正與今本同，惟史記（留侯世家）索隱引作「欲以化紂而不能」。蓋唐時本尚不誤，余得考證此一字，極快事也。案史記樂毅傳云：「紂之時，商容不達，身祇辱焉，以冀其變，及民志不入，獄囚自出，然後退隱。」據此，則身祇辱即所謂馮於馬徒也，冀其變即所謂所以化紂也，安得有伐紂之事乎？○維遹案：牟校是也，今據正。下同。遂去，伏於太行。維遹案：史記留侯世家索隱引「行」下有「山」字。及武王克殷，立爲太子，欲以爲三公。商容辭曰：「吾常馮於馬徒，欲以化紂而不能，愚也。不争而隱，無勇也。愚且無勇，不足以備乎三公。」遂固辭不受命。君子聞之曰：商容可謂内省而不誣能矣。君子哉！去素餐遠矣。詩曰：「彼君子兮，不素餐兮。」商先生之謂也。

第二十章

晉文公使李離爲理，「公」舊作「侯」，「理」上舊有「大」字。○許瀚云：藝文類聚四十九引「晉文侯」作「晉文公」。案史記循吏傳亦作「公」。新序〈節士篇〉作「晉文公反國」，明是五霸中之晉文，則作「公」是也。○趙本無「大」字。校云：本作「爲大理」，據御覽二百三十一引無。○維遹案：許趙校是也。書鈔五十三及御覽二百三十一引亦作「晉文公」，今據删正。過聽殺人，自拘於廷，請死於君。君曰：「官有貴賤，罰有輕重。下吏有罪，非子之罪也。」李離對曰：「臣居官爲長，不與下吏讓位，受禄爲多，「禄」舊作「爵」。趙本「爵」作「禄」。校云：「禄」本作「爵」。史記循吏傳、新序節士篇俱是「禄」字。今從之。○周廷寀云：「爵」當從新序爲「禄」。○維遹案：趙周校是也，今據正。不與下吏分利。今過聽殺人而下吏蒙其死，非所聞也。」不受命。維遹案：「不受命」新序節士篇作「離不敢受命」，史記循吏傳作「辭不受命」。君曰：「子必自以爲有罪，「子必自以爲有罪」舊作「自以爲罪」。○周本「自以爲罪」作「子必以爲罪」。校云：「子必」二字據新序補。○趙本作「子自以爲罪」。校云：「子」字舊脱，今補。○維遹案：新序節士篇作「子必自以爲有罪」，與下「則寡人亦有罪矣」義正相應，今據補。則寡人亦有罪矣。」李離曰：「法，失刑則刑，失死則死。「法失刑則刑，失死則死」舊作「法失則刑，刑失則死」。○許瀚云：史記〈循吏傳〉作「理有法，失刑則刑，失死則死」，新序〈節士篇〉作「理有法，失生即生，失殺即死」。○案史記、新序並「法」字斷句。此亦當爲「法，（句）失刑則刑，（句）失死則死。」今本「則刑」二字誤倒，「則死」上又脱一「死」字耳。不然，笞亦刑也，刑失則死，將理誤笞人而即死法，不亦傎乎？顧目藝文類聚〈四十九〉引同今本，則其誤已久。御覽〔二百三十一〕引作「法失則刑失，刑失則死」，亦誤。然「法」下尚餘八字，文雖舛錯而字數猶可尋也。○維遹案：許校是也，今據刪補。君以臣爲能聽獄決疑，「聽獄」舊作「聽微」。○「微」當作「獄」，字之誤也。前第十章「聽獄執中者皋陶也」，卷三第二十二章「不教而聽其獄」，荀子宥坐篇同，墨子明鬼篇「僇於社者何也，言聽獄之事也」。且「聽獄」與論語「聽訟」義相鄰類，今據正。史記循吏傳、新序節士篇誤與此同。故使臣爲理。今過聽殺人，臣之罪當死。」「臣之罪當死」舊作「之罪罪當死」。○趙本作「臣之罪當死」。校云：舊脱「臣」字，誤重一「罪」字，今刪補。○維遹案：趙校是也。今據刪補。趙校據新序節士篇。新序云「如臣之罪乃當死」，御覽二百三十一引作「今過聽殺無罪，罪當死」。君曰：「棄位委官，伏法亡國，趙懷玉云：「亡國」疑是「忘國」。非所望也。趣出！無憂寡人之心。」李離對曰：「政亂國危，君之憂也。軍敗卒亂，將之憂也。夫無能以事君，闇行以臨官，維遹案：「無」疑當作「誣」，聲之誤也。「誣能」與「闇行」對文。管子法法篇「今以誣能之臣，事私國之君」，又云「忠臣不誣能以干爵祿」，韓非子八姦篇「是以賢者不誣能以事其主」，並其證。新序節士篇作「無能以臨官，藉汙以治人」，「無」亦當作「誣」。今本韓詩外傳蓋後人據誤本新序妄改。是無功以食祿也。臣不能以虛自誣。」遂伏劍而死。君子聞之曰：忠矣乎！維遹案：「忠矣乎」語氣未完，疑當作「忠矣仁矣李先生乎」，與前第十四章「貞夫法哉石先生乎」句例略同。御覽二百三十一引作「忠矣仁矣」，刪「李先生乎」四字。詩曰：「彼君子兮，不素餐兮。」李先生之謂也。

第二十一章

楚狂接輿躬耕以食。維遹案：列女傳賢明篇「以」下有「爲」字。其妻之市未返。楚王使使者賫金百鎰造門，曰：「大王使臣奉金百鎰，願請先生治河南。」趙懷玉云：列女賢明傳「河南」作「淮南」，是。下同。接輿笑而不應。使者遂不得辭而去。妻從市而來，曰：「先生少而爲義，豈將老而遺之哉？門外車軼何其深也？」趙懷玉云：「軼」與「轍」同。莊子人間世「螳蜋怒臂以當車軼」，釋文音轍。戰國〈策〉齊策「主者循軼之途也」，高誘注：「軼途，轍之道也。」○郝懿行校同。○維遹案：趙郝校是。文選陶淵明讀山海經詩注引「軼」作「轍」。接輿曰：「今者王使使者賫金百鎰，欲使我治河南。」其妻曰：「豈許之乎？」曰：「未也。」妻曰：「君使不從，非忠也。從之，是遺義也。不如去之。」乃夫負釜甑，妻戴紝器，「紝」舊作「織」。○鍾本、黄本、楊本、劉本、程本亦作「織」，元本、沈本、張本、毛本作「經」。○趙本作「紝」，校云：「紝」毛本譌「經」。一本作「織」，亦妄改。今從列女傳〈賢明篇〉。○維遹案：趙校是也。渚宮舊事二引「織」作「紝」，今據正。變易姓字，莫知其所之。論語曰：「色斯舉矣，翔而後集。」接輿之妻是也。詩曰：「逝將去汝，適彼樂土。適彼樂土，爰得我所。」下句「適彼樂土」舊作「樂土樂土」。○元本、沈本、張本、毛本、劉本亦作「樂土樂土」，鍾本、黄本、楊本、程本作「適彼樂土」。○趙懷玉云：新序節士篇引詩「適彼樂郊，適彼樂郊」，與此相同。毛本改從今詩，非是。下同。○盧文弨云：按後「適彼樂國」，亦重上句。疑重上句者是古本，後人皆以今詩改之耳。又新序節士篇亦重「適彼樂郊」句，更可證矣。○許瀚云：「適彼樂土」，沈、黃、毛本並作「樂土樂土」，非。今本毛詩亦然。蓋古人書重句，或作連點，遂誤讀耳。下同。○俞樾校同。○維遹案：敦煌寫本毛詩「樂土樂土」作「樂〻土〻」，是毛詩唐時已誤。然其致誤之由，韓毛相同，並與許俞校合，今據鍾本改正。

第二十二章

昔者桀爲酒池糟隄，縱靡靡之樂，一鼓而牛飲者三千人。「而」上舊脱「一鼓」二字，「千」下脱「人」字。○趙懷玉云：新序刺奢篇作「一鼓而牛飲者三千人」，此有脱文。○許瀚云：趙校是也。新序節士篇亦云：「桀爲酒池足以運舟，糟邱足以望七里，一鼓而牛飲者三千人。」○陳喬樅云：外傳本脱去「一鼓」字「人」字，今據新序補之。○維遹案：趙許陳校是也，今據補。群臣皆相持而歌曰：「歌」下舊脱「曰」字。○趙懷玉云：新序〈刺奢篇〉有「曰」字。○維遹案：尚書大傳亦有「曰」字，今據補。「江水沛兮，舟楫敗兮。我王廢兮，趣歸於亳，亳亦大兮。」元本、張本同，鍾本、黃本、劉本、程本「兮」作「矣」。○許瀚云：「兮」本多作「矣」。沈辨之、黃從誠、毛子晉本作「兮」。案元趙德孟子箋義引正作「兮」，與伏劉合。又曰：「樂兮樂兮，四牡驕兮，六轡沃兮。去不善兮從善，「從」字舊脱。○趙本作「去不善而從善」。校云：「而從」本皆作「兮」。案「不善」韻不協，不當爲句。今從新序〈刺奢篇〉改。〈尚書〉大傳作「去不善而就善」。○陳喬樅校同。○許瀚云：舊脱「從」字。趙德引有之，而脱「兮」字。伏劉並作「去不善而從善」。○維遹案：許校是也。今據補。何不樂兮！」伊尹知大命之將至，「至」舊作「去」。○沈本、毛本、劉本亦作「去」，下同。元本、鍾本、黃本、楊本、程本作「至」，下同。又「大」字鍾本作「天」，下同。

○維遹案：本或作「至」，是，今據正，下同。新序刺奢篇作「伊尹知天命之至」，尚書大傳作「吾大命格兮」，「格」與「至」同義。**舉觴告桀**，「告」舊作「造」。諸本皆作「造」，鍾本作「告」。○維遹案：本或作「告」，與新序刺奢篇、尚書大傳合，今據正。**曰：「君王不聽臣言，大命至矣！亡無日矣！」桀拍然而抃**，黄本、楊本同，元本、沈本、張本、毛本、劉本、程本「拍」作「相」，鍾本「拍」仍作「拍」，「抃」作「作」。○許瀚云：新序（刺奢篇）「抃」作「作」，薛、沈、黄、毛、唐諸本「拍」作「相」。案「拍」「相」皆譌，當作「⿰木曶」。「⿰木曶」借爲「曶」。「曶」出氣詞也。俗通作「忽」，疾也，輕也。說文木部：「朴，相高也。」段氏注改「相」作「⿰木曶」。晏子春秋（雜下篇）「望之相相然」，王氏讀書雜志曰：「相當爲⿰木曶。」說文：「⿰木曶，高皃，從木曶聲。」「⿰木曶」與「相」字形相似。世人多見「相」，少見「⿰木曶」，故「⿰木曶」譌爲「相」。二説足證此誤。○維遹案：許校未安。抃，以手擊股也。拍然爲抃聲，猶盍然爲笑聲。⿰木曶訓高貌，於抃義無施。**盍然而笑**，元本、沈本、張本、毛本同，鍾本、黄本、楊本、劉本、程本「盍」作「嗑」。○趙本作「嗑」。校云：（尚書）大傳、新序（刺奢篇）作「啞然」。○許瀚云：說文：「啞，笑也。」「嗑，多言也。」「嗑」於笑義無當，「嗑」當爲「嗌」，形之誤也。莊子天地篇：「嗑然而笑。」釋文：「嗑，笑聲也。本又作嗌。」案說文：「嗌，咽也。」字林：「嗌，笑聲。」「啞」訓「笑」，引申之爲「瘖」。「嗌」訓「咽」，引申之爲「笑」，其誼一也。本書九載子張之言曰：「笑言嗌嗌。」薛本、毛本作「盍然而笑」，則又「嗑」之誤矣。**曰：「子又妖言矣。吾有天下，猶天之有日也。日有亡乎？日亡吾亦亡也。」於是伊尹接履而趨**，聞一多先生云：楚辭九思悼亂曰：「臿（本誤作「垂」，從釋文改）屣兮將起。」「臿」「插」古今字。左傳莊十二年「宋萬弒其君捷」，公羊「捷」作「接」，儀禮士冠禮「捷柶興」，釋文曰「捷本作插」，是「接」與「插」通。漢書地理志下注曰「屣謂小履之無根者也」，莊子讓王篇釋文引通俗文曰「履不著跟曰屣」。接履猶臿屣，言履無跟，但以足插入，曳之而行也。接履一曰扱履。本書九曰：「夫志不得，則扱（本作「授」，佩文韻府四紙引作「投」，皆字之誤。）履而適秦楚耳。」內則注：「猶扱也。」釋文曰：「扱本作捷，一本又作插。」是「扱」「插」亦通。然則扱履亦猶舌屣，即此傳之接履也。遂適於湯。湯以爲相。許瀚云：新序（刺奢篇）作「湯立爲相」，下云「故伊尹去夏入殷，殷王而夏亡」，不引詩。可謂適彼樂土，爰得其所矣。詩曰：「逝將去汝，適彼樂土。適彼樂土，爰得我所。」

第二十三章

伊尹去夏入殷。田饒去魯適燕。介子推去晉入山。維遹案：許瀚將此三句移在第二十二章「昔者桀爲酒池糟隄」上，校語詳於後。田饒事魯哀公而不見察，謂哀公曰：「察」下舊有「田饒」二字。○維遹案：「田饒」二字本在下文「哀公曰何謂也」句下，而錯移於此。治要、文選鮑明遠白頭吟注、修文御覽殘卷、類聚九十一、御覽九百十六引並無「田饒」二字。今據刪。「臣將去君，黃鵠舉矣。」許瀚云：事類賦鶴篇作「黃鶴」，新序（雜事五）作「鴻鵠」。哀公曰：「何謂也？」田饒曰：「君獨不見夫雞乎？」「田饒」二字舊脱。○許瀚云：「何謂也」下當補「田饒」二字。各本無，治要有，新序（雜事五）亦有。○維遹案：許校是也。類聚九十一、御覽二百四引有「饒」字，省「田」字，今據補。頭戴冠者文也，「頭」舊作「首」。○許瀚云：治要、類聚（九十一）（許氏原作藝文，今改稱類聚，以歸一律。下同）、初學記（三十）、文選（白頭吟）注、事類賦（十八）引作「頭」。新序（雜事五）亦作「頭」。○維遹案：許校是也，修文御覽殘卷引亦作「頭」，今據正。足傅距者武也，「傅」舊作「搏」。○元本、沈本、張本、毛本、劉本、程本亦作「搏」，鍾本、黃本、楊本作「傅」。○維遹案：本或作「傅」，與修文御覽殘卷引合，新序雜事五亦作「傅」。今據正。治要、初學記三十引作「傳」，「傳」即「傅」之形誤。文選白頭吟注引作「有」，乃以意改之。今據鍾本改正。**敵在前敢鬬者勇也，**維遹案：新序雜事五、類聚九十一同。修文御覽殘卷、文選白頭吟注引作「見敵敢鬬，勇也」。**見食相呼者仁也，**舊作「得食相告仁也」。○許瀚云：各本作「得」。治要、初學記（三十）引作「見」，新序（雜事五）亦作「見」。「告」當作「呼」。類聚（九十一）、文選（白頭吟）注、事類賦（十八）引作「呼」，新序亦作「呼」。「告」下當有「者」字。治要、類聚、初學記引有「者」字。○維遹案：許校是也。修文御覽殘卷引作「有食相呼仁也」，文選白頭吟注引同，御覽九百十六引作「見食相呼者仁也」，今據補正。**守夜不失時者信也。**「時」下舊脱「者」字。許瀚云：「時」下當有「者」字。治要、類聚（九十一）、初學記（三十）引有。○維遹案：許校是也，今據補。**雞雖有此五德，**「雞」下舊脱「雖」字。○許瀚云：「雞」下脱「雖」字。治要、類聚（九十一）、初學記（三十）引有，新序（雜事五）亦有。○維遹案：許校是也，今據補。修文御覽殘卷引無「雖」字。初學記三十、御覽二百四、九百十六引「雞」作「雖」，省「雞」字。**君猶日瀹而食之者何也？**維遹案：修文御覽殘卷引作「君猶瀹而日食之者」。初學記三十、御覽九百十六引同今本。而御覽二百四引「瀹」作「滿」，「滿」即「瀹」之形誤。治要引作「烹」，乃以意改之。説文水部：「瀹，漬也。」「瀹」與「鬻」同。䰜部：「鬻，内肉及菜湯中薄而出之。」段氏注云：「今俗所謂煠也。玄應曰：『江東謂瀹爲煠。煠音助甲切。鬻今作瀹，亦作汋。』通俗文曰：『以湯煮物曰瀹。』」**則以其所從來者近也。夫黃鵠一舉千里，止君園池，食君魚鼈，啄君黍粱，**許瀚云：文選（白頭吟）注、事類賦（十八）引「黍粱」作「稻粱」。新序（雜事五）作「菽粟」。○維遹案：修文御覽殘卷、類聚九十一引亦作「稻粱」。**無此五德者，**「五」下舊脱「德」字。○許瀚云：類聚（九十一〕引「五」下有「德」字，當據補。○維遹案：許校是也，今據補。君猶貴之者何也？舊脱「者何也」三字。○許瀚云：治要引「之」下有「者何也」三字，當據補。○維遹案：許校是也，今據補。以其所從來者遠也。「也」舊作「矣」。○許瀚云：治要、類聚〔九十一〕、文選〔白頭吟〕注、事類賦〔十八〕引「矣」作「也」，當據改。○維遹案：許校是也。修文御覽殘卷引亦作「也」，與上「則以其所從來者近也」文同一例，今據正。故臣將去君，黄鵠舉矣。」「臣」上舊脱「故」字。○維遹案：修文御覽殘卷、文選白頭吟注引「臣」上有「故」字，與上文義正相應，今據補。哀公曰：「止！吾將書子之言也。」「子」下「之」字舊脱。○許瀚云：治要、文選〔白頭吟〕注引「子」下有「之」字，當據補。二書無「將」字，新序〔雜事五〕同。○維遹案：許校是也。修文御覽殘卷引作「吾書吾子之言」，亦有「之」字。今據補。田饒曰：「臣聞食其食者，不毁其器。陰其樹者，不折其枝。許瀚云：治要引「陰」作「蔭」。新序〔雜事五〕同。○維遹案：修文御覽殘卷引亦作「蔭」。古字通用。有臣不用，何書其言爲？」「言」下舊脱「爲」字。○許瀚云：「言」下脱「爲」字，當據治要補。新序〔雜事五〕同。○維遹案：修文御覽殘卷引作「何書言爲」，亦有「爲」字，今據補。遂去之燕。維遹案：新序雜事五同。修文御覽殘卷引無「去」字。燕立以爲相。維遹案：新序雜事五同。修文御覽殘卷、治要引無「立」字。御覽二百四引作「燕用爲相」。三年，燕政大平，沈本、張本同，元本、鍾本、黄本、楊本、毛本、劉本、程本「大」作「太」。○維遹案：治要引「大平」作「太治」。國無盗賊。哀公喟然太息，許瀚云：新序〔雜事五〕「公」下有「聞之」二字，「喟」作「慨」。爲之辟寢三月，減損上服。曰：「不慎其前而悔其後，何可復得？」許瀚云：前「高牆豐上激下」章引此爲孔子語。詩云：「逝將去汝，適彼樂

國。適彼樂國，爰得我直。」下句「適彼樂國」舊作「樂國樂國」。元本、沈本、張本、毛本、劉本亦作「樂國樂國」，鍾本、黄本、楊本、程本作「適彼樂國」。○維遹案：本或作「適彼樂國」，是，今據正。本或作「樂國樂國」，順毛詩所改。又許瀚在此章後據新序節士篇補二百六十二字，原文附于後。校云：或曰：子以新序補韓傳，有確據乎？曰：無有。曰：無據，何補也？曰：竊嘗反覆其文，得數證焉。「伊尹去夏入殷」三句總提，下舉三事分疏，合之乃文義完備，一證也。「伊尹去夏入殷」三句，今本誤冠田饒事上。述田饒事，何須上及伊尹，下及介子推？且自群書治要、藝文類聚、初學記、文選注、事類賦引田饒文，並無此三語，新序亦無之，其原不在田饒事上可知，二證也。伊尹事引詩「適彼樂土」，田饒事引詩「適彼樂國」，介子推事引詩「適彼樂郊」，按之詩文，次序恰合，三證也。以世次論，介子推應在田饒前，傳詩者義主於詩，「樂土」「樂國」本無異義，「樂郊」章屬之子推，則以「號呼朞年」與「誰之永號」相牽，故略其世次以就之，四證也。伊尹事上有「昔者」二字，田饒介子推事上無之。介子推事引詩下有「此之謂也」四字，伊尹田饒事下亦無之，顯爲一首一尾，五證也。田饒事云「事魯哀公而不見察」，介子推事亦云「爲人臣而不見察於其君」。田饒事云「吾將書子之言也」，介子推事亦云「吾將以成子之名」。田饒事云「避寢三月」，介子推事亦云「避寢三月」。伊尹事有「江水」「四牡」二歌，介子推事亦有「龍蛇」之歌。詞意比附，顯爲一處文字，六證也。曰：新序述伊尹事無引詩詞，何也？曰：新序義主刺奢，此段與紂爲鹿臺，魏王將起中天臺，齊宣王爲大室相比書之，他書無引詩語，故此亦不用詩語，取相類也。伊尹事亦見尚書大傳，然與新序文絶異，則新序固采自韓傳矣。且其末云：「故伊尹去夏入殷，殷王而夏亡。」非即取總提三句中語乎？是亦一證也。曰：田饒事，韓傳引詩「適彼樂國」，新序引詩「適彼樂土」，何也？曰：韓傳三事比書，故以詩三章分屬。新序分隸各篇，而「樂國」「樂土」並無異義，無緣必用詩之第二章，故易從首章也。韓傳雜采書傳爲之，新序亦雜采書傳爲之。韓傳義繫乎詩，故比其事以證詩，新序篇自爲義，故分其事以隸各篇。如韓傳六論「先生先醒」章，則比楚莊宋昭郭君三事書之，新序則以楚莊事隸雜事一，宋昭事郭君事隸雜事五，是其例也。總之，新序與韓傳文略同者，縱不采自韓傳，亦必與韓所采同出。文同而末有詩詞，則確采自韓傳也。所愧聞見寡陋，群書中未見引子推事作韓傳者。如有之，則真確證矣。

晉文公反國，酌士大夫酒，召舅犯而將之，召艾陵而相之，授田百萬。介子推無爵。事兩見說苑復恩篇，一作介子推，一作舟之僑。案「舟之僑」蓋「介之綏」之誤。宋葉大慶考古質疑謂劉向惑於多聞，而不知筆削，遂聯載之以爲舟之僑事。說未盡當，然足徵其誤已久矣。上條語意多本左傳，下條則與新序略同。事又見琴操，文異。齒而就位。觴三行，介子推奉觴而起，曰：「有龍矯矯，將失其所。「將」說苑兩條並作「頃」，當依改。有蛇從之，「有」說苑上條作「五」，下條作「一」。周流天下。「周流」說苑上條作「徧」。說苑上條有「龍飢無食，一蛇割股」二句。龍既入深淵，說苑兩條並作「龍反其淵」。得其安所。說苑上條作「安其壤土」，又多「四蛇入穴，皆有處所」二句。下條作「安寧其處」。蛇脂盡乾，獨不得甘雨。說苑上條作「一蛇無穴，號於中野」。下條作「一蛇耆乾，獨不得其所」，「耆」讀曰「脂」。上條從者縣書之言，下條子推自歌，故詞意各異。此何謂也？」文公曰：「嘻！是寡人之過也。吾爲子爵與，待旦之朝也。吾爲子田與，河東陽之間。」說苑下條作「子欲爵雅，請待旦日之期。子欲祿邪，請今命廩人。」介子推曰：「推聞君子之道，謁而得位，道士不居也，爭而得財，廉士不受也。」說苑下條作「請而得其賞，廉者不受也，言盡而名至，仁者不爲也」。文公曰：「使我得反國者，子也。吾將以成子之名。」介子推曰：「推聞君子之道，爲人子而不能承其父者，則不敢當其後。爲人臣而不見察於其君者，則不敢立於其朝。然推亦無索於天下矣。」遂去而之介山之上。文公使人求之，不得。爲之辟寢三月，號呼朞年。說苑下條作「文公求之不得，終身誦甫田之詩」。詩曰：「逝將去汝，適彼樂郊。適彼樂郊，誰之永號。」此之謂也。自「晉文公反國」至此，新序文，疑爲韓傳脱文，特補於此。新序此下尚有「文公待之，不肯出，求之不能得。以謂焚其山，宜出。及焚其山，遂不出而焚死」數語。疑子政補綴之詞，非韓傳文。上既言「求之不得，號呼朞年」矣，豈焚山又在朞年後乎？且上二事並引詩而止，此亦當然，不應引詩之後又叙事也。今不録。

第二十四章

子賤治單父，趙善詒云：御覽二百六十七引句首有「宓」字，吕覽察賢、説苑政理同。彈鳴琴，身不下堂，而單父治。巫馬期以星出，以星入，日夜不處，以身親之，而單父亦治。巫馬期問於子賤。維遹案：吕氏春秋察賢篇、説苑政理篇「問」下並有「其故」二字。子賤曰：「我任人，子任力。任人者佚，任力者勞。」人謂子賤則君子矣，佚四肢，全耳目，平心氣，而百官理，任其數而已。巫馬期則不然。弊性事情，「弊性事情」舊作「乎然事惟」。○沈本、張本亦作「惟」，元本、鍾本、楊本、黄本、周本、趙本「惟」作「情」。○周廷寀云：吕氏春秋察賢篇作「弊生事精」，説苑政理篇作「弊性事情」。寀案，「此乎然」疑爲「弊生」二字之譌也。○俞樾云：當從説苑。爾雅釋詁「事，勤也」，「勤，勞也」，然則事亦勞也。言弊其性，勞其情也。「生」

與「性」，「精」與「情」，古字並通。○維遹案：周俞校是，今據説苑改正。勞力教詔，雖治猶未至也。詩曰：「子有衣裳，弗曳弗摟。」「摟」舊作「婁」。○陳喬樅云：玉篇手部：「詩曰弗曳弗摟。」此所引詩，是據韓家之文。毛詩作「婁」，乃「摟」之古文假借字。今本韓詩外傳引詩皆作「婁」，蓋後人依毛詩改之耳。○維遹案：陳校是也，今據正。

第二十五章

子路曰：「士不能勤苦，不能輕死亡，不能恬貧窮，沈本、張本、毛本、劉本同，元本、鍾本、黄本、楊本、程本「恬」作「活」。○聞一多先生云「不能勤苦」，能讀爲耐。「輕死亡」上「恬貧窮」上二「能」字並衍文。「不能(耐)勤苦，不輕死亡，不恬貧窮」三句，文同一例。下文述申包胥事竟，曰：「不能勤苦，焉能行此？」述比干、夷、齊事竟，曰：「不輕死亡，焉能行此？」述曾子事竟，曰：「不恬貧窮，焉能行此？」即承此言之，是其確證。○維遹案：聞校是也。説苑立節篇文與此同，是其誤已久矣。又案「恬」字，本或作「活」，「活」即「恬」之形誤。而曰我能行義，吾不信也。」「我」下舊脱「能」字。○趙善詒云：説苑立節篇「我」字下有「能」字，當據補，方與上句語氣相承。○維遹案：趙校是也，今據補。昔者申包胥立於秦廷，七日七夜，哭不絶聲，是以存楚。不能勤苦，焉能行此？「能」舊作「得」。○維遹案：説苑立節篇「得」作「能」，是。「焉能行此」，下文兩見，此不當獨異。今據正。比干且死，而諫愈忠。維遹案：且猶將也，説苑立節篇作「將」。伯夷叔齊餓于首陽，而志益彰。不輕死亡，焉能行此？曾子褐衣緼緒，趙懷玉云：「緒」與「著」音義同。○維遹案：本書卷九第二十七章「緒」作

「著」，即趙氏所本。說苑立節篇作「緼袍」。禮記玉藻篇「緼爲袍」，鄭注：「衣有著之異名也。」則「緼緒」與「緼袍」名異而實同。「緒」「著」並與「褚」通。說文衣部：「褚，一曰裝也。」凡著絮於衣亦曰裝也。**未嘗完也。糲米之食，**維遹案：說苑立節篇作「糟糠之食」。「糲」與「䊪」同。說文米部：「䊪，粟重一秳十六斗大半斗，舂爲一斛，曰䊪。」引申之粗米曰糲。漢書司馬遷傳「糲粱之食」，六韜盈虛篇「糲粱之飯」，淮南人間篇「糲粢之飯」，列子力命篇「食則糲粢」。粱粢義均勝米。**未嘗飽也。義不合，則辭上卿。不恬貧窮，焉能行此？夫士欲立身行道，無顧難易，然後能行之。欲行義白名，**「白」舊作「狗」。○鍾本、黃本、楊本、程本亦作「狗」，元本、沈本、張本、毛本作「白」。○趙本作「白」。校云：說苑〔立節篇〕作「著名」，著猶白也。本或作「狗名」。○維遹案：本或作「白」，是，今據正。**無顧利害，然後能行之。**周廷寀云：此「行」字當從說苑〔立節篇〕作「成」。**詩曰：「彼已之子，碩大且篤。」非良篤脩身行之君子其孰能與之哉？**「非良」舊作「良非」。○沈本、張本、毛本、劉本亦作「良非」，元本、鍾本、黃本、楊本、程本作「非良」。○趙懷玉云：「非良」本或作「良非」，誤也。說苑〔立節篇〕作「非良篤修激之君子」。○周廷寀云：此疑「身」字爲衍。○維遹案：本或作「非良」，是，今據乙。「身」非衍文，「身」下疑脫「激」字。說苑采自本書，彼云「修激」，即約此「脩身激行」，又疑「身行」爲「激」字之壞，分爲二字。

第二十六章

子路與巫馬期薪於韞丘之下。許瀚云：韞邱即宛邱。「蘊」「宛」音義同，假借通用。荀子富國篇「使民夏不宛暍」，楊倞注：「宛讀曰蘊，暑氣也。」詩曰：「蘊隆蟲蟲。」哀公篇「富有天下而無怨財」，注：「怨讀爲蘊，言雖富有天下而無蘊蓄私財也。家語作無宛。古蘊宛通。」毛傳：「四方高，中央下曰宛邱。」爾雅：「宛中，宛邱。」釋文：「宛，施於阮反。孫云：謂中央汙也。郭於粉反，謂蘊聚隆高也。」瀚案：孫云「中央汙」，同毛詩説。李巡及劉熙釋名亦同此説。「宛」讀如字。郭讀於粉反，則讀「宛」爲「蘊」，故謂蘊聚隆高。郭蓋用韓詩説也。陳之富人有處師氏者，脂車百乘，觴於韞丘之上。元本、沈本、張本、毛本、劉本、程本亦作「脂車」，鍾本、黄本、楊本作「指車」。趙懷玉云：「脂車」本皆作「指車」。御覽四百七十二引作「枝車」，皆不可曉。（鮑本及宋本御覽引「脂車」並作「校車」，與趙所據本異。）○俞樾云：此當以作「指」爲是。「指」者「榰」之叚字。「榰」從木、耆聲，「耆」與「指」並從旨聲，故得通用。爾雅釋言：「榰，柱也。」今「榰」「柱」字皆以支爲之。周語：「天之所支，不可壞也，其所壞亦不可支也。」又或以「枝」爲之。莊子齊物論「師曠之枝策也」，司馬注曰：「枝，拄也。」御覽引此作「枝」，亦「榰」之叚字也。處師氏觴於韞丘之上，則其所乘之車，必止而勿駕。車止必有木以榰其輪，使之勿動。古謂之軔。説文車部：「軔，礙車也。」詩正義引説文作「礙車木」。離騷「朝發軔於蒼梧兮」，注曰：「軔，榰輪木也。」然則榰車猶云軔車。秦策「陛嘗軔車於趙矣」，即此榰車之義。易順鼎云：「觴」即「子之蕩兮」之「蕩」，韓詩蓋作「子之觴兮，韞丘之上兮」，與毛不同，此傳即用陳風之文。近儒輯韓詩者皆未及此。此「觴」即「蕩」假借字，「子之蕩兮」，毛傳以子爲大夫，據外傳言處師氏，則陳大夫之遊蕩成俗可知，足以證明毛義。

子路與巫馬期曰：趙懷玉云：「與」當作「語」。孫星衍云：「與」當作「謂」。「使子無忘子之所知，亦無進子之所能，得此富，終身無復見夫子，子爲之乎？」巫馬期喟然仰天而嘆，闟然投鎌於地，維遹案：管子小問篇「闟然止」。「闟」與「翕」同。文選吴都賦劉逵注：「翕，忽疾貌。」曰：「吾嘗聞之夫子：『勇士不忘喪其元，志士仁人不忘在溝壑。』子不知予與？試予與？意者其志與？」子路心慙，負薪先歸。「慙」下舊有「故」字。○趙本「慙」作「慚」，無「故」字。校云：「慚」下本有「故」字，衍。○維遹案：趙校是也，今據删。孔子曰：「由來！何爲偕出而先返也？」子路曰：「向也由與巫馬期薪於韞丘之下，陳之富人有處師氏者，脂車百乘，觴於韞丘之上。由謂巫馬期曰：『使子無忘子之所知，亦無進子之所能，得此富，終身無復見夫子，子爲之乎？』巫馬期喟然仰天而嘆，闟然投鎌於地，曰：『吾嘗聞之夫子，「聞」下舊脱「之」字。○諸本皆無「之」字，何本、趙本有「之」字。○維遹案：本或有「之」字，與上文一律，今據補。勇士不忘喪其元，志士仁人不忘在溝壑。子不知予與？試予與？意者其志與？』」由也心慚，故先負薪歸。」孔子援琴而彈。詩曰：「肅肅鴇羽，集于苞栩。王事靡盬，不能蓺稷黍。父母何怙？悠悠倉天，曷其有所！」「倉」舊作「蒼」。○諸本皆作「蒼」，趙本作「倉」。○陳喬樅云：王氏詩考引外傳「悠悠倉天」。今外傳本誤「蒼」，非。禮記月令：「駕倉龍，服倉玉，衣倉衣。」皆以「倉」爲「蒼」字。○維遹案：陳校是也，今據正。予道不行邪？使汝願者。周廷寀云：疑有譌脱。○聞一多先生云：周説非是。願，慕也，謂子路慕陳人之富。此倒裝句法，猶言「使汝慕者，豈予道不行邪」？檀弓「誰與哭者」，吕氏春秋重言篇「子邪言伐莒者」，句法並與此同。上文「孔子援琴而彈」，下疑脱「曰」字。此九字乃孔子語，當移在彼文「曰」字下。

第二十七章

孔子曰：「士有五。有執尊貴者，有家富厚者，有資勇悍者，有心智慧者，「慧」舊作「惠」。

○元本、沈本、張本、毛本、劉本亦作「惠」，鍾本、楊本、程本作「愚」，黄本作「慧」。○維遹案：本或作「慧」，與治要引合，今據正。本或作「愚」，即「惠」之形誤。有貌美好者。執尊貴者，「執」上舊有「有」字。○趙懷玉云：「執」上本皆衍一「有」字。○維遹案：趙校是也。此涉上文衍，治要引正無「有」字，今據删。不以愛民行義理，而反以暴敖凌物。舊脱「凌物」二字。○趙善詒云：集語引「暴敖」下有「凌物」二字。例以下文「而反以侵陵私鬬」，「而反以事姦飾詐」，「而反以蠱女從欲」，「反以」下皆四字爲句，則此文應據集語引補「凌物」二字。○維遹案：趙校是也，今據補。家富厚者，不以振窮救不足，元本、沈本、張本、毛本同，鍾本、黄本、楊本、劉本、程本「振」作「賑」。而反以侈靡無度。資勇悍者，不以衞上攻戰，而反以侵陵私鬬。心智慧者，不以端計數，而反以事姦飾詐。貌美好者，不以統朝涖民，而反以蠱女從欲。元本、沈本、張本、毛本同，鍾本、黄本、楊本、劉本、程本「從」作「縱」。此五者，所謂士失其美質者也。」詩曰：「温其如玉，在其板屋，亂我心曲。」

第二十八章

上之人所遇，容色爲先，「容」字舊脱。○趙善詒云：類説引「色」上有「容」字，宜據補。與下「聲音」「事行」相對也。○維遹案：趙校是也，今據補。聲音次之，事行爲後。故望而知宜爲人君者容也，「而」下舊脱「知」字。○維遹案：「而」下當有「知」字，下文云「不假言而知宜爲人君者」，正承此言之。今據補。近而可信者色也，發而安中者言也，元本、沈本、張本、毛本、劉本同，鍾本、黃本、楊本、程本無「安」字。久而可觀者行也。元本、沈本、張本、毛本、劉本同，鍾本、黃本、楊本、程本「久」作「文」。故君子容色，天下儀象而望之，不假言而知宜爲人君者。「知」下舊脱「宜」字。○沈本、張本、毛本、劉本亦無「宜」字，元本有「宜」字無「知」字，鍾本、黃本、楊本、程本、周本「假」作「暇」，無「知」字有「宜」字，「宜」下又有「人」字，趙本作「不假言而知宜爲人君者」。○周廷寀云：「暇」本或作「假」，「宜人」「人」字疑衍。○維遹案：本或無「知」字，本或無「宜」字，合之乃備，疑趙本亦綜合諸本，非古本如是，今據補。詩曰：「顔如渥沰。其君也哉！」「沰」舊作「丹」。○沈本、張本、毛本亦作「丹」，元本、劉本作「赭」，鍾本、黃本、楊本、程本、周本作「頳」。○周廷寀云：「頳」毛詩作「丹」，釋文：「丹，韓詩作沰，沰，赭也。」蓋外傳與內傳異文，「沰」讀如囊橐之橐。○馬瑞辰云：邶風「赫如渥赭」，箋云：「赭，丹也。」此詩釋文引韓作「沰」，云：「沰，赭也。」「沰」與「赭」音義同。是知此詩毛本作「渥赭」，故韓詩得通作「沰」。箋云「顔色如厚漬之丹」，亦以丹釋經赭字，非必經原作丹也。後人據箋以改經，遂誤作「渥丹」耳。釋文云「丹如字」，則陸所見經本已誤。○維遹案：馬校是也，今據正。

第二十九章

子夏讀書已畢。「讀書」舊作「讀詩」。○趙本作「讀書」，校云：「讀書」本皆作「讀詩」。案尚書大傳略説、孔叢子論書篇皆是「讀書」。此下所論亦是書，其作「詩」者，疑後人習讀論語，因妄改此。今據二書以復其舊。○維遹案：趙校是也，今據正。下同。夫子問曰：「爾亦可言於書矣。」鍾本、黃本、楊本、程本同，元本、沈本、張本、劉本

「可言」作「何大」。○趙懷玉云：「可言」毛本作「何大」。尚書大傳略説、孔叢子論書篇皆作「子何爲於書」。子夏對曰：「書之於事也，趙懷玉云：兩書「於」皆作「論」。昭昭乎若日月之光明，維遹案：尚書大傳略説、孔叢子論書篇「光」並作「代」。禮記大學篇亦有「如日月之代明」語。「若日月之代明」與下「如星辰之錯行」對文。荀子天論篇「日月遞炤」，「代明」與「遞炤」同義。燎燎乎如星辰之錯行，趙懷玉云：「燎燎」兩書皆作「離離」。上有堯舜之道，下有三王之義，弟子所受於夫子者，志之於心不敢忘。「弟子」下舊脱「所受於夫子者，志之於心不敢忘」十字。○趙本有此十字。校云：此十字本皆脱，據尚書大傳略説補。大傳闕「者」字，據藝文類聚引補。孔叢子論書篇作「凡商之所受書於夫子者，志之於心弗敢忘」。○維遹案：趙校是也，今據補。雖居蓬户之中，彈琴以詠先生之風，有人亦樂之，無人亦樂之，亦可發憤忘食矣。詩曰：『衡門之下，可以棲遲。泌之洋洋，趙懷玉云：程本、胡本「泌」俱作「沁」。可以療飢。』」「療飢」舊作「樂飢」。張本、毛本亦作「樂飢」，沈本作「樂饑」，鍾本、黄本、楊本、劉本、程本作「療饑」，元本作「療飢」。○維遹案：本或作「療飢」，與詩考引合，今據正。夫子造然變容曰：「嘻！吾子殆可以言書已矣。「殆」舊作「始」。○趙本「始」作「殆」。校云：「殆」本皆作「始」，譌。據尚書大傳略説、孔叢子論書篇改。「以」「與」同。「已」字疑衍，兩書皆無。○維遹案：趙校是也。孔子集語四引「始」亦作「殆」，今據正。然子以見其表，維遹案：「以」與「已」同。未見其裏。」顔淵曰：「其表已見，其裏又何有哉？」孔子曰：「闚其門，不入其中，安知其奥藏之所在乎？然藏又非難也。丘嘗悉心盡志，已入其中，前有高岸，後有深谷，泠泠然如此，既立而已矣。」聞一多先生云：既讀爲忔。（乞槩二聲通用，説文氣之重文作槩，是其比。）説文曰：「忔，癡貌。」史記扁鵲傳「數忔食飲」，索隱曰：「風痺忔然不得動也。」「既立」即「忔立」，猶言癡立不動也。〇維遹案：聞校是也，尚書大傳略説「既立」作「正立」，義亦相近。不能見其裏，蓋未謂精微者也。「蓋」字舊脱。〇沈本、張本、毛本、劉本亦無「蓋」字，鍾本、黄本、楊本、程本有「蓋」字，無「未」字，元本「蓋」字誤爲「益」，亦無「未」字。〇維遹案：本或脱「蓋」字，本或脱「未」字，合之乃備，今據補。蓋猶乃也，「謂」「爲」古通用。

第三十章

傳曰：國無道則飄風厲疾，暴雨折木，陰陽錯氛，夏寒冬温，春熱秋榮，日月無光，星辰錯行，民多疾病，國多不祥，群生不壽，而五穀不登。當成周之時，陰陽調，寒暑平，群生遂，萬物寧。故曰：其風治，其樂連，其驅馬舒，其民依依，其行遲遲，其意好好。詩曰：「匪風發兮，匪車揭兮，顧瞻周道，中心㤁兮。」「揭」「㤁」舊作「偈」「怛」。〇沈本、張本、毛本、劉本亦作「偈」「怛」，鍾本、楊本、程本作「揚」「怛」，元本、黄本作「揭」「怛」。〇陳喬樅云：漢書王吉傳引詩「偈」作「揭」，「怛」作「㤁」。王吉治韓詩，此所引詩説即韓詩内傳之説也。〇維遹案：陳校是也。本或作「揭」，尚存其舊，本或作「揚」，「揚」即「揭」之形誤。詩考引「偈」作「揭」，「怛」作「㤁」，今據正。

第三十一章

夫治氣養心之術，血氣剛强則務之以調和，周廷寀云：「務」字疑譌，當從荀子修身〔篇〕爲「柔」。智慮潛深則一之以易諒，荀子修身篇「諒」作「良」。○郝懿行云：「良」「諒」古通用。樂記云「易直子諒之心生」，「易諒」即「易良」也。勇毅强果則輔之以道術，齊給便捷則安之以靜退，卑攝貪利則抗之以高志，容衆駑散則劫之以師友，「駑」舊作「好」。○周廷寀云：荀子〔修身篇〕云「庸衆駑散」，疑此「容」「好」字譌。○趙善詒云：周校據荀疑「容」字譌，非也。「容」「庸」古通，莊子胠篋篇「容成氏」，六韜「容」作「庸」，可證。「好」字乃「奴」字之形譌，「奴」「駑」古今字。○維遹案：趙校是也，今據正。怠慢摽棄，趙懷玉云：「摽棄」猶今人言「拋棄」。荀子〔修身篇〕「摽」作「僄」，注引方言「楚謂相輕薄爲僄」。○聞一多先生云：字一作「暴」。孟子離婁上篇：「言非禮義謂之自暴也，吾身不能居仁由義謂之自棄也。」「暴棄」與「摽棄」亦同。則慰之以禍災。趙善詒云：「慰」乃「畏」之叚。莊子盜跖篇「貪財而取慰」，釋文本作「畏」。○維遹案：慰猶止也。詩緜篇「迺慰迺止」，「慰」「止」對舉，慰亦止也。「慰」與「尉」聲類同。說文火部：「尉，上按下也，所以申繒也。」上按下引申爲止。止，戒止也，與畏義相因。愿婉端愨則合之以禮樂。凡治氣養心之術，莫徑由禮，莫優得師，莫慎一好。好一則摶，摶則精，「摶摶」舊作「博博」。○維遹案：「博」與「一」「精」義不相屬，「博」皆當作「摶」，字之誤也。摶即專字。管子幼官篇「摶一純固」，今本「摶」亦誤爲「博」。立政篇「博出入」，王念孫云：「博當爲摶。俗書摶字作摶，因譌而爲博。商子農戰篇『民不營則國力摶』，衞策『願王摶事秦，無有佗計』，韓詩外傳『好一則摶』，今本摶字並譌作博。」案王校是也，今據正。精則神，神則化。是以君子務結心乎一也。詩曰：「淑人君子，其儀一兮。其儀一兮，心如結兮。」

第三十二章

玉不琢，不成器。人不學，不成行。維遹案：禮記學記「成行」作「知道」。家有千金之玉，不知治，猶之貧也。維遹案：御覽引尸子「不」上有「而」字，「猶」下有「謂」字，於義較長。良工宰之，則富及子孫。君子謀之，元本、沈本、張本、毛本同，鍾本、黄本、楊本、劉本、程本「謀」作「學」。則爲國用。故動則安百姓，議則延民命。詩曰：「淑人君子，正是國人。正是國人，胡不萬年！」

第三十三章

嫁女之家，三夜不息燭，思相離也。取婦之家，三日不舉樂，思嗣親也。趙懷玉云：禮記曾子問文。是故昏禮不賀，人之序也。周廷寀云：〈禮記〉郊特牲文。注「序猶代也」。三月而廟見，稱來婦也。趙懷玉云：曾子問文。厥明見舅姑，舅姑降于西階，婦降自阼階，授之室也。「婦降」舊作「婦升」。○趙本作「婦降」。校云：郊特牲文。又昏義云：「以著代也。」舊本「婦降」誤作「婦升」，今據禮記兩篇改正。

○維遹案：趙校是也，今據正。憂思三日，不殺三月，元本、沈本、張本、毛本、劉本同，鍾本、黄本、楊本、程本作「三月不殺」。孝子之情也。故禮者，因人情爲文。詩曰：「親結其縭，九十其儀。」言多儀也。郝懿行云：九十言多也，以稱九十者，三月之數也。禮三月廟見，稱來婦，言成其爲婦也。婦禮成於是，故儀之數象焉，不者何不曰百其儀千其儀也？

第三十四章

原天命，治心術，理好惡，適情性，而治道畢矣。原天命則不惑禍福，不惑禍福則動静循理矣。「循」舊作「脩」，脱「理矣」二字。○諸本皆作「則動静脩」，元本作「則動静脩理」。○趙善詒云：治要引「修」下有「理」字，淮南〔子〕詮言篇作「動静循理」，文子符言篇作「動静順理」，「循」「順」音義並通。今「動静修」文義不明，「修」當爲「循」之形譌，「修」古作「脩」，與「循」字形近。而下奪「理」字。○維遹案：趙校是也。治要引作「則動静脩理矣」，「脩」亦「循」字之譌，當作「則動静循理矣」。今據補正。治心術則不妄喜怒。不妄喜怒則賞罰不阿矣。舊脱「矣」字。○維遹案：治要引有，今據補。理好惡則不貪無用。不貪無用則不以物害性矣。「則不以物害性矣」舊作「則不害物性」。○元本「無用」下無「則」字。○趙善詒云：「不害物性」於義未通。治要引作「不以害物性」，應據補正。淮南〔子〕詮言篇作「不以欲用害性」，文子符言篇作「不以欲害性」，可證。○維遹案：趙校是也。今本脱「以」「矣」二字，「物」「害」誤倒，其義遂不可通，當從治要作「則不以物害性矣」，今據補正。適情性則欲不過節，欲不過節則養性知足矣。舊作「適情性則不過欲，不過欲則養性知足」。○趙善詒云：治要引作「適情性則欲不過節，欲不過節則養性知足矣」。今本有誤奪，當據補正。淮南子詮言篇同，文子〔符言篇〕作「適情性即不欲過節」。「則」「即」古通，亦可爲證。○維遹案：趙校是也。今本因脱「節」字，校者乃乙轉其文。今據治要補正。**四者不求於外，不假於人，反諸己而存矣。**維遹案：治要引「存」作「已」。淮南子詮言篇、文子符言篇「存」作「得」。**夫人者説人者也，形而爲仁義，動而爲法則。詩曰：「伐柯伐柯，其則不遠。」**

韓詩外傳卷第三

第一章

傳曰：昔者舜甑盆無膻，趙懷玉云：「膻」俗「羶」字。初學記〔九〕作「羶」。下云「而工不以巧獲罪」，似誤。而下不以餘獲罪。飯乎土簋，啜乎土型，而工不以巧獲罪。「工」舊作「農」，「巧」舊作「力」。○趙善詒云：土簋土型乃百工之職，下不當言農也。初學記九、御覽八十一引有「而工不以巧獲罪」句在「舜甑盆無膻」下，疑當在此。自「工」誤「農」，遂以「巧」改爲「力」，而不知其不可通也。作「工不以巧獲罪者」，義爲上者自奉儉約，則下不敢侈奢，致以獲罪也。路史疏仡紀有虞氏章載此事，文略同，亦作「工不以巧獲罪」，可證。○維遹案：趙校是也。今據正。麑衣而⿱執皿領，「⿱執皿」舊作「盬」。○沈本、張本、毛本亦作「盬」，元本、鍾本、黄本、楊本、程本、劉本作「⿱執皿」。○趙懷玉云：晏子春秋諫下篇「古者嘗有紩衣攣領而王天下者」，尚書大傳略説「古人冒而句領」。今此「⿱執皿」字疑當作「盩」，音周，「盩」有曲義。又疑是「盭」字，與「戾」同。並與「攣」「句」義相合。毛本作「盬」，更謬。○維遹案：荀子哀公篇：「古之王者，有務而拘領者矣。」郝懿行云：「尚書大傳作冒而句領，古讀冒務音同，拘讀句（音鉤），故其字通。鄭注：『冒，覆項也。句領，繞頸也。』按句者，曲也。韓詩外傳云：『麑衣而⿱執皿領』，⿱執皿之訓爲曲，即此句領矣。」○維遹案：趙郝校是，「盬」本或作「⿱執皿」，是，今據正。而女不以侈獲罪。「侈」舊作「巧」。○趙善詒云：上句「巧」誤「力」後，「巧」字誤入於此。當從路史〔疏仡紀〕引改作「侈」。○維遹案：趙校是也，今據正。法下易由，事寡易爲，「爲」下舊有「功」字。○趙懷玉云：「功」字疑衍。○趙善詒云：趙校非是。路史疏仡紀有虞氏章無「爲」字，當據刪「爲」字。○聞一多先生云：當從趙懷玉刪「功」字。「法下易由，事寡易爲」二句，又見第六卷第二十二章，是其確證。○維遹案：聞校是也，今據刪。而民不以政獲罪。故大道多容，大德多下，沈本、張本、毛本、劉本同，元本、鍾本、黄本、楊本、程本「德」下「多」字作「衆」。○趙本亦作「多」。校云：「多」本或作「衆」，今從林本、通津草堂本。聖人寡爲，故用物常壯也。傳曰：易簡而天下之理得矣。此下舊有「詩曰：岐有夷之行，子孫保之」十一字。○元本、沈本、張本、毛本亦有此十一字，鍾本、黄本、楊本、程本、劉本皆無。○趙懷玉云：此下毛本即有「詩曰」云云十一字，係誤衍。○維遹案：趙校是也，今據鍾本刪。忠易爲禮，誠易爲辭，賢人易爲民，工巧易爲材。詩曰：「岐有夷之行，子孫保之。」張本、黄本同，元本、沈本、鍾本、楊本、程本、劉本「岐」作「歧」。○趙懷玉云：「岐」或作「歧」，譌。○周廷寀云：「岐」字古讀屬下爲句。天作箋云：「後之往者，又以岐邦之君有佼易之行故也。」

第二章

有殷之時，榖生湯之廷，「榖」舊作「穀」。○張本、毛本亦作「穀」，元本、沈本、鍾本、黄本、楊本、程本、劉本作「榖」。○維遹案：本或作「榖」，與呂氏春秋制樂篇合，今據正。說文木部：「榖，楮也。」詩小雅鶴鳴傳：「榖，惡木也」。三日而大拱。湯問伊尹曰：「何物也？」對曰：「榖樹也。」湯問：「何爲而生於此？」伊尹曰：「榖之出澤野物也，今生天子之庭，趙懷玉云：「庭」當作「廷」。殆不吉也。」湯曰：「柰何？」伊尹曰：「臣聞妖者禍之先，祥者福之先。見妖而爲善，則禍不至，維遹案：「則禍」，元本、程本、趙本作「即禍」。見祥而爲不善，則福不臻。」湯乃齊戒靜處，夙興夜寐，弔死問疾，赦過賑窮，七日而穀亡。妖孽不見，國家其昌。「其」字舊脱。○元本、沈本亦無「其」字，鍾本、黄本、楊本、程本、劉本有「其」字，張本、毛本作「而國昌」。○維遹案：本或有「其」字，是，今據補。詩曰：「畏天之威，于時保之。」

第三章

昔者周文王之時，莅國八年，夏六月，沈本、張本、毛本、劉本同，元本、鍾本、黄本、楊本、程本「夏」作「歲」。○維遹案：本或作「歲」，與呂氏春秋制樂篇合。文王寢疾。五日而地動，東西南北不出國郊。有司皆曰：「臣聞地之動，爲人主也。沈本、張本、毛本、劉本同，元本、鍾本、黄本、楊本「動」下有「也」字，脱「爲」字。○維遹案：本或有「也」字有「爲」字，與治要引呂氏春秋制樂篇合。今者君王寢疾，五日而地動，四面不出國郊。群臣皆恐，請移之。」文王曰：「奈何其移之也？」對曰：「興事動衆以增國城，其可以移之乎。」「可」下舊脱「以」字。○維遹案：「可」下當有「以」字。下文亦以「可以」連文。今本「以」字錯置於下。呂氏春秋制樂篇「可」下有「以」字，今據補。文王曰：「不可。夫天之見妖，是罰有罪也。「之」下舊有「道」字，「是」下舊有「以」字。○周廷寀云：呂氏春秋（制樂篇）「見」上無「道」字，「是」作「也」。此傳衍誤，並當從呂。○維遹案：此文本作「夫天之見妖，是罰有罪也」。「道」字衍，當從周校。「以」字本在上文「其可移之乎」「可」字下，今本錯移於此句内，今據刪。「是罰有罪也」與下文「是重吾罪也」句法略同。類聚十二引作「夫之見妖以罰有罪」，亦無「道」字，今據刪。我必有罪，毛本、張本、趙本同，元本、鍾本、黄本、楊本、程本、劉本「必」作「心」誤。故天以此罰我也。「故」下舊脱「天以」二字。○維遹案：類聚十二引作「故天以罰我也」，脱「此」字。吕氏春秋制樂篇作「故天以此罰我也」。今據補。今又專興事動衆以增國城，是重吾罪也。不可以移之。「以」下舊脱「移」字。○維遹案：「不可以移之」與上文「其可以移之乎」正相承接。今本脱「移」字，則文不成義矣。今據補。吕氏春秋制樂篇省作「不可」，亦通。類聚十二引無「以之」二字，蓋據吕改。昌也請改行重善以移之，「以」字舊脱。○維遹案：吕氏春秋制樂篇有「以」字，今據補。其可以免乎。」於是遂謹其禮秩、皮革，「禮」下舊有「節」字。○趙本作「於是遂謹其禮秩皮革」。校云：舊本「禮秩」中間衍一「節」字，依吕氏〔春秋制樂篇〕删之。「秩」本亦作「袟」。○維遹案：趙校是也。類聚十二引無「節」字，今據刪。又案：「遂」字疑涉下文「遂與群臣」而衍。吕氏春秋制樂篇無「遂」字，是其證。以交諸侯，飾其辭令幣帛，維遹案：「飾」與「飭」古通。吕氏春秋制樂篇作「飭」，高注：「飭讀如敕，飭正其辭令也。」以禮俊士，頒其爵列、等級、田疇，以賞群臣。「賞」下舊有「有功遂與」四字。○周廷寀云：「賞」下吕〔氏春秋制樂篇〕無「有功遂與」四字，「遂」字疑亦衍。○維遹案：類聚十二引作「以賞群臣」，與吕覽合，今據删。行此無幾何而疾止。維遹案：類聚十二引作「行無幾何而疾止」，無「此」字。今本亦通，此猶之也。

文王即位八年而地動。地動之後四十三年，凡莅國五十一年而終。「地動」二字舊不重。○趙本「地動」下增「已動」二字。校云：「已動」二字皆脱。依吕氏〔春秋制樂篇〕補。○維遹案：「地動」二字當重。文王即位八年而地動，地動之後四十三年而終。八年加四十三年，正合五十一年之數。故云「凡莅國五十一年而終」。吕氏春秋作「文王即位八年而地動，已動之後四十三年，凡文王立國五十一年而終」。呂文「已動」亦當作「地動」。「已」即「地」字之壞。考古文凡遇叠句叠文，皆省而不書，止在字下加二小畫以識之。敦煌寫本毛詩六月篇「既成我服，我服既成」作「既成我＝服＝既成」，碩鼠篇「樂土樂土」，作「樂＝土＝」，銅器銘文及石鼓文亦莫不然。此「地動地動」本作「地＝動＝」。今誤奪二小畫，即奪「地動」二字，失其恉矣。今參呂覽補。**此文王之所以踐妖也。**趙懷玉云：「踐」如左傳（僖十五年）「妖夢是踐」之「踐」。杜注：「踐，厭也。」呂氏（春秋制樂篇）作「止殃翦妖」。「翦」「踐」古亦通用。○郝懿行云：踐，蹈躤也，對上文移之而言。又案：書序「成王東伐淮夷，遂踐奄」，劉熙釋名：「踐，殘也，使殘壞也。」又與「翦」通，周禮天官甸師注「不踐其類也」，釋文音翦。又與善同，禮曲禮「日而行事，則必踐之」，注云：「踐讀曰善。」疏云：「踐，善也。」凡此諸義，於踐殃之說皆得兼通，故詳載焉。**詩曰：「畏天之威，于時保之。」**

第四章

王者之論德也，維遹案：荀子王制篇無「德」字。**不尊無功，**「不」上舊有「而」字。○趙本無「而」字。校云：「而」字衍。○維遹案：趙校是也，今據删。**不官無德，不誅無罪，朝無幸位，**諸本皆同，鍾本、周本「位」作「臣」。○維遹案：本或作「位」，與荀子王制篇合。**民無幸生。故上賢使能而等級不踰，折暴禁悍而刑罰不過，**王念孫云：折之言制也。論語顏淵篇「片言可以折獄」，鄭注：「魯論讀折爲制。」**百姓曉然皆知夫爲善於家，取賞於朝也，爲不善於幽而蒙刑於顯也。**「顯」下舊脱「也」字。○維遹案：荀子王制篇有「也」字，與上文一例，今據補。**夫是之謂定論。是王者之德。**趙懷玉云：荀子王制篇作「是王者之論也」。**詩曰：**

「明昭有周，式序在位。」

第五章

傳曰：以從俗爲善，以貨財爲寶，以養性爲已至道，「至」舊作「爲」。○沈本、張本、毛本、劉本亦作「爲」，元本、鍾本、黄本、楊本、程本「爲」作「至」。○周廷寀云：「性」荀子儒效篇作「生」。下「若性」同，此傳多以「生」爲「性」也。○維遹案：本或作「至」，與荀子儒效篇合，今據正。是民德也，未及於士也。行法而志堅，「志」舊作「至」。○元本、沈本、鍾本、黄本、楊本、毛本、程本、劉本「至」作「志」。○荀子儒效篇作「至」。○劉台拱云：韓詩外傳引此作「行法而志堅」，「行法」與「志堅」對舉，不當作「至」。○王念孫云：法者正也，言其行正其志堅，故下句云「不以私欲亂所聞」也，古謂正爲法，見漢書賈鄒枚路傳。○維遹案：劉王校是，本書下文亦作「志」，不當前後歧異，今據正。不以私欲害其所聞，是勁士也，未及於君子也。行法而志堅，好脩其所聞以矯其情，言行多當，未安諭也，知慮多當，未周密也，上則能大其所隆也，下則開道不若己者，維遹案：「開」上省「能」字。因上句已有「能」字，故此句省。荀子王制篇不省，作「下則能開道不若己者」。是篤厚君子，未及聖人也。維遹案：「及」下疑脱「於」字。上文云「未及於士也」「未及於君子也」，皆以「及於」連文，是其證。若夫脩百王之法，「脩」字舊脱。○周廷寀云：「百」上當從荀〔子儒效篇〕補「脩」字。○維遹案：周校是也，今據補。若別白黑，元本、沈本、毛本、張本同，鍾本、黄本、楊本、劉本、程本「白黑」作「黑白」。○維遹案：本或作「黑白」，與荀子儒效篇合。應當世之變，若數一二，「一二」舊作「三綱」。○維遹案：「三綱」當作「一二」。蓋因「一二」誤合爲「三」，校者見下文「若運四支」、「若推四時」，遂妄增「綱」字，以「三綱」與「四支」「四時」相對。荀子儒效篇作「若數一二」，今據正。行禮要節，若性四支，「性」舊作「運」。○沈本、張本、毛本、劉本亦作「運」，元本、鍾本、黄本、楊本、程本作「性」。○維遹案：本或作「性」，是，今據正。荀子儒效篇作「生」，「生」與「性」通，性猶身也，身又與伸通。晉語四「而況可以淫縱其身乎」，又「況其順身縱欲懷安將何及矣」，晉語六「其身果而辭順」，身即性也。三國志魏志吴質傳裴注引質別傳「上將軍曹真性肥，中領軍朱鑠性瘦」，性不可言肥瘦，性即身也。荀子儒效篇「是猶傴伸而好升高也」，楊注：「伸讀爲身。」釋名釋形體「身，伸也。」「若性四支」猶言若伸四肢，本或作「運」者，蓋不知性可訓伸，乃以意改之耳。楊倞釋生如字亦非。因化立功，「立」舊作「之」。○荀子儒效篇作「要時立功之巧」。○周廷寀云：據此則「之」當爲「立」。○維遹案：周校是也，今據正。若推四時，天下得序，群物安居，是聖人也。詩曰：「明昭有周，式序在位。」

第六章

魏文侯欲置相，召李克問曰：「寡人欲置相，非翟黄則魏成子。」趙懷玉云：説苑臣術篇「翟黄」作「翟觸」。觸，黄之名也。下亦作「黄」。「魏成子」作「季成子」。○劉台拱云：「魏成子」説苑〈臣術篇〉作「季成子」，又一條作「君母弟公孫季成」。然則季成子爲近是。○維遹案：呂氏春秋舉難篇「翟黄」作「翟璜」。「魏成子」作「季成」，足徵季成即魏成子。願卜之於先生。」李克避席而辭曰：「臣聞之：『卑不謀尊，疎不間親。』臣外居者也，不敢當命。」文侯曰：「先生臨事勿讓。」李克曰：「夫觀士也，居則視其所親，富則視其所與，達則視其所舉，窮則視其所不爲，貧則視其所不取。此五者足以觀矣。」文侯曰：「請先生就舍，寡人之相定矣。」李克出遇翟黄，翟黄曰：「今日聞君召先生而卜相，果誰爲之？」「翟黄」二字舊不重。○維遹案：「今日」云云，爲翟黄之語。若今本，易誤爲李克之語。說苑臣術篇正作「李克出，遇翟黄，翟黄曰」云云，今史記魏世家作「李克趨而出，過翟璜之家，翟璜曰：今者聞君召先生而卜相，果誰爲之」。今據補。李克曰：「魏成子爲之。」翟黄悖然作色曰：「吾何負於魏成子？西河之守，吾所進也。周廷寀云：說苑〔臣術篇〕云：「西河無守，臣進吴起，而西河之外寧。」君以鄴爲憂，吾進西門豹。君欲伐中山，吾進樂羊。中山既拔，無守之者，沈本、張本、毛本、劉本同，元本、鍾本、黄本、程本「之」下無「者」字。吾進先生。君欲置太子傅，吾進趙蒼唐。「趙」字舊脱。○趙本「蒼」下有「唐」字。校云：舊本脱「唐」字，下八卷内有，據補。說苑臣術篇作「屈侯鮒」。○郝懿行云：此云趙蒼，八卷又云趙蒼唐，即一人也，或此處誤落一「唐」字。○維遹案：趙郝校是，今據補。皆有成功就事。吾何負於魏成子？」克曰：「子之言克於子之君也，豈比周以求大官哉？君問置相非成則黄，二子如何？臣對曰：『君不察故也。居則視其所親，富則視其所與，達則視其所舉，窮則視其所不爲，貧則視其所不取。五者足以定矣，何待克哉！』」「足」字舊脱。○維遹案：「者」下當有「足」字，方與上文「此五者足以觀矣」一例。史記魏世家正有「足」字，今據補。是以知魏成子爲相也。且子焉得與魏成子比乎？「乎」字舊脱。

○趙善詒云：史記魏世家「比」下有「乎」字，疑此亦當有。例以下文「子焉得與魏成子比乎」，可證。○維遹案：趙校是也，今據補。**魏成子食禄千鍾，**「禄」下舊有「日」字。○維遹案：「日」字爲「東」字之壞，本在下文，而誤衍在此。説苑臣術篇、史記魏世家並無「日」字，今據删。**什一在内，九在外，以聘約天下之士。**「十一在内」下舊脱「九在外」三字。○趙本「什一在内」下補「九在外」三字。校云：此三字本皆闕。案説苑（臣術篇）作「什九居外，一居中」，則此亦當補三字，語意方顯。○維遹案：趙校是也。史記魏世家作「什九在外，什一在内」。今據補。**是以東得卜子夏、田子方、段干木。**「得」上舊脱「東」字。○維遹案：「得」上當有「東」字，今本「東」字誤爲「日」，而錯置在上文。説苑臣術篇、史記魏世家並有「東」字，今據補。**此三人君皆師友之。子之所進皆臣之，子焉得與魏成子比乎？」翟黄逡巡再拜曰：「鄙人固陋，失對於夫子。」詩曰：「明昭有周，式序在位。」**

第七章

成侯嗣公，周廷寀云：荀子王制（篇）楊注云：「史記（衛世家）衛聲公卒，子成侯立，成侯卒，子平侯立，平侯卒，子嗣君立。」**聚斂計數之君也，未及取民也。子産取民者也，未及爲政也。管仲爲政者也，**「政」下舊脱「者」字。○元本、沈本、張本、毛本亦無「者」字，鍾本、黄本、楊本、程本、劉本有「者」字。○維遹案：本或有「者」字，是，今據補。**未及脩禮也。**「也」字舊脱。○趙本有「也」字。校云：「也」字本皆脱，案荀子王制篇補之。○維遹案：趙校是也，今據補。**故脩禮者王，爲政者强，取民者安，聚斂者亡。聚斂以招寇，**「聚」上舊有「故」字，「寇」舊作「彀」。○趙本「彀」作「寇」。校云：「寇」本皆誤作「彀」。案荀子（王制篇）作「召寇」，今據改。○維遹案：趙校是也。「故」字衍文，本在下文「明君不蹈也」「明」字上，而錯置在此。荀子王制篇無「故」字，今據刪正。**積財以肥敵，危身亡國之道也，故明君不蹈也。**「明」上舊脱「故」字。○維遹案：此當有「故」字，今本「故」字錯置在上文。本書卷六第二十三章亦有「故」字。荀子王制篇作「故明君不蹈也」，又富國篇作「故明君不道也」，是其證，今據補。又案：蹈與道義近，王念孫云：「道，由也。」**將脩禮以齊朝，正法以齊官，**元本、沈本、張本、毛本、劉本、趙本、周本同，鍾本、黄本、楊本、程本「正」作「王」。○趙懷玉云：「正」本或作「王」，非。○郝懿行云：「王法」疑「正法」之譌，此句又見第六卷。○維遹案：趙郝校是。荀子富國篇亦作「正」。**平政以齊下，**沈本、張本、毛本、劉本同，元本、鍾本、黄本、楊本、程本作「平正以齊政」。○趙懷玉云：本或作「平正以齊政」，譌，今從林本、通津草堂本。○維遹案：趙校是也，荀子富國篇作「平政以齊民」。**然後節奏齊乎朝，**沈本、張本、毛本、劉本同，元本、鍾本、黄本、楊本、程本脱「齊」字，「乎」作「于」。○趙懷玉云：本或脱「齊」字，又「乎」作「于」，下同。今從毛本、通津本補正。○郝懿行云：第六卷「節奏」上有「禮義」二字，此蓋誤脱。○維遹案：荀子富國篇作「然後節奏齊於朝」，「乎」「于」古通用。**法則度量正乎官，忠信愛利刑乎下。**舊作「忠信愛刑平乎下」。沈本、張本、毛本、劉本亦作「忠信愛刑平乎下」，元本、鍾本、黄本、楊本、程本作「忠信愛刑刑于下」。郝懿行云：「愛刑」疑「愛利」之譌。此句亦見第六卷。○維遹案：郝校是也，周本、陳士珂疏證本作「忠信爱利刑乎下」，惟陳本「乎」作「於」。荀子儒效篇作「忠信愛利形乎下」，「刑」與「形」通，楊注云：「形，見也。」今據正。**如是百姓愛之如父母，畏之如神明。是以德澤洋乎海内，福祉歸乎王公。詩曰：「降福簡簡，威儀昄昄。」**「昄昄」舊作「反反」。○陳喬樅云：賓之初筵「威儀反反」，釋文引韓詩作「昄昄」，音蒲板反，善貌。則此頌「威儀反反」文義當與彼同。據釋文載：沈音符板反，正「昄」之音讀也。○維遹案：陳校是也，今據正。既醉既飽，福禄來反。」

第八章

楚莊王寢疾，趙懷玉云：「莊」當作「昭」。事見左氏哀六年傳。説苑君道篇、家語正論解並同。○維遹案：趙校是也。史記楚世家「莊」亦作「昭」。卜之，曰「河爲祟」。大夫曰：「請用牲。」維遹案：説苑君道篇作「請用三牲」，此疑脱「三」字。莊王曰：「止。古者聖王之制，祭不過望。「王」下舊脱「之」字。○元本、沈本、張本、毛本、劉本亦無「之」字，鍾本、黄本、楊本、程本有「之」字，無「制」字。○趙懷玉云：「之」字非衍，則下有脱文。通津本「之」作「制」，或當作「之制」，近是。○周廷寀云：疑此「之」下脱「制」字。○維遹案：趙周校是，蓋本或脱「之」字，本或脱「制」字，合之乃備，今據補。濉、漳、江、漢，楚之望也。維遹案：「濉」疑當作「睢」。左傳哀公六年、説苑君道篇並作「睢」。家語正論解作「沮」，水經注引左傳亦作「沮」，李善注文選登樓賦云「睢與沮同」。此「濉」字或後人知其爲水名，遂加水旁，如「漳」字左傳作「章」之比。寡人雖不德，河非所獲罪也。」沈本、張本、毛本、劉本同，元本、鍾本、黄本、楊本、程本、趙本、周本「德」作「得」。○郝懿行云：「得」與「德」古蓋通用。韓非子内儲説上「外則有得趙之功」，亦以「得」爲「德」也。○趙懷玉校同。遂不祭。三日而疾有瘳。孔子聞之曰：「楚莊王之霸，其有方矣。制節守職，反身不貳，維遹案：「貳」疑當作「貣」，形之誤也。貳與職爲韻。荀子天論篇「其脩道不貳」，王念孫云：「貳當爲貣字之誤也。貣與忒同。忒，差也。」是其例。其霸不亦宜乎！」詩曰：「嗟嗟保介。」莊王之謂也。

第九章

人主之疾，十有二發，非有賢醫，莫能治也。何謂十二發？曰：「曰」字舊脱。○趙善詒云：治要、御覽七百三十八引「發」下並有「曰」字，應據補。○維遹案：趙校是也，今據補。痿、蹷、逆、脹、滿、支、隔、肓、煩、喘、痺、風，此之曰十二發。「隔肓」舊作「膈肓」。元本、鍾本「肓」作「盲」。○蔣超伯云：所謂支者，四支之病也，「支」即「肢」字，易坤卦「美在其中而暢於四支」。○趙本作「隔」。校云：本作「膈」，誤。御覽七百三十八作「隔」，從之。○聞一多先生云：痿蹷逆脹滿支（謂支拒）煩喘痺風皆病狀之名，不斥病發之處。隔肓亦然。肓之言猶巟也。説文：「巟，一曰隔也。」是肓亦隔之類。下文「無使下情不上通則隔不作，上振恤下則肓不作」，並以上下爲言，可證。此與左傳成十年「居肓之上」之「肓」異義。杜注云：「肓，鬲也。」自指病生之處。校者誤解此肓與彼同義，因即改隔爲膈以配之，非是。當依趙本作「隔」爲正。○維遹案：趙聞校是。「肓」本或作「盲」，與下文「則肓不作」一律，今據正。治要、御覽七百三十八引作「盲」，其誤久矣。賢醫治之如何？「之」下舊脱「如」字。○趙本有「如」字。校云：本脱「如」字，據御覽（七百三十八）補。○趙善詒云：治要引「之」下有「若」字，「若」「如」古通。○維遹案：趙校是也，今據補。曰：省事輕刑，則痿不作。無使小民飢寒，則蹷不作。無令財貨上流，則逆不作。無令倉廩積腐，則脹不作。趙懷玉云：「令」御覽（七百三十八）作「使」。○維遹案：治要引亦作「使」，與上下文一律。無使府庫充實，則滿不作。無使群臣縱恣，則支不作。無使下情不上通，則隔不作。「隔」舊作「膈」。○元本、沈本、張本、毛本作「隔」。○維遹案：本或作「隔」，與治要引合，今據正。上振恤下，則肓不作。「振」舊作「材」。○郝懿行云：「材」與「裁」「財」古並與「纔」通。○趙善詒云：治要引「材」作「振」，宜據正之。○維遹案：趙校是也，今據正。呂氏春秋懷寵篇「求其孤寡而振恤之」，亦是振恤連文。法令奉行，則煩不作。維遹案：治要、御覽七百三十八引「行」作「用」。無使下怨，則喘不作。無使賢人伏匿，則痺不作。「賢」下舊脱「人」字。○趙本有「人」字。校云：本脱「人」字，據御覽〔七百三十八〕補。○趙善詒云：治要引亦有「人」字。○維遹案：趙校是也，今據補。無使百姓歌吟誹謗，則風不作。夫重臣群下者，人主之心腹支體也。心腹支體無疾，趙懷玉云：「疾」御覽〔七百三十八〕作「患」。○趙善詒云：治要引「疾」作「害」。則人主無疾矣。故非有賢醫，莫能治也。人主皆有此十二疾而不用賢醫，則國非其國也。「人」下舊脱「主」字。○維遹案：「人」下當有「主」字。上文云「人主之疾十有二發」，又云「夫重臣群下者，人主之心腹支體也。心腹支體無疾，則人主無疾矣。故非有良醫莫能治也」，皆指人主而言，此亦然也。治要、御覽七百三十八引「人」下並有「主」字，今據補。詩曰：「多將熇熇，不可救藥。」終亦必亡而已矣。故賢醫用，則衆庶無疾，況人主乎？

第十章

傳曰：太平之時，無瘖瘋，跛眇，尫蹇，侏儒，折短，周廷寀云：禮（記）王制（篇）：「瘖，聾，跛躃，斷者，侏儒，百工各以其器食之。」瘖謂口不能言，聾謂耳不聞聲，即此瘖瘋也。「聾」「瘋」通。跛躃謂足不能行，即此跛蹇也。斷者謂支節解絶，即此折短也。此眇尫於王制無所見，國語所謂「矇瞍脩聲，籧篨蒙璆」。○維遹案：晉語四「籧篨不可使俯，戚不可使仰，僬僥不可使援，矇瞍不可使視，嚚瘖不可使言，聾聵不可使聽」。父不哭子，兄不哭弟，道無襁負之遺育。然各以其序終者，賢醫之用也。故安止平正，除疾之道無他焉，用賢而已矣。詩曰：「有嚽有嚽，在周之庭。」紂之餘民也。

第十一章

傳曰：喪祭之禮廢，則臣子之恩薄。臣子之恩薄，則背死亡生者衆。鍾本「亡」作「忘」。○維遹案：禮記經解篇、大戴禮禮察篇「背」作「倍」，「亡」作「忘」，古通用。小雅曰：「子子孫孫，勿替引之。」

第十二章

人事倫則順于鬼神，順于鬼神則降福孔皆。沈本、張本、毛本、劉本同，元本、鍾本、黄本、楊本、程本「皆」作「偕」。○維遹案：「皆」「偕」古通用。詩曰：「以享以祀，以介景福。」元本、鍾本、楊本、程本「祀」作「配」。

第十三章

武王伐紂，到于邢丘，軶折爲三，「軶」舊作「楯」。○元本、沈本、張本、王本、劉本同，鍾本、黄本、楊本、程本脱「楯」字。○趙本作「軶」。校云：本皆作「楯」，御覽七百七十六軶類載之作「軶」，今據改。○劉師培云：書鈔一百四十一軶部所引「楯」亦作「軶」。○趙善詒云：類聚五十九、御覽三百二十八引亦作「軶」，下同。○維遹案：趙劉校是，今據正，下同。天雨三日不休。武王心懼，趙善詒云：類聚五十九、御覽三百二十八引無「心」字，於義爲長。召太公而問。維遹案：書鈔一百四十一、御覽三百二十八又七百七十六引「問」下並有「之」字。曰：「意者紂未可伐乎？」太公對曰：「不然。軶折爲三者，軍當分爲三也。天雨三日不休，欲灑吾兵也。趙善詒云：類聚五十九、御覽三百二十八引「不休」二字作「者」字，御覽七百七十六引無「不休」二字。疑當據之作「天雨三日者」，與上文「楯折爲三者」正對文也。武王曰：「然何若矣？」太公曰：「愛其人者，及屋上烏，「人」下舊脱「者」字。○趙善詒云：尚書大傳（周傳）作「愛人者兼及其屋上之烏，不愛人者及其胥餘」。説苑貴德篇、御覽九百二十引太公六韜，俱以「愛其人者」與「憎其人者」對文。疑此「愛其人」下亦當有「者」字，與下「惡其人者」對文。○維遹案：趙校是也。「惡其人者」，鍾本、黄本、楊本「其」下有「有」字，「有」即「者」字之誤衍而錯置在下文。今據補正。惡其人者，憎其胥餘。「胥」舊作「骨」。○趙本「骨」作「胥」。校云：「胥」即「胥」字。本譌作「骨」，據尚書大傳改正。○牟庭云：「骨」字疑「胥」字之譌。○郝懿行云：「骨」尚書大傳作「胥」，即古文「胥」字也。鄭康成注：「胥餘，里落之壁。」○孫志祖云：尚書大傳「胥餘」，別本作「儲胥。」意亦同。李義山詩：「風雲常爲護儲胥」，蓋即籬壁之意。近人以「儲胥」與「扈養」並稱作婢僕者非是。○維遹案：諸校是也，今據正。又案：「胥餘」説苑貴德篇作「餘胥」，「餘胥」即「儲胥」。文選長楊賦：「木擁槍纍，以爲儲胥。」漢有儲胥宮。長安圖志漢瓦有曰「儲胥」「未央」是也。咸劉厥敵，靡使有餘。」武王曰：「於戲！天下未定也。」周公趨而進曰：「不然。使各度其宅，而佃其田，無獲舊新。趙懷玉云：度與宅同。「而佃」二句，〔尚書〕大傳作「各佃其田，毋故毋新」。説苑貴德篇「獲」字作「變」，是下又有「惟仁之親」一句，大傳作「唯仁是親」，此闕。○聞一多先生云：詩皇矣篇「維此二國，其政不獲」，淮南子兵略篇「八風詘伸，不獲五度」，獲並當訓亂。漢書終軍傳注：「亂，變也。」變從䜌聲，説文：「䜌，敽也。」敽與亂同。外傳「獲」字，説苑作「變」，以訓詁字改之也。百姓有過，在予一人。」武王曰：「於戲！天下已定矣。」乃脩武勒兵於寧，更名邢丘曰懷寧，曰脩武，周廷寀云：漢書地理志：「懷、脩武並河内郡屬縣。」注臣瓚云：「韓非書秦昭王越趙長平西伐脩武，時秦未兼天下。脩武之名久矣。」此傳正與瓚説互相證明。行克紂于牧之野。周廷寀云：書序注：「牧野，紂南郊地名。」大傳作「坶野」。「坶」「牧」古今字。○維遹案：牧，地名。郊外曰野。説文土部：「坶，朝歌南七十里」，周語上「商王帝辛大惡於民，庶民不忍，欣載武王，以致戎于商牧」，詩閟宮篇「致天下極，于牧之野」，荀子儒效篇「厭旦於牧之野」，與本書並以牧爲地名。詩曰：「牧野洋洋，檀車皇皇，駟騵彭彭。維師尚父，時爲鷹揚，亮彼武王，「亮」舊作「涼」。○陳喬樅云：釋文引韓詩曰：「亮，相也。」毛詩作「涼」，今本外傳亦作「涼」，非，當從釋文「亮」字爲正。○維遹案：陳校是也，今據正。今本作「涼」，後人順毛詩所改。肆伐大商，會朝清明。」既反商，周廷寀云：此以下並禮記樂記文，鄭注：「反當爲及字之誤也。」○維遹案：家語辯樂篇云：「武王克殷而返商之政。」未及下車，元本、沈本、張本、鍾本、楊本、毛本、程本、劉本有「及」字無「未」字，黄本有「未」字無「及」字。○維遹案：本或無「未」字，本或無「及」字，合之乃備。禮記樂記篇、家語辯樂解作「未及下車」，呂氏春秋慎大篇作「未下轝」，今本蓋據諸書校補。封黄帝之後於薊，沈本、鍾本、黄本、楊本同，元本、張本、毛本、程本、劉本「薊」作「蒯」。○維遹案：本或作「蒯」，「蒯」即「薊」之形誤。禮記樂記篇、家語辯樂解並作「薊」，呂氏春秋慎大篇作「黎」。封帝堯之後於祝，維遹案：「祝」與「鑄」同。呂氏春秋慎大篇作「鑄」，金文「祝國」字亦作「鑄」。淮南子俶真篇「冶工之鑄器」，高注：「鑄讀唾祝之祝。」是其證。封舜之後於陳。下車而封夏后氏之後於杞，封殷之後於宋，封比干之墓，釋箕子之囚，表商容之閭。濟河而西，馬放華山之陽，示不復乘也。舊脱「也」字。○維遹案：「乘」下當有「也」字，方與下文「示不復服也」「示不復用也」一律，今據補。牛放桃林之野，示不復服也。車甲衅而藏之於府庫，維遹案：呂氏春秋慎大篇「車甲衅」作「釁鼓旗甲兵」。「衅」「釁」今古字。考古之彝器、兵器，凡新成者皆釁之，藏而不用者亦釁之。釁，塗以牲血而祭之也，詳拙箸釋釁。示不復用也。於是廢軍而郊射，維遹案：「廢」與「發」古通。論語微子篇「廢中權」，釋文：「鄭本廢作發。」後漢書隗囂傳亦有「發中權」語，禮記樂記篇、家語辯樂解作「散」，「散」與「發」同義。左射貍首，右射騶虞，然後天下知武王不復用兵也。祀乎明堂而民知孝，朝覲然後諸侯知所以臣，耕籍然後諸侯知所以敬。舊作「朝覲然後諸侯知以敬」。○趙本作「朝覲然後諸侯知所以臣，耕籍然後諸侯知所以敬」。校云：舊本作「朝覲然後諸侯知以敬」，餘多脱，今據樂記文補十一字。○維遹案：趙校是也，今據補。家語辯樂解作「朝覲然後諸侯知所以臣，耕籍然後民知所以敬親」。坐三老五更於大學，「老」下舊脱「五更」二字。○趙本有「五更」二字。校云：「五更」二字舊脱，亦據樂記文補。又云：「坐」樂記作「食」。○維遹案：趙校是也，家語辯樂解亦作「食三老五更於太學」，今據補。天子執醬而饋，執爵而酳，所以教諸侯之悌也。此四者，天下之大教也。夫武之久不亦宜乎？詩曰：「勝殷遏劉，耆定爾功。」言武伐紂而殷亡也。「言」下「武」字舊在「亡」字下。○沈本、張本、毛本、劉本同，鍾本、黄本、楊本、程本「言」作「信」，「也」作「乎」，元本「言」作「信」，「也」仍作「也」。○趙懷玉云：「言」本或作「信」，「也」本或作「乎」，今皆從毛本。似尚有脱文。○俞樾云：移「武」於「言」下，作「言武伐紂而殷亡也」，則無脱文。○維遹案：俞校是也，今據删補。

第十四章

孟嘗君請學於閔子，郝懿行云：孟嘗君、閔子不同世，相去幾二百歲，所未能詳。○沈豫云：閔子、孟嘗君相去甚遠，此嬰未考耳。使車往迎閔子。閔子曰：「禮有來學無往教。致師而學不能學，元本、沈本、張本、毛本、劉本同，黄本、楊本、程本「學」下脱「無」字，「能學」作「能禮」。○趙懷玉云：本或脱「無」字，林本有。「學」本或作「禮」，譌。往教則不能化君也。郝懿行云：往教之上，蓋有闕文。君所謂不能學者也，臣所謂不能化者也。」於是孟嘗君曰：「敬聞命矣。」明日袪衣請受業。維遹案：吕氏春秋達鬱篇「袪步堂上」，高注：「祛步，舉衣而步也。」是祛衣亦猶舉衣而往也。詩曰：「日就月將。」

第十五章

劍雖利，不厲不斷。材雖美，不學不高。雖有旨酒嘉殽，不嘗不知其旨。雖有善道，不學不達其功。趙善詒云：「孔子」集語四引「旨」下「功」下皆有「也」字，宜據補。禮記學記〔篇〕亦有「也」字。故學然後知不足，教然後知不究。不足，故自愧而勉。沈本、張本、黃本、毛本、劉本同，元本、鍾本、楊本、程本「愧」作「壞」。不究，故盡師而熟。由此觀之，則教學相長也。子夏問詩，學一以知二。元本、沈本、張本、毛本、劉本同，鍾本、黃本、楊本、程本「以」作「而」。孔子曰：「起予者，商也。始可與言詩已矣！」孔子賢乎英傑而聖德備，弟子被光景而德彰。詩曰：「日就月將。」

第十六章

凡學之道，嚴師爲難。師嚴，然後道尊。道尊，然後民知敬學。故太學之禮，雖詔於天子，無北面，尊師尚道也。維遹案：禮記學記篇作「所以尊師也」。故不言而信，不怒而威，師之謂也。詩曰：「日就月將，學有緝熙于光明。」

第十七章

傳曰：宋大水，魯人弔之曰：「天降淫雨，周廷寀云：春秋莊十一年左傳「降」作「作」。○維遹案：說苑君道篇與本書同。害於粢盛，延及君地，以憂執政，使臣敬弔。」宋人應之曰：「寡人不仁，維遹案：左傳莊公十一年「仁」作「敬」，說苑君道篇作「佞」。齋戒不修，使民不時。天加以災，又遺君憂。拜命之辱。」孔子聞之，趙懷玉云：事見春秋莊十一年，是時孔子未生也。左傳作臧文仲，下又記其父臧孫達之言。似文仲亦誤記。不如說苑君道篇作「君子聞之」爲當。下「弟子曰」作「問曰」。曰：「宋國其庶幾矣！」弟子曰：「何謂？」孔子曰：「昔桀紂不任其過，其亡也忽焉。成湯文王知任其過，其興也勃焉。過而改之，是不過也。」趙善詒云：〈孔子〉集語四引「焉」下有「知」字。○維遹案：說苑君道篇「是」下有「猶」字。宋人聞之，乃夙興夜寐，弔死問疾，戮力宇內。三歲，年豐政平。鄉使宋人不聞孔子之言，則年穀未豐，而國家未寧。詩曰：「弗時仔肩，示我顯德行。」「弗」舊作「佛」。○沈本、張本、毛本同，元本、鍾本、黃本、楊本、程本、劉本「佛」作「弗」。○維遹案：本或作「弗」，與詩考合，今據正。本或作「佛」，後人順毛詩所改。

第十八章

齊桓公設庭燎，爲士之欲造見者。「士之」舊作「便人」。○沈本、張本、毛本、劉本亦作「便人」，元本、鍾本、黄本、楊本、程本作「使人」。○趙本「使人」作「士之」。校云：「士之」毛本作「使人」，一本作「使人」。案文選聖主得賢臣頌注引作「士之」，今據改。○周廷寀云：説苑尊賢篇「使人」作「士之」。○維遹案：趙周校是，今據正。朞年而士不至。於是東野鄙人有以九九見者。舊脱「鄙人」二字。○趙本有「鄙人」二字。校云：二字舊脱，今據説苑尊賢篇補。○周廷寀云：漢書梅福傳注：「九九，算書，若九章、五曹之輩也。」○趙善詒云：趙補「鄙人」二字是也。李善注王子淵聖主得賢臣頌引「東野」下有「人」字，唐時僅奪「鄙」字而已。○洪頤煊云：管子輕重戊篇「虙戲造六峜以迎陰陽，作九九之數以合天道」，魏劉徽九章算術序「昔在庖犧氏，作九九之術，以合六爻之變」，神仙傳「古人貴九九之好，善鳴吠之技」，皆謂算術。○維遹案：趙校是也，今據補。説苑尊賢篇「九九」下有「之術」二字。桓公使戲之，曰：「九九足以見乎？」鄙人曰：「臣不以九九足以見也。舊作「鄙人曰」，其餘九字脱。○趙本作「鄙人曰：臣不以九九足以見也」。校云：「此九字本皆脱。據文選〈聖主得賢臣頌〉注補。説苑尊賢篇作「臣非以九九爲足以見也」。○維遹案：趙校是也，今據補。臣聞君設庭燎以待士，朞年而士不至。夫士之所以不至者，君，天下之賢君也，四方之士皆自以爲不及君，故不至也。「以」下舊脱「爲」字。○趙懷玉云：文選聖主得賢臣頌注「自以」下有「爲」字。○維遹案：趙校是也。説苑尊賢篇作「皆自以論而不及君」。劉先生云：御覽八百七十一引説苑作「皆自謂不及君」。案「論」即「謂」字之誤。「爲」「謂」古通用。○維遹案：此當有「爲」字，今據補。夫九九，薄能耳，而君猶禮之，況賢於九九者乎？夫太山不讓礫石，江海不辭小流，所以成其大也。詩曰：『先民有言，詢于芻蕘，』言博謀也。「博」上舊脱「言」字。○趙本有「言」字。校云：舊脱「言」字。依説苑〈尊賢篇〉增。○維遹案：趙校是也，今據補。桓公曰：「善。」乃因禮之。「因」舊作

「固」。○趙本「固」作「因」。校云：「因」本皆作「固」，依説苑〔尊賢篇〕改。〔文〕選聖主得賢臣頌注無此字。 朞月，四方之士相導而至矣。 維遹案：「至」上疑脱「並」字。文選聖主得賢臣頌注引作「相還而並至矣」，説苑尊賢篇作「相攜而並至」，是其證。 詩曰：「自堂徂基，自羊來牛。」「來」舊作「徂」。○沈本、張本、毛本同，元本、鍾本、黄本、楊本、程本、劉本「羊」下「徂」字作「來」。○維遹案：本或作「來」，與詩考引合，今據正。本或作「徂」，順毛詩所改。 言以内及外，以小成大也。 舊脱「言以内及外」五字。○趙懷玉云：説苑尊賢篇作「言以内及外，以小成大也」，此疑脱。○維遹案：趙校是也，今據補。

第十九章

太平之時，民行役者不踰時，男女不失時以偶，孝子不失時以養。外無曠夫，内無怨女。上無不慈之父，下無不孝之子。父子相成，夫婦相保。天下和平，國家安寧。人事備乎下，天道應乎上。故天不變經，地不易形，日月昭明，列宿有常。天施地化，陰陽和合，動以雷電，潤以風雨，節以山川，均其寒暑。 元本、沈本、張本、毛本、劉本同，鍾本、黄本、楊本、程本「其」作「以」。○維遹案：本或作「以」，與上三句文同一例。 萬民育生，各得其所，而制國用。故國有所安，地有所主。聖人刳木爲舟，剡木爲檝，以通四方之物，使澤人足乎木，山人足乎魚， 周廷寀云：二句亦見荀子王制篇。 餘衍之財有所流。故豐膏不獨樂，磽确不獨苦。雖遭凶年饑歲，禹湯之水旱，而民無凍餓之色。故生不乏用，死不轉尸。元本、沈本、張本、毛本、劉本同，鍾本、黄本、楊本、程本「尸」作「壑」。○趙本作「尸」。校云：本或作「壑」，今從林本。○周本作「壑」，校云：「本或作尸。」○許瀚云：作「尸」是也。「尸」本字當作「屍」。漢書功臣表「死爲轉屍」，應劭注曰：「死不能葬，故屍流轉在溝壑之中。」鹽鐵論通有第三：「大夫曰：今吳越之竹，隋唐之材，不可勝用，而曹衛梁宋，采棺轉尸」，「文學曰：王者禁溢利，節漏費。溢利禁則反本，漏費節則民用給。是以生無乏資，死無轉尸也」，注云：「轉，棄也。」文子上仁篇亦云「生無乏用，死無轉尸」，皆其明證也。薛汝修芙蓉泉書屋本「尸」譌作「尺」。然足證其本爲「尸」字矣。○維遹案：許校是也。「尸」「屍」或以「死」爲之。漢書嚴助傳淮南王安上書云：「賴陛下德澤振救之，得毋轉死溝壑。」「轉死」即「轉屍」。史記魯世家「以其屍與之」，索隱本「屍」作「死」。漢書酷吏尹賞傳「安所求子死？桓東少年場」，師古注：「死謂尸也。」皆可證。夫是之謂樂。詩曰：「於鑠王師，遵養時晦。」

第二十章

能制天下，元本、沈本、張本、毛本、程本、劉本同，鍾本、黄本、楊本「制」作「治」。必能養其民也。能養民者，爲自養也。飲食適乎藏，滋味適乎氣，勞佚適乎筋骨，寒煖適乎肌膚，然後氣藏平，心術治，思慮得，喜怒時，元本、沈本、張本、毛本、劉本同，鍾本、黄本、楊本、程本脱「時」字。起居而遊樂，事時而用足。夫是之謂能自養者也。故聖人不淫佚侈靡者，非鄙夫色而愛財用也。養有適，過則不樂，故不爲也。是以夏不數浴，非愛水也。冬不頻煬，非愛火也。「煬」舊作「湯」。

○沈本、張本、毛本、劉本同，元本、鍾本、黄本、楊本、程本作「冬不數浴，夏不頻湯」。趙本亦作「冬不數浴，夏不頻湯」。校云：「冬」「夏」二字，毛本、通津本俱互易，御覽五十九亦引作「夏不數浴」。○許瀚云：「冬」「夏」互易是矣，而「湯」字之誤未正也。「湯」當作「煬」，説文：「煬，炙燥也，从火昜聲。」「湯」「煬」形近，又涉孟子「冬日則飲湯」之文而誤。上文云「養有適，過則不樂」，夏養主清，故浴。冬養主煖，故煬。數浴則過，故不數浴。頻煬則過，故不頻煬。浴以水，故云非愛水。煬以火，故云非愛火。管子禁藏篇：「夫冬日之不濫，非愛冰也。夏日之不煬，非愛火也。爲不適於身，便於體也。」管言不適，故於冬言濫，於夏言煬。韓言養有適，故於夏言浴，於冬言煬。煬非夏所適，即冬所適矣。意不同，而詞可互證也。藝文類聚八引此正作「夏不數浴，非愛水也。冬不數煬，非愛火也」。又盧本尚書大傳補遺亦有此四語，與藝文〔類聚〕所引韓傳同。未詳所出。然足證「湯」之當爲「煬」矣。「頻」字藝文〔類聚〕及盧補大傳並作「數」。「頻」「數」義同兩通。○維遹案：許校是也。今據正。不高臺榭，非無土木也。不大鐘鼎，非無金錫也。不沈於酒，不貪於色，非辟醜也。直行情性之所安，而制度可以爲天下法矣。故用不靡財，鍾本、黄本、楊本、程本「財」作「則」，譌。足以養其生，而天下稱其仁也。養不害性，足以成教，而天下稱其義也。適情辟餘，趙本「辟」作「辭」。校云：「辭」本皆作「辟」，今案文義改。○維遹案：「辟」與「避」同，不必改字。不求非其有，而天下稱其廉也。行成不可掩，息刑不可犯，執一道而輕萬物，天下稱其勇也。維遹案：「天」上疑脱「而」字，「而天下稱其勇也」與上文「而天下稱其仁也」「而天下稱其義也」「而天下稱其廉也」文同一例。亦或「道」下「而」字本在此句，而錯置在上句。

四行在乎民，居則婉愉，怒則勝敵。故審其所以養而治道具矣。治道具而遠近畜矣。詩曰：「於鑠王師，遵養時晦。」言相養者之至於晦也。

第二十一章

公儀休相魯而嗜魚。周廷寀云：「公儀休」韓〔非〕子外儲說〔右下篇〕作「公孫儀」。新序節士〔篇〕則云「鄭相」而不著姓名。一國人獻魚而不受。其弟諫曰：「嗜魚不受，何也？」韓非子外儲說右下篇「嗜魚」上有「夫子」二字。淮南子道應篇「弟」作「弟子」。○劉先生云：韓非子、外傳「弟」下皆敓「子」字，當依淮南子補。其弟子諫之，故稱夫子，若爲其弟，則不得言夫子矣。曰：「夫欲嗜魚，故不受也。維遹案：韓非子外儲說右下篇「欲」作「唯」。受魚而免於相，則不能自給魚。無受而不免於相，長自給於魚。」此明於爲己者也。「爲己」上舊有「魚」字。○趙本無「魚」字。校云：「爲己」上本皆有「魚」字，衍。韓非子外儲說右下〔篇〕作「明於人之爲己者，不如己之自爲也」，語尤明。○維遹案：趙校是也，今據刪。故老子曰：「後其身而身先，外其身而身存。非以其無私乎，故能成其私。」詩曰：「思無邪。」此之謂也。

第二十二章

傳曰：魯有父子訟者，康子欲殺之。孔子曰：「未可殺也。夫民不知父子訟之爲不義久矣，「民」下舊脫「不知」二字。○維遹案：說苑政理篇有「不知」二字，是，今據補。是則上失其道。周廷寀云：

「道」下疑脱「也」字。上有道，是人亡矣。」訟者聞之，請無訟。康子曰：「治民以孝。殺一人以僇不孝，「一人」舊作「一不義」。○趙本作「殺一人以僇不孝」。校云：「「一人」本皆作「一不義」，譌，依説苑〔政理篇〕改正。○維遹案：趙校是也。荀子宥坐篇與説苑同，今據正。不亦可乎？」孔子曰：「否。不教而聽其獄，維遹案：荀子宥坐篇「教」下有「其民」二字，孔子家語始誅篇「其民」作「以孝」。殺不辜也。三軍大敗，不可誅也。獄讞不治，趙懷玉云：荀子宥坐篇、家語始誅篇俱作「獄犴不治」。○周廷寀云：「讞」説苑〔政理篇〕作「訟」。不可刑也。上陳之教而先服之，則百姓從風矣。躬行不從，「躬行」舊作「邪行」。○荀子宥坐篇、家語始誅篇「邪行」作「邪民」。○王念孫云：「「邪民」本作「躬行」，外傳又誤爲「邪行」。上文云「上先服之三年而百姓從風」，服者行也，即此所謂躬行也，故云「躬行不從，然後俟之以刑」。隷書「躬」與「邪」相似，故「躬」誤爲「邪」（見隷辨）。説苑〔政理篇〕正作「躬行不從」。○維遹案：王校是也，今據正。然後俟之以刑，則民知罪矣。夫一仞之牆，民不能踰，百仞之山，童子登遊焉，凌遲故也。盧文弨云：淮南子泰族篇「山以陵遲故能高陵」，遲猶迤邐陂陀之謂。今世仁義之陵遲久矣，「世」舊作「其」。○趙善詒云：「其」字不可通。荀子〔宥坐篇〕、家語〔始誅篇〕並作「世」，當從之正。此誤刊耳。○維遹案：趙校是也，今據正。諸本「世」皆誤爲「其」，説苑政理篇作「是」，「是」亦當作「世」。能謂民無踰乎？維遹案：荀子宥坐篇作「而能使民勿踰乎」，説苑政理篇作「能謂民弗踰乎」。「謂」「爲」古通，爲，使也，字異而義同。詩曰：『俾民不迷。』維遹案：説苑政理篇同，荀子宥坐篇作「詩曰天子是庳，卑民不迷」，家語始誅篇作「詩云天子是毗，俾民不迷」，此疑脱一句。昔之君子，道其百姓不使迷，是以威厲而不試，刑措而不用也。舊作「是以威厲而刑措不用也」。○維遹案：「措」與「錯」同。荀子宥坐篇、家語始誅篇俱作「是以威厲而不試，刑錯而不用也」。說苑政理篇同，惟「試」作「至」。且此二句爲成語，荀子議兵篇云：「傳曰，威厲而不試，刑錯而不用。」尤其明證。今據補。故形其仁義，元本、沈本、鍾本、毛本、程本同，黃本、楊本「形」作「刑」，古通用。謹其教道，使民目晰焉而見之，使民耳晰焉而聞之，使民心晰焉而知之，則道不迷而民志不惑矣。詩曰：『示我顯德行。』故道義不易，民不由也。禮樂不明，民不見也。詩曰：『周道如砥，其直如矢』，言其易也。『君子所履，小人所視』，言其明也。『睠焉顧之，潸焉出涕』，哀其不聞禮教而就刑誅也。夫散其本教而待之刑辟，猶決其牢而發以毒矢也，亦不哀乎！諸本皆同，趙本「亦不」作「不亦」。校云：「不」「亦」舊本倒，今案文義乙。○維遹案：趙校亦通。惟疑「亦」本作「亓」，「亓」古「其」字，墨子一書多用之。校者罕見此字，遂改爲「亦」字。荀子宥坐篇作「豈不哀哉」，「其」與「豈」同義。故曰未可殺也。昔者先王使民以禮，譬之如御也。刑者，鞭策也。今猶無轡銜而鞭策以御也。欲馬之進，則策其後，欲馬之退，則策其前，御者以勞而馬亦多傷矣。今猶此也。上憂勞而民多罹刑。詩曰：『人而無禮，胡不遄死。』爲上無禮，則不免乎患。爲下無禮，則不免乎刑。上下無禮，胡不遄死！」康子避席再拜曰：「僕雖不敏，請承此語矣。」孔子退朝，門人子路難曰：「父子訟，道邪？」孔子曰：「非也。」子路曰：「然則夫子胡爲君子而免之也？」孔子曰：「不戒責成，虐也。「虐」舊作「害」。○維遹案：「害」當爲「虐」。「虐」隸書作「雲」，與「害」形近，故譌爲「害」。荀子宥坐篇作「不教而責成功，虐也」，家語始誅篇作「不試（誡）責成，虐也」，長短經政體「不誡責成，虐也」，並其證。本書下章云「賜聞之，託法而治謂之暴，不戒致期謂之虐，不教而誅謂之賊」，亦以「暴」「虐」「賊」對舉，與此文同一例，今據正。慢令致期，暴也。不教而誅，賊也。君子爲政，避此三者。且詩曰：『載色載笑，匪怒伊教。』

第二十三章

當舜之時，有苗氏不服。「苗」下舊脱「氏」字。○維遹案：「苗」下當有「氏」字。下文亦以「有苗氏」連文。説苑君道篇正有「氏」字，今據補。其不服者，元本「其」上有「以」字。○維遹案：説苑君道篇作「其所以不服者」。疑元本脱「所」字，校者據下文「以其不服」，移「以」字於「其」上，而今本又脱「所以」二字。衡山在南，峧山在北，「峧」舊作「岐」。○黄丕烈云：文山即汶山，見管子、國語。又韓詩外傳云「岐山在北」，「岐」字譌。○趙懷玉云：「岐山」當作「峧山」。戰國〔策〕魏策作「文山」，亦「汶山」之譌。「汶」「峧」「嶓」皆與「岷」同。○維遹案：趙校是也，今據正。左洞庭之波，右彭澤之水，元本、沈本、張本、毛本、劉本同，鍾本、黄本、楊本、程本「波」作「陂」。○周廷寀云：説苑〔君道篇〕「陂」作「波」，「澤」作「蠡」。○維遹案：當以説苑爲是。魏策作「左彭蠡之波，右洞庭之水」。由此險也。○維遹案：説苑君道篇「由」作「用」，廣漢魏叢書本「用」作「因」，「因」字義優。因，依也，與魏策作「恃此險也」義合。以其不服，禹請伐之，而舜不許，曰：「吾喻教猶未竭也。」周廷寀云：「喻」「諭」同。久喻教，周廷寀云：「久」當從說苑君道篇作「究」。而有苗氏請服。「氏」原作「民」。○周廷寀云：「民」當從說苑〈君道篇〉作「氏」。○維遹案：周校是也，今據正。天下聞之，皆薄禹之義，而美舜之德。詩曰：「載色載笑，匪怒伊教。」舜之謂也。問曰：然則禹之德不及舜乎？曰：非然也。禹之所以請伐者，欲彰舜之德也。故善則稱君，過則稱己，臣下之義也。假使禹爲君，舜爲臣，亦如此而已矣。夫禹可謂達乎人臣之大體也。

第二十四章

季孫之治魯也，衆殺人而必當其罪，多罰人而必當其過。子貢曰：「暴哉治乎！」季孫聞之，曰：「吾殺人必當其罪，罰人必當其過，先生以爲暴，何也？」子貢曰：「夫奚不若子產之治鄭？一年而負罰之過省，二年而刑殺之罪亡，三年而庫無拘人。故民歸之如水就下，愛之如孝子敬父母。子產病將死，國人皆吁嗟曰：『誰可使代子產死者乎？』及其不免死也，士大夫哭之於朝，商賈哭之於市，農夫哭之於野。哭子產者，皆如喪父母。今竊聞夫子疾之時，則國人喜，維遹案：「人」下脱「皆」字。下文云：「活則國人皆駭」，文同一例。活則國人皆駭。以死相賀，以生相恐，非暴而何哉？賜聞之，託法而治謂之暴，不戒致期謂之虐，不教而誅謂之賊，以身勝人謂之責。責者失身，賊者失臣，虐者失政，暴者失民。且賜聞居上位行此四者而不亡者，未之有也。」於是季孫稽首謝曰：「謹聞命矣」。詩曰：「載色載笑，匪怒伊教。」

第二十五章

問者曰：夫智者何以樂於水也？曰：夫水者緣理而行，不遺小間，維遹案：說苑雜言篇同。類聚八引無「間」字。御覽五十九引「遺」下有「大」字，無「間」字。似有智者。動而之下，「之下」舊作「下之」。○趙本作「之下」。校云：舊本作「下之」，今從御覽五十九引乙正。○周廷寀云：「下之」當從說苑（雜言篇）作「之下」。○維遹案：趙周校是。今據乙正。白帖六引作「重而之下」，「重」即「動」字之壞。似有禮者。蹈深不疑，似有勇者。障防而清，元本、沈本、張本、毛本、劉本同，鍾本、黄本、楊本、程本「障防」作「漳汸」。○趙本亦作障防。校云：「障」本譌作「漳」，今改從通津本，與說苑雜言篇同。春秋繁露山川頌作「鄣防山（案古文苑「山」作「止」，是。）而能清静」，「鄣」與「障」同。○維遹案：類聚八、白帖六引亦作「障防而清」。似知命者。歷險致遠，卒成不毀，趙懷玉云：「卒成不毀」四字，藝文類聚（八）、御覽（五十九）俱無。○維遹案：白帖六引亦無此四字。似有德者。天地以成，群物以生，維遹案：類聚八引同。白帖六引「成」「生」二字互易。國家以平，郝懿行云：說文：「水準也。」準所以平，故曰萬事以平。品物以正。此智者所以樂於水也。詩曰：「思樂泮水，薄采其茆。魯侯戾止，在泮飲酒。」樂水之謂也。

第二十六章

問者曰：夫仁者何以樂於山也？郝懿行云：此條尚書大傳孔子答子張之言也，而文有異。曰：夫山者萬民之所瞻仰也。草木生焉，萬物植焉，飛鳥集焉，走獸休焉，維遹案：類聚七引下有「吐生萬物而不私焉」八字。四方益取與焉。維遹案：「益」當作「並」，字之誤也。説苑雜言篇作「四方並而不限焉」，尚書大傳作「四方皆伐焉」，「並」「皆」義同，是其證。出雲道風嵸乎天地之間。元本、沈本、張本、毛本、程本同，鍾本、黄本、楊本、劉本「嵸」作「從」。○周廷寀云：説苑〔雜言篇〕云：「出雲風通氣於天地之間。」○趙善詒云：類説引作「出雲通風氣塞於天地之間」，今本「道」字當爲「通」之形誤。○維遹案：趙校近是。此文本作「出風雲以通乎天地之間」，古「從」字作「从」，「从」「以」形近，因「以」誤爲「从」，又變爲「從」，讀者遂錯亂其文。尚書大傳作「出風雲以通乎天地之間」，本書即抄大傳，是其證。天地以成，國家以寧，此仁者所以樂於山也。陳喬樅云：御覽三十八引作「夫山萬人之所觀仰，材用生焉，寶藏植焉，飛禽萃焉，走獸伏焉，育物群而不倦，有似夫仁人志士，是仁者所以樂山也。」與今本外傳文異。詩曰：「太山巖巖，魯邦所瞻。」周廷寀云：説苑〔雜言篇〕引作「魯侯是瞻」。樂山之謂也。

第二十七章

傳曰：晉文公嘗出亡，反國，三行賞而不及陶叔狐。維遹案：説苑復恩篇亦作「陶叔狐」。呂氏春秋當賞篇作「陶狐」，史記晉世家作「壺叔」。陶叔狐謂咎犯曰：「吾從君而亡十有一年，「從」下舊脱「君」字。○趙本「從」下有「君」字。校云：「君」字本皆脱，據説苑復恩篇補。「一」説苑作「三」。○維遹案：趙校是也，今據補。顔色黯黑，手足胼胝。今反國三行賞而我不與焉。君其忘我乎？其有大過乎？子試爲我言之。」咎犯言之文公，文公曰：「文公」二字舊不重。○維遹案：説苑復恩篇重「文公」二字，今據補。「噫！我豈忘是子哉？高明至賢，志行全成，趙懷玉云：説苑〈復恩篇〉作「德行全誠」。湛我以道，維遹案：説苑復恩篇「湛」作「耽」，古通用。詩常棣篇「和樂且湛」，禮記中庸篇引詩「湛」作「耽」是其例。然「湛」「耽」皆「酖」之借字。説文酉部：「酖，樂酒也。」引申爲凡樂之稱。説我以仁，變化我行，昭明我名，舊脱「名」字。○趙本有「名」字。校云：「變化」説苑復恩篇作「暴浣」。「名」字本皆脱，據説苑補。○維遹案：趙校是也，今據補。使我爲成人者，吾以爲上賞。恭我以禮，防我以義，藩援我，使我不爲非者，吾以爲次。趙懷玉云：説苑復恩篇「不」字下有「得」字。勇猛强武，氣勢自御，難在前則處前，難在後則處後，免我於危難之中者，「我」下舊脱「於」字。○維遹案：説苑復恩篇「我」下有「於」字，今據補。吾又以爲次。「又」字舊脱。○趙本有「又」字。校云：本皆脱「又」字。説苑復恩篇作「吾又以爲之次」，今案文義當有「又」字，補之。○周廷寀校同。○維遹案：趙周校是，今據補。此條及前兩條，趙校語皆誤作吕氏春秋當賞篇，今改正。然勞苦之士次之。」維遹案：説苑復恩篇此下有「夫勞苦之士，是子固爲首矣，豈敢忘子哉」十六字，則與篇首之文相應。吕氏春秋當賞篇云：「若賞唐國之勞徒，則陶狐將爲首矣。」詩曰：「率禮不越，」「禮」舊作「履」。○趙本作「禮」。校云：「禮」本皆作「履」，案詩考引作「禮」，説苑〔復恩篇〕同，今據改。○維遹案：趙校是也，今據正。遂視既發。」今不内自訟過，不悦百姓，將何錫之哉？

第二十八章

夫詐人者曰，維遹案：荀子非相篇「詐」作「妄」，字異而義同。古今異情，其所以治亂異道。而衆人皆愚而無知，元本「知」作「智」。○維遹案：「智」與「知」通。荀子非相篇作「説」，楊注：「言其愚陋而不能辨説。」「辨説」與「知曉」義亦相因。陋而無度者也，於其所見猶可欺也，況乎千歲之後乎？彼詐人者，門庭之間猶挾欺，而況千歲之上乎？然則聖人何以不可欺也？曰：聖人以己度人者也。以心度心，以情度情，以類度類，古今一也。類不悖，雖久同理。故性緣理而不迷也。夫五帝之前無傳人。非無賢人，久故也。五帝之中無傳政。非無善政，久故也。虞夏有傳政，不如殷周之察也。非無善政，久故也。夫傳者久則愈略，近則愈詳。略則舉大，詳則舉細。故愚者聞其大不知其細，聞其細不知其大。是以久而差。三王五帝，政之至也。詩曰：「帝命不違，至於湯齊。」詩考引「齊」作「躋」。○陳喬樅云：「『齊』爲齊一之義，雖與毛傳言『至湯與天心齊』義異，要其字皆不作『躋』。或據詩考謂今本外傳作『湯齊』者誤，此考之不審耳。」言古今一也。

第二十九章

舜生於諸馮，遷於負夏，卒於鳴條，東夷之人也。文王生於岐周，卒於畢郢，西夷之人也。地之相去也，千有餘里，世之相後也，千有餘歲，然得志行乎中國，維遹案：孟子離婁下篇同。御覽四百一引「志」下有「而」字。若合符節。孔子曰：「先聖後聖，其揆一也。」維遹案：孟子離婁下篇無「孔子曰」三字。詩曰：「帝命不違，至於湯齊。」

第三十章

孔子觀於周廟，有欹器焉。劉先生云：荀子宥坐篇、淮南子道應篇、孔子家語三恕篇皆言「孔子觀於魯桓公之廟」。惟説苑敬慎篇作「孔子觀於周廟」，與本書合。王氏困學紀聞十云：「晉杜預傳云：周廟欹器至漢東京猶在御坐。當以周廟爲是。」南史祖沖之傳云：「造欹器，獻竟陵王子良，與周廟不異。」北齊魏收傳：「周廟之人，三緘其口。漏卮在前，欹器留後。」或言周廟，或言桓公廟，當各依本書，未可臆斷。孔子問於守廟者曰：「此謂何器也？」對曰：「此蓋爲宥座之器。」趙本「座」作「坐」。校云：「坐」舊本作「座」，俗。今改正，下同。○維遹案：「宥座」説苑敬慎篇作「右坐」。荀子宥坐篇作「宥坐」，楊注：「宥與右同。言人君可置於坐右以爲戒也。或曰宥與侑同，勸也。文子〔十守篇〕曰：三王五帝有勸戒之器，名侑卮。注云：欹器也。」孔子曰：「吾聞宥座之器，滿則覆，虛則欹，中則正，有之乎？」「聞」上舊脱「吾」字，「座」下脱「之」字。○趙善詒云：〔孔子〕集語五引「聞」上有「吾」字，「器」上有「之」字，宜據補。荀子〔宥坐篇〕、説苑〔敬慎篇〕、家語〔三恕篇〕俱作「吾聞宥坐之器」可證。○維遹案：趙校是也，今據補。對曰：「然。」孔子使子路取水試之，滿則覆，中則正，虛則欹。孔子喟然而嘆曰：「嗚呼！惡有滿而不覆者哉！」周廷寀云：「呼」下家語三恕〔篇〕有「夫物」二字。○趙善詒云：〔孔子〕集語五引句下有「物盈則衰，樂極則悲，日中則移，月盈則虧」四句，淮南子〔道應篇〕同。文子十守篇有「物盛則衰，日中則移，月滿則虧，樂中而悲」四句。子路曰：「敢問持滿有道乎？」孔子曰：「持滿之道，抑而損之。」維遹案：文選王仲寶褚淵碑文注引「抑」作「挹」，荀子宥坐篇、説苑敬慎篇、淮南子道應篇同。「抑」「挹」聲義相近。蒼頡篇：「挹，損也。」家語三恕篇：「此所謂損之又損之之道也。」即抄襲諸書以訓詁字改之。子路曰：「損之有道乎？」孔子曰：「德行寬裕者，守之以恭。土地廣大者，守之以儉。禄位尊盛者，守之以卑。趙善詒云：下章及卷八第三十一章「禄」字在「尊」字下，當從之乙正。小學紺珠三引亦作「位尊禄盛」，可證。人衆兵强者，守之以畏。聰明睿智者，守之以愚。博聞强記者，守之以淺。夫是之謂抑而損之。」詩曰：「湯降不遲，聖敬日躋。」

第三十一章

周公踐天子之位七年，維遹案：説苑尊賢篇「踐」作「攝」，御覽四百七十四引同。布衣之士所執贄

而師見者十人。舊脱「執」「見」二字。○趙懷玉云：御覽四百七十四引作「執贄所師見者十人」。○維遹案：此當作「所執贄而師見者十人」。荀子堯問篇楊注引説苑作「所執贄而師見者十人」，今本説苑尊賢篇作「執贄所師見者十二人」，本書卷八第三十一章亦作「所執贄而師見者十人」，並其證。尚書大傳作「所執質而見者十二」，荀子堯問篇作「吾所執贄而見者十人」，其詞例略同。今本「所」下脱「執」字，「師」下脱「見」字。今據補。**所友見者十二人，**周本「二」作「三」。校云：荀〔子堯問篇〕云「還贄而相見者三十人」。「還贄」尚書大傳作「委贄」。案當從荀及書傳。蓋「三」與「十」文倒也。「三」本皆譌爲「二」，今據後傳校正。**窮巷白屋所先見者四十九人，**「屋」下舊脱「所」字。○趙本有「所」字。校云「所」字舊無，據御覽〔四百七十九〕補。○維遹案：趙校是也。説苑尊賢篇及本書卷八第三十一章並有「所」字，今據補。**時進善者百人，教士者千人，官朝者萬人。**上二「者」字舊脱，「官」舊作「宮」。○趙本「宮」作「官」。校云：御覽〔四百七十四〕引「進善」下「教士」下俱有「者」字。「官」舊作「宮」，據御覽改正。○維遹案：趙校是也。後傳及説苑尊賢篇並與御覽引同，今據補正。**當此之時，誠使周公驕而且吝，則天下賢士至者寡矣。**「當此」以下二十一字舊脱。○趙本有此二十一字。校云：此二十一字舊本無，據御覽〔四百七十四〕引補。○維遹案：趙校是也。説苑尊賢篇亦有此二十一字，今據補。**成王封伯禽於魯，周公誡之曰：「往矣！子其無以魯國驕士。**「子」下舊脱「其」字。○維遹案：説苑尊賢篇有「其」字，與下文一例，今據補。**吾文王之子，武王之弟，成王之叔父也，**趙懷玉云：荀子堯問篇亦作「成王」，説苑敬慎篇作「今王」。○周廷寀云：楊倞云：「周公先成王薨，未宜知成王之謚。此云成王，乃後人所加。」○聞一多先生云：楊説非也。金文獻侯鼎稱成王，宗周鐘稱邵（昭）王，遹毁稱穆王，趞曹鼎稱龔（恭）王，匡卣稱懿王，皆生稱。謚法之興，蓋在春秋中葉以後。此述周公語，稱成王，自是生稱。荀子及本書均不誤。説苑始改「成」爲「今」，昧於古制矣。又相天子，「子」舊作「下」。○趙本「下」作「子」。校云：本皆作「下」，今依説苑（敬慎篇）改。○維遹案：趙校是也，今據正。吾於天下亦不輕矣。然一沐三握髮，維遹案：説苑敬慎篇「然」下有「嘗」字。一飯三吐哺，猶恐失天下之士。吾聞德行寬裕，守之以恭者，榮。土地廣大，守之以儉者，安。禄位尊盛，守之以卑者，貴。人衆兵强，守之以畏者，勝。聰明睿智，守之以愚者，哲。○「哲」舊作「善」。○趙懷玉云：「善」説苑（敬慎篇）作「益」。○周廷寀云：後傳作「哲」。○聞一多先生云：「善」疑當依後傳作「哲」。古字「哲」作「嚞」，「善」作「譱」，形近易混，故「哲」誤爲「善」。○維遹案：聞校是也，今據正。博聞强記，守之以淺者，智。夫此六者，皆謙德也。夫貴爲天子，富有四海，由此德也。不謙而失天下亡其身者，桀紂是也，可不慎歟！故易有一道，大足以守天下，中足以守其國家，小足以守其身，「小」舊作「近」。○趙懷玉云：「近」御覽（四百七十四）引作「小」。○維遹案：説苑敬慎篇亦作「小」，今據正。謙之謂也。夫天道虧盈而益謙，地道變盈而流謙，鬼神害盈而福謙，人道惡盈而好謙。是以衣成則必缺衽，宫成則必缺隅，屋成則必加措，「措」舊作「拙」。○諸本皆作「拙」，元本作「措」。○維遹案：本或作「措」，説苑敬慎篇作「錯」，「措」「錯」古通，今據正。示不成者，天道然也。易曰：『謙亨，君子有終吉。』詩曰：『湯降不遲，聖敬日躋。』誡之哉！子其無以魯國驕士也。」「其」上舊脱「子」字。○維遹案：説苑敬慎篇有「子」字，與上文一例，今據補。

第三十二章

傳曰：子路盛服以見孔子，孔子曰：「由疏疏者何也？」維遹案：「疏疏」讀爲「楚楚」。詩蜉蝣篇「衣裳楚楚」，毛傳：「楚楚，鮮明貌。」說文黹部：「䵄，會五采鮮皃。」引詩「衣裳䵄䵄。」然則「䵄」正字，「楚」借字也。「䵄」從虘聲，「虘」從且聲。「疏」「楚」並從「疋」聲。疋古讀如胥，與且聲近，得相通假。凡從且得聲者，多有美好意。說文衣部：「袓，事好也。」方言一：「珇，好也，珇，美也。」音義皆與「䵄」相近。荀子子道篇「疏疏」作「裾裾」，「疏」「裾」音義亦相近。說苑雜言篇作「襜襜」，音異而義同。昔者江出於濆，其始出也，不足以濫觴。「江」下舊脫「出」字。元本「不」作「大」。○趙懷玉云：說苑〔雜言篇〕作「江水出於岷山」。「岷」亦作「崏」「汶」。此作「濆」，或亦音近借用。○維遹案：「江於濆」當作「江出於濆」。荀子子道篇作「江出於岷山」，淮南子人間篇作「江水之始出於岷山也」，家語三恕篇作「夫江始出於岷山」，雖皆約荀文，並有「出」字，今據補。又案：「不」字元本作「大」，與說苑雜言篇合。荀子作「其源可以濫觴」，劉師培據本書謂「可」上脫「不」字。說苑「大」亦不誤。是也。及其至乎江之津也，不方舟，不避風，不可渡也。非其下流衆川之多歟？舊脫「下流」二字。○周廷寀云：說苑〔雜言篇〕「衆川」上有「下流」二字，荀子〔子道篇〕及家語〔三恕篇〕同。○維遹案：周校是也，今據補。今汝衣服甚盛，「甚」舊作「其」。○趙本「其」作「甚」。校云：「甚」舊譌作「其」，今依說苑〔雜言篇〕改。○維遹案：趙校是也，今據正。顏色充滿，天下有誰加汝哉？」周廷寀云：「有誰」說苑〔雜言篇〕作「誰肯」，荀子〔子道篇〕云「諫也」，家語〔三恕篇〕云「以非告汝也」。子路趨出，改服而入，蓋揖如也。元本、沈本、張本、毛本、劉本同，鍾本、黃本、楊本、程本「揖」作「攝」。

〇周廷寀云：「攝」本或「揖」，非。〇趙懷玉云：荀子〔子道篇〕作「蓋猶若也」，説苑〔雜言篇〕作「蓋自如也」，家語〔三恕篇〕作「蓋自若也」。〇維遹案：「蓋」猶「乃」也，「揖」當從荀子作「猶」，「猶如」與「猶若」同義。説苑作「自如」，「自」即「由」之形誤，「由」與「猶」通，「猶如」「猶若」皆同「猶然」。荀子哀公篇「故猶然如將可及者，君子也」，家語五儀解「猶然」作「油然」。郝懿行云：「猶然」即「油然」，家語作「油」，是也。孟子「油油然與之偕」，言無異於凡人也。**孔子曰：「由志之。**維遹案：「志」與「識」同。識，記也。説苑〔雜言篇〕作「記」。**吾語汝。夫慎於言者不譁，慎於行者不伐。色知而有長者小人也。**周廷寀云：「長」荀〔子子道篇〕作「能」，楊注：「色知，謂所知見於顔色。有能，謂自有其能。皆矜伐之意。」説苑〔雜言篇〕、家語〔三恕篇〕並以「知」爲「智」。**故君子知之爲知之，不知爲不知，言之要也。能之爲能之，不能爲不能，行之要也。**諸本皆同，元本「要」作「至」。〇維遹案：本或作「至」，與荀子子道篇、説苑雜言篇、家語三恕篇合。若從元本作「至」，則下文兩「要」字亦當作「至」。惟今本亦通。**言要則知，行要則仁。既知且仁，又何加哉？詩曰：『湯降不遲，聖敬日躋。』」**

第三十三章

君子行不貴苟難，説不貴苟察，名不貴苟傳，惟其當之爲貴。夫負石而赴河，此行之難爲者也，而申徒狄能之。「行」上舊脱「此」字。〇劉師培云：莊子刻意篇「枯槁赴淵者之所好也」，釋文云「赴淵若申徒狄」，其説是也。「赴」當作「仆」。「踣」「仆」古通。外物篇云：「申徒狄因以踣河。」釋文引李注訓頓。「頓」「仆」

誼同，「赴」「仆」同聲叚借，匪取趨赴爲義也。今考盜跖篇云「申徒狄諫而不聽，抱石自投於河」，淮南説山訓云「申徒狄負石自沉於淵」。曰投，曰沉，僉爲仆誼。荀子不苟篇作「懷負石赴河」，赴亦仆叚。凡百家所云「赴溝壑」「赴河」，厥恉並同。○維遹案：劉校是也。又案：「行」上當有「此」字。「此行之難爲者也」與下文「此説之難持者也」文同一例。荀子不苟篇「行」上有「是」字，「是」與「此」同義，今據補。**君子不貴者，非禮義之中也。山淵平，天地比，齊秦襲，入乎耳，出乎口，鉤有鬚，**周廷寀云：荀子（不苟篇）作「須」，「須」「鬚」通。○俞樾云：「鉤」疑「姁」之叚字，説文女部：「姁，嫗也。」嫗無須而謂之有須，故曰説之難持者也。**卵有毛，此説之難持者也，而鄧析惠施能之。君子不貴者，非禮義之中也。盜跖吟口，名聲若日月，與舜禹俱傳而不息。**荀子不苟篇同。楊注云：「吟口，吟詠長在人口也。」説苑（説叢篇）作「盜跖凶貪」。○郝懿行云：「吟口」説苑作「凶貪」。此本作「貪凶」，轉寫形誤，遂爲「吟口」。楊氏據誤本作注，不知其不可通耳。韓詩外傳誤與此同，可知此本相傳已久，楊氏所以深信不疑。○許瀚云：後漢書列傳二十四梁冀傳「口吟舌言」，注云：「謂口吃不能明了。」「吟口」蓋即「口吟」。「吟」乃「唫」之假借。説文：「唫，口急也。」吕氏春秋重言（篇）「君呿而不唫」，注：「唫，閉。」太玄經玄攡「唫則凝形」，注：「唫，猶噏也。」又玄衝注：「唫，不通也。」義又與「噤」通。説文：「噤，口閉也。」段茂堂先生注云：「史（記）淮陰侯傳：雖有舜禹之智，吟而不言。此假吟爲噤也。」又與瘖通。説文：「瘖，不能言也。」廣韻：「瘖，瘖啞。」文子曰：「皋陶瘖。」禮記王制「瘖聾疲躄」，正義「瘖，謂口不能言」，國語晉語「嚚瘖不可使言」，注：「瘖，不能言者。」素問奇病論注：「瘖，謂不得言語也。」又與「喑」通。説文段氏注云：「喑之言瘖也，謂嗁極無聲。」後漢書童恢傳注：「喑，疾不能言也。」「吟」「唫」「噤」「瘖」「喑」古音同部，故義俱可通。楊注以「吟」字本義解之，宜其鑿矣。○俞樾云：「吟」蓋「黔」之叚字。黔口即黔喙，謂虎豹之屬。蓋以虎豹擬盜跖。○劉師培云：「吟口」者即貪字也，轉寫分爲二字，復誤「貝」爲「口」，另加口旁於「今」側，遂成

「吟口」。且名聲同義，聲字亦係衍文。蓋荀子本文祇作「盜跖貪名者日月」，貪名連文，猶言清名高名耳，聲字亦後人妄增，以訛傳訛，遂妄分一語爲二語矣。○維遹案：許校是也。君子不貴者，非禮義之中也。故曰君子行不貴苟難，「故」下舊脱「曰」字。○維遹案：此複舉上文，「故」下當有「曰」字。荀子不苟篇有「曰」字，今據補。說不貴苟察，名不貴苟傳，惟其當之爲貴。詩曰：「不競不絿，不剛不柔。」言當之爲貴也。舊脱「言當之爲貴也」六字。○沈本、毛本亦脱此六字，鍾本、黄本、楊本、程本皆有此六字，元本、劉本僅存一「言」字。○維遹案：本或有此六字，是，今據補。元本存一「言」字，沈、毛本又删之，全失其真矣。

第三十四章

伯夷叔齊目不視惡色，耳不聽惡聲。非其君不事，非其民不使。横政之所出，横民之所止，弗忍居也。思與鄉人居，若朝衣朝冠，坐於塗炭也。故聞伯夷之風者，貪夫廉，懦夫有立志。至柳下惠則不然。不羞汙君，不辭小官。進不隱賢，必由其道。阨窮而不憫，遺佚而不怨。與鄉人居，愉愉然不去也。雖袒裼裸裎於我側，彼安能浼我哉？故聞柳下惠之風者，「者」字舊脱。○諸本皆無「者」字，鍾本、劉本有。○維遹案：本或有「者」字，是，今據補。孟子盡心下篇、論衡率性篇、知實篇並有「者」字。鄙夫寬，薄夫厚。至乎孔子去魯，遲遲乎其行也，可以去而去，可以止而止，去父母國之道也。伯夷，聖人之清者也。柳下惠，聖人之和者也。孔子，聖人

之中者也。周廷寀云：此傳言中，孟子言時，二義互相足也。**詩曰：「不競不絿，不剛不柔。」中庸和通之謂也。**

第三十五章

王者之法，等賦正事，「之」下舊脱「法」字。下同。○荀子王制篇亦脱「法」字，「正」作「政」。○王念孫云：「之」下當有「法」字，乃總目下文之詞。下文「是王者之法也」，正與此句相應。等賦二字連讀，政讀爲正，言等地賦，正民事，以成萬物而養萬民也。○維遹案：王校是也，今據補。下同。**田野什一，關市譏而不征，**維遹案：「譏」與「幾」通。荀子王制篇作「幾」，楊注：「幾，呵察也，但呵察姦人而不征税也。禮記〈王制篇〉幾作譏。」**山林澤梁，以時入而不禁。相地而衰正，**「衰正」舊作「正壤」。○荀子王制篇作「相地而衰政」。○瞿中溶云：元本作「相地而攘正」。證以荀子作「衰政」，則元本第誤「衰」爲「攘」耳。○維遹案：瞿校是也。「攘」即「衰」之形誤。「正」「政」與「征」古通用。今本作「正壤」者，以不明「正」字之義，遂改「攘」爲「壤」，而乙其文。元本雖「衰」譌爲「攘」，其致誤之由，尚可尋也。管子小匡篇「相地而衰其政」，齊語「相地而衰征」，韋注：「相，視也。衰，差也。視土地之美惡，及所生出，以差征賦之輕重也。」並其證，今據正。**理道而致貢，**荀子王制篇作「理道之遠近而致貢」。○王念孫云：小雅信南山傳曰：「理，分地里也，謂貢以遠近分也。」上句「相地而衰政」，「衰」與「分」義相近。**萬物群來，無有流滯，**趙懷玉云：荀〈子王制篇〉作「滯留」，此「流」亦當作「留」。○維遹案：「流」與「留」古通。**以相通移，**諸本皆同，元本「通」作

「遺」。○維遹案：荀子王制篇作「歸」，楊注：「歸讀爲饋」。「饋」「遺」同義。今本亦通，管子輕重甲篇有「民通移」語。近者不隱其能，遠者不疾其勞，雖幽閒僻陋之國，莫不趨使而安樂之。諸本皆同，元本「雖」作「無」。○維遹案：本或作「無」，與荀子王制篇合。夫是之謂王者之法，等賦正事。詩曰：「敷政優優，百禄是遒。」

第三十六章

孫卿與臨武君議兵於趙孝成王之前。王曰：「敢問兵之要。」臨武君曰：「夫兵之要，上得天時，下得地利，趙懷玉云：荀子議兵篇有「觀敵之變動」一句，此似脱。後之發，先之至。諸本皆同，元本兩「之」字並作「人」。此兵之要也。」維遹案：荀子議兵篇、新序雜事三「此」下有「用」字，下文「夫兵之要」「兵」上亦有「用」字。孫卿曰：「不然。夫兵之要，在附親士民而已。六馬不和，造父不能以致遠。弓矢不調，羿不能以中微。士民不親附，湯武不能以戰勝。由此觀之，要在於附親士民而已矣。」維遹案：「要」字上疑脱「故善用兵者」一句。今本「故用兵」三字皆錯置在下文。荀子議兵篇作「故善附民者，是乃善用兵者也，故兵要在乎善附民而已」，新序雜事三作「故善用兵者，務在於善附民而已」。二書皆有「善用兵」之文，以新序最相彷彿。是其證。臨武君曰：「不然。夫兵之用，變故也。其所貴，謀詐也。維遹案：此文有衍誤，當云「夫兵之所貴者，變詐也」。「故用」二字，因上文錯置在此，「其」爲「兵」之形誤，亦當在上文，「謀」字涉下文而衍。荀子議兵篇作「兵之所貴者勢利也，所行者變詐也」，新序雜事三作「夫兵之所貴者勢利也，所上者變詐攻奪也」。韓劉皆約荀文，韓取「變詐」舍「攻奪」者，以其下文專論變詐耳。善用之者猶脱兔，莫知其出。孫吴用之無敵於天下。由此觀之，豈必待附親士民而後可哉？」「豈」下舊脱「必」字，「親」上脱「附」字。○維遹案：荀子議兵篇、新序雜事三有「必」字。今本「必」字錯移於下文。「待」下當有「附」字。「附親士民」，上文凡兩見，今據補。孫卿曰：「不然。君之所道者，元本、沈本、張本、毛本、劉本同，鍾本、黄本、楊本、程本「君」作「子」。○維遹案：本或作「君」，與荀子議兵篇、新序雜事三合。諸侯之兵，謀臣之事也。臣之所道者，仁人之兵，聖王之事也。彼可詐者，怠慢者也。「怠」上舊有「必」字。○維遹案：「必」字本在上文而錯移於此。荀子議兵篇、新序雜事三並無「必」字，今據刪。又此句下荀子有「路亶者也」四字。「路亶」新序作「落單」。君臣上下之際，奂然有離德者也。「奂」舊作「突」。○荀子議兵篇「突」作「滑」。○王引之云：「滑」當作「涣」。説卦曰：「涣者，離也。」是涣爲離皃。新序雜事篇正作「涣然有離德」，韓詩外傳作「突然有離德」。「突」乃「奂」之譌。「涣」「奂」古字通。文選琴賦注引蒼頡篇云：「奂，散也。」○維遹案：王校是也，今據正。夫以跖而詐桀，猶有工拙焉。元本「工」作「功」，「拙」下有「幸」字。○維遹案：荀子議兵篇作「故以桀詐桀，猶巧拙有幸焉」，新序雜事三作「猶有幸焉」。以桀而詐堯，如以指撓沸，以卵投石，抱羽毛而赴烈火，入則燋也。維遹案：「燋」下疑脱「没」字。荀子議兵篇、新序雜事三並有「没」字，是其證。夫何可詐也？且夫暴國將孰與至哉？彼其所與至者必其民，「其」下舊脱「所」字。「必」下舊有「欺」字。○維遹案：「欺」當作「所」，字之誤也。本在「與」

字上，而錯移於「必」字下，校者知其不可通，遂改「所」爲「欺」耳。荀子議兵篇、新序雜事三並作「彼其所與至者必其民也」。今據刪補。民之親我也，芬若椒蘭，歡如父子。彼反顧其上，「顧」上舊脱「反」字。○周廷寀云：「顧」上當補「反」字，從荀子（議兵篇）。○維遹案：周校是也，今據補。如憯毒蜂蠆。人之情，「人之情」舊作「之人」。○維遹案：「如憯毒蜂蠆」爲句。「之人」當作「人之情」，屬下讀。今本脱「情」字，校者乃乙轉其文，屬上爲句。而義仍不完。荀子議兵篇、新序雜事三並作「人之情」。今據補正。雖桀跖豈肯爲其所至惡，賊其所至愛哉？是猶使人之子孫自賊其父母也。彼則先覺其失，何可詐哉？且仁人之兵，聚則成卒，散則成列。延居「延」新序作「鋋」。則若莫邪之長刃，嬰之者斷。鋭居則若莫邪之利鋒，當之者潰。元本「鋭」作「兑」。○維遹案：「兑」古「鋭」字。「居」爲語助詞，下文「圓居」「方居」同。圓居則若丘山之不可移也，方居則若磐石之不可拔也，觸之摧角折節而退爾，諸本皆同，元本「摧角」作「角摧」。○維遹案：本或作「角摧」，與荀子議兵篇合。夫何可詐也？詩曰：『武王載發，有虔秉鉞，如火烈烈，則莫我敢遏。』「發」舊作「旆」，「遏」舊作「曷」。○瞿中溶云：元本「旆」作「發」，與荀子（議兵篇）、詩考並合。今改「發」爲「旆」，非。「曷」作「遏」，與荀子合，今作「曷」，去「辵」，非。○維遹案：瞿校是也，今據正。此謂湯武之兵也。」孝成王避席抑手曰：「寡人雖不敏，請依先生之兵也。」「抑手」舊作「仰首」。○趙懷玉云：「仰首」當是「抑手」之誤。○俞樾云：比干篇「於是衛靈公避席抑手曰：寡人雖不敏，請從先生之勇。」兩文相似，則此文「仰首」亦當作「抑手」。○維遹案：趙俞校是，今據正。

第三十七章

受命之士，正衣冠而立，儼然人望而信之。趙善詒云：御覽四百三十引「士」作「主」，是也。蓋與下「人望而信之」句意合。作「士」者，形之誤。宜據改。其次，聞其言而信之。其次，見其行而信之。既見其行，而衆皆不信，斯下矣。詩曰：「慎爾言矣，謂爾不信。」

第三十八章

昔者不出户而知天下，不窺牖而見天道者，「道」下舊脱「者」字。○許瀚云：群書治要引「窺」作「闚」，「見」作「知」。「道」下有「者」字，今本無，當增。○維遹案：許校是也，今據補。非目能視乎千里之前，非耳能聞乎千里之外，以己之度度之也，末句舊脱。○許瀚云：治要引「視」作「見」，下「千」字作「萬」，末有「以己之度度之也」一句。今本脱此句。○維遹案：許校是也，今據補。以己之情量之也。己惡飢寒焉，則知天下之欲衣食也。己惡勞苦焉，則知天下之欲安佚也。己惡衰乏焉，則知天下之欲富足也。知此三者，聖王之所以不降席而匡天下。許瀚云：治要引作「己欲衣食焉，亦知天下之欲衣食也。己欲安逸焉，亦知天下之欲安逸也。己有好惡焉，亦知天下之有好惡也。此三者，聖王之所以不降席而匡天下者也」。故君子之道，忠恕而已矣。夫飢渴苦血氣，寒暑動肌膚，此四者民之大害也。「飢渴」上舊有「處」字，「寒暑」上有「困」字。○許瀚云：治要引作「夫饑渴苦血氣，寒暑動肌膚，此四者民之大害也」。今本「處」「困」二字，蓋後人妄加。饑渴能苦民之血氣，寒暑能動民之肌膚，故下文云「四者民之大害」，四謂饑渴寒暑也。讀者不得其義，加「處」「困」二字，斷爲四句，以當四者，謬矣。○維遹案：許校是也，今據删。大害不除，「大」字舊脱。○許瀚云：治要引「害」上有「大」字，當增。○維遹案：許校是也，今據補。未可教御也。四體不掩，則鮮仁人。五藏空虛，則無立士。故先王之法，天子親耕，后妃親蠶，先天下憂衣與食也。詩曰：「父母何嘗？心之憂矣，子之無裳。」陳喬樅云：此錯引鴇羽、有狐二詩。○維遹案：本書引詩，多有類此。

韓詩外傳卷第四

第一章

紂作炮格之刑，「格」舊作「烙」。○趙懷玉云：江鄰幾雜志引陳和叔云：「韓詩作炮烙，漢書作炮格。」案今漢書亦作「炮烙」。段氏玉裁云：「格字是，作烙皆譌。」○王念孫云：段説是也。韓非子喻老篇曰：「紂爲肉圃，設炮格，登糟邱，臨酒池。」肉圃、炮格、糟邱、酒池，皆相對爲文。今改「炮格」爲「炮烙」，則文不對矣。難勢篇又曰「桀紂爲高臺深池以盡民力，爲炮格以傷民性。」言「設」言「爲」，則必有所設所爲之物。今改「炮格」爲「炮烙」，則不知爲何物矣。○維遹案：段王校是，今據正。王子比干曰：「主暴不諫，非忠也。畏死不言，非勇也。見過即諫，不用即死，忠之至也。」遂諫，周廷寀云：「遂」下新序節士篇有「進」字。○維遹案：有「進」字義長。下章「關龍逢進諫」亦有「進」字。三日不去朝。紂囚而殺之。「而」字舊脱。○維遹案：「囚」下當有「而」字。新序節士篇作「紂囚而殺之」，亦有「而」字。今據補。詩曰：「昊天大憮，予慎無辜。」

第二章

桀爲酒池，可以運舟，維遹案：新序節士篇「可」作「足」，與下句一律。糟丘足以望十里，一鼓而牛飲者三千人，舊脱「一鼓」二字。○維遹案：新序刺奢篇、節士篇「里」下並有「一鼓」二字，今據補。關龍逢進諫曰：「古之人君，身行禮義，愛民節財，故國安而身壽。今君用財若無窮，殺人若恐弗勝。君若弗革，天殃必降，而誅必至矣。君其革之。」立而不去朝。沈本、張本、毛本、劉本同，元本、鍾本、黄本、楊本、程本「去」作「及」。○趙懷玉云：「去」本或譌作「及」。桀囚而殺之。君子聞之曰：「天之命矣。」詩曰：「昊天大憮，予慎無辜。」

第三章

有大忠者，有次忠者，有下忠者，有國賊者。以道覆君而化之，是謂大忠也。以德調君而輔之，是謂次忠也。以諫非君而怨之，沈本、張本、毛本、劉本同，元本、鍾本、黄本、楊本、程本無「君」字。○周本作「以是諫非而怨之」。校云：「是」字據荀子〔臣道篇〕補。「怨」荀作「怒」。○趙本作「以是諫非而死之」。校云：本作「以諫非君而怨之」，譌，據御覽四百十八引改正。○趙善詒云：趙周於「諫」上補「是」字，是也。初學記十七引有「是」字，可證。又趙校「怨」作「死」，而初學記引亦作「怨」，同今本。○聞一多先生云：周校非是。非讀爲誹。「以道覆君」，「以德調君」，「以諫非君」，文同一例。元本惟脱「君」字，而「是」字猶未衍。○維遹案：聞校是也。是謂下忠也。不恤乎公道達義，「道」下舊有「之」字。○周廷寀云：「之」字疑衍。○維遹案：周校是也，今據删。偷合苟同以之持禄養交者，舊脱「之交」二字。○周本「養」下有「交」字。校云：「交」字亦據荀子〔臣道篇〕補。

○維遹案：周校是也。惟「以」字下仍脱「之」字。今本「之」字錯移於上文「道」字下。荀子臣道篇正作「以之持禄養交者」，今據補。是謂國賊也。若周公之於成王，可謂大忠也。管仲之於桓公，可謂次忠也。子胥之於夫差，可謂下忠也。曹觸龍之於紂，可謂國賊也。維遹案：荀子議兵篇：「微子開封於宋，曹觸龍斷於軍。」楊注：「説苑（敬慎篇）曰：桀貴爲天子，富有四海，其臣有左師觸龍者，諂諛不正。此云紂臣，當是。説苑誤。」皆人臣之所爲也，吉凶賢不肖之效也。詩曰：「匪其止恭，惟王之卭。」「恭」舊作「共」。○沈本、張本、毛本、劉本亦作「共」，元本、鍾本、黄本、楊本、程本作「恭」。○維遹案：本或作「恭」，與詩考引合，今據正，下章同。

第四章

哀公問取人。孔子曰：「無取健，無取佞，無取口讒。郝懿行云：「讒」恐爲譌字，當作「鑱」。鑱者鋭也。今説苑尊賢篇正作「鋭」是矣。荀子哀公篇楊注引作「叡」，「叡」「鋭」蓋以音近故譌耳。○維遹案：讒本受義於鑱，故讒口一曰利口，不必改字。「叡」、「鋭」亦聲近義通。健，驕也。佞，諂也。口讒，誕也。舊脱「口」字。○趙本作「口讒誕也」。校云：本皆脱「口」字，據（荀子哀公篇）楊倞注引補。○維遹案：趙校是也。「口讒」承上文「無取口讒」而言。説苑尊賢篇亦有「口」字，今據補。故弓調，然後求勁焉。馬服，然後求良焉。士信慤，而後求知焉。士不信慤而又多知，舊脱「慤」字，「而」字作「焉」。○維遹案：「士信慤」與「士不信慤」相對爲文。今本「信」下脱「慤而」二字，「焉」字涉上文而衍。荀子哀公篇作「士不信慤而有多知能」。「而有」即「而又」。説苑尊賢篇作「今有人不忠信重厚而多知能」，本作「今人不忠信重厚，而有多知能」。「人不忠信重厚」亦與上「人必忠信重厚」相對。校説苑者不解「而有」即「而又」，乃移「有」字於「今人」下，則與本書及荀子詞例不合矣。今據補正。**譬之豺狼與，**舊脱「與」字。○元本、沈本、張本、毛本、劉本、程本同，鍾本、黄本、楊本「狼」作「與」。○趙本「狼」下有「與」字。校云：本或有「狼」無「與」字，有「與」無「狼」字。據説苑〔尊賢篇〕兩字皆有，從之。○維遹案：趙校是也，今據補。**其難以身近也。周書曰：「無爲虎傅翼，將飛入邑，擇人而食。」夫置不肖之人於位，是爲虎傅翼也。**「是」字以上二十二字舊脱。○許瀚云：此有脱文。後漢書翟酺傳「虎翼一奮，卒不可制」，李注引韓詩外傳曰：「無爲虎傅翼，將飛入邑，擇人而食。夫置不肖之人於位，是爲虎傅翼也。」自「是」字以上二十二字皆此處脱文，當補「周書曰」下。（揚子法言淵騫篇「酷吏曰虎哉虎哉，角而翼者也。」宋咸注引韓詩外傳云：「無爲虎傅翼，將飛入邑，擇人而食。」是宋景祐間猶未脱也。）其引周書，見寤儆解第三十一，今本作「無虎傅翼，將飛入宮，擇人而食」。得此可證周書「無」下脱「爲」字，「宮」爲「邑」字之譌。又韓非子難勢第四十：「周書曰：毋爲虎傅翼，將飛入邑〔宋乾道本脱「將」字〕，擇人而食之。夫乘不肖人於勢，是爲虎傅翼也。」文義與此尤相符合，可以互證。而韓〔非〕子「食」下有「之」字，「不肖」下無「之」字。得此證之，知「食」下「之」字即「不肖」下「之」字，一衍一脱也。○孫詒讓校略同。○維遹案：許孫校是，今據補。**不亦殆乎？詩曰：「匪其止恭，惟王之卭。」言其不恭其職事，而病其主也。**

第五章

齊桓公獨與管仲謀伐莒，「與」舊作「以」。○諸本皆同，黄本、陳本「以」作「與」。○趙懷玉云：古「以」「與」

通用。○維遹案：本或作「與」，與管子小問篇、吕氏春秋重言篇、説苑權謀篇、論衡知實篇合，今據正。而國人知之。桓公謂管仲曰：「寡人獨爲仲父言，而國人知之何也？」管仲曰：「意者國中有聖人乎？「者」舊作「若」。○諸本皆同，黄本「若」作「者」。○趙懷玉云：「若」疑「者」。○維遹案：本或作「者」，與趙校合，今據正。今東郭牙安在？」管子小問篇作「東郭郵」，説苑權謀篇作「東郭垂」。○王引之云：東郭牙，字垂。牙讀爲圉（牙古音吾，與圉聲通）。爾雅：「圉，垂也。」孫炎云：「圉，國之四垂也。」（大雅桑柔章正義）○俞樾云：此作「牙」者，牙乃「手」之誤，「手」者「垂」之古文，見説文我部。桓公顧曰：「在此。」管仲曰：「子有言乎？」東郭牙曰：「然。」管仲曰：「子何以知之？」曰：「臣聞君子有三色，是以知之。」管仲曰：「何謂三色？」曰：「歡忻愛説，毛本、劉本同，鍾本、黄本、楊本、程本「愛」作「衆」，周本作「樂」，元本作「觀忻衆説」。鐘鼓之色也。愁悴哀憂，維遹案：愁悴讀爲憔悴。説見俞樾吕氏春秋平議順民篇。衰絰之色也。猛厲充實，兵革之色也。是以知之。」管仲曰：「何以知其莒也？」對曰：「君東南面而指，元本、沈本、張本、毛本、劉本同，鍾本、黄本、楊本、程本無「南」字。口張而不掩，舌舉而不下，是以知其莒也。」桓公曰：「善。」此下舊有「詩曰：他人有心，予忖度之」十字。○元本、沈本、張本、毛本、劉本亦有此十字，鍾本、黄本、楊本、程本無此十字。○趙本無此十字。校云：毛本、通津本有「詩曰」十字，今案：若非衍，則當分兩條。○維遹案：此十字爲衍文，不當分兩條。今據鍾本删。東郭先生曰：「目者，心之符也。言者，行之指也。夫知者之於人也，未嘗求知而後能知也。沈本、張本、毛本、劉本同，元本、鍾本、黄本、楊本、程本「能」下「知」作「之」。

觀容貌，察氣志，定取舍，而人情畢矣。」詩曰：「他人有心，予忖度之。」

第六章

今有堅甲利兵，不足以施敵破虜，弓良矢調，不足射遠中微，與無兵等爾。維遹案：「不足」下本有「以」字，下句同。因上句「不足」下已有「以」字，故下兩句全省。本書卷五第五章云：「夫車固馬選而不能以致千里者，則非造父也。」其下兩句同一句法，而「不能」下亦省「以」字。其例同此。荀子儒效篇俱作「而不能以」云云。凡本書采自他書加以鎔裁者，多類此耳。有民不足强用嚴敵，與無民等爾。○沈本、張本、毛本、劉本同，元本、鍾本、黄本、楊本、程本「用」作「甲」。○維遹案：本或作「甲」，「甲」即「用」之形誤。「嚴」從「敢」得聲，「嚴」「敢」義得相通。廣雅釋詁四：「敢，犯也。」吳語：「不敢左右，唯好之故。」敢亦犯也。然則「嚴敵」猶「犯敵」也。故盤石千里，不爲有地，愚民百萬，不爲有民。元本、沈本、張本、毛本同，鍾本、黄本、楊本、程本、劉本「盤」作「磐」。○郝懿行云：韓非子顯學篇云：「磐石千里，不可謂富，象人百萬，不可謂强。」詩曰：「維南有箕，不可以簸揚。維北有斗，不可以挹酒漿。」

第七章

傳曰：舜彈五絃之琴，以歌南風，而天下治。周公酒肴不離於前，「周」下舊有「平」字，「酒」

下舊脱「肴」字。○維遹案：「周平公」當作「周公」，「酒」下脱「肴」字。「酒肴不離於前」與下句「鐘石不解於懸」文正相對，「平」字古文作𠀔，「肴」字篆文作肴，二形略近，因「肴」誤爲「平」後，校者遂移在「周」字下。淮南子詮言篇作「周公殽臑不收於前」，無「平」字有「殽」字，「殽」「肴」通用，今據刪補。**鐘石不解於懸，以輔成王，**舊脱「以輔成王」四字。○維遹案：淮南子詮言篇有此四字，今據補。**而宇内亦治。匹夫百畝一室，**維遹案：淮南子詮言篇「室」作「守」，誤。**不遑啓處，無所移之也。夫以一人而兼聽天下，其日有餘而治不足，使人爲之也。**「治不足」舊作「下治是」。○維遹案：「下」當作「不」，「是」當作「足」，皆形之誤也。校者依誤文而錯亂其次，從治字斷句，非也。淮南子詮言篇作「其日有餘而治不足，使人爲之也」，今據正。**夫擅使人之權，而不能制衆於下，則在位者非其人也。**沈本、張本、毛本、劉本同，元本、鍾本、黄本、楊本、程本「權」作「廉」，「而」下有「求」字，「於」作「天」，「則」作「即」。**詩曰：「維南有箕，不可以簸揚。維北有斗，不可以挹酒漿」，言有位無其事也。**

第八章

齊桓公伐山戎，其道過燕，燕君送之出境。桓公問管仲曰：「諸侯相送，固出境乎？」管仲曰：「非天子不出境。」桓公曰：「然則燕君畏而失禮也。「然」下舊脱「則燕君」三字。○維遹案：説苑貴德篇有「則燕君」三字，今據補。**寡人不可使燕君失禮。」**「燕」下舊脱「君」字。○維遹案：説苑貴德篇有「君」

字,今據補。乃割燕君所至之地以與之。周廷寀云:「〔史記燕〕世家「與」作「予」,義同。正義:「括地志云:燕留故城在滄州長蘆縣東北十七里,即齊桓公割燕君所至地與燕,因築此城,故名燕留。」諸侯聞之皆朝於齊。詩曰:「靜恭爾位,元本、沈本、張本、毛本、劉本同,鍾本、黄本、楊本、程本「靜」作「靖」。○趙本作「靜」。校云:「靜」本或「靖」,毛本作「静」,與詩考合,從之,下同。好是正直。神之聽之,介爾景福。」

第九章

韶用干戚,非至樂也。舜兼二女,非達禮也。封黄帝之子十九人,維遹案:皮日休文藪卷八引無「人」字。非法義也。往田號泣,未盡命也。元本、沈本、張本、毛本、程本、劉本及文藪引同,鍾本、黄本、楊本「未」作「非」。以人觀之,則是也。以法量之,則未也。○維遹案:元本兩「則」字皆作「即」。禮曰:「禮儀三百,威儀三千。」詩曰:「靜恭爾位,正直是與。神之聽之,式穀以女。」

第十章

禮者,治辯之極也,强國之本也,維遹案:荀子議兵篇同。史記禮書「國」作「固」。威行之道也,功名之統也。維遹案:荀子議兵篇、史記禮書「統」作「總」,下同。王公由之,所以一天下也。不由之,所以隕社稷也。是故堅甲利兵不足以爲武,高城深池不足以爲固,嚴令繁刑不足以爲威,由

其道則行，不由其道則廢。昔楚人蛟革犀兕以爲甲，元本、沈本、張本、毛本、劉本同，鍾本、黄本、楊本、程本「昔」作「若」。**堅如金石，宛鉅鐵鉇，慘若蜂蠆，**「宛鉅鐵鉇」舊作「宛如鉅蛇」。○趙懷玉云：荀子議兵篇作「宛鉅鐵鉇」，史記禮書作「宛之鉅鐵」。「鉇慘」史記作「施鑽」，「施」似因上「鉇」字譌。○周廷寀云：楊注：「宛，地名。大剛曰鉅。鉇與鍦同，矛也。方言：自關而西謂之矛，吴揚之間謂之鍦。言宛地出此剛鐵爲矛，人中慘毒，有如蜂蠆也。」○于省吾云：鉅，兵器也。鉅應讀作鋸，鉅鋸雙聲疊韻字，鋸雄戟也，胡中有鮔者，詳予所著雙劍誃吉金圖録考釋。近世易州所出郾戟多稱鋸，如貞松堂集古遺文卷十二郾王詈戟：「郾王詈作巨玫鋸」，郾侯戠戟：「郾侯作□萃鋸。」均可爲鋸乃戟之證。「宛鉅鐵鉇」者，言宛地所出之雄戟與其鐵矛也。○維遹案：商君書弱民篇作「宛鉅鐵鉇，利若蜂蠆」，今據正。**輕利剽疾，**「剽」舊作「剛」。○趙懷玉云：史記禮書作「剽遬」，荀子議兵篇作「僄遬」。此「剛」字譌。○維遹案：趙校是也，今據正。**卒如飄風。然兵殆於垂沙，**史記禮書「沙」作「涉」。王念孫云：「垂」字古讀若陀。「垂沙」蓋地名之疊韻也。楚策云：「垂沙之事死者以千數。」則作「垂沙」者是。**唐子死，**趙懷玉云：荀子議兵篇作「唐蔑死」，史記禮書作「唐昧死」。「昧」同「蔑」。**莊蹻起，**「起」舊作「走」。○沈本、張本、毛本、劉本亦作「走」，元本、鍾本、黄本、楊本、程本作「起」。○維遹案：「走」即「起」字之壞，荀子議兵篇、史記禮書作「起」，與元本合，今據正。商君書弱民篇作「莊蹻發於内」，義亦同。**楚分爲三四者，此豈無堅甲利兵也哉？**元本、沈本、張本、毛本、劉本同，鍾本、黄本、楊本、程本「分」作「方」，「三」作「二」。○維遹案：鍾本誤，荀子議兵篇作「楚分而爲三四」，史記禮書作「楚分爲四參」。「參」同「三」。**其所以統之者非其道故也。**「所」上舊脱「其」字，「之」下舊脱「者」字。○維遹案：荀子議兵篇、史記禮書並作「其所以統之者」，且下文凡兩見，今據補。**汝淮以爲險，**趙懷玉云：「淮」兩書作「潁」。江漢以爲池，緣之以方城，限之以鄧林，然秦師至於鄢郢，舉若振槁然。趙懷玉云：「於」荀〔子議兵篇〕作「而」字，則連「舉」字爲句。是豈無固塞限險也哉？維遹案：「限險」疑當作「險限」，説文𨸏部：「限，阻也。」是「險限」與「固塞」對文。荀子議兵篇作「隘阻」，史記禮書作「險阻」，並字異而義同。其所以統之者非其道故也。紂殺比干而囚箕子，爲炮格之刑，「格」舊作「烙」。○維遹案：「烙」爲「格」字之譌，説詳卷四第一章。殺戮無時，群下愁怨，皆莫冀其命，然周師至而令不行乎左右。其豈無嚴令繁刑也哉？「令」上「而」字舊在「右」字下，「其」「豈」舊倒。維遹案：「右」下「而」字依荀子議兵篇、史記禮書當在「至」字下。「豈其」當作「其豈」。荀子議兵篇作「是豈」，「其」「是」同義。「其豈無嚴令繁刑也哉」，與上文「此豈無堅甲利兵也哉」、「是豈無固塞限險也哉」，文同一例。今本因「而」字錯亂，校者遂乙轉其文，今據正。其所以統之者非其道故也。若夫明道而均分之，誠愛而時使之，則下之應上如影響矣。沈本、張本、毛本、劉本同，元本、鍾本、黄本、楊本、程本「則」作「即」。有不由命者，「命」下舊脱「者」。○維遹案：荀子議兵篇、史記禮書並有「者」字，今據補。然後俟之以刑。王念孫云：史記〔禮書〕正義訓「俟」爲「待」。荀子王制篇曰：「以不善至者待之以刑。」足與此互相證明。刑一人而天下服，下不非其上，知罪在己也。是以刑罰競渻而威行如流者，「渻」舊作「消」。○維遹案：「消」當作「渻」，字之誤也。説文水部：「渻，少減也。」書傳通作「省」。荀子議兵篇、史記禮書並作「省」。今據正。無他，由是道故也。維遹案：「是」猶「其」也。荀子議兵篇、史記禮書「是」作「其」，字異而義同。詩曰：「自東自西，自南自北，無思不服。」如是則近者歌謳之，遠者赴趨之，沈本、張本、毛本、劉本同，元本、鍾本、黃本、楊本、程本「赴」作「起」。幽閒僻陋之國莫不趨使而安樂之，若赤子之歸慈母者，維遹案：元本「歸」作「居」，「居」即「㞐」之形誤，「㞐」爲「歸」之或體字。何也？仁刑義立，維遹案：「刑」與「形」通，形，見也。教誠愛深，禮樂交通故也。詩曰：「禮義卒度，笑語卒獲。」「義」舊作「儀」。○維遹案：詩考引作「義」，今據正。説詳下章。

第十一章

君人者以禮分施，元本、沈本、張本、毛本、劉本同，鍾本、黃本、楊本、程本「人」作「子」。○維遹案：本或作「人」，與荀子君道篇合。均徧而不偏。臣以禮事君，忠順而不解。維遹案：「解」與「懈」通，荀子君道篇作「懈」。父寬惠而有禮，子敬愛而致恭。兄慈愛而見友，弟敬詘而不慢。沈本、張本、毛本、劉本同，元本、鍾本、黃本、楊本、程本「慢」作「竭」。○維遹案：本或作「竭」，誤。荀子君道篇作「苟」。盧文弨云：「元本荀子作悖」。夫照臨而有別，元本、沈本、張本、毛本同，鍾本、黃本、楊本、劉本、程本「照臨」作「臨昭」。○維遹案：荀子君道篇作「致臨而有辨」，「辨」與「別」同義。妻柔順而聽從。若夫行之而不中道，即恐懼而自竦。此道也，「道」上舊有「全」字。○沈本、張本、毛本、劉本作「此全道也」，元本、鍾本、黃本、楊本、程本作「此婦道也」。○趙本作「此道也」。校云：舊本作「此婦道也」。案上文君臣、父子、兄弟、夫婦並舉，不應單結婦道。林本改「婦」爲「全」，亦以臆改。今從荀子〈君道篇〉刪。○維遹案：趙校是也，今據刪。偏立則亂，具立則治。請問兼能之奈何？曰審禮。元本、沈本、張本、毛本、劉本同，鍾本、黄本、楊本、程本「禮」作「理」。○維遹案：本或作「禮」，與荀子君道篇合。昔者先王審禮以惠天下，故德及天地，動無不當，夫君子恭而不難，敬而不鞏，郝懿行云：難爲拘苦也，鞏爲束縛也，皆恭敬而不審禮之弊。○王引之云：難讀爲戁，爾雅曰：「戁，懼也。」商頌長發篇「不戁不竦」，毛傳曰：「戁，恐也。」恭敬太過則近於恐懼。「鞏」方言作「蛩」，云：「蛩、烘，戰栗也，荆吴曰蛩烘，蛩烘又恐也。」蛩，郭璞音鞏，鞏與蛩聲義並同，又與恐聲相近也。恭而不戁，敬而不鞏，鞏與戁義正相承。貧窮而不約，富貴而不驕，應變而不窮，審之禮也。故君子於禮也，敬而安之。其於事也，經而不失。維遹案：考工記輈人「經而無絶」，注：「經亦謂順理也。」其於人，寬裕寡怨而弗阿。其於儀也，脩飾而不危。王念孫云：危讀爲詭。淮南〔子〕主術篇注：「詭，違也。」「詭」「危」古字通。其應變也，齊給便捷而不累。其於百官伎藝之人也，不與争能，沈本、張本、毛本、劉本同，元本、鍾本、黄本、楊本、程本「争」作「諍」。○維遹案：本或作「争」，與荀子君道篇合，「與」下有「之」字。而致用其功。其於天地萬物也，不説其所以然而謹裁其盛。「説」舊作「拂」，「所」下舊脱「以然」二字。○沈本、張本、毛本、劉本亦作「不拂其所而謹裁其盛」，鍾本、黄本、楊本、程本作「不説其所然謹財其盛」，元本作「不説其所而謹財其盛」。○維遹案：參校諸本，當作「不説其所以然而謹裁其盛」，各本皆脱「以」字，本或有「然」字無「而」字，本或有「而」字無「然」字，合之乃備。荀子君道篇作「不務説其所以然而致善用其材」，足證「所」下當有「以」字，「裁」本或作「財」，「財」與「裁」通，盛讀爲成。意謂對於天地萬物，不論説其所以然，而謹制裁其已成者。荀子天論篇：「願於思物之所以生，孰與有物之所以成。」「思物之所以生」猶「務説其所以然」，「有物之所以成」猶「謹裁其成」。「謹裁其成」亦即「致善用其材」。今據補正。其待上也，王先謙云：「待上」當爲「事上」。忠順而不解。其使下也，均遍而不偏。其於交遊也，緣類而有義。其於鄉曲也，容而不亂。是故窮則有名，通則有功。仁義兼覆天下而不窮，明通天地，理萬變而不疑。趙本「地」下有「之」字。血氣平和，志意廣大，行義塞天地，仁知之極也。夫是之謂先王審之禮也。「是」下舊脱「之」字。○維遹案：荀子君道篇有「之」字，今據補。若是，則老者安之，少者懷之，朋友信之，如赤子之歸慈母也。曰：仁刑義立，維遹案：「母」下「也曰」二字疑當作「何也」。上章文與此同，正作「何也」，是其證。教誠愛深，禮樂交通故也。沈本、張本、毛本、劉本同，元本、鍾本、黄本、楊本、程本「誠」作「成」。詩曰：「禮義卒度，笑語卒獲。」「義」舊作「儀」。○元本、沈本、張本、毛本、鍾本、劉本亦作「儀」，黄本、楊本、程本作「義」。○維遹案：本或作「義」，與詩考引合，本或作「儀」，後人順毛詩所改。前後三章同引此詩，諸本皆作「儀」，惟此章黄本作「義」，此僅存而未改盡者也，今據正，下章同。

第十二章

晏子聘魯，維遹案：晏子春秋雜上篇「聘」作「使」，餘亦小異。上堂則趨，授玉則跪。子貢怪之，問孔子曰：「晏子知禮乎？今者晏子來聘魯，上堂則趨，授玉則跪，何也？」孔子曰：「其有方矣。待其見我，我將問焉。」俄而晏子至，孔子問之。晏子對曰：「夫上堂之禮，君行一，臣行二。今君行疾，臣敢不趨乎？今君之授幣也卑，臣敢不跪乎？」孔子曰：「善！禮中又有禮。賜寡使也，何足以識禮也！」詩曰：「禮義卒度，笑語卒獲。」晏子之謂也。

第十三章

古者八家而井田。方里爲一井。元本、沈本、張本、毛本、劉本同，鍾本、黄本、楊本、程本作「方里而爲井」。○趙本作「方里而爲井」。校云：林本作「方里爲一井」。廣三百步，長三百步爲一里，諸本皆同，鍾本、黄本、楊本、程本「步」下脱「爲」字。其田九百畝。廣一步，長百步爲一畝。廣百步，長百步爲百畝。八家爲鄰，家得百畝。餘夫各得二十五畝。家爲公田十畝，餘二十畝共爲廬舍，各得二畝半。八家相保，出入更守，疾病相憂，患難相救，有無相貸，飲食相招，嫁娶相謀，漁獵分得，仁恩施行，是以其民和親而相好。詩曰：「中田有廬，壃埸有瓜。」「壃埸」舊作「疆場」。○沈本、張本、楊本、毛本、程本、劉本亦作「疆場」，元本、鍾本作「疆埸」。○維遹案：詩考引作「壃埸」，元本「埸」字尚未誤，今據正。今或不然。令民相伍，沈本、張本、毛本、劉本同，元本、鍾本、黄本、楊本、程本「令」作「今」，誤。有罪相伺，有刑相舉，使構造怨仇，而民相殘，傷和睦之心，賊仁恩，害上化，「上」舊作「士」。○諸本皆作「士」，劉本作「上」。○周廷寀云：「士」字宜當爲「上」。○維遹案：周校與劉本合，今據正。所和者寡，欲敗者多，沈本、張本、毛本、劉本同，元本、鍾本、黄本、楊本、程本「多」作「巨」，於仁道泯焉。詩曰：「其何能淑，載胥及溺。」

第十四章

天子不言多少，諸侯不言利害，大夫不言得喪，士不通財貨，「通」上舊有「言」字。○維遹案：「通」上「言」字涉上文而衍。荀子大略篇無「言」字，今據刪。不賈於道。沈本、張本、毛本、劉本同，元本、鍾本、黄本、楊本、程本作「不爲賈道」。故駟馬之家不恃雞豚之息，伐冰之家不圖牛羊之入，千乘之君不通貨財，冢卿不脩幣施，沈本、張本、毛本同，元本、鍾本、黄本、楊本、程本、劉本「冢」作「家」。○俞樾云：疑荀子〈大略篇〉奪「施」字，「幣」乃「敝」之誤。「施」當爲「杝」，古同聲叚借字也。「杝」即今「籬」字。一切經音義十四云：「籬杝，同力支反。」通俗文云：「柴垣曰杝，木垣曰栅。」説文木部：「杝，落也。」「冢卿不脩敝杝」，謂籬落敝壞，不脩葺之也。與下文「大夫不爲場圃」正同一意，皆不與民争利之義。○聞一多先生云：管子國蓄篇：「今君鑄錢立幣，庶民之通施也。」輕重甲篇「施」作「移」。是幣施猶今言貨幣。俞説大謬。大夫不爲場圃，委積之臣不貪市井之利，是以貧窮有所懽，而孤寡有所措其手足也。詩曰：「彼有遺秉，此有滯穗，伊寡婦之利。」

第十五章

人主欲得善射，及遠中微，則懸貴爵重賞以招致之。內不阿子弟，外不隱遠人，能中是者取之。是豈不謂之大道也哉？沈本、張本、毛本、劉本同，元本亦同，惟「大」作「人」，鍾本、黄本、楊本、程本作「是豈不致之人道也哉」。○周本作「是豈不致之之道也哉」。校云：荀〈子君道篇〉云：「是豈不必得之之道也哉。」諸本下「之」皆作「人」，今從荀子校正。「致」上仍疑脱「必」字，本或作「謂之大道」，非。○維遹案：本或作「人道」，「人」即「大」字之壞，「大道」二字，乃用荀子篇末之文。 雖聖人弗能易也。今欲治國馭民，調一上下，將内以固城，外以拒難，治則制人，人弗能制，亂則危削滅亡可立待也。然而求卿相輔佐獨不如是之公，惟便辟親比己者之用，舊作「惟便辟比己之是用」。○沈本、張本、毛本、劉本亦作「惟便辟比己之是用」，元本、鍾本、黄本、楊本、程本作「惟便辟以己之用」。○維遹案：元本「以」即「比」譌，「是」字屬下句，最是。惟此文當作「惟便辟親比己者之用」。今本脱「親者」二字。「之用」猶「是用」也。校者不解「之」訓爲「是」，又泥荀子君道篇下句無「是」字，遂乙轉「是」字於「之」下，謬甚。「便辟親比己者」亦見下文。荀子君道篇作「唯便嬖親比己者之用也」，今據補正。 是豈不謂過乎？ 沈本、張本、毛本、劉本同。元本、鍾本、黄本、楊本、程本作「是豈不獨過矣」。○維遹案：「謂」本或作「獨」，涉上文而誤，「矣」「乎」同義。荀子君道篇作「豈不過甚矣哉」。 故有社稷，莫不欲安，俄則危矣。莫不欲存，俄則亡矣。古之國千餘，今無數十，其故何也？莫不失於是也。故明主有私人以百金名珠玉，趙本作「以金石珠玉」。校云：舊作「以百金名珠玉」，譌。今從荀子〈君道篇〉删正。○聞一多先生云：疑當作「金碧珠玉」，「碧」誤分爲「白石」二字，又轉寫爲「百名」。 而無私人以官職事業者，何也？「私」下舊脱「人」字。○維遹案：「私」下當有「人」字，方與上文一例，荀子君道篇有「人」字，今據補。曰：本不利於所私也。舊脱「於」字。○元本、沈本、張本、毛本、劉本同，鍾本、黄本、楊本、程本「私」作「詐」。

○趙本「利」下有「於」字。校云：「於」字舊缺，依荀子〈君道篇〉補。○維遹案：趙校是也，今據補。「私」字是，本或作「詐」，涉下文而誤。彼不能而主使之，是闇主也。臣不能而爲之，是詐臣也。主闇於上，臣詐於下，滅亡無日矣。俱害之道也。故惟明主能愛其所愛，闇主則必危其所愛。夫文王非無便辟親比己者，超然乃舉太公於舟人而用之。荀子君道篇「舟人」作「州人」。○俞樾云：州者，國名也。〈水經〉陰溝水注引世本云：「許、州、向、申、姜也，炎帝後。」太公姜姓，疑本州國之人，故曰州人。舉太公於州人而用之，正見文王舍便辟親比而用他國之人也。此作「舟」者，同音假借字，當從荀子作「州」。○維遹案：吕氏春秋恃君篇「舟人送龍，突人之鄉多無君」，高注：「西方之戎無君者。」鄭語「禿姓舟人，則周滅之矣」，韋注：「舟人，國名。」然則「舟人」與「州人」古亦相通。豈私之哉？以爲親邪？則異族之人也。以爲故耶？則未嘗相識也。以爲姣好耶？則太公年七十二，齳然而齒墮矣。荀子君道篇「齳」作「齫」。○郝懿行云：「齳」字是，説文：「齳，無齒也。」蓋篆文「齳」與「齫」形近而譌耳。然而用之者，文王欲立貴道，欲白貴名，兼制天下，以惠中國，而不可以獨，故舉是人而用之。貴道果立，貴名果白，兼制天下。立國七十一，姬姓獨居五十二。趙懷玉云：荀子〈君道篇〉作「五十三人」。周之子孫，苟不狂惑，莫不爲天下顯諸侯。夫是之謂能愛其所愛矣。故曰：惟明主能愛其所愛，闇主則必危其所愛，「故」下「曰」字、「必」上「則」字舊脱。○維遹案：此複舉上文，「故」下當有「曰」字，「必」上當有「則」字。荀子君道篇俱有，今據補。此之謂也。大雅曰：「貽厥孫謀，以燕翼子。」愛其所愛之謂也。舊脱此句。○趙懷玉云：

〔此下〕當有「愛其所愛之謂也」一句。○維遹案：趙校是也，今據補。小雅曰：「死喪無日，無幾相見。」危其所愛之謂也。

第十六章

問楛者不告，告楛者勿問。舊脱兩「楛」字。○趙本作「問楛者不告，告楛者勿問」。校云：兩「楛」字本皆脱。今案：無此二字即非辭，今據荀子勸學篇補。楊倞注云：「楛，惡也。問楛，謂所問非禮義也。」○維遹案：趙校是也，今據補。有諍氣者勿與論。必由其道至，然後接之。非其道，則避之。故禮恭然後可與言道之方，辭順然後可與言道之理，色從然後可與言道之極。故未可與言而言謂之瞽，可與言而不與之言謂之隱。「與」下舊脱「之」字。○元本、沈本、張本、毛本亦脱「之」字，鍾本、黄本、楊本、劉本、程本有「之」字。○維遹案：本或有「之」字，與荀子勸學篇合，今據補。君子不瞽不隱，舊脱「不隱」二字。○趙本有「不隱」二字。校云：二字舊脱，依荀子〔勸學篇〕補。謹慎其序。舊作「言謹其序」。○沈本、張本、毛本、劉本亦作「言謹其序」，元本、鍾本、黄本、楊本、程本作「言謹慎其序」。○維遹案：「言」字涉上文而衍，本或有「慎」字，是。荀子勸學篇作「謹順其身」，無「言」字。「慎」「順」古通用，故宋本荀子「順」作「慎」（盧文弨引）。今據删補。詩曰：「彼交匪紓，天子所予。」荀子勸學篇「彼」作「匪」。○王引之云：作「匪」者正字，作「彼」者假借字也。交讀爲姣，廣雅曰：「姣（音絞），侮也。」言不侮慢不怠緩也。言必交吾志然後予。

第十七章

子爲親隱，義不得正。君誅不義，仁不得愛。「愛」舊作「受」。○元本、沈本、張本、毛本、劉本亦作「受」，鍾本、黄本、楊本、程本作「愛」。○維遹案：「受」即「愛」之形誤，本或作「愛」，是，今據正。雖違仁害義，法在其中矣。詩曰：「優哉柔哉，「柔」舊作「游」。○沈本、張本、毛本、劉本亦作「游」，元本、鍾本、黄本、楊本、程本作「游哉優哉」。○陳喬樅云：此引詩「優哉游哉」，「游」當作「柔」，據卷八引定之。○維遹案：陳校是也，今據正。今本作「游」，後人順毛詩所改。亦是戾止。」

第十八章

齊桓公問於管仲曰：「王者何貴？」曰：「貴天。」桓公仰而視天。管仲曰：「所謂天，非蒼莽之天也。周廷寀云：説苑建本篇作「蒼蒼莽莽」。王者以百姓爲天。百姓與之則安，輔之則强，非之則危，倍之則亡。」周廷寀云：「倍」劉作「背」，同。○元本「則」作「即」，下同。詩曰：「民之無良，相怨一方。」民皆居一方，而怨其上，鍾本從「怨」字絶句。不亡者未之有也。

第十九章

善御者不忘其馬。善射者不忘其弓。善爲上者不忘其下。誠愛而利之，維遹案：淮南子繆稱篇「爲」下有「人」字，「誠」下有「能」字。四海之内，闔若一家。不愛而利之，「利」下舊脱「之」字。○趙善詒云：類説引「利」下有「之」字，與上文「誠愛而利之」相對也。○維遹案：趙校是也，今據補。子或殺父，而況天下乎？詩曰：「民之無良，相怨一方。」

第二十章

出則爲宗族患，入則爲鄉里憂，諸本皆同，周本「里」作「黨」。詩曰：「如蠻如髦，我是用憂。」小人之行也。周廷寀云：説在後第二十三傳。

第二十一章

有君不能事，周廷寀云：「有君」上荀子法行篇有「君子有三恕」五字，家語以此名篇。有臣欲其忠。有父不能事，有子欲其孝。有兄不能敬，有弟欲其從令。詩曰：「受爵不讓，至于己斯亡。」言能知於人，而不能自知也。

第二十二章

夫當世之愚，飾邪說，文姦言，以亂天下，欺惑衆愚，使混然不知是非治亂之所存者，則是范睢、魏牟、田文、莊周、愼到、田駢、墨翟、宋鈃、鄧析、惠施之徒也。趙懷玉云：荀子非十二子篇「范睢」作「它囂」，「田文」作「陳仲」。此文字似譌。荀子有「子思」「孟子」，此無之，故下但云十子。此十子者，皆順非澤，聞見雜博，然而不師上古，不法先王，按往舊造說，務自爲工，沈本、張本、毛本、劉本同，元本無「爲」字，鍾本、黄本、楊本、程本作「務而自功」。○維遹案：元本作「務自功」，脱「爲」字，「工」與「功」通用。道無所遇，二人相從，元本、鍾本、黄本、楊本、程本同，沈本、張本、毛本、劉本「二」作「而」。○周廷寀云：荀書自「它囂、魏牟」已下十二子，並兩兩一類，故傳亦云「二人」，「二」或作「而」，非。故曰十子者之工說，說皆不足合大道，美風俗，治綱紀。諸本皆同，張本、毛本「綱紀」作「紀綱」。然其持之各有故，言之皆有理，足以欺惑衆愚，交亂樸鄙，則是十子之罪也。若夫總方略，一統類，齊言行，群天下之英傑，告之以大道，教之以至順，陝窔之間，「窔」舊作「要」。○元本、沈本、張本、毛本、程本、劉本亦作「要」，鍾本、黄本、楊本作「窔」。○維遹案：本或作「窔」，與荀子非十二子篇合，今據正。衽席之上，簡然聖王之文具，沛然平世之俗起，維遹案：荀子非十二子篇「簡」作「歛」，「沛」作「佛」。工說者不能入也，十子者不能親也。無置錐之地，而王公不能與争名，維遹案：荀子非十二子篇「與」下有「之」字。則是聖人之未得志者也，仲尼是也。一天下，財萬物，長養人民，兼利天下，通達之屬莫不從服，工説者立息，十子者遷化，則聖人之得勢者，舜禹是也。「舜」上三十九字舊脱。○趙本有此三十九字。校云：「工」荀（子非十二子篇）作「六」，此依前作「工」。「十」下荀有「二」字，此不當有。共據荀子文補三十九字。○陳喬樅校同。○維遹案：趙校是也，今據補。仁人將何務哉？上法舜禹之制，下則仲尼之義，以務息十子之説。如是者，仁人之事畢矣，天下之害除矣，聖人之迹著矣。詩曰：「雨雪麃麃，曣晛聿消。」舊作「雨雪瀌瀌，見晛曰消」。○諸本皆同，元本、鍾本、黄本、楊本、程本「曰」作「聿」。○趙本作「麃麃」。校云：「麃麃」本作「瀌瀌」，「聿」毛本作「曰」，今皆從詩考改正。○陳喬樅云：釋文引韓詩曰：「曣晛聿消。曣晛，日出也。」「見」宜據釋文作「曣」，「瀌」宜從詩考引作「麃」。今本外傳是後人據毛詩所改也。○維遹案：趙、陳校是，今據正。

第二十三章

君子大心則敬天而道，小心則畏義而節，知則明達而類，愚則端慤而法，喜則和而治，憂則静而違，維遹案：「違」疑當作「達」，字之誤也。荀子不苟篇作「理」，「理」「達」義近，是其證。達則文而容，「文」舊作「寧」。○維遹案：「寧」當作「文」。「文」「寧」古字形近易譌。尚書「文王」「文考」「文人」，今本「文」字多譌爲「寧」，是其例。荀子不苟篇作「通則文而明」，後章云「文禮謂之容」，今據正。窮則約而詳。「約」舊作「納」。○周本「納」作「約」。校云：「約」諸本作「納」，今從荀子（不苟篇）校正。○維遹案：周校是也，今據正。**小人大心則慢而暴，小心則淫而傾，知則攫盜而漸，**「漸」舊作「徼」。○沈本、張本、毛本、劉本亦作「徼」，元本、鍾本、黄本、楊本、程本作「漸」。○維遹案：本或作「漸」，與荀子不苟篇合，今據正。王引之云：「漸，詐欺也。」**愚則毒賊而亂，喜則輕易而快，**周廷寀云：荀（子不苟篇）無「易」字，疑此爲衍。「快」荀作「翾」，「翾」與「懁」同，急也。○維遹案：此與上兩句文同一例，並與荀子字句異而義同。當各依本書爲解，「易」字未必衍也。**憂則挫而懾，達則驕而偏，窮則棄而累。**荀子不苟篇「累」作「儑」。郝懿行云：玉篇：「儑（五甘切），不慧也。」廣韻五紺切，云「傝儑」。龍龕手鑑一云：「儑（五盍反），傝儑，不箸事也。」「傝（他盍反），儑𣊫，儜劣也。又音儑，不謹貌也。」然則諸義皆與此近。此言小人窮則卑棄失志，不能自振，往往如此。外傳「儑」作「累」，恐亦字形之譌。○聞一多先生云：「儑」「累」古字通。儑從㬎聲。絲與系同義，「曰」亦得變作「田」（說文云疊新莽作疊），故古字從㬎者一或從累。熊君碑、爨寶子碑「顯」字作「顯」。說文：「濕水出東郡武陽，入海。」水經河水注作「漯水」，並其證。集韻：「傫同儽。」「儑」即「傫」字，「累」爲「傫」省。○維遹案：聞校是也。說文人部：「儡，相敗也。」「儽，垂皃，一曰嬾解。」管子侈靡篇「若是者必從是罍亡乎」，淮南子俶真篇「孔墨之弟子，皆以仁義之術教道於世，然而不免於儡身」，高注：「儡身，身不見用儡儡然也。」「累」「儡」「儽」「罍」古字通用，其義皆爲不能自振。然則荀子作「儑」，本書作「累」，字義並同。**其肢體之序與禽獸同節，言語之暴與蠻夷不殊，出則爲宗族患，入則爲鄉里憂。詩曰：「如蠻如髦，我是用憂。」**周廷寀云：自「出則爲宗族患」至此五句並已見前第二十傳。疑彼傳「小人之行也」五字當繫此傳之末，而其餘爲衍也。

第二十四章

傳曰：愛由情出謂之仁，節愛理宜謂之義，致愛恭謹謂之禮，沈本、張本、毛本、劉本同，黄本「致」作「敬」，元本、鍾本、楊本、程本作「故」。○維遹案：「敬」字亦通，「故」字或「致」或「敬」之誤。文禮謂之容。禮容之義生，以治爲法。舊作「禮容之美自足以爲治」。○沈本、張本、毛本、劉本與今本同，元本、鍾本、黄本、楊本、程本作「禮容之義生，以治爲法」。○維遹案：今據元本改正。故其言可以爲民道，民從是言也。沈本、張本、毛本、劉本同，元本、鍾本、黄本、楊本、程本「民」上有「故」字。○周廷寀云：「民」上本有「故」字，衍。行可以爲民法，民從是行也。書之於策，傳之於志。沈本、張本、毛本、劉本同，元本、鍾本、黄本、楊本、程本「志」下有「語」字。○維遹案：本或有「語」字，涉下文而衍。萬世子子孫孫道而不舍。由之則治，失之則亂。由之則生，失之則死。今夫肢體之序與禽獸同節，言語之暴與蠻夷不殊，混然無道，此明王聖主之所罪。詩曰：「如蠻如髦，我是用憂。」

第二十五章

客有説春申君者曰：「湯以七十里，文王百里，皆兼天下，一海内。今夫孫子者，天下之賢人也，君藉之百里之勢，臣竊以爲不便於君，若何？」春申君曰：「善。」於是使人謝孫子。孫子去而之趙，舊脱「孫子」二字。○鍾本、劉本有「孫子」二字。○維遹案：本或有「孫子」二字，與楚策合，今據補。趙以爲上卿。周廷寀云：後語作「上客」。客又説春申君曰：「昔伊尹去夏之殷，殷王而夏亡。管仲去魯入齊，「魯」下舊有「而」字。○維遹案：「而」字上下文衍。「管仲去魯入齊」與上「伊尹去夏之殷」，文同一例。楚策無「而」字，今據删。魯弱而齊强。由是觀之，夫賢者之所在，其君未嘗不善，趙懷玉云：「善」楚策作「尊」。其國未嘗不安也。周廷寀云：「安」楚策作「榮」。今孫子天下之賢人，何謂辭而去？」鍾本、劉本「謂」作「爲」。○維遹案：「謂」「爲」古通用。春申君又云：「善。」於是使使請孫子。「使」字舊不重。○鍾本、劉本重「使」字。○維遹案：本或重「使」字，與上文「於是使人謝孫子」一例，今據補。楚策作「使人」，則尤前後一律矣。孫子爲書謝之曰：「爲書」舊作「僞喜」，「之」下舊脱「曰」字。○周本「僞喜」作「爲書」。校云：「爲書」諸本皆譌作「僞喜」，今從楚策校正。「之」疑即「曰」字之誤，或「之」下別脱「曰」字。○維遹案：周校是也，今據補正。「鄙語曰：『癘憐王』，此不恭之語也。雖然，不可不審也。「雖」下舊脱「然」字。○趙本有「然」字。校云：舊脱「然」字，今據楚策補。韓非姦劫弑臣篇亦有。○維遹案：趙校是也，今據補。此爲劫殺死亡之主言者也。「此」字舊作「非比」，「主」下舊脱「言」字。○沈本、張本、毛本、劉本與今本同，鍾本、黄本、楊本、程本「非比」作「此比」，元本作「此比爲劫殺死亡之□主者也」。○趙本作「此爲劫殺死亡之主言也」。校云：舊本「此」下衍「比」字，據楚策作「此爲」。韓非姦劫弑臣篇作「此謂」。又「言」字舊本作「者」，今依韓非改。○維遹案：趙校近是。此文當作「此爲劫殺死亡之主言者也」。元本「比」字涉「此」字而衍，□即「言」字闕識而倒。韓非作「此謂劫殺死亡之主言也」，楚策同。「謂」作「爲」，古通用。今據補正。夫人主年少而放，無術以知奸，即大臣以專斷圖私，以禁誅於己也。維遹案：楚策作「則大臣主斷國私，以禁誅於己也」。「即」「則」同義。「國」爲「圖」字之譌。韓非姦劫弒臣篇作「大臣猶將得勢擅事主斷，而各爲其私急，而恐父兄豪傑之士，借人主之力以禁誅於己也」。證以楚策、韓非，則「私」字屬上爲句。故捨賢長而立幼弱，廢正適而立不義，「適」舊作「直」，「立」作「用」，「義」作「善」。○沈本、張本、毛本、劉本與今本同，元本、鍾本、黄本、楊本、程本「用」作「亡」。○趙本作「廢正適而立不義」。校云：舊本作「廢正直而亡不善」，毛本「亡」作「用」。今據楚策改。○維遹案：趙校是也，「用」本或作「亡」，「亡」即「立」之形誤。韓非姦劫弒臣篇與楚策同，今據正。故春秋志之，「志之」舊作「之志」。○維遹案：「志」與「識」古今字。識，記也。韓非姦劫弒臣篇作「記之」。楚策作「戒之」，「戒」即「識」誤。蓋「戒」或作「誡」，「誡」「識」形近，故譌爲「誡」，變爲「戒」耳。今本作「之志」，或不知「志」與「識」同，遂乙轉其文。今據乙正。曰：『楚王之子圍聘於鄭，維遹案：左傳昭公元年作「楚公子圍」，楚策、韓非姦劫弒臣篇「王」下無「之」字。未出境，聞王疾，返問疾，遂以冠纓絞王而殺之，因自立。齊崔杼之妻美，莊公通之。崔杼帥其黨而攻莊公。公請與分國，「通之」下十四字舊脱。○趙本有「崔杼帥其黨而攻莊公，公請與分國」十四字。校云：以上十四字舊本脱，今依楚策補。○維遹案：趙校是也，今據補。崔杼不許。欲自刃於廟，崔杼又不許。此五字舊脱。○趙本有「崔杼又不許」五字。校云：五字舊本脱。韓非〈姦劫弒臣篇〉作「崔子又不聽」。今依倣補此五字。○維遹案：趙校是也，今據補。莊公走出，踰於外牆，射中其股，遂殺之，舊脱「之」字。○趙本有「之」字。校云：「之」字舊脱，依楚策補。

○維遹案：趙校是也，今據補。**而立其弟景公。』近世所見：李兑用趙，餓主父於沙丘，百日而殺之。淖齒用齊，擢閔王之筋而懸之於廟梁，**舊脱「梁」字。○趙本有「梁」字。校云：舊無「梁」字，依兩書補。○維遹案：趙校是也，今據補。**宿昔而殺之。**周廷寀云：「昔」〔楚〕策作「夕」，「殺之」作「死」，「夕」「昔」古通。**夫癘雖癰腫痂疕，**「疕」舊作「疵」。○趙本「疵」作「疕」。校云：舊作「疵」，譌。韓非〔姦劫弑臣篇〕「痂疕」作「疕瘍」。○維遹案：趙校是也，今據正。**上比遠世，未至絞頸射股也，下比近世，未至擢筋餓死也。**沈本、張本、毛本、劉本同，元本、鍾本、黄本、楊本、程本兩「比」字作「叱」。○牟庭云：兩「叱」字並當作「比」。**夫劫殺死亡之主，心之憂勞，形之苦痛，必甚於癘矣。由此觀之，癘雖憐王，可也。」因爲賦曰：「琁玉瑶珠不知珮，**周本「琁」作「璇」。校云：璇讀曰瓊，赤玉也。瑶，美石。楚策作「寶珍隋珠」。○維遹案：荀子賦篇亦作「琁」。郝懿行云：「琁」即「瓊」字，見説文，韓詩外傳作「璇」，非。**雜布與錦不知異。**王念孫云：此謂布與錦雜陳於前，而不知別異，言美惡不分也。**閭娵子都莫之媒，**「子都」荀子賦篇作「子奢」。○楊倞云：漢書音義韋昭曰：「閭娵，梁王魏嬰之美女。」子奢當爲子都，鄭之美人，詩曰「不見子都」，蓋「都」字誤爲「奢」耳。後語作「子都莫之媒」，言無人爲之媒也。娵，子于反。○維遹案：楚策亦作「子奢」，「奢」「都」古通。**嫫母力父是之喜。**維遹案：吕氏春秋遇合篇「嫫母執乎黄帝」，劉子新論殊好篇「軒皇愛嫫母之醜貌」。漢書古今人表作「⿰巾每母，黄帝妃，生蒼林」，師古注：「⿰巾每音謨，字從巾，即嫫母也。」又案：「力父」荀子賦篇同。疑當作「力牧」，字之誤也。淮南子覽冥篇「黄帝治天下而力牧太山稽輔之」，列子黄帝篇「黄帝既寤，悟然自得，召天老力牧太山稽而告之曰」云云，是力牧爲黄帝臣。古今人表亦有力牧，梁玉繩謂「荀子及外傳有力父，與嫫母並稱，疑是力牧」。以盲爲明，以聾爲聰。以是爲非，以吉爲凶。嗚呼上天，曷爲其同！」詩曰：「上帝甚蹈，無自瘵焉。」沈本、張本、毛本同，元本、鍾本、黄本、楊本、程本、劉本「蹈」作「慆」。○趙懷玉云：楚策作「上天甚神，無自瘵也」。

第二十六章

南苗異獸之鞟猶犬羊也，沈本、張本、毛本同，元本、鍾本、黄本、楊本、程本、劉本「異獸」作「亦狩」，「鞟」作「鞹」，而元本仍作「鞟」。陳本作「蒐苗獮狩之鞹」。○趙懷玉云：古「狩」字亦與「獸」通用，「鞹」字亦疑譌，與下二句皆難曉。○郝懿行云：此有誤脱。與之於人猶死之藥也。安舊移質習貫易性而然也。「移」舊作「侈」。○沈本、張本、毛本、劉本與今本同，元本、鍾本、黄本、楊本、程本「移」仍作「侈」，「而」作「習」。○郝懿行云：「侈」疑當作「移」。○維遹案：郝校是也，周本正作「移」。荀子儒效篇：「習俗移志，安久移質。」「舊」「久」義同，即本書所本，今據正。夫狂者自齕，忘其非芻豢也，沈本、張本、毛本、劉本同，元本、鍾本、黄本、楊本、程本「芻」作「揭」，周本作「犓」。○維遹案：本或作「揭」，「揭」即「犓」之形誤，「芻」「犓」通用。飯土而忘其非粱飯也。然則楚之狂者楚言，齊之狂者齊言，習使然也。夫習之於人微而著，深而固，是暢於筋骨，貞於膠漆。是以君子務爲學也。詩曰：「既見君子，德音孔膠。」

第二十七章

孟子曰：仁，人心也。義，人路也。舍其路弗由，放其心而弗求。維遹案：孟子告子篇「路」下有「而」字，「求」上有「知」字。人有雞犬放，則知求之。有放心而不知求，其於心爲不若雞犬哉？「若」下舊有「求」字。○元本、鍾本、黄本、楊本、程本亦有「求」字，沈本、張本、毛本、劉本無「求」字。○趙懷玉云：本多有「求」字。毛本無。今案無「求」字義長。○維遹案：趙校是也，今據删。不知類之甚矣。悲夫！終亦必亡而已矣。故學問之道無他焉，求其放心而已。詩曰：「中心藏之，何日忘之。」

第二十八章

道雖近，不行不至。事雖小，不爲不成。暇日多者，出人不遠矣。「暇日」舊作「每自」。○沈本、張本、毛本、劉本亦作「每自」，鍾本、黄本、楊本、程本作「日日」。○趙本作「暇日」。校云：「暇日」舊本作「日日」，毛本作「自用多者」，更妄改。荀子修身篇云：「其爲人也，多暇日者，其出入不遠矣。」則作「暇日」爲是。○瞿中溶云：元本上「日」字作「□」，證以荀子當是「暇」字。今本或作「每日」，或作「自用」，皆謬。○郝懿行云：「日日多者」句有誤脱。牟氏（庭）據荀子書改爲「其人也暇日多者，出人不遠矣」。○維遹案：趙瞿牟校是，今據正。夫巧弓在此手也，沈本、張本、毛本、劉本同，元本、鍾本、黄本、楊本、程本「在此」作「之見」。傅角被筋，「傅」舊作「傳」。○元本、沈本亦作「傳」，鍾本、黄本、楊本、毛本、程本、劉本作「傳」。○維遹案：本或作「傳」，是，今據正。膠漆之和，即可以爲萬乘之寶也，及其彼手而賈不數銖。元本、沈本、張本、毛本、劉本同，鍾本、黄本、楊本、程本「彼」作「被」。○聞一多先生云：「彼」上脱「在」字，「在彼手」與「在此手」對文見義。此手謂巧工之手，彼手謂拙工之手也。人同材鈞而貴賤相萬者，盡心致志也。沈本、張本、毛本、劉本同，元本、鍾本、黄本、楊本、程本「心」作「性」。詩曰：「中心藏之，何日忘之。」

第二十九章

傳曰：誠惡惡，知刑之本。元本、沈本、張本、毛本、劉本同，鍾本、黄本、楊本、程本「知」作「之」。○趙懷玉云：「知」本皆作「之」，今從元本，下同。○維遹案：趙校全書，僅此章從元本者四條，惟此條與元本合，其餘三條皆不合，蓋未見元本。誠善善，知敬之本。惟誠感神。沈本、張本、毛本、劉本同，元本、鍾本、黄本、楊本、程本「惟」作「彼」。○趙懷玉云：「惟」舊作「彼」，今從元本。達乎民心，知刑敬之本，沈本、張本、毛本、劉本同，下句亦同，元本、鍾本、黄本、楊本、程本脱「敬」字，下句亦脱「則」字。○趙懷玉云：舊脱「敬」字，今與下句「則」字皆據元本增補。則不怒而威，不言而信。誠德之主也，言之所聚也。舊脱「言之所聚也」五字。○沈本、張本、毛本、劉本作「誠德之主也」，脱五字，鍾本、黄本、楊本、程本作「誠德之主」，脱六字，元本作「誠德之主□□□□□□」。○趙懷玉云：〔主下〕「也」字舊無，亦據元本補。○維遹案：「主」下本或無「也」字，乃據元本，將元本六方圍删去。本或有「也」字，擅自增補，亦將元本五方圍删去。今據元本之方圍，則有脱文無疑。下章「言之所聚也」五字，孔子集語引彼無此五字，且與彼章上下文不承接，反與此章義相鄰類，知其即此處之脱文，今據補。**詩曰：「鼓鐘于宮，聲聞于外。」**元本、張本、毛本、劉本同，下章亦同，沈本、鍾本亦同，惟下章「鼓鐘」作「鐘鼓」，黄本、楊本、程本作「鐘鼓」，下章同。○趙本作「鐘鼓」。校云：「鐘鼓」毛本作「鼓鐘」，下一條仍作「鐘鼓」，（維遹案：亦作「鼓鐘」，趙誤。）知此條必後人依今詩改也。詩考雖不載，故當依衆家本。

第三十章

孔子見客。客去，顔淵曰：「客仁也？」趙善詒云：〔孔子〕集語四引句首有「孔子適衛」句，「孔子」作「衛使」二字，「也」下有「乎」字。**孔子曰：「恨兮其心，**周廷寀云：「恨」疑當爲「很」。**顙兮其口，仁則吾不知也。」**此下舊有「言之所聚也」五字。○維遹案：「言之所聚也」句與上下文不接，本在前章而錯移於此。孔子集語四引無此句，今據删。**顔淵蹵然變色，**元本、沈本、劉本同，鍾本、黄本、楊本、毛本、程本「蹵」作「蹙」。○維遹案：「蹵」與「蹙」聲同義通。**曰：「良玉度尺，雖有十仞之土，不能掩其光。良珠度寸，雖有百仞之水，不能掩其瑩。**趙善詒云：「瑩」，玉色也，引伸爲玉之光，與言珠不合。類聚八十三、白帖七、初學記二十七引俱作「輝」，當從之。御覽八百二引作「耀」，與「輝」義同。○維遹案：孔子集語四引「瑩」作「氣」，御覽五百十引高士傳作「曜」。**夫形體之包心也，**舊作「夫形體也色心也」。○趙善詒云：〔孔子〕集語四引作「夫形體之包心也」，疑當從之。「色」乃「包」之形誤，「包」誤爲「色」，後人遂改「之」爲「也」，○維遹案：趙校是也，今據正。閔閔乎其薄也。苟有温良在其中，「其」字舊脱。○維遹案：孔子集語四引作「苟有温瑩良在其中」，有「其」字，今據補。則眉睫著之矣。沈本、張本、毛本、劉本同，元本、鍾本、黄本、楊本、程本「著」作「與」，○維遹案：孔子集語四引「著」作「見」，本或作「與」，義皆通。疵瑕在其中，則眉睫亦不匿之。」「其」字「亦」字舊脱。○維遹案：孔子集語四引「在」下有「其」字，「睫」下有「亦」字，今據補，又引「之」作「也」。詩曰：「鼓鐘于宫，聲聞于外。」言有諸中必形諸外也。末句「九」字舊脱。○趙善詒云：孔子（集語）四引句末有「言有諸中必形諸外也」九字，據文例當補。下章文義與此相同，引詩下亦有「言有中者必能見外也」句，可證。○維遹案：趙校是也，今據補。

第三十一章

僞詐不可長，空虚不可守，朽木不可雕，情亡不可久。諸本皆同。張本、毛本「亡」作「忘」。詩曰：「鼓鐘于宫，聲聞於外。」言有中者必能見外也。

第三十二章

所謂庸人者，口不能道乎善言，心不能知先王之法，動作而不知所務，止立而不知所定，日選於物而不知所貴，「日」舊作「曰」。○元本、沈本、張本、毛本、劉本亦作「曰」，鍾本、黄本、楊本、程本作

「日」。○維遹案：本或作「日」，與荀子哀公篇、大戴禮哀公問五義篇合，今據正。不知選賢人善士而託其身焉，從物而流，周廷寀云：「而」荀子〈哀公篇〉作「如」，「而」「如」古通。○維遹案：家語五儀解「而」亦作「如」。不知所歸，五鑿爲政，舊作「五藏無政」。○沈本、張本、毛本、劉本亦作「五藏無政」，元本、鍾本、黄本、楊本、程本作「五藏爲政」。○周廷寀云：「五藏」當從荀〈子哀公篇〉。〈大〉戴〈禮哀公問五義篇〉作「五鑿」。五鑿，五情也。莊子〈外物篇〉曰：「六鑿相攘。」「政」荀作「正」，「正」「政」亦古通。○維遹案：周校是也。「無」本或作「爲」，是。荀子楊注引作「五藏爲正」，大戴禮作「五鑿爲政」，今據正。心從而壞，遂不反。是以動而形危，靜則名辱。詩曰：「之子無良，二三其德。」

第三十三章

客有見周公者，趙懷玉云：呂氏春秋精諭〈維遹案：原誤作重言〉篇「客」作「勝書」，説苑指武篇作「王滿生」，語略同。應之於門曰：「何以道旦也？」客曰：「在外即言外，在內即言內。入乎將毋？」維遹案：「將」爲轉詞。揚子法言先知篇：「天先秋而後春乎？將先春而後秋乎？」「將」字義與此同。或言「亡」。呂氏春秋審爲篇：「君將攫之乎？亡其不與？」或言「亡將」，論衡定賢篇：「不知壽王不得治東都之術邪？亡將東都適當復亂，而壽王之治偶逢其時？」後人多以「抑」字爲之。此云「入乎將毋」？猶言「入乎？抑不入乎」？下文並同。周公曰：「請入。」客曰：「立即言義，坐即言仁。坐乎將毋？」周公曰：「請坐。」客曰：「疾言則翕翕，徐言則不聞。言乎將毋？」周公唯唯：「旦也喻。」黄本同，趙校「喻」作「諭」，元本、沈本、張本、鍾本、楊本、毛本、劉本、程本作「踰」。○周廷寀云：「喻」諸本並誤作「踰」。明日興師而誅管蔡。故客善以不言之説，周公善聽不言之説。若周公可謂能聽微言矣。故君子之告人也微，其救人之急也婉。沈本、張本、毛本、劉本同，元本、鍾本、黄本、楊本、程本脱「婉」字。詩曰：「豈敢憚行，畏不能趨。」

韓詩外傳卷第五

第一章

子夏問曰：「關雎何以爲國風始也？」孔子曰：「關雎至矣乎！夫關雎之人，仰則天，俯則地，幽幽冥冥，德之所藏，紛紛沸沸，道之所行，雖神龍化，舊作「如神龍變化」。○沈本、張本、毛本、劉本亦作「如神龍變化」，元本作「如神龍化」，薛本、鍾本、黄本、楊本、程本、胡本、唐本作「雖神龍化」。○許瀚云：作「雖神龍化者」是也。「雖」當讀作「唯」。説文：「雖從虫，唯聲。」「雖」「唯」古同聲通用。「唯」，發語詞。「雖神龍化」，言唯神龍化也。説文「龍」字注云：「鱗蟲之長，能幽能明，能細能巨，能短能長，春分而登天，秋分而潛淵。」此説關雎之大義近之，故曰唯其神如龍之化也。本書九「昔者范蠡行游，與齊屠地居（句疑有誤），奄忽龍變，仁義沈浮，湯湯慨慨，天地同憂」。龍化猶言龍變矣。毛本作「如神龍變化」，語義殊近淺俗。且「幽幽冥冥」六句以「藏」「行」「章」爲韻，皆四字句，獨此句改爲五字，亦不類。○維遹案：許校是也，今據正。斐斐文章。大哉關雎之道也，萬物之所繫，群生之所懸命也，河洛出書圖，麟鳳翔乎郊。不由關雎之道，沈本、張本、毛本、劉本同，元本、鍾本、黄本、楊本、程本「道」作「至」。○趙本作「道」。校云：本多作「至」，今從林本、通津本。則關雎之事將奚由至矣哉？夫六經之策，皆歸論汲汲，蓋取之乎關雎。關雎之事大矣哉！馮馮翊翊，自東自西，自南自北，無思不服。子其勉强之，思服之。天地之間，生民之屬，王道之原，不外此矣。」子夏喟然嘆曰：「大哉關雎，乃天地之基地。」詩曰：「鐘鼓樂之。」元本、沈本、張本、毛本、劉本同。鍾本、黄本、楊本、程本「鐘鼓」作「鼓鐘」。○維遹案：本或作「鐘鼓」，是。

第二章

孔子抱聖人之心，彷徨乎道德之域，逍遥乎無形之鄉，倚天理，觀人情，明終始，知得失。故興仁義，厭勢利，以持養之。沈本、張本、毛本同，元本、鍾本、黄本、楊本、程本、劉本「勢利」作「利勢」。于時周室微，王道絶，諸侯力政，維遹案：「政」與「征」通。大戴禮用兵篇「諸侯力征」，盧注：「言以威力侵争。」强刧弱，衆暴寡，百姓靡安，莫之紀綱，禮儀廢壞，人倫不理。元本、沈本、程本同，鍾本、黄本、楊本、毛本、劉本「儀」作「義」。於是孔子自東自西，自南自北，匍匐救之。郝懿行云：此篇末疑遺「詩曰」二字。

第三章

王者之政，賢能不待次而舉，元本、沈本、張本、毛本、劉本同，鍾本、黄本、楊本、程本「次」作「知」。○趙本作「次」。校云：「次」本多作「知」，今從林本。荀子王制篇同。不肖不待須而廢，「須」下舊有「臾」字。○維遹案：荀子王制篇無「臾」字，是也。楊注：「須，須臾也。」「不待須而廢」與上文「不待次而舉」、下文「不待教而誅」、「不待政而化」文同一例。今本「臾」字，蓋校者習見須臾連文而妄增之。今據刪。**元惡不待教而誅，中庸不待政而化。分未定也，則有昭穆。雖公卿大夫之子孫也，行絶禮義，**「義」舊作「儀」。○元本、沈本、張本、毛本、劉本亦作「儀」，鍾本、黃本、楊本、程本作「義」。○維遹案：本或作「義」，與荀子王制篇合，今據正。下文「能禮儀」同。**則歸之庶人。**此下舊有「遂傾覆之民牧而試之」九字。○趙懷玉云：此九字當在下「須而待之」之上，脱在此。「遂」字衍。○周廷寀校同。○維遹案：趙周皆據荀子王制篇校正，今據刪。**雖庶民之子孫也，積文學，**「文學」舊作「學而」。○沈本、張本、毛本、劉本亦作「學而」，元本、鍾本、黃本、楊本、程本作「學文」。○趙本作「文學」。校云：舊本作「學文」，依荀子〔王制篇〕乙。○維遹案：趙校是也，今據正。**正身行，能禮義，則歸之士大夫。反側之民，牧而試之，須而待之，**舊脱「反側之民，牧而試之」八字。「須」舊作「敬」。○沈本、張本、毛本、劉本亦作「敬」，元本、鍾本、黃本、楊本、程本作「傾」。○趙本作「須而待之」。校云：案荀子〔王制篇〕云：「遁逃反側之民，職而教之，須而待之。」此「反側之民」誤脱在下，而上文作「傾覆之民」，文殊舛錯。此「須」字本皆譌「傾」，毛本强改爲「敬」字，更失。考楊倞云：「須而待之，謂須暇之而待其遷善也。」○維遹案：趙校是也，今據乙正。**安則畜，不安則棄。**周廷寀云：「安」下荀〔子王制篇〕並有「職」字。〔楊倞注〕：「畜，養也。棄謂投諸四裔之比。」**五疾之民，上收而事之。**「五疾」舊作「反側」。○沈本、張本、毛本、劉本同，元本、鍾本、黃本、楊本、程本「收」作「放」。○趙懷玉云：「反側」當從荀子〔王制篇〕作「五疾」，語方不繆。○周廷寀云：「上收」上當從荀〔子〕補「五疾」二字。事謂若矇瞽修聲，聾聵司火之屬。荀云：「收而養之，材而事之。」語義視此傳爲備。○維遹案：趙校是也，今據正。又「收」本或作「放」，字之誤也，荀子作「收」。官施而衣食之，舊脱「施」字。○維遹案：荀子王制篇「官」下有「施」字，今據補。兼覆無遺。「兼」舊作「王」。○趙本「王」作「兼」。校云：「兼」舊作「王」。今從荀〔子王制篇〕改。○維遹案：趙校是也，今據正。材行反時者，死無赦，「死」下舊有「之」字。○元本、沈本、張本、毛本、劉本亦作「死之無赦」，鍾本、黄本、楊本、程本「赦」作「救」。○趙本作「死無赦」。校云：舊作「死之無赦」，「之」字衍。依荀〔子王制篇〕删。○維遹案：趙校是也。卷六第三章云：「先時者死無赦，不及時者死無赦。」今據删。又「赦」本或作「救」，字之誤也，荀子作「赦」。謂之天誅。是王者之政也。詩曰：「人而無儀，不死何爲！」

第四章

君者，民之源也。源清則流清，源濁則流濁。故有社稷者，不能愛其民，而求民親己愛己，不可得也。民不親不愛，而求爲己用，爲己死，不可得也。沈本、張本、毛本、劉本同，元本、鍾本、黄本、楊本、程本「求」下「爲」字作「於」。○維遹案：「爲」或作「於」，非。荀子君道篇作「爲」。民弗爲用，弗爲死，維遹案：荀子君道篇作「民不爲己用，不爲己死」。而求兵之勁，城之固，不可得也。兵不勁，城不固，而欲不危削滅亡，不可得也。夫危削滅亡之情，皆積於此，而求安樂是聞，不亦難乎？是枉生者也。悲夫！枉生者不須時而滅亡矣。元本、沈本、張本、毛本、劉本同，鍾本、黄本、楊本、程本下「枉生」脱「枉」字。○趙懷玉云：荀子君道篇作「是狂生者也。狂生者，不胥時而落」。蓋指草木爲喻。此頗更易其文。○王念孫云：「枉」蓋「狂」之誤。○牟庭云：狂生，不實之花，今人猶謂之狂花是也。與〔荀子〕君道篇「狂生者不胥時而落」義同。○俞樾云：「狂」即「㞷」之叚字。説文土部：「㞷，草木妄生也。从之在土上。讀若皇。」「狂」説文作「狌」，本從「㞷」聲，故義得通。狂生蓋以草木爲比，故下云「不胥時而落」，落亦以草木言也。臣道篇「迷亂狂生」義同。韓詩外傳作「枉生」，「枉」亦「㞷」之叚字。○劉師培云：左傳閔二年「是服也，狂夫阻之服」，注云：「方相氏之士，蒙玄衣朱裳，主索室中毆疫，號之謂狂夫。」晉語云「狂夫阻之衣也」，韋解云：「狂夫方相氏之士也。」是古之所謂狂夫，均指方相士言。周禮夏官：「方相氏掌蒙熊皮，黄金四目，玄衣朱裳，執戈楊盾。」蓋方相氏者，以物蒙面者也。古人以物蒙首者，其音皆近于狂。以羽蒙首謂之翌舞，故方相氏亦謂之狂夫。古代所稱之狂夫，均指方相氏而言。詩鄭風〔山有扶蘇〕「乃見狂且」，傳云：「狂人也。」此「狂且」蓋與「狂夫」同，蓋以方相氏喻醜面之人也。且以物蒙首，則於外物鮮所見，故於外物多所蔽者，古人亦稱爲狂。論語「其蔽也狂」，左傳昭二十三「幼而狂」，蓋均指蔽于物而迷亂者言也。韓非〔子〕解老篇云「心不能審得失之地謂之狂」，新書大政篇云「知善而弗行謂之狂」，蓋以中心迷亂，無知妄行，近於爲物所蒙，故假方相氏以爲喻，謂之曰狂。韓賈之書，均就左氏「狂夫」而伸其義者也。荀子亦然。此文之「狂生」，即左傳之「狂夫」。言爲人君者，危亂當前而不知，與方相氏以物蒙面，外無所見者略同。下言「狂生不胥時而落」，「落」字宋台州本作「樂」，「胥」字盧文弨訓爲「須」，「須」與「相」同，言其不知審時而徒知行樂也，即危亂當前而不知之義。若臣道篇「迷亂狂生」，狂生即指紂言。蓋以紂蔽於外物與狂生同，而飛廉等復迷亂之也，俞説非是。

故人主欲强固安樂，莫若反己。 維遹案：荀子君道篇作「則莫若反之民」。**欲附下一民，則莫若反之政。** 「反」舊作「及」。○諸本皆同，趙本「及」作「反」。○維遹案：本或作「反」，與荀子君道篇合，今據正。**欲脩政美俗，則莫若求其人。彼其人者，生今之世，而志乎古之道。** 「道」舊作「世」。○周廷寀云：此「世」當從荀子「君道篇」

作「道」。○維遹案：周校是也，今據正。以天下之王公莫之好也，而是子獨好之。以民莫之爲也，而是子獨爲之也。抑好之者貧，爲之者窮，而是子猶爲之，舊脱「好之者貧」四字。○陳喬樅云：「好之者貧」句，本皆脱佚，今據荀子君道篇補入。○維遹案：陳校是也。「好之者貧」承上「而是子獨好之」。「爲之者窮」承上「而是子獨爲之」。上下文義正相稱，今據補。而無是須臾怠焉。維遹案：荀子君道篇作「不爲少頃輟焉」。差焉獨明夫先王所以遇之者，維遹案：「遇」與下文「失」對舉，遇猶得也。荀子君道篇作「曉然獨明於先王之所以得之」。差，差别也。凡物有差别則易明曉。是「差焉」與「曉然」義本相因。周廷寀以「差焉」屬上句，非是。所以失之者，知國之安危臧否，若别白黑，則是其人也。人主欲强固安樂，則莫若與其人用之，鍾本、黄本、楊本、程本同，元本、沈本、張本、毛本、劉本「用」作「爲」。○維遹案：「與」與「舉」通，「用」字義長，卷四第十五章「文王舉是人而用之」可互證此義。巨用之，則天下爲一，諸侯爲臣。小用之，則威行鄰國。莫之能御。若殷之用伊尹，周之遇太公，可謂巨用之矣。齊之用管仲，楚之用孫叔敖，可爲小用之矣。元本、沈本同，鍾本、黄本、楊本、毛本、程本、劉本「爲」作「謂」。○維遹案：「爲」「謂」古通用。巨用之者如彼，小用之者如此也。故曰：元本、沈本、張本、黄本、毛本、劉本同，鍾本、楊本、程本下「故」字誤入「如」字上。粹而王，駮而霸，無一而亡。詩曰：「四國無政，不用其良。」不用其良臣而不亡者，未之有也。

第五章

造父，天下之善御者矣，無車馬則無所見其能。羿，天下之善射者矣，無弓矢則無所見其巧。彼大儒者，善調一天下者也，「調」上舊脱「善」字。○維遹案：荀子儒效篇有「善」字。「善調一天下」，與上文「善御」「善射」詞例同，今據補。無百里之地則無所見其功。夫車固馬選而不能以致千里者，則非造父也。弓調矢直而不能射遠中微者，則非羿也。用百里之地而不能調一天下制四夷者，則非大儒也。彼大儒者，雖隱居窮巷陋室，無置錐之地，而王公不能與之争名矣。「與」下舊脱「之」字。○維遹案：荀子儒效篇有「之」字。「則王公不能與之争名矣」與下文「則千里之國不能與之争勝矣」一律。今據補。用百里之地，則千里之國不能與之争勝矣。箠笞暴國，一齊天下，莫之能傾，是大儒之勳也。舊脱「也」字。○維遹案：荀子儒效篇作「是大儒之徵也」，與下文「是大儒之稽也」，句法正同。今據補。其言有類，其行有禮，其舉事無悔，其持險應變曲當，「險」舊作「檢」。○周廷寀云：「檢」當從荀子儒效篇作「險」。險，危也。言其持危應變，皆曲得其宜。○維遹案：周校是也，今據正。與時遷徙，與世偃仰，千舉萬變，其道一也，是大儒之稽也。故有俗人者，有俗儒者，有雅儒者，有大儒者。耳不聞學，行無正義，迷迷然以富利爲隆，是俗人也。逢衣博帶，周廷寀云：「博」荀子儒效篇作「淺」，〔注〕：「淺帶，博帶也。」略法先王而不足於亂世，舊脱「於」字。○元本、沈本、張本、鍾本、黄本、楊本、毛本、程本、劉本作「而足亂世」。○周本作「而不足於亂世」。校云：本皆脱「不」「於」字，今從荀子（儒效篇）楊注校補。與儒效（篇）「以足亂世術」爲句者異也。○許瀚云：周校是也。明唐玉林校本云：「一本作略法先王而不足於亂世。」案唐所稱一本，與楊倞所據本合，蓋古本也。○維遹案：周許校是，今據補。

術謬學雜，舉不知法先王而壹制度，不知隆禮義而殺詩書，「舉不知法先王」十九字舊脱。○周廷寀云：「術」字荀子（儒效篇）屬上句，而「雜」下有「舉」字。○許瀚云：以「術謬學雜」斷句，當矣。疑荀子亦如此斷句。「舉」字或衍文，或屬下爲句，亦通。楊注失其讀，非荀韓有異也。又云：此有闕文。荀子「不知法後王而壹制度，不知隆禮義而殺詩書」，楊注云：「韓詩外傳作不知法先王也。」明韓詩外傳亦有此文，特「後」作「先」爲異耳。然則「術謬學雜」下補「舉不知法先王而壹制度，不知隆禮義而殺詩書」十九字，方與楊注合。○維遹案：許校是也，今據補。

其衣冠行爲已同於世俗，「行」上舊有「言」字。○元本、鍾本、黄本、楊本、程本同，沈本、毛本、劉本「其」作「真」。○趙本作「謬學雜真，其衣冠行爲已同於世俗」。校云：「真」字唯毛本、林本、通津本有，而無下「其」字。（維遹案：通津本無「真」字，有「其」字，趙氏失檢。）又校云：今本「行爲」上有「言」字，從荀（子儒效篇）删。「爲」荀作「僞」，荀子一書，凡「僞」多即「爲」字義。○許瀚云：趙删「言」字，解荀子「僞」字，當矣。而補「真」字則甚非。○維遹案：許校是也。「其」字本或作「真」，字之誤也，「言」字蓋校者見下文「言行有大法」，以「言行」連文，故妄增「言」字，以求其一律，今據删。

而不知其惡也。言談議説已無異於老墨，而不知分。周廷寀云：「老墨」荀（子儒效篇）作「墨子」，「不知分」作「明不能分」。

是俗儒者也。法先生，一制度，言行有大法，而明不能濟法教之所不及，聞見之所未至，俞樾云：「而明不能濟」以下諸字作一句讀。○維遹案：荀子儒效篇此下有「則知不能類也」六字。

知之爲知之，不知爲不知，

内不自誣，外不誣人，以是尊賢敬法，而不敢怠傲焉。是雅儒者也。法先王，依禮義，以淺持博，以一行萬。苟有仁義之類，雖鳥獸若別黑白。奇物變怪，趙懷玉云：荀（子儒效篇）作「倚物怪變」，注引此作「奇物怪變」。○周廷寀云：據楊注引，則「變」當在「怪」下。所未嘗聞見，卒然起一方，則舉統類以應之，無所疑㤰，舊脱「㤰」字。○元本、沈本、張本、毛本、劉本作「無所疑」，鍾本、黄本、楊本、程本作「無所據」。周本作「無所據援」。○趙本作「無所疑㤰」。校云：「疑」舊本作「據」，今從林本。「㤰」字各本皆缺。荀子（儒效篇）作「儗㤰」，今據補。「㤰」即「怍」字。○維遹案：趙校是也，今據補。援法而度之，趙本同。校云：「援」荀（子儒效篇）作「張」。○周本作「張法而度之」。校云：「張」字從荀子校補。奄然如合符節。是大儒者也。故人主用俗人，則萬乘之國亡。用俗儒，則萬乘之國存。用雅儒，則千里之國安。用大儒，則百里之地，久而三年，天下爲一，諸侯爲臣。舊脱「爲一」二字。○許瀚云：「天下諸侯爲臣」荀子（儒效篇）作「天下爲一，諸侯爲臣」。當從荀子。○維遹案：許校是也。前第四章云：「巨用之則天下爲一，諸侯爲臣」，亦其證也，今據補。用萬乘之國則舉錯而定，一朝而白。舊作「則舉錯而定一朝之間」。○鍾本、黄本、楊本、程本作「則舉錯而定一朝之白」。沈本、張本、毛本、劉本作「則舉錯定於一朝之間」。○趙本作「則舉錯而定一朝之伯」。校云：舊本作「則舉錯定一朝之白」，今據荀子（儒效篇）改正。○周本作「則舉錯而定，一朝而伯」。校云：「而伯」舊作「之白」，今從荀子校作「而伯」。○瞿中溶云：元本作「則舉錯而定一朝之自」，證以荀子，第譌「伯」爲「自」，餘皆合。今本或脱「而」字，或「定」下增「於」字，尤謬。○王念孫云：伯讀白。白，顯著也。言一朝而名顯於天下也。荀子王霸篇曰：「如是則夫名聲之部發於天地之間也，豈不如日月雷霆然矣哉？故曰以國濟義，一日而白，湯武是也。」「一日而白」猶

「一朝而白」耳。○許瀚云：此本荀子儒效篇文。彼作「一朝而伯」。「伯」「白」古通用。説文：「伯，長也。從人，白聲。」風俗通：「伯者長也，白也，言其咸建五長，功實明白。」白虎通：「伯者白也。」獨斷：「伯者白也，明白於德。」公羊傳隱元年疏引春秋説：「伯之言白，明白於德。」吳越春秋「白喜」，即吳太宰伯嚭。漢鏡銘「白牙單琴」，即伯牙彈琴也。「一朝之白」，「之」字誤。當依荀子作「則舉錯而定」，與「一朝而伯」爲對文。若作「之」則「定」字屬下讀，文不成義矣。楊倞注荀子讀「伯」爲「霸」。案霸之本義爲月初生。經典相承，多以「魄」代「霸」，而以「霸」爲王霸字，實即「伯」之假借。楊顧以假借字易本字，舛矣。韓君則直讀爲「白」，義取顯白，故引詩「其命維新」以明之。○維遹案：周王許校是，今據正。詩曰：「周雖舊邦，其命維新。」可謂白矣。文王亦可謂大儒已矣。「可謂白矣」舊作「可謂伯矣」。○元本、鍾本、黃本、楊本、程本作「可謂白矣謂」。沈本、張本、毛本、劉本無「可謂白矣謂」五字。○趙本無「可謂伯矣」四字。校云：本或有「可謂白矣謂」五字，元刻無，毛本同。○許瀚云：沈氏野竹齋本、毛氏汲古閣本無「可謂白矣」句及「謂」字。案沈毛非也。「可謂白矣」言可謂顯白矣，傳者自斷之辭。「謂文王亦可謂大儒已矣」，上「謂」猶言也，推詩人之意如是也。諸本私改私删，皆由不解「白」字之故。○維遹案：許校是也，「伯」本或作「白」，今據正。「謂」字疑爲衍文，仍從今本。趙氏謂元刻無「可謂白矣謂」五字，陳喬樅亦承其誤。蓋未見元本，故有此謬誤。

第六章

楚成王讀書於殿上，而倫扁在下，趙懷玉云：莊子（天道篇）、淮南（子道應篇）皆以爲輪扁對齊桓公。作而問曰：「不審主君所讀何書也？」成王曰：「先聖之書。」倫扁曰：「此直先聖王之糟粕耳。「直」舊作「真」。○維遹案：「真」當作「直」，字之誤也，「直」猶「特」也。淮南子道應篇作「輪扁曰：是直聖人之糟粕耳」。今據正。非美者也。」成王曰：「子何以言之？」倫扁曰：「以臣輪言之。夫以規爲圓，矩爲方，此其可付乎子孫者也。維遹案：「付」疑當作「傳」，因「傳」先誤爲「傅」，「傅」與「付」通，校者遂改爲「付」耳。下文「應乎心，動乎體，其不可得而傳者也」，義正與此相應。若夫合三木而爲一，應乎心，動乎體，其不可得而傳者也。則凡所傳直糟粕耳。」「直」舊作「真」。○沈本、張本、毛本、劉本同，元本、鍾本、黄本、楊本、程本「則凡」作「以爲」。○維遹案：本或作「以爲」，亦通。「真」當作「直」，各本皆誤。淮南子道應篇作「獨其糟粕在耳」，「直」「獨」皆與「特」同義，今據正。故唐虞之法可得而考也，沈本、張本、毛本同，鍾本、黄本、楊本、程本、劉本「考」作「改」，元本作「故」。○趙本作「改」。校云：毛本作「考」，非。○周本作「考」。校云：本或作「改」，非。○維遹案：本或作「考」，是。元本作「故」，「故」即「考」之誤。韓嬰遵孟子法先王之説，故云然。後第十四章云「則唐虞之法可得而觀」，其比正同。其喻人心不可及矣。詩曰：「上天之載，無聲無臭。」其孰能及之？

第七章

孔子學鼓琴於師襄子而不進，陳喬樅云：「師襄子」初學記十六引作「師堂子」，文選七發李善注引作「師堂子京」。「堂」「襄」音近，子京其字也。師襄子曰：「夫子可以進矣。」孔子曰：「丘已得其曲矣，未得其數也。」有間，曰：「夫子可以進矣。」曰：「丘已得其數矣，未得其意也。」有間，復曰：「夫子可以進矣。」曰：「丘已得其意矣，未得其人也。」有間，復曰：「夫子可以進矣。」舊脱「曰：丘已得其意矣，未得其人也。有間，復曰：夫子可以進矣。」二十二字。○趙本有。校云：以上共二十二字，本皆脱去，今約初學記〔十六〕所引補。○維遹案：趙校是也，今據補。白帖六十二引作「丘得其意，未得其人」，即約此文。史記孔子世家、家語辯樂解僅述「未得其數」「未得其志」「未得其人」三節，未有「未得其類」一節。蓋讀者欲據史記删「未得其類」一節，竟將「未得其人」一節删去，而不知其與下文不相承接，其痕跡可推而知矣。曰：「丘已得其人矣，未得其類也。」有間，曰：「邈然遠望，趙懷玉云：初學記〔十六〕「曰」字在「望」字下。洋洋乎，翼翼乎，必作此樂也。黯然而黑，舊作「默然思」。○沈本、張本、毛本、劉本亦作「默然思」，元本、鍾本、黄本、楊本、程本作「默然異」。○趙本作「黯然而黑」。校云：舊作「默然異」，譌，今從史記〔孔子世家〕增改。○周校同。（「然」下未增「而」字）○維遹案：趙周校是，今據正。家語辯樂解作「黮而黑」。幾然而長，舊作「戚然而悵」。○沈本、張本、毛本、劉本亦作「戚然而悵」，元本、鍾本、黄本、楊本、程本作「幾然而長」。○維遹案：本或作「幾然而長」，與史記孔子世家合，今據正。以王天下，以朝諸侯者，其惟文王乎。」師襄子避席再拜曰：「善！師以爲文王之操也。」故孔子持文王之聲，知文王之爲人。師襄子曰：「敢問何以知其文王之操也？」孔子曰：「然。夫仁者好韋，舊作「偉」。○孫詒讓云：「好偉」無義，疑「偉」當作「韋」。韓非子觀行篇云：「西門豹之性急，故佩韋以緩己。」「好韋」蓋亦和緩之意。○維遹案：孫校是也，今據正。淮南子主術篇：「孔子學鼓琴於師襄而諭文王之志，見微以知明矣。」並其證。和者好粉，智者好彈，有慇懃之意者好麗。丘是以知文王之操也。」傳曰：聞其末而達其本者，聖也。元本、鍾本、黄本、楊本、程本此與下章合併一章，沈本、張本、毛本、劉本自「傳曰」云云另提行爲下章之首句。○郝懿行云：「傳曰」以下，似宜另起，編書者誤合之。○維遹案：郝氏以漢魏叢書爲底本，其説與野竹齋本合。惟細繹此「傳曰」云云，乃贊孔子之辭，不得列爲下章之首句。今本分爲兩章，以「傳曰」列爲此章之末，甚是。疑篇末脱詩辭。元本因其無詩辭，故合併下章，殊不知下章詩辭與孔子文王皆不合。

第八章

紂之爲主，戮無辜，勞民力，舊脱「戮無辜」三字。○周廷寀云：疑有脱漏。○維遹案：周校是也。「勞」上脱「戮無辜」三字。新序刺奢篇作「戮無辜，奪民力」，今據補。冤酷之令，加於百姓，憯悽之惡，施於大臣。群下不信，百姓疾怨，故天下叛而願爲文王臣，紂自取之也。夫貴爲天子，富有天下，及周師至而令不行乎左右，悲夫！當是之時，索爲匹夫，不可得也。詩曰：「天謂殷適，使不俠四方。」「謂」舊作「位」。○元本亦作「位」。○趙本「位」作「謂」。校云：「謂」本皆作「位」，今從詩考改。○瞿中溶云：元本「位」作「謂」，與詩考合，今改「謂」爲「位」，非。○李富孫云：詩作「天位殷適，使不挾四方」，案「謂」「位」聲近之誤。春秋隱公九年「挾卒」，公穀作「俠」，唐石經作「挾」，是「俠」與「挾」通。然外傳作「俠」，疑「浹」字之譌。毛傳云：「挾，達也。」周禮大宰職「挾日而斂之」，釋文「挾，本作浹」，荀子儒效〔篇〕「盡善挾洽之謂神」，注「挾讀爲浹」，釋言曰：「挾，徹也。」漢人諱「徹」爲「通」，「通」「達」義同。陸氏一音子燮反，即讀浹字。○維遹案：趙校是也，今據正。「俠」「挾」「浹」古皆通用，不煩改字。

第九章

夫五色雖明，有時而渝。豐交之木，有時而落。孫詒讓云：「豐交」義難通。「交」疑「支」之誤，「支」「枝」字通。○趙善詒云：朱氏起鳳引史記封禪書「今歲豐廡未報」，注：「廡音無，茂盛也。」古文苑揚雄蜀都賦「俊茂豐芙」，「芙」「廡」同音，「交」即「芙」字之誤。朱説近是。○維遹案：淮南子泰族篇作「茂木豐草」。物有成衰，不得自若。故三王之道，周則復始，窮則反本，非務變而已，將以止惡扶微，元本、沈本、張本、毛本同，鍾本、黃本、楊本、程本、劉本「止」作「正」。○維遹案：本或作「止」，是。淮南子泰族篇作「將以救敗扶衰」。「救」與「止」同義。絀繆淪非，維遹案：淮南子泰族篇作「黜淫濟非」，「絀」「黜」古通用。調和陰陽，順萬物之宜也。詩曰：「亹亹我王，綱紀四方。」「亹亹」舊作「勉勉」。○沈本、張本、毛本、劉本亦作「勉勉」，元本、鍾本、黃本、楊本、程本作「亹亹」。○周廷寀云：此傳引詩，上句文王，下句棫樸。舊本相沿，並皆如此。如前傳引大明「使不俠四方」，亦不從今詩作「挾」，既存異義，亦著慎疑。本或並改從棫樸者，非。○維遹案：本或作「亹亹」，與詩考引合，今據正。

第十章

禮者則天地之體，沈本、張本、毛本、劉本同，元本、鍾本、黃本、楊本、程本「則」作「首」。○俞樾云：「首」疑

「負」字之誤，「負」讀爲「偩」。禮記樂記篇「禮偩天地之情」，鄭注曰：「偩，猶依象也。」說文無「偩」字，蓋古字止作「負」。此作「首」者，字之誤也。本或作「則」者，後人以意改之。因人之情而爲之節文者也。無禮，何以正身？無師，安知禮之是也？維遹案：荀子修身篇「之」下有「爲」字。禮然而然，是情安於禮也。趙善詒云：荀子修身篇「情安於禮」無「於」字。「情安禮」、「知若師」，蓋相對爲文。「於」字當爲衍文。師云而云，是知若師也。情安禮，知若師，則是君子之道。沈本、張本、毛本、劉本同，元本、鍾本、黃本、楊本、程本「師」下有「也」字。周本「則是」作「是則」，與諸本異。○維遹案：本或有「也」字，疑在「道」字下。荀子修身篇作「則是聖人也」。言中倫，行中理，天下順矣。詩曰：「不識不知，順帝之則。」

第十一章

上不知順孝，則民不知反本。元本、沈本、張本、毛本同，鍾本、黃本、楊本、程本、劉本「反」作「返」。君不知敬長，則民不知貴親。禘祭不敬，山川失時，則民無畏矣。不教而誅，則民不識勸也。故君子脩身及孝，則民不倍矣。敬孝達乎下，則民知慈愛矣。好惡喻乎百姓，則下應其上如影響矣。是則兼制天下，沈本、張本、毛本、劉本同，元本、鍾本、黃本、楊本、程本「是則」作「是以」。○趙懷玉云：「是則」本多作「是以」，今從毛本。定海內，臣萬姓之要法也，明王聖主之所不能須臾而舍也。詩曰：「成王之孚，下土之式。永言孝思，孝思維則。」

第十二章

成王之時，有三苗貫桑而生，同爲一秀，郝懿行云：「秀」尚書大傳作「穗」。大幾滿車，維遹案：尚書大傳、説苑辨物篇「滿」作「盈」，此或因漢諱而改。長幾充箱，民得而上諸成王。舊脱「民得而上諸成王」。○維遹案：尚書大傳、説苑辨物篇有此句，今據補。成王問周公曰：「此何物也？」周公曰：「三苗同爲一秀，意者天下殆同一也。」「同」下舊脱「爲」字。○趙善詒云：上「同」字下，御覽八百七十二引有「爲」字，與上文「同爲一秀」相應。○維遹案：趙校是也，尚書大傳亦有「爲」字，今據補。比幾三年，沈本、張本、毛本同，元本、黄本、楊本、程本「幾」作「期」，鍾本、劉本作「及」。○維遹案：御覽八百七十二引「幾」作「期」。詩楚茨傳：「幾，期也。」是「幾」「期」同義。本或作「及」，與論語先進篇「比及三年」合。果有越裳氏重九譯而至，「果」舊作「累」，「裳」舊作「嘗」。○元本、沈本、張本、毛本亦作「累」「嘗」，鍾本、黄本、楊本、程本、劉本作「果」「裳」。○維遹案：本或作「果」「裳」，御覽四百一、又八百七十二引同，尚書大傳亦同，今據正。獻白雉於周公。曰：舊脱「曰」字。○趙本有「曰」字。校云：舊本脱「曰」字，今據御覽四百一引補。○維遹案：趙校是也。御覽八百七十二引及尚書大傳、説苑辨物篇均有「曰」字，今據補。「道路悠遠，山川幽深。恐使人之未達也，故重譯而來。」周公曰：趙懷玉云：御覽（四百一引）作「周公辭曰」。○維遹案：御覽四百一引「來」下又有「朝」字。又八百七十二引無「朝」字，亦有「辭」字。「吾何以見賜也？」譯曰：「吾受命國之黄髮曰：沈本、張本、毛本同，元本、鍾本、黄本、楊本、程本、劉本

「曰」作「日」。○維遹案：本或作「曰」，與類聚八、白帖六、御覽四百一引及尚書大傳合，本或作「日」，與御覽八百七十二引合。當以「曰」字爲正。『久矣天之不迅風疾雨也，海之不波溢也，「海」下舊脱「之」字。○諸本皆無「之」字，趙本有「之」字。○維遹案：本或有「之」字，與類聚八、白帖六、御覽八百七十二引合，今據補。三年於茲矣。意者中國殆有聖人，盍往朝之。』於是來也。」周公乃敬求其所以來。周廷寀云：説苑〈辨物篇〉「求」作「受」。詩曰：「於萬斯年，不遐有佐。」

第十三章

登高臨深，沈本、張本、毛本、劉本同，元本、鍾本、黃本、楊本、程本「高」下有「而」字。遠見之樂，臺榭不若丘山所見高也。平原廣望，博觀之樂，沼池不如川澤所見博也。勞心苦思，從欲極好，靡財傷情，毀名損壽。悲夫傷哉！窮君之反於是道而愁百姓。詩曰：「上帝板板，下民卒癉。」元本、沈本、張本、毛本同，鍾本、黃本、楊本、程本、劉本「卒」作「瘁」。

第十四章

儒者，儒也。儒之爲言無也，不易之術也。千舉萬變，其道不窮，六經是也。若夫君臣之義，父子之親，夫婦之別，朋友之序，此儒者之所謹守，日切磋而不舍也。雖居窮巷陋室之下，而內不足以充虛，外不足以蓋形，郝懿行云：飲食所以充虛，衣服所以蓋形也。鹽鐵論一卷云：「耕不强者無以充虛，織不强者無以掩形」，二卷云：「或儲百年之餘，或無以充虛蔽形也」。無置錐之地，明察足持天下，維遹案：荀子儒效篇、新序雜事五「明」上有「而」字，義長。大舉在人上，則王公之材也，小用使在位，則社稷之臣也，雖巖居穴處而王侯不能與争名，何也？仁義之化存爾。如使王者聽其言，信其行，則唐虞之法可得而觀，頌聲可得而聽。詩曰：「先民有言，詢于蒭蕘。」「蒭」舊作「芻」。○黄本、楊本、劉本亦作「芻」，元本、沈本、張本、毛本、程本作「蒭」。○維遹案：下章引詩作「蒭」，宜前後相同，今據正。取謀之博也。

第十五章

傳曰：天子居廣廈之下，帷帳之內，旃茵之上，被躧舄，周廷寀云：「被」下疑脱「衮」字。視不出閫，莽然而知天下者，以有賢左右也。「有」舊作「其」。○周廷寀云：「其」當從新序雜事五作「有」。○維遹案：周校是也，今據正。故獨視不若與衆視之明也，獨聽不若與衆聽之聰也，獨慮不若與衆慮之工也。沈本、張本、毛本、劉本同，元本「工」作「功」，鍾本、黄本、楊本、程本作「切」。○維遹案：本或作「切」，「切」即「功」之形誤，「功」「工」古通用，「工」與「明」「聰」韻。故明王使賢臣，輻湊並進，元本、沈本、張本、毛本同，鍾本、黄本、楊本、程本、劉本「湊」作「輳」。所以通中正而致隱居之士。詩曰：「先民有言，詢于蒭

蕘。」此之謂也。

第十六章

天設其高，而日月成明。地設其厚，而山陵成名。趙善詒云：治要引「名」作「居」，疑是。廣韻：「居，安也。」其義與上文「日月成明」相對。「名」爲「居」形似之譌也。○維遹案：「名」字亦通，「名」猶大也。禮記禮器篇「因名山升中於天」，鄭注：「名猶大也。」**上設其道，而百事得序。自周室衰壞以來，**「室」字舊脱。○沈本、張本、毛本、劉本、趙本同，元本、鍾本、黄本、楊本、程本、周本有「室」字，無「衰」字。○趙懷玉云：「衰」本多作「室」，「壞」字疑衍。○周廷寀云「室」一作「衰」，疑是「室」下脱「衰」字。○維遹案：周校是也，本或脱「室」字，本或脱「衰」字，合之乃備。衰壞猶衰敗也。今參用諸本補。**王道廢而不起，禮義絶而不繼。秦之時，非禮義，棄詩書，略古昔，大滅聖道，專爲苟妄，以貪利爲俗，以告獵爲化，**「告」舊作「較」。○沈本、張本、毛本、劉本亦作「較」，元本、鍾本、黄本、楊本、程本作「告」。○趙懷玉云：「告獵」字疑譌，當謂「告訐」耳。毛本作「較獵」，似臆改。○俞樾云：太玄毅「上九」測曰「豨毅其牙，更所獵也」，范望注曰：「獵，捕也。」此告獵之「獵」亦當訓「捕」，謂告於官而捕治之。○趙善詒云：俞説近迂。漢書賈誼傳云：「及秦而不然，其俗固非貴辭讓也，所上者，告訐也。」賈誼新書保傅篇亦作「告訐」。朱氏起鳳據之云：「作告訐是，論語惡訐以爲直者。釋文引字林云：訐，紀列反，紀列之合聲爲訐，開口呼之則獵字矣。」朱説甚是，「訐」「獵」蓋音相叚也。○維遹案：趙善詒説是也。説文言部：「訐，面相斥罪告訐也。」論語陽貨篇「惡訐以爲直者」，包注：「訐謂攻發人之陰私。」是訐之義爲攻發。爾雅釋言「獵，虐也」，郭注：「陵獵暴虐。」陵獵暴虐與攻發義近，故告訐一曰告獵。聞一多先生云：「集韻擸與擖同。擖有獵揭二音。音揭者則與訐同音。告獵，即告擸（擖），亦即告訐也。」案聞説是也，「訐」「獵」音近，故義亦近。「較」本或作「告」，今據正。而天下大亂。於是兵作而火起，暴露居外，而民以侵漁遏奪相攘爲服習，離聖王光烈之日久遠，未嘗見仁義之道，被禮樂之風。是以嚚頑無禮，而肅敬日損，元本、鍾本、黄本、楊本、程本同，沈本、張本、毛本、劉本「損」作「益」。○周廷寀云：「損」本或作「益」，非。凌遲以威武相攝，維遹案：疑「以」字本在「凌」字上，因今本錯亂其次。攝讀爲懾，懾，懼也。妄爲佞人，不避禍患，沈本、張本、毛本同，元本、鍾本、黄本、程本、劉本「禍患」作「患禍」。此其所以難治也。人有六情，目欲視好色，耳欲聽宮商，鼻欲嗅芬香，口欲嗜甘旨，其身體四肢欲安而不作，衣欲被文繡而輕暖。此六者，民之六情也。失之則亂，從之則穆。趙善詒云：治要引「穆」作「睦」，「穆」「睦」音義並同。故聖王之教其民也，必因其情而節之以禮，必從其欲而制之以義。義簡而備，禮易而法，去情不遠，故民之從命也速。孔子知道之易行也。「也」舊作「曰」。○周宗杬云：「行」下當有「也」字。○維遹案：「曰」即「也」之譌，今據正。詩云：「誘民孔易。」「誘」舊作「牖」。○沈本、張本、毛本、劉本亦作「牖」，元本、鍾本、黄本、楊本、程本作「誘」。○維遹案：本或作「誘」，與詩考合，今據正。非虛辭也。

第十七章

繭之性爲絲，弗得女工燔以沸湯，維遹案：淮南子泰族篇「燔」作「煮」。抽其統理，則不成爲絲。「則」字舊脱。○趙善詒云：例以下文「則不成爲雛」，「則不成爲君子」，則此「不成」上亦當有「則」字。淮南子泰族篇正有「則」字。楊升庵丹鉛録十一引「不成」下有「則」字，當誤乙。○維遹案：趙校是也，今據補。卵之性爲雛，不得良雞覆伏孚育，積日累久，則不成爲雛。夫人性善，非得明王聖主扶攜，内之以道，則不成爲君子。詩曰：「天生烝民，其命匪訦，「烝」舊作「蒸」，「訦」舊作「諶」。○元本作「蒸」「訦」，沈本、張本、毛本亦作「蒸」「諶」，鍾本、黄本、楊本、程本、劉本作「烝」「諶」。○趙本作「烝」「訦」。校云：「烝」一本作「蒸」，「訦」本皆作「諶」，今從詩考。○維遹案：趙校是也。本或作「蒸」「訦」，「訦」即「訦」之形誤，今據正。靡不有初，鮮克有終。」言惟明王聖主然後使之然也。

第十八章

智如泉源，維遹案：治要引「泉源」作「原泉」，御覽四百四引作「源泉」。行可以爲表儀者，人師也。智可以砥礪，行可以爲輔弼者，人友也。「砥」下舊脱「礪」字。○趙善詒云：治要、長短經四皆引「砥」下有「礪」字，「砥礪」與「輔弼」相對爲文也。又，「弼」治要引作「檠」，長短經引作「警」。○維遹案：趙校是也，今據補。據法守職，而不敢爲非者，人吏也。當前快意，一呼再喏者，人隸也。「快」舊作「決」。○元本、沈本、張本、毛本、劉本同，鍾本、黄本、楊本、程本「喏」作「諾」。○周廷寀云：喏，古文諾。○維遹案：「決」當作「快」，字之誤也。治要引作「快」，今據正。又「喏」，治要引作「諾」。故上主以師爲佐，中主以友爲佐，下主以吏爲佐，危亡之主以隸爲佐。語曰：「淵廣者其魚大，主明者其臣慧。」沈本、張本、毛本、劉本同，元本、鍾本、黄本、楊本、程本、趙本「慧」作「惠」。○趙懷玉云：「惠」「慧」同。○維遹案：治要引作「慧」。相觀而志合，必由其中。沈本、張本、毛本、劉本同，元本、鍾本、黄本、楊本、程本「相」作「眼」。○維遹案：治要、長短經四引作「欲觀其亡，必由其下」，「亡」即「上」之誤。與今本異。故同明相見，同音相聞，同志相從，維遹案：治要、長短經四引「明」下「音」下「志」下並有「者」字。又治要引「音」作「聽」。非賢者莫能用賢。故輔弼左右，所任使者，維遹案：治要引「弼」作「佐」，無「者」字。有存亡之機，得失之要也。可無慎乎？詩曰：「不明爾德，以無陪無側，舊作「時無背無側」。○元本作「以無背無側」。○趙本作「以無倍無側」。校云：本皆作「時無背無側」，今從詩考改。○維遹案：趙校是也，今據正。此詩全書共引三次，卷八第三十五章、卷十第十四章，元本皆作「以無陪無側」，「陪」與「倍」通。此章作「背」，又涉毛詩而誤耳。爾德不明，以無陪無側。」「側」舊作「卿」。○周宗杬云：詩考引「卿」作「側」，與毛異文。按「側」與上文「國」「德」爲韻，「卿」與上句「明」字爲韻，韓毛義得兩通。○維遹案：詩考引是，今據正。

第十九章

昔者禹以夏王，桀以夏亡。湯以殷王，紂以殷亡。故無常安之國，無恒治之民，「恒」上舊脱「無」字，「恒」舊作「宜」。○元本、沈本、張本、毛本、劉本同，鍾本、黄本、楊本、程本亦同，惟「國」作「樂」。○周廷寀云：「國」本一作「樂」，誤，今從後傳校正。説苑尊賢篇亦作「國」。○維遹案：諸本皆脱「無」字，「恒」皆誤爲「宜」。類聚二十三引「宜」作「宣」，「宣」即「恒」字之形誤。卷七第十六章、大戴禮保傅篇、賈子新書胎教篇作「無宜治之民」，説苑尊賢篇作「無恒治之民」，諸書皆有「無」字。俞樾校賈子「宜」字據説苑訂作「恒」，是也。本書「宜」字亦當作「恒」，今據補正。得賢則昌，失賢則亡。「失賢」舊作「不肖」。○周廷寀云：「不肖」當從後傳作「失賢」，劉作「失之」。○維遹案：周校是也。大戴禮保傅篇、賈子新書胎教篇亦作「失賢」，今據正。自古及今，未有不然者也。夫明鏡者所以照形也，往古者所以知今也。夫知惡往古之所以危亡，而不襲蹈其所以安存者，維遹案：後漢書楊震傳注引「蹈」作「積」，「積」即「蹟」之誤。大戴禮保傅篇、賈子新書胎教篇、説苑尊賢篇作「迹」，「蹟」與「迹」通，「蹈」「迹」義亦相近。則無以異乎卻行而求逮於前人也。舊脱「也」字。○沈本、張本、毛本、劉本同，鍾本、黄本、楊本、程本「卻」作「欲」，「逮」作「遂」，元本「卻」仍作「卻」，「逮」亦作「遂」。○趙本作「卻」「逮」。校云：「卻」本或作「欲」，「逮」本或作「遂」，今案此文亦見第七卷，據改正。下亦當有「也」字，大戴〔禮〕保傅篇、〔賈子〕新書胎教篇亦同。○維遹案：趙校是也。後漢書楊震傳、周舉傳注引亦有「也」字，説苑尊賢篇同，今據補。鄙語曰：「不知爲吏，視已成事。」或曰：「前車覆而後車不誡，是以後車覆也。」故夏之所以亡者而殷爲之，殷之所以亡者而周爲之。故殷可以鑒於夏，而周可以鑒於殷。詩曰：「殷監不遠，在夏后之世。」「監」舊作「鑒」。○陳喬樅云：卷十引「鑒」作「監」，此引作「鑒」字，非。○維遹案：陳校是也，今據正。

第二十章

傳曰：驕溢之君寡忠，口惠之人鮮信。維遹案：淮南子繆稱篇作「驕溢之君無忠臣，口慧之人無必信」。故盈把之木無合拱之枝，榮澤之水無吞舟之魚。元本、沈本、張本、鍾本、楊本、毛本、程本、劉本同，黄本、周本「榮」作「滎」。○趙本作「熒」。校云：「熒」舊作「榮」，非。○俞樾云：其字或作「熒」，或作「滎」，而同爲澤名，則是一定之地名，非可虛舉以與盈把之木相配也。疑「滎澤」乃「滎濘」之誤。說文水部：「濘，滎濘也。」「滎濘」疊韻字，蓋小水之貌。文選七命「何異促鱗之游汀濘」，李善引說文：「濘，絶小水也。」段氏玉裁謂其奪「滎」字，是也。滎濘之水無吞舟之魚，言小水無巨魚也。學者多見「滎澤」，罕見「滎濘」，于是改爲「滎澤」，全失其義矣。○維遹案：俞校近是，惟改「澤」爲「濘」則非。說文「榮」「滎」兩字均從熒省聲，其義相通。水部：「滎，絶小水也。」淮南子泰族篇「滎水不能生魚鼈」，滎水猶小水也，本書卷六第十四章「吞舟之魚不居潛澤」，「潛澤」與「滎澤」「榮澤」皆言小澤也。淮南子繆稱篇文與此略同，作「尋常之溝無吞舟之魚」，尋常之溝亦謂小溝也。後人第知「滎澤」「熒澤」爲澤之專名，而不知亦有非專名者。根淺則枝葉短，本絶則枝葉枯。詩曰：「枝葉未有害，本實先撥。」禍福自己出也。

第二十一章

水淵深廣，則龍魚生之。山林茂盛，則禽獸歸之。禮義脩明，則君子懷之。故禮及身而行脩，諸本皆同，元本「脩」作「昭」。禮及國而政明。周廷寀云：此「禮」字當從荀〔子致士篇〕作「義」。能以禮扶身，荀子致士篇作「能以禮挾」。○顧千里云：「禮」下疑當有「義」字，承上文言之。韓詩外傳「扶身」二字，亦「義挾」二字之誤。則貴名自揚，天下順焉，沈本、張本、毛本、劉本同，元本、鍾本、黄本、楊本、程本「順」作「願」。○維遹案：本或作「願」，與荀子致士篇合。令行禁止，而王者之事畢矣。詩曰：「有覺德行，四國順之。」夫此之謂矣。

第二十二章

孔子曰：夫談說之術，維遹案：荀子非相篇無「孔子曰」三字，說苑善說篇作「孫卿曰」。齊莊以立之，維遹案：說苑善說篇同。立當讀爲莅。荀子非相篇作「矜莊以莅之」。端誠以處之，堅强以持之，「持」舊作「待」。○維遹案：「待」當作「持」，字之誤也。荀子非相篇、說苑善說篇作「持」，今據正。辟稱以喻之，分別以明之，舊脫「別」字。○周本有「別」字。校云：「別」字從荀劉校補。○維遹案：周校是也，今據補。歡忻芬芳以送之，寶之珍之，貴之神之，如是則說恒無不行矣。夫是之謂能貴其所貴。若夫無類之說，不形之行，不贊之辭，君子慎之。詩曰：「無易由言，無曰苟矣。」

第二十三章

夫百姓内不乏食，外不患寒，則可教御以禮義矣。詩曰：「烝畀祖妣，以洽百禮。」百禮洽則百意遂，百意遂則陰陽調，陰陽調則寒暑均，寒暑均則三光清，三光清則風雨時，風雨時則群生寧。如是而天道得矣。是以不出户而知天下，不窺牖而見天道。詩曰：「惟此聖人，瞻言百里。」「於鑠王師，遵養時晦。」周廷寀云：此傳亦兩引桑柔及周頌酌詩。言相養之至於晦也。

卷三末章：昔者不出户而知天下，不窺牖而見天道者，非目能見乎千里之前，非耳能聞乎萬里之外，以己之度度之也，以己之情量之也。己欲衣食焉，亦知天下之欲衣食也。己欲安逸焉，亦知天下之欲安逸也。己有好惡焉，亦知天下之有好惡也。此三者，聖王之所以不降席而匡天下者也。故君子之道，忠恕而已矣。夫飢渴苦血氣，寒暑動肌膚，此四者民之大害也。大害不除，未可教御也。四體不掩，則鮮仁人。五藏空虚，則無立士。故先王之法，天子親耕，后妃親蠶，先天下憂衣與食也。詩曰：「父母何嘗？心之憂矣，之子無裳。」（此一段許氏列在本段前，因順文之便，移在此。文字與本書卷三末章略有不同。）○許瀚云：右二段本爲一章，並在第五卷内，群書治要引上段在「智如泉原」章下，「藍有青而絲假之」章上，可證。「則無立士」句下治要有「百姓内不乏食，外不患寒，乃可御以禮矣」三句，即下段之首三句，尤本爲一章之明證矣。今試取二段比而讀之，上言「未可教御也」，下言「則可教御以禮義矣」，上言「昔者不出户而知天下，不窺牖而見天道者」，下言「是以不出户而知天下，不窺牖而見天道」，不啻符節之合。蓋上段偶脱簡，讀者不得其處，誤認版心卷五爲卷三，因附三卷之末耳。嚮疑其當合爲一章，苦無明據。今讀群書治要所引，乃確然不疑。

第二十四章

天有四時，春夏秋冬，風雨霜露，無非教也。清明在躬，氣志如神，嗜欲將至，有開必先，元本、沈本、張本、毛本、劉本同，鍾本、黃本、楊本、程本「有」作「下」。○維遹案：本或作「下」，誤。禮記孔子閒居篇、家語問玉篇亦作「有」。天降時雨，山川出雲。詩曰：「嵩高維嶽，峻極于天。「嵩」舊作「崧」，「峻」舊作「駿」。○沈本、張本、毛本亦作「崧」「駿」，元本、鍾本、黃本、楊本、程本、劉本作「嵩」「峻」。○維遹案：本或作「嵩」「峻」，與禮記孔子閒居篇、家語問玉篇合，今據正。本或作「崧」「駿」，蓋後人依毛詩改之也。維嶽降神，生甫及申。維申及甫，維周之翰。四國于蕃，四方于宣。」元本、沈本、張本、毛本、劉本同，鍾本、黃本、楊本、程本「蕃」作「藩」。○維遹案：本或作「蕃」，與禮記孔子閒居篇、家語問玉篇合。此文武之德也。

第二十五章

三代之王也，維遹案：元本、沈本、張本、毛本、劉本皆另提行，鍾本、黃本、楊本、程本皆與前章合爲一章，不另提行。必先其令名。維遹案：禮記孔子閒居篇無「其」字，「名」作「聞」。詩曰：「明明天子，令聞不已。維遹案：禮記孔子閒居篇、家語問玉篇此下有「三代之德也」句。矢其文德，洽此四國。」周廷寀云：「矢」禮記孔子閒居篇引江漢作「弛」，「洽」作「協」。「弛」「矢」皆施也，「協」「恰」皆和也。此大王之德也。

第二十六章

藍有青，而絲假之青於藍。地有黃，而絲假之黃於地。藍青地黃，猶可假也。仁義之事，不可假乎哉？維遹案：治要引「事」作「士」，「士」「事」古通。説文：「士，事也。」經傳官名之「卿士」，古彝器銘文多作「卿事」，是其例。東海之魚名曰鰈，比目而行，不相得不能達。元本、沈本、張本、毛本、劉本同，鍾本、黃本、楊本、程本「鰈」作「鰥」。〇周廷寀云：「鰈」舊作「鰥」，誤。爾雅釋地云「東方有比目魚焉，不比不行，其名謂之鰈」，郭注：「今水中所在有之，江東又呼爲王餘魚。」〇王引之云：「鰥」乃「鰨」之譌。釋文曰：「鰈，本或作鰨。」玉篇：「鰈，比目魚。鰨同上。」列子説符篇「博者射，明張中，反兩榻而笑」，張湛注曰：「射五白得之，反兩魚獲勝，故大笑。」殷敬順釋文曰：「榻，大博經作鰈，比目魚也。」案「榻」即「鰨」之借字。是「鰨」爲「鰈」之別體，故爾雅作「鰈」，韓詩外傳作「鰨」。「鰨」與「鰥」相似，傳寫者遂誤爲「鰥」耳。〇維遹案：王校是也，治要引亦作「鰈」。北方有獸名曰婁，更食而更視，維遹案：治要引無「而」字，「視」作「候」。不相得不能飽。南方有鳥名曰鶼，比翼而飛，不相得不能舉。周廷寀云：〈爾雅〉釋地云：「南方有比翼鳥焉，不比不飛，其名謂之鶼鶼。」西方有獸名曰蟨，前足鼠，後足兔，得甘草必銜以遺蛩蛩距虛，其性非愛蛩蛩距虛，將爲假足之故也。「愛」舊作「能」，「假」下舊脱「足」字。〇維遹案：「能」當作「愛」，涉上文而誤。「假」下當有「足」字。説苑復恩篇作「蟨非性之愛蛩蛩巨虚也，爲其假足之故也」，是其明證，今據補正。**夫鳥獸魚猶知相假，而況萬乘之主乎？**「猶」下舊脱「知」字，「主」下舊脱「乎」字。○維遹案：治要引「相」作「知」，有「乎」字，説苑復恩篇作「猶知比假而相有報也」，今據補。卷六第十四章云「魚馬猶知善之爲善，而況君人者也」，句法亦同。**而獨不知假此天下英雄俊士與之爲伍，則豈不病哉。**維遹案：治要引「假此」作「比假」，「病」作「痛」。**故曰：以明扶明，則昇于天。以明扶闇，則歸其人。兩瞽相扶，不觸牆木，**「觸」舊作「傷」。○維遹案：治要引「傷」作「觸」，蓋「觸」誤爲「觴」，又傳寫爲「傷」。呂氏春秋節葬篇「譬之若瞽師之避柱也，避柱而疾觸杙也」，可爲旁證。「傷」字不如「觸」字義優，今據正。**不陷井穽，則其幸也。詩曰：「惟彼不順，往以中垢。」**「中」舊作「虫」。○陳喬樅云：「往」字毛詩作「征」。箋云：「征，行也，不順之人則行闇。」與韓詩外傳義同，「往」字疑爲「征」之譌。○毛本、劉本作「往以中垢」，張本、黄本作「征以中垢」，元本、沈本、鍾本、楊本、程本作「往後䖵垢」，周本作「往以蟲垢」。○維遹案：本或作「往以中垢」，與詩考引合，今據正。「中」「虫」形相近，因「中」誤爲「虫」，改「虫」爲「䖵」，又改「䖵」爲「蟲」，則與毛詩同矣。**闇行也。**趙善詒云：依外傳例，「闇行也」句上當補「言」字。

第二十七章

福生於無爲，而患生於多欲。知足，然後富從之。德宜君人，然後貴從之。故貴爵而賤德者，雖爲天子，不尊矣。趙善詒云：治要引「尊」作「貴」，是也。上下文俱以「貴」與「富」對文，可證。**貪**

物而不知止者，雖有天下，不富矣。夫土地之生物不益，山澤之出財有盡，「生」下舊脱「物」字，「出」下舊脱「財」字。○趙善詒云：治要引「生」下有「物」字，「出」下有「財」字，當據補。與下文「不益之物」「有盡之財」相應。○維遹案：趙校是也，今據補。懷不富之心而求不益之物，挾百倍之欲而求有盡之財，是桀紂之所以失其位也。詩曰：「大風有隧，貪人敗類。」

第二十八章

哀公問於子夏曰：「必學然後可以安國保民乎？」子夏曰：「不學而能安國保民者，未之有也。」哀公曰：「然則五帝有師乎？」子夏曰：「臣聞黄帝學乎大填，「填」舊作「墳」。○趙懷玉云：御覽四百四引作「大顛」。案：〔漢書〕古今人表作「大填」，此「墳」疑譌。○周廷寀云：「墳」新序雜事〔五〕作「真」，荀子〔大略篇〕注引作「填」。○維遹案：「墳」爲「填」譌，今據正。顓頊學乎禄圖，元本、沈本、張本、毛本、程本、劉本同，鍾本、黄本、楊本「禄」作「線」。趙本、周本作「録」。○趙懷玉云：御覽〔四百四引〕作「禄圖」。○周廷寀云：「録」〔新序〕〔雜事五〕作「緑」、〔漢書〕古今人表同。○維遹案：本或作「線」，「線」即「緑」之形誤，「緑」「禄」「録」古通用。帝嚳學乎赤松子，堯學乎務成子附，舜學乎尹壽，周廷寀云：荀子大略〔篇〕：「堯學於君疇，舜學於務成昭」，新序〔雜事五〕：「堯學乎尹壽，舜學乎務成跗」，〔漢書古今〕人表亦云：「尹壽，堯師。」此傳蓋文倒也。〔漢書〕藝文志小説家有務成子十一篇，「尹」「君」，「壽」「疇」，「附」「昭」，所傳聞異。「跗」與「附」通。○維遹案：白虎通辟雍章亦謂舜師尹壽。

禹學乎西王國，湯學乎貸子相，「貸」下「子」字舊作「乎」。○元本、沈本、張本、毛本亦作「乎」，鍾本、黃本、楊本、程本、劉本作「子」。○周廷寀云：「貸」〔新〕序〔雜事五〕作「威」，荀〔子大略篇〕注引作「成」，「相」作「伯」。○維遹案：本或作「子」，與御覽四百四引合，今據正。文王學乎錫疇子斯，周廷寀云：「錫疇」〔新〕序〔雜事五〕作「鉸時」，荀子〔大略篇〕注引〔新〕序無「鉸」字，「斯」作「思」。武王學乎太公，周公學乎虢叔，周廷寀云：〔新〕序〔雜事五〕云：「武王學乎郭叔，周公學乎太公。」未知孰是。「虢」「郭」古通。仲尼學乎老聃。郝懿行云：仲尼學老聃，見禮記曾子問。此十一聖人，未遭此師，則功業不能著乎天下，元本、沈本、鍾本、黃本、楊本、程本、劉本同，張本、毛本「業」作「名」。○維遹案：本或作「業」，與新序雜事五合。名號不能傳乎後世者也。」詩曰：「不衍不忘，率由舊章。」

第二十九章

德也者，包天地之大，配日月之明，立乎四時之周，臨乎陰陽之交。寒暑不能動也，沈本、張本、毛本、劉本同，元本、鍾本、黃本、楊本、程本「大」作「美」，「周」作「調」，「臨」作「覽」，「動」下脱「也」字，惟元本有「也」字。○維遹案：「美」「大」義近，「調」「周」古通，「覽」爲「臨」誤。四時不能化也。斂乎太陰而不溼，散乎太陽而不枯。鮮潔清明而備，嚴威毅疾而神。至精而妙乎天地之間者，德也。沈本、張本、毛本、劉本同，元本、鍾本、黃本、楊本、程本「毅」作「務」，「至精」作「競清」，「妙」作「福」。微聖人其孰能與於此矣！詩曰：「德輶如毛，民鮮克舉之。」

第三十章

如歲之旱，草不潰茂。沈本、張本、毛本同，元本、鍾本、黄本、楊本、劉本、程本「草」作「莫」，誤。下同。然天悖然興雲，元本、沈本、張本、毛本「悖」作「勃」，鍾本、黄本、楊本、劉本、程本作「浡」。○維遹案：「悖」「勃」「浡」古皆通用。沛然下雨，則萬物無不興起之者。民非無仁義根於心者也，王政怵迫而不得見。憂鬱而不得出，聖王在被躧舄。「被」舊元本、沈本、張本、毛本、劉本同，鍾本、黄本、楊本、程本「而」作「使」。作「彼」。○諸本亦作「彼」，趙本作「被」。○周廷寀云：「在」下疑有脱字。（被躧舄），説在前傳。「彼」蓋「被」之譌也。○郝懿行云：「彼」當爲「被」字之譌，句已見前。○維遹案：周郝校與趙本合，今據正。視不出閤，趙懷玉云：「閤」前作「闔」。動而天下隨，舊脱「動」字。○周廷寀云：「而」上亦疑脱「動」字。○維遹案：周校是也。卷六第二十四章云：「夫倡而不和，動而不僨。」今據補。倡而天下和。何如在此有以應哉？詩曰：「如彼歲旱，草不潰茂。」

第三十一章

道者何也？曰：君之所道也。君者何也？曰：群也，能群天下萬物而除其害者，謂之君。「能群」舊作「爲」字。〇維遹案：類聚十一引「爲」作「敢群」。御覽七十六引「爲」作「群」。「敢群」乃「能群」之誤。荀子君道篇云：「君者何也，曰能群也。」又云：「四統者俱，而天下歸之，夫是之謂能群。」本書即約荀文。今本脱「能群」二字，則與上文不相承接，校者遂妄增「爲」字，今據補正。王者何也？曰：往也。天下往之謂之王。曰：善生養人者，舊作「善養生者」。〇趙本作「善生養人者」。校云：本多作「善養生者」，譌，今依荀子君道篇改增。此下亦作「生養」。〇維遹案：趙校是也，今據乙補。故人尊之。善辯治人者，故人安之。善顯設人者，故人親之。「顯設」舊作「設顯」。〇趙本作「顯設」。校云：舊本「顯」「設」倒，今依荀子〔君道篇〕乙。〇維遹案：趙校是也。御覽七十六引亦作「顯設」，今據乙。善粉飾人者，故人樂之。四統者具，而天下往之。「天」上舊脱「而」字。〇諸本皆無「而」字，周本有「而」字。〇維遹案：本或有「而」字，與御覽七十六引合，今據補。「而天下往之」與下文「而天下去之」文同一例。四統無一，而天下去之。往之謂之王，去之謂之亡。維遹案：御覽七十六引作「往之之謂王，去之之謂亡」。故曰道存則國存，道亡則國亡。夫省工商，衆農人，謹盜賊，除姦邪，是所以生養之也。天子三公，諸侯一相，大夫擅官，士保職，莫不治理，是所以辯治之也。決德而定次，量能而授官，賢以爲三公，以爲諸侯，次則爲大夫，「公」下舊有「賢」字。〇元本、沈本、張本、毛本、劉本亦有「賢」字，鍾本、黄本、楊本、程本作「賢，以之爲三公，以之爲諸侯，次則爲大夫」。〇維遹案：本或作「以之爲諸侯」，無「賢」字，是也，今據删。荀子君道篇作「上賢使之爲三公，次賢使之爲諸侯，下賢使之爲士大夫」，其義尤顯明。是所以顯設之也。脩冠弁衣裳，黼黻文章，琱琢刻鏤，皆有等差，「是」下二十四字舊脱。○趙本有此二十四字。校云：舊本「是」下脱二十四字，今據荀子〈君道篇〉補。○周廷寀校同。○維遹案：趙、周校是，今據補。是所以粉飾之也。故自天子至於庶人，莫不稱其能，得其意，安樂其事，是所同也。若夫重色而成文，累味而備珍，則聖人所以分賢愚，沈本、張本、毛本、劉本同，元本、鍾本、黄本、楊本、程本「愚」作「長」。○周廷寀云：「長」當從荀子〈君道篇〉作「良」。明貴賤。故道得則澤流群生，而福歸王公，澤流群生則下安而和，福歸王公則上尊而榮。百姓皆懷安和之心，而樂戴其上，夫是之謂下治而上通。下治而上通，頌聲之所以興也。詩曰：「降福簡簡，威儀昄昄。「昄昄」舊作「反反」。○維遹案：釋文引韓詩作「昄昄」，今據正。説詳卷三第七章。既醉既飽，福禄來反。」

第三十二章

聖人養一性而御六氣，「六」舊作「大」。○元本、鍾本、黄本、楊本、程本亦作「大」，沈本、張本、毛本、劉本作「夫」。○趙懷玉云：疑「六氣」。○維遹案：趙校是也。莊子逍遥遊篇「而御六氣之辯」，釋文：「辯，變也。」管子戒篇「御正六氣之變」。今據正。尹注云：「六氣即好惡喜怒哀樂。」此六氣義當同。持一命而節滋味，奄治天下，不遺其小，存其精神，以補其中，謂之志。「志」舊作「士」。○沈本、張本、毛本、劉本亦作「士」，元本、鍾本、黄本、楊本、程本作「志」。○維遹案：本或作「志」，是，今據正。本或作「士」，「士」即「志」字之壞。詩曰：「不競不絿，不剛不柔。」言得中也。

第三十三章

朝廷之士爲禄，故入而不能出。「能」字舊脱。○趙懷玉云：後漢書謝該傳注引「不出」作「不能出」，下「不返」作「不能反」。○趙善詒云：後漢書逸民列傳序注引「不返」亦作「不能返」，疑可據補二「能」字，與下「亦能出」「亦能返」相應。○維遹案：趙校是也，今據補，下同。山林之士爲名，故往而不能返。入而亦能出，往而亦能返，沈本、張本、毛本、劉本同，元本、鍾本、黄本、楊本、程本兩「亦」字皆作「不」。○周廷寀云：「亦」字舊作「不」，誤。通移有常，聖也。詩曰：「不競不絿，不剛不柔。」言得中也。

第三十四章

孔子侍坐於季孫，季孫之宰通曰：周廷寀云：「通」，家語正論〈解〉作「謁」。按下云「告宰通」，則「通」自是宰名，與家語異。「君使人假馬，其與之乎？」趙懷玉云：皇侃論語疏七引「乎」上有「不」字。孔子曰：「吾聞君取於臣謂之取，不曰假。」季孫悟，告宰通，維遹案：皇侃論語疏七引同，新序雜事五無「通」字。若「通」爲衍文，則周氏不得據此以「通」爲宰名矣。曰：「自今以往，「自」字舊脱。○維遹案：此當有「自」字，而諸本皆脱。皇侃論語疏七引作「今日以來」，亦當作「自今以來」，因「自」誤爲「日」，故乙爲「今日」，待「日」又誤爲「曰」，校者復將「曰」字移在下文「孔子」下。新序雜事五作「自今以來」，家語正論解作「自今已往」，並其明證，今據補。君有取謂之取，無曰假。」故孔子正假馬之名，舊作「孔子曰正假馬之言」。○趙本作「孔子正假馬之言」，校云：皇疏作「故孔子正假馬之名」，舊本「孔子」下衍「曰」字，疑是「一」字誤。○周廷寀云：新序雜事〔五〕無此「曰」字，衍文也。○郝懿行云：「曰」字疑誤，或衍文也。○維遹案：諸校皆知「曰」爲衍文，甚是。惟不知「曰」即「自」字之誤，而錯移在此，尚差一間耳。又據皇疏所引，「孔」上當有「故」字，「之」下脱「名」字，「言」字本在末句「名正也」「名」字上，亦錯移在此。新序雜事五作「故孔子正假馬之名」，今據訂補。而君臣之義定矣。論語曰：「必也正名乎。」詩曰：「君子無易由言。」言名正也。末句舊脱。○元本、沈本、張本、毛本、劉本皆無末句，鍾本、黄本、楊本、程本有「名正也」三字。○維遹案：依本書例，亦當有「言」字，今本「言」字錯在上文，今據補。

韓詩外傳卷第六

第一章

比干諫而死。箕子曰：「知不用而言，愚也。殺身以彰君之惡，不忠也。二者不可，然且爲之，不祥莫大焉。」遂解髮佯狂而去。元本、沈本、張本、毛本、劉本同，鍾本、黄本、楊本、程本「解」作「被」。君子聞之曰：「勞矣箕子！盡其精神，竭其忠愛。見比干之事免其身，仁知之至。」詩曰：「人亦有言，靡哲不愚。」

第二章

齊桓公見小臣，趙懷玉云：吕氏〈春秋〉下賢篇，韓非〈子〉難一、新序雜事五皆作「小臣稷」。三往不得見。左右曰：「夫小臣國之賤臣也，君三往而不得見，其可已矣。」維遹案：吕氏春秋下賢篇、新序雜事五作「亦可以止矣」。「已」「止」同義。桓公曰：「惡！是何言也？吾聞之，布衣之士，不欲富貴，不輕身於萬乘之君。萬乘之君，不好仁義，不輕身於布衣之士。縱夫子不欲富貴可也，吾不好仁義不可也。」五往而得見也。維遹案：韓非子難一篇作「於是五往乃得見之」，新序雜事五作

「五往然後得見」，高士傳卷上作「於是五往，乃得見焉」。天下諸侯聞之，謂桓公猶下布衣之士，而況國君乎？於是相率而朝，靡有不至。桓公之所以九合諸侯，一匡天下者，此也。維遹案：「此也」新序雜事五作「遇士於是也」。詩曰：「有覺德行，四國順之。」

第三章

賞勉罰偷，則民不怠。兼聽齊明，則天下歸之。然後明其分職，考其事業，較其官能，莫不治理，「治理」舊作「理法」。○維遹案：「理法」當作「治理」。因「治」誤爲「法」，傳寫者遂乙爲「理法」耳。荀子君道篇正作「治理」，本書卷五第三十一章云「大夫擅官，士保職，莫不治理」，並其證，今據正。則公道達而私門塞，公義立而私事息。如是則得厚者進，「得」舊作「持」。○維遹案：「持」當作「得」，字之誤也。「得」「德」古通用。荀子君道篇正作「德」，今據正。「德厚」與下「佞諂」平列。管子形勢解篇「無德厚以安之，無度數以治之」，「德厚」與「度數」亦平列也。禮記樂記篇「廣其節奏，省其文采，以繩德厚」，儀禮鄉飲酒禮「主人者接人以仁，以德厚者也」，皆以「德」「厚」連文。而佞諂者止，貪戾者退，而廉節者起。周制曰：周廷寀云：「周制」荀子君道篇作「書」。按此夏書引政典云爾，未得爲周制也。「先時者死無赦，不及時者死無赦。」周廷寀云：「及」荀子君道篇作「逮」，「死」並從書作「殺」。人習事而固，「固」舊作「因」。○沈本、張本、鍾本、黄本、楊本、毛本、程本、劉本亦作「因」，元本作「固」。○維遹案：「因」當作「固」，字之誤也。本或作「固」，與荀子君道篇合，今據正。人之事使，維遹案：荀子君道篇作「人之百事」。如耳目鼻口之不可相借也。「借」舊作「錯」。○維遹案：「錯」當作「借」，字之誤也。荀子君道篇作「如耳目鼻口之不可以相借官也」。此省「官」字。今據正。荀子天論篇「耳目鼻口形，能各有接而不相能也，夫是之謂天官」，楊注：「其所能皆可以接物，而不能互相爲用。」不能互相爲用，即不可相借也。管子心術篇上：「心之在體，君之位也。九竅之有職，官之分也。毋代馬走，使盡其力。毋代鳥飛，使弊其羽翼。」毋代馬走，毋代鳥飛，亦即不可相借也。故曰：職分而民不慢，次定而序不亂，兼聽齊明而事不留。如是則群下百吏，莫不脩己，然後敢安仕。維遹案：荀子君道篇「仕」作「正」。「正」與「政」通。「仕」「政」義亦相因。誠能然後敢受職。「誠」舊作「成」。○沈本、張本、鍾本、黄本、楊本、毛本、程本、劉本亦作「成」，元本作「誠」。○維遹案：本或作「誠」，與荀子君道篇合，今據正。然「誠」與「成」古亦通用。詩我行其野篇「成不以富」，論語顔淵篇作「誠不以富」，禮記經解篇「繩墨誠陳」，鄭注：「誠或作成。」是其例。小人易心，百姓易俗，奸宄之屬莫不反愨。夫是之爲政教之極，則不可加矣。詩曰：「訏謨定命，遠猷辰告。」「猷」舊作「猶」。○趙本作「猷」。校云：「猷」本皆作「猶」，今從詩考。○瞿中溶云：元本「猶」作「猷」，與詩考合，今改「猷」爲「猶」，非是。○陳喬樅云：「猷」與「猶」同。書盤庚「女分猷念以相從」，漢石經作「猶」。毛詩小星「實命不猶」，陟岵「猶來無棄」，爾雅釋言注並引作「猷」。又常武「王猶允塞」，韓詩外傳作「王猷允塞」。是「猷」「猶」字同之驗。○維遹案：趙瞿校是，今據正。敬慎威儀，惟民之則。」

第四章

子路治蒲三年，孔子過之，入其境而善之，「入」下舊脱「其」字。○諸本皆無「其」字，元本有「其」字。○維遹案：本或有「其」字，與家語辯政篇合，今據補。曰：「善哉！由恭敬以信矣。」舊脱「善哉」二字。○維遹案：家語辯政篇有「善哉」二字，與下文一例，今據補。入其邑，「其」字舊脱。○元本有「其」字。○維遹案：本或有「其」字，與家語辯政篇合，今據補。曰：「善哉！由忠信以寬矣。」至其庭，「其」字舊脱。○元本有「其」字。○維遹案：本或有「其」字，是，今據補。曰：「善哉！由明察以斷矣。」子貢執轡而問曰：「夫子未見由，而三稱善，可得聞乎？」孔子曰：「我入其境，「曰」下舊脱「我」字。○元本有「我」字。○維遹案：本或有「我」字，文選甘泉賦注引同，今據補。田疇甚易，草萊甚辟。舊脱「甚易」二字。○趙本有「甚易」二字。校云：此二字本皆脱，據文選籍田賦注引補。○維遹案：趙校是也。「田疇甚易，草萊甚辟」，與下文「墉屋甚尊，樹木甚茂」，詞例正同。文選甘泉賦注引亦有「甚易」二字，今據補。家語辯政篇作「田疇盡易」，亦以四字爲句。此恭敬以信，故其民盡力。「故」下舊脱「其」字。○維遹案：文選甘泉賦注引作「故其人盡力」，家語辯政篇亦有「其」字，今據補。入其邑，諸本皆同，元本無「入」字。○維遹案：元本脱「入」字，家語辯政篇亦作「入其邑」。墉屋甚尊，樹木甚茂。此忠信以寬，故其民不偷。「故」字舊脱。○趙善詒云：家語辯政篇「其民不偷」上有「故」字，當據補。上文「故民盡其力」，下文「故民不擾也」，俱有「故」字，文例正相同。○維遹案：趙校是也，今據補。入其庭，甚

閑，「入」字舊脱。○元本、沈本、張本、毛本亦無「入」字，鍾本、黄本、楊本、程本、劉本有「入」字。○維遹案：本或有「入」字，與上文「入其境」「入其邑」文例正同，今據補。家語辯政篇作「至其庭，庭甚清閒」。**故其民不擾也。**「故」下舊脱「其」字。○維遹案：「故」下當有「其」字，方與上文「故其民盡力」「故其民不偷」一律。家語辯政篇作「故其政不擾也」，亦有「其」字，今據補。**詩曰：「夙興夜寐，灑掃庭内。」**

第五章

古者必有命民，「必」字舊脱。○趙懷玉云：尚書（大傳）唐傳作「古之帝王必有命民」。○趙善詒云：治要及御覽六百三十七引作「古者必有命民」，説苑修文篇亦有「必」字，當據補。○維遹案：趙校是也，今據補。**民有能敬長憐孤，**「民」舊作「之」。○趙本「之」上有「民」字。校云：本皆脱，據御覽六百三十七引補。○維遹案：「之」當作「民」，此「民」字與上句「民」字爲重文，古之重文以二小畫代之，傳寫者誤「=」爲「之」。治要、御覽六百三十七引「之」作「民」，今據正。説苑修文篇作「命民能敬長憐孤」，「命」字涉上文而衍，治要、御覽引本書有「有」字，今從之。**取捨好讓居事力者，命於其君，命然後得乘飾車駢馬。**「命然後」舊作「然後命」。○維遹案：「命」字本在「然」字上，今本錯亂其次。御覽六百三十七引無「命」字，治要引「命」字在「然」字上，説苑修文篇同，今據乙。**未得命者不得乘，乘者皆有罰。**「不得乘」下舊有「飾車駢馬」四字，又「乘者」二字舊脱。○趙依舊本又重「乘飾車駢馬」五字。校云：舊本無此五字，案文義當有，補之。○趙善詒云：趙校非是。治要引作「未得命者不得乘，乘皆有罰」，説苑

〔修文篇〕同，是也。「飾車駢馬」四字，蓋前人旁記誤入，而奪「乘」字。此「乘」字乃承上而言，蓋以「乘」字可賅乘飾車駢馬義也。御覽六百三十七引作「未得命者，不得乘車，乘車皆有罰」。二「車」字疑亦後人妄增。○維遹案：趙校是也。惟「乘」下亦當有「者」字，尚書大傳唐傳作「未有命者不得乘，乘者有罰」，説苑修文篇作「未得命者不得乘，乘車皆有罰」，今據刪補。故其民雖有餘財侈物，而無禮義功德，則無所用。「故」下舊脱「其」字。○維遹案：治要、御覽六百七十三引有「其」字，是，今據補。又治要、御覽引句末有「其餘財侈物」五字，與説苑修文篇合。故其民皆興仁義而賤財利。「故」下舊脱「其民」二字。○元本有「其」字。○維遹案：本或有「其」字，仍脱一「民」字。治要、御覽六百三十七引有「其民」二字，説苑修文篇同，今據補。賤財利則不争，則强不陵弱，衆不暴寡，是唐虞之所以興象刑，舊作「是君之所以象典刑」。○趙本「是君」作「是唐虞」。校云：舊作「是君」，譌，據御覽〔六百三十七〕改。○瞿中溶云：元本作「是唐之所以象典刑」，與御覽合，今譌「唐」爲「君」。○周宗杬云：説苑「象典」作「興象」，此蓋譌「興」爲「典」，又「興」「象」文倒也。○維遹案：趙瞿周校是。治要、御覽六百三十七引作「是唐虞之所以象典刑」，説苑修文篇作「是唐虞所以興象刑」，則「是」字當有，元本僅脱一「虞」字。「象典刑」當從周校作「興象刑」，尚書大傳唐傳云「唐虞象刑，而民不敢犯」，即本書所本，而説苑又抄本書，今據補正。而民莫犯法。民莫犯法，而亂斯止矣。詩曰：「告爾人民，「告」舊作「質」。○趙本作「告」。校云：告本多作「質」，詩考引作「告」，今據改。説苑修文篇亦同。○瞿中溶云：元本「質」作「告」，説苑、詩考皆作「告」。○維遹案：趙瞿校是，今據正。謹爾侯度，用戒不虞。」

第六章

天下之辯，有三至三勝，而辭直爲下。「直」舊作「置」，「爲」字舊脱。○維遹案：此據孫詒讓校正，下同。孫氏校語録在章末。辯者，别殊類，使不相害，序異端，使不相悖，輸志通意，「志」舊作「公」。揭其所謂，「揭」舊作「揚」。使人預知焉，不務相迷也。諸本皆同，元本「相」作「杞」。○維遹案：本或作「杞」，「杞」即「相」之形誤。是勝者不失所守，「勝」舊作「辯」。不勝者得其所求，故辯可觀也。夫繁文以相假，飾辭以相悖，數譬以相移，外人之身使不得反其意，諸本皆同，元本「外」作「列」。○維遹案：本或作「列」，「列」即「外」之形誤。則論便然後害生也。夫不疏其指而弗知謂之隱，諸本皆同，元本「疏」下「其」字作「氣」，「知」作「之」。○維遹案：元本不可從。外意外身謂之諱，幾廉倚跌謂之移，諸本皆同，元本「倚」作「猗」。郝懿行云：幾，近也。廉，隅也。倚，偏也。跌，過也。皆辯詞游移之貌也。指緣謬辭謂之苟。四者君子所不爲也，「君子」二字舊脱。故理可同睹也。夫隱、諱、移、苟，争言競爲而後息，不能無害其爲君子也，故君子不爲也。論語曰：「君子於其言，無所苟而已矣。」詩曰：「無易由言，無曰苟矣。」孫詒讓云：此文多譌挩。史記平原君傳裴駰集解引劉向别録云：「齊使鄒衍過趙，平原君見公孫龍及其徒綦母子之屬，論白馬非馬之辯以問鄒子。鄒子曰：不可。彼天下之辯有五勝三至，而辭正爲下。辯者，别殊類使不相害，序異端使不相亂，抒意通指，明其所謂，使人與知焉，不務相迷也。故勝者不失其所守，不勝者得其所求。若是，故辯可爲也。及至煩文以相假，飾辭以相惇，巧譬以相移，引人聲使不得及其意，如此害大道。夫繳紛争言而競後息，不能無害君子。坐皆稱善。」蓋即韓太傅所本。兩文詳略，可以互校。此云「辭置下」當作「辭正爲下」。（「置」或爲「直」之誤。）「輸公」「公」疑當作「志」。（鄧析子無厚篇云：「輸志通意，非務相乖也。」與此文亦略同。）「輸志通意」即「抒意通指」，文異義同。「揚其所謂」「揚」疑當作「揭」，與「明」義亦略同。「是以辯者不失其所守」，「辯」當作「勝」。「争言競爲而後息」，似亦當從彼作「争言而競後息」。別録「飾辭以相惇」，「惇」當從此作「悖」。「不疏其指」云云，別録引鄒子無之，或劉裴兩君所删節，此可以補之。「四者所不爲也」疑當作「四者君子所不爲也」。（鹽鐵論論誹篇云：「若相迷以僞，相亂以辭，相矜於後息，期於苟勝，非其貴者也。」文意亦本此。）

第七章

吾語子許瀚云：四庫提要云：「吾語汝一條，起無所因，疑有缺文。」瀚謹案：此語始於周公，孔子述之，荀子述之，韓又述之，後劉子政説苑亦述之。説苑敬慎篇云：「高上尊賢無以驕人，聰明聖智無以窮人，資給疾速無以先人，剛毅勇猛無以勝人，不知則問，不能則學，雖智必質，然後辯之，雖能必讓，然後爲之。故士雖聰明聖智，自守以愚，功被天下，自守以讓，勇力距世，自守以怯，富有天下，自守以廉。」上半全同此文，下半是周公語，見本書三。（其文曰：吾聞德行寬裕，守之以恭者榮。土地廣大，守之以儉者安。禄位尊盛，守之以卑者貴。人衆兵强，守之以畏者勝。聰明睿智，守之以愚者善。博聞强記，守之以淺者智。）説苑敬慎篇亦有之。（文同韓傳，惟「守之」皆作「而守」，「寬裕」作「廣大」，「廣大」作「博裕」，「善」作「益」，「智」作「廣」。案作「益」作「廣」是也，當依説苑訂韓傳之誤。）孔子述之，見本書八。（其文曰：故德行寬容，而守之以恭者榮。土地廣大，而守之以儉者安。位尊禄重，而守之以卑者貴。人衆兵强，而守之以畏者勝。聰明睿智，而守之以愚者哲。博聞强記，而守之以淺者不溢。）乃論周公之謙及之，孔子觀欹器又述之，見荀子宥坐篇（其文曰：聰明聖智，守之以愚。功被天下，守之以讓。勇力撫世，守之以怯。富有四海，守之以謙。淮南子道應訓亦有之，文小異，家語三恕篇亦有之，文同，惟「撫世」作「振世」。）本書三。（其文曰：德行寬裕者，守之以恭。土地廣大者，守之以儉。禄位尊盛者，守之以卑。人衆兵强者，守之以畏。聰明睿智者，守之以愚。博聞强記者，守之以淺。）荀子述之，見非十二子篇。（其文曰：高上尊貴，不以驕人。聰明聖智，不以窮人。齊給速通，不争先人。剛毅勇敢，不以傷人。不知則問，不能則學。雖能必讓，然後爲德。）蓋即韓傳此文所本。比諸書觀之，説苑所載特爲詳備，他書或及其上半或及其下半。今據説苑下半，既顯爲周公之言，則上半亦周公之言可知矣。案周公此語，乃伯禽封魯，周公誡之也。荀子堯問篇載伯禽將歸于魯，周公謂伯禽之傅云云，有「吾語女」句，尚書大傳（周傳）亦云：「伯禽封於魯，周公曰：於乎！吾與女族倫。」（案「與」「語」假借字。）然則韓傳此文本出荀子非十二子篇，而又追述荀所從出，溯及周公之誡伯禽，故有「吾語子」之文，而上下文或猶有闕佚也。又案荀子非十二子篇有云：「吾語汝，學者之嵬容。」「吾語汝」字亦無所因，或疑古人著書傳授弟子常語，然傳授之詞必由己出，此則引述前人之言，不應徑云「吾語」也。**夫服人之心，高上尊貴不以驕人，聰明聖知不以幽人，勇猛强武不以侵人，齊給便捷不以欺誣人。**維遹案：説苑敬慎篇「齊」作「資」，古今字也。考工記鄭注：「故書資作齊。」**不能則學，不知則問。雖知必讓，然後爲知。**許瀚云：荀子非十二子篇作「雖能必讓，然後爲德」。案荀韓蓋互有脱文，兼之乃備。説苑敬慎篇作「雖智必質，然後辯之，雖能必讓，然後爲之」，可證。**遇君則修臣下之義，出鄉則修長幼之義，**周廷寀云：「出」亦當從荀（子非十二子篇）作「遇」。**遇長老則修子弟之義，**「子弟」舊作「弟子」。○維遹案：荀子非十二子篇作「子弟」，是，今據乙正。遇等夷則修朋友之義，遇少而賤者則修告道寬裕之義。故無不愛也，無不敬也，無與人争也，曠然而天地苞萬物也。周廷寀云：「曠然」荀子非十二子〔篇〕作「恢然」，「而」作「如」。「如」「而」古通。如是，則老者安之，少者懷之，朋友信之。詩曰：「惠于朋友，庶民小子，子孫承承，萬民靡不承。」「承承」舊作「繩繩」。○趙本作「承承」。校云：本皆作「繩繩」，據詩考引改。○瞿中溶云：元本「繩繩」作「承承」，與詩考合。○維遹案：趙瞿校是，今據正。

第八章

仁者必敬其人。敬其人有道，遇賢者則愛親而敬之，諸本皆同，元本「愛親」作「親親」。遇不肖者則畏疎而敬之。其敬一也，其情二也。故夫忠信端愨而不害傷，則無接而不然，是仁之質也。維遹案：荀子臣道篇「仁」下有「人」字。仁以爲質，義以爲理，開口無不可以爲人法式者。詩曰：「不僭不賊，鮮不爲則。」

第九章

子曰：「不學而好思，雖知不廣矣。學而慢其身，雖學不尊矣。不以誠立，雖立不久矣。誠未著而好言，雖言不信矣。美材也，諸本皆同，元本「材」作「林」。○維遹案：本或作「林」，「林」即

「材」之形誤。而不聞君子之道，隱小物以害大物者，災必及其身矣。」詩曰：「其何能淑，載胥及溺。」

第十章

民勞思佚，治暴思仁，刑危思安，國亂思天。諸本皆同，元本「亂」作「罷」。○維遹案：本或作「罷」，誤。詩曰：「靡有旅力，以念穹蒼。」

第十一章

問者曰：「古之知道者曰先生，何也？」曰：「猶言先醒也。」「猶」上舊脱「曰」字。○諸本皆無「曰」字，元本作「爲言猶先醒也」。○趙本有「曰」字。校云：本皆脱「曰」字。案賈子新書先醒篇，係懷王問，賈君答，則此當有「曰」字，今補。○維遹案：趙校是也，今據補。元本作「爲言猶先醒也」。本書「曰」字元本往往作「爲」。「曰」誤爲「爲」，故「猶」「言」倒文也。不聞道術之人，則冥於得失。維遹案：各本皆同，元本「冥」作「寡」，「寡」即「冥」誤。賈子新書先醒篇作「惛」，「冥」「惛」義同。不知治亂之所由，「亂」上舊脱「治」字。○周本有「治」字。校云：「治」字從賈子新書先醒篇校補。「亂」下仍有「存亡」二字。○維遹案：周校是也，今據補。眊眊乎其猶醉也。諸本皆同，元本「眊眊」作「芼芼」。○趙懷玉云：「眊眊」賈子新書先醒篇作「忳忳」。○王耕心云：忳音屯，徒渾切，玉篇：「悶也。」「忳忳」蓋瞀悶之狀，與「眊眊」義同。故世主有先生者，有後生者，有不生者。趙懷玉云：三「生」字賈子〔新書先醒篇〕俱作「醒」，此似譌。下並同。昔者楚莊王謀事而當，居有憂色。「而」下舊脱「當」字。○趙懷玉云：「居」疑「當」。○周廷寀云：「居」當作「當」。○維遹案：荀子堯問篇作「楚莊王謀事而當，群臣莫逮，退朝而有憂色」，新序雜事一作「楚莊王謀事而當，群臣莫能逮，〔退〕朝而有憂色」，吕氏春秋驕恣篇作「昔者楚莊王謀事而當，有大功，退朝而有憂色」，並有「當」字，今據補。此言「居有憂色」，諸書言「退朝而有憂色」，文異而義同。申公巫臣問曰：『王何爲有憂也？』莊王曰：『吾聞諸侯之德，能自取師者王，能自取友者霸，而與居不若其身者亡。以寡人之不肖也，諸大夫之論莫有及於寡人，是以憂也。』莊王之德宜君人，鍾本、黄本、楊本「君人」作「君子」。威服諸侯，曰猶恐懼，思索賢佐，此其先生者也。

昔者宋昭公出亡，謂其御曰：『吾知所以亡矣。』「知」下舊有「其」字。○維遹案：「其」字涉上文而衍。新序雜事五無「其」字，今據删。御者曰：『何哉？』昭公曰：『吾被服而立，侍御者數十人，無不曰吾君麗者也。吾發言動事，朝臣數百人，無不曰吾君聖者也。吾外内不見吾過失，是以亡也。』於是改操易行，安義行道，各本皆同，元本「義」作「幾」，誤。不出二年而美聞於宋。宋人迎而復之，謚爲昭。趙懷玉云：「昭」下賈子〔新書先醒篇〕有「公」字。此其後生者也。昔郭君出郭，周廷寀云：「郭」〔賈子〕新書〔先醒篇〕作「虢」。○維遹案：「郭」「虢」古通。「出郭」疑當作「出亡」，「郭」字涉上文而誤，下文云「御者曰：爲君之出亡而道飢渴也」，正承此而言。賈子新書先醒篇作「出走」，義同。謂其御者曰：『吾渴欲飲。』御者進清酒。曰：『吾飢欲食。』御者進乾脯粱糗。曰：『何備也？』御者曰：『臣儲之。』曰：『奚儲之？』御者曰：『爲君之出亡而道飢渴也。』曰：『子知吾且亡乎？』御者曰：『然。』曰：『何以不諫也？』「以不」舊作「不以」。○趙懷玉云：「不」「以」疑倒。○維遹案：趙校是也，賈子新書先醒篇作「曰知之何以不諫」，今據乙。御者曰：『君喜道諛而惡至言。周廷寀云：「喜道」（賈子）新書（先醒篇）作「好諂」。臣欲進諫，恐先郭亡，是以不諫也。』郭君作色而怒曰：『吾所以亡者，誠何哉？』御轉其辭曰：『君之所以亡者，太賢。』曰：『夫賢者所以不爲存而亡者，何也？』御曰：『天下無賢而君獨賢，是以亡也。』「君」字舊脱。○趙本有「君」字。校云：舊本無，案文義補。○維遹案：趙校是也。賈子新書先醒篇作「對曰：天下之君皆不肖，夫疾吾君之獨賢也，故亡」。亦有「君」字，今據補。郭君喜，伏軾而笑，舊作「郭君伏軾而嘆」。○元本、沈本、張本、鍾本、黄本、楊本、毛本、程本、劉本作「伏軾而嘆」。○趙本有「郭君」二字，無「喜」字。校云：「郭君」二字舊本無，案文義補。○周本有「郭君喜」三字。校云：此三字從（賈子）新書（先醒篇）校補。○維遹案：趙周校是。今本有「郭君」二字，蓋亦據賈子新書補。「郭君喜」與上文「郭君作色而怒」相應。惟「嘆」字當作「笑」，字之誤也。古書「嘆」「笑」二字往往互譌。賈子新書先醒篇作「虢君喜，據式而笑」，今據補正。曰：『嗟乎！夫賢人如此苦乎？』舊作「失賢人者如此乎」。○沈本、張本、楊本、毛本、程本、劉本亦作「失賢人者如此乎」，鍾本、黄本同。「失」作「夫」，元本同。「者」作「若」。○趙本作「夫」。校云：「夫」本作「失」，譌，今改正。○維遹案：「失」本或作「夫」，是也。「者」本或作「若」，「若」爲「苦」之形誤，本在「此」字下，因錯置在「人」字下。校者知

「若」「如」同義，又改爲「者」字。賈子新書先醒篇作「賢固若是苦邪」與此「夫賢人如此苦乎」文義亦同。今據正。吕氏春秋審己篇述齊湣王亡居於衛事，與此相類，云「湣王慨然太息曰：賢固若是其苦邪」，可爲旁證。於是身倦力解，枕御膝而卧。御自易以備，疎行而去。郝懿行云：「備」疑當爲「糒」，乾食也。「疎」與「疏」同，菜茹也。易以此者，猶國語楚靈王亡，涓人疇枕之以墣之意。○維遹案：「備」與「塯」通。吴語云：「涓人疇枕王以墣。」爾雅釋言「凷，塯也」，郭注引吴語「墣」作「塯」。「墣」「塯」聲義相同，「塊」即「凷」之異體。賈子新書先醒篇字正作「塊」，是其證。○周廷寀云：疎行，閒行也。〔賈子新〕書作「逃行」。身死中野，爲虎狼所食。此其不生者。故先生者，當年而霸，「而」字舊脱。○維遹案：此當有「而」字，方與下文「三年而復」一例。賈子先醒篇作「故先醒者當時而霸」，今據補。楚莊王是也。後生者，三年而復，宋昭公是也。不生者，死中野，爲虎狼所食，郭君是也。」此下舊有「有先生者，後生者，有不生者」十一字。趙本無此十一字。校云：此下各本衍「有先生者，後生者，有不生者」共十一字。○維遹案：趙校是也，今據删。詩曰：「聽言則對，誦言如醉。」

第十二章

田常弑簡公，乃盟于國人曰：「不盟者死及家。」石他曰：趙懷玉云：新序義勇篇作「石他人」。「古之事君者，死其君之事。舍君以全親，非忠也。舍親以死君之事，非孝也。他則不能。然不盟是殺吾親也，周廷寀云：「然」上〔新〕序〔義勇篇〕有「雖」字。從人而盟，是背吾君也。嗚呼！

呼！生乎亂世不得正行，「生」下舊脱「乎」字。○維遹案：「生」下當有「乎」字。「生乎亂世」與下文「劫乎暴人」相對。新序義勇篇「乎」字並作「於」，「於」「乎」同義。今據補。劫乎暴人，不得全義。悲夫！」乃進盟以免父母，退伏劍以死其君，聞之者曰：「君子哉！安之命矣。」諸本皆同，元本「安」作「未」。○維遹案：「之」猶「於」也，周本從「安之」絶句，恐非。詩曰：「人亦有言，進退惟谷。」石先生之謂也。

第十三章

易曰：「困于石，據于蒺藜，入于其宫，不見其妻，凶。」此言困而不見據賢人者也。昔者秦繆公困於殽，疾據五羖大夫、蹇叔、公孫支而小霸。「支」舊作「友」。○元本、沈本亦作「友」，鍾本、張本、黄本、楊本、毛本、程本、劉本作「支」。○維遹案：本或作「支」，是也。「友」即「支」之形誤。「支」與「枝」同。公孫枝見左傳僖公九年，又十一年，及晉語諸書。今據正。晉文公困於驪氏，「文」下舊脱「公」字。○趙本有「公」字。校云：舊脱，今補。與秦齊一例。○維遹案：趙校是也，今據補。疾據咎犯、趙衰、介子推而遂爲君。越王勾踐困於會稽，疾據范蠡、大夫種而霸南國。齊桓公困於長勺，疾據管仲、甯戚、隰朋而匡天下。此皆困而知疾據賢人者也。夫困而不知疾據賢人而不亡者，未嘗有之也。詩曰：「人之云亡，邦國殄瘁。」無善人之謂也。

第十四章

孟子説齊宣王而不説。淳于髡侍。孟子曰：「今日説公之君，公之君不説，意者其未知善之爲善乎？」淳于髡曰：「夫子亦誠無善耳。昔者瓠巴鼓瑟而潛魚出聽，伯牙鼓琴而六馬仰秣。魚馬猶知善之爲善，而況君人者也？」孟子曰：「夫電雷之起也，破竹折木，震驚天下，而不能使聾者卒有聞。日月之明，徧照天下，而不能使盲者卒有見。今公之君若此也。」淳于髡曰：「不然。昔者揖封生高商，趙懷玉云：以緜駒爲揖封，以高唐爲高商，與孟子〈告子篇〉異。○許瀚云：「唐」「商」音近，古通用。説文：「曑，商星也。」「商」亦當讀爲「唐」。○趙善詒云：朱氏起鳳云：「緜今楷作綿。綿作揖，駒作封，並草書形近而訛。」朱説是也。齊人好歌。杞梁之妻悲哭，而人稱詠。夫聲無細而不聞，行無隱而不形。夫子苟賢，居魯而魯國之削，趙懷玉云：本或無次「魯」字。○維遹案：元本以下諸本皆與今本同，不知趙氏所指何本而言。何也？」孟子曰：「不用賢，削何有也？呑舟之魚不居潛澤，度量之士不居汙世。夫蓺冬至必彫，諸本皆同，元本「至」作「生」。郝懿行云：蓺，孫愐唐韻：「子入切，音楫。草生多貌。」又玉篇：「茅芽也。」吾亦時矣。詩曰：『不自我先，不自我後。』非遭彫世者歟？」

第十五章

孔子曰：「可與言終日而不倦者，周廷寀云：「言」家語致思篇作「人」，説苑建本篇同。○趙善詒云：疑當作「可與人言」，今互有奪耳。其惟學乎。其身體不足觀也，周廷寀云：「身」家語〔致思篇〕作「容」，是。○維遹案：「身」各本皆同。元本「觀」作「見」，「見」即「觀」字之壞。勇力不足憚也，族姓不足稱也，宗祖不足道也，趙懷玉云：説苑建本篇、家語致思篇皆上句作「先祖」，下句作「族姓」。然而可以聞於四方，「然」字舊脱。○維遹案：説苑建本篇有「然」字，是。今據補。又，「聞」説苑作「開」，「開」即「聞」之形誤。而昭於諸侯者，其惟學乎。詩曰：「不愆不忘，率由舊章。」夫學之謂也。諸本皆同，元本「夫」作「大」。

第十六章

子曰：「不知命，無以爲君子。」言天之所生，皆有仁義禮智順善之心。不知天之所以命生，則無仁義禮智順善之心。無仁義禮智順善之心，謂之小人。故曰：「不知命，無以爲君子。」小雅曰：「天保定爾，亦孔之固。」言天之所以仁義禮智，保定人之甚固也。周廷寀云：「所」字疑衍。大雅曰：「天生蒸民，有物有則。民之秉彝，好是懿德。」言民之秉德以則天也。不知所以則天，又焉得爲君子乎？

第十七章

王者必立牧，方三人，使闚遠牧衆也。「三人」舊作「二人」。○趙本作「三人」。校云：方三人，四方故有十二牧也，今據續漢書百官志五劉昭注引改。又「使」字上有「所以」二字。○瞿中溶云：元本作「三人」。與續漢書百官志劉昭注合。○維遹案：趙瞿校是，説苑君道篇亦作「三人」，今據正。遠方之民有飢寒而不得衣食，有獄訟而不平其寃，失賢而不舉者，趙懷玉云：續漢書百官志五劉昭注引作「獄訟而寃失職」，下同。今此「失」字乃屬下句。○維遹案：劉昭注引「獄」上無「有」字，下同，當從之。説苑君道篇作「有獄訟而失職者，有賢才而不舉者」，因三句句首皆有「有」字，本書首句「有」字直貫下兩句，與説苑小異。入告乎天子。天子於其君之朝也，揖而進之，曰：「噫，朕之政教有不得爾者耶？如何乃有飢寒而不得衣食，「如何」舊作「何如」。○諸本皆同，元本「噫」作「意」。○趙本作「如何」。校云：舊倒，今據續漢書百官志五劉注乙。○維遹案：趙校是也，今據乙正。元本「噫」作「意」，劉昭注引同。説苑君道篇亦作「意」。「噫」與「意」通。劉先生云：「噫讀爲抑，語辭也，古書中意字或作抑。」有獄訟而不平其寃，失賢而不舉？」然後其君退而與其卿大夫謀之。遠方之民聞之，皆曰：「誠天子也！夫我居之僻，見我之近也，我居之幽，見我之明也。可欺乎哉？」維遹案：説苑君道篇「我居」作「何居」，於義較長。故牧者所以開四門，明四目，通四聰也。「開」下舊脱「四門」二字，「四目」上舊脱「明」字。○易順鼎云：此與虞書顯相違異，或別有據，亦未可知。疑「開」下脱

「四門」二字，「四目」上脱「明」字。通四聰，不作「達」，與五帝紀及潛夫論明闇篇同。○維遹案：易校是也，尚書堯典篇作「闢四門，明四目，達四聰」，説苑君道篇作「辟四門，明四目，達四聰」，今據補。續漢書百官志五劉昭注引與今本同，知其脱誤已久矣。詩曰：「邦國若否，仲山甫明之。」此之謂也。

第十八章

楚莊王伐鄭。趙懷玉云：新序雜事四有「克之」二字。鄭伯肉袒，左把茅旌，公羊傳宣公十二年作「左執茅旌」。○王引之云：茅當讀爲旄，旄正字也，茅借字也。蓋旌之飾或以羽，或以旄。〔周禮〕春官司常「析羽爲旌」，爾雅「注旄首曰旌」，李巡注曰：「旄，牛尾著干首。」（見鄘風干旄正義）是也。其用旄者，則謂之旄旌矣。周禮地官掌節「道路用旌節」。鄭注曰：「今使者所持節是也。」後漢書光武帝紀注：「節所以爲信也，以竹爲之，柄長八尺，以旄牛尾爲其毦三重。」桓十六年左傳「壽子載其旌以先」，邶風二子乘舟傳作「竊其節而先往」，正義引史記衛世家「盜其白旄而先」，而釋之曰：「或以白旄爲旌節也。」漢書蘇武傳：「杖漢節牧羊，卧起操持，節旄盡落。」是節即旄旌也。周語曰：「敵國賓至，行理以節逆之。」然則鄭伯執旄旌者，其自比於行人執節以逆賓與？旄從毛聲，茅從矛聲。古毛聲矛聲之字，往往相通。如詩「髧彼兩髦」之「髦」，説文作「髳」，「如蠻如髦」之「髦」，牧誓作「髳」，是其例也。新序雜事篇載此事正作「旄旌」，唐余知古渚宮舊事同，蓋出嚴氏春秋也，校何氏本爲長。右執鸞刀，以進言於莊王，維遹案：公羊傳宣公十二年作「以逆莊王」，新序雜事四作「以迎莊王」。此與兩書異。曰：「寡人無良邊陲之臣，維遹案：公羊傳何休注云：「良，善也。無善喻有過。言己有過於楚邊垂之臣，謙不敢斥莊王。」以干大禍，張本、黃本、劉本同，元本、沈本、鍾本、楊本、毛本、程本「禍」作「褐」。○周本「大」作「天」。校云：本皆譌作「大禍」，今從公羊校正。○維遹案：「大」「天」古通。新序雜事四作「以干天之禍」。本或作「大褐」，「褐」即「禍」之形譌。使大國之君沛焉，何休云：沛焉者，怒有餘之貌，猶傳曰「力沛若有餘」。遠辱至此。」莊王曰：「君之不令臣，「之」舊作「子」。諸本皆作「子」，黄本作「有」。○趙本「子」作「之」。校云：舊譌「子」，據兩書改。○維遹案：趙校是也，今據正。交易爲言，維遹案：「爲」即「僞」字。何注云：「數往來爲惡言。」亦讀「爲」爲「僞」也。是以使寡人得見君之玉面也，而微至乎此。」莊王受節，左右麾楚軍退舍七里。將軍子重進諫曰：「夫南郢之與鄭，相去數千里，大夫死者數人，廝役死者數百人。「役」下舊脱「死」字。○諸本皆無「死」字，周本有「死」字，元本「廝」作「斯」。○維遹案：本或有「死」字，是。「廝役死者」與「大夫死者」對文。公羊宣公十二年傳、新序雜事四皆有「死」字，今據補。「廝」本或作「斯」，與新序合。「斯」即「廝」省。今克而弗有，無乃失民臣之力乎？」莊王曰：「吾聞古者杅不穿，皮不蠹，不出於四方，以是見君子之重禮而賤財也，「是」下舊脱「見」字。○趙本「是」下有「見」字，校云：舊脱「見」字，依新序〈雜事四〉補。公羊作「是以君子篤於禮而薄於利」。○維遹案：趙校是也，今據補。要其人，不要其土。人告以從而不舍，不祥也。趙懷玉云：「舍」兩書作「赦」。吾以不祥立乎天下，災及吾身，何取之有？」趙懷玉云：「取」兩書作「曰」。既，晉之救鄭者至，曰：「請戰。」莊王許之。將軍子重進諫曰：「晉，强國也，道近兵鋭，諸本皆同，元本「兵鋭」作「力解」。○維遹案：本或作「力解」，無義，疑爲「力新」之誤。新序雜事四作「力新」。今本作「兵鋭」，亦通。楚師奄罷，君其勿許。」

莊王曰：「不可。强者我避之，弱者我威之，是寡人無以立乎天下也。」乃遂還師以逆晉寇。莊王援桴而鼓之，晉師大敗，士卒奔者争舟而指可掬也。莊王曰：「噫！吾兩君不相好，百姓何罪！」乃退楚師以佚晉寇。詩曰：「柔亦不茹，剛亦不吐，不侮鰥寡，不畏强禦。」莊王之謂也。舊脱「不侮鰥寡，不畏强禦，莊王之謂也」十三字。○維遹案：新序雜事四有「不侮鰥寡，不畏强禦，莊王之謂也」十三字，是也。後第二十章：「詩曰：不侮矜寡，不畏强禦，卜先生之謂也。」卷三第八章：「詩曰：嗟嗟保介，莊王之謂也。」其例正同。考新序與本書文略同者，非采自本書，亦必與本書所采同出。文同末有詩辭者，則塙采自本書也。證以新序及本書通例，則今本脱此三句明矣。今據補。

第十九章

君子崇人之德，揚人之美，非道諛也。周廷寀云：「道」荀子不苟篇作「諂」。正言直行，「言」荀子作「義」。○王引之云：義讀爲議，言亦議也。指人之過，非毁疵也。詘柔順從，剛强猛毅，與物周流，道德不外。詩曰：「柔亦不茹，剛亦不吐，不侮矜寡，不畏强禦。」諸本皆同，元本「矜」作「鰥」，「禦」下有「也」字。○維遹案：本或作「鰥」，「鰥」「矜」古通用。本或有「也」字，疑「也」上或有脱文。

第二十章

衛靈公晝寢而起，志氣益衰，使人馳召勇士公孫悁，維遹案：御覽四百三十六引「悁」作「俏」，下同。道遭行人卜商。卜商曰：「何驅之疾也？」諸本皆作「驅」，趙本作「馳」。對曰：「公晝寢而起，使我召勇士公孫悁。」子夏曰：「微悁，而勇若悁者可乎？」御者曰：「可。」子夏曰：「載我而反。」至，君曰：「使子召勇士，何爲召儒？」使者曰：「行人曰：『微悁，而勇若悁者可乎？』臣曰：『可。』即載與來。」君曰：「諾，延先生上。趣召公孫悁。」俄而悁至，舊脱「俄而悁」三字。○趙善詒云：御覽四百三十六引「至」上有「俄而悁」三字，據文義當補。○維遹案：趙校是也，今據補。入門杖劍疾呼，維遹案：御覽四百三十六引「杖」作「拔」。曰：「商下！我存若頭。」子夏顧叱之，「叱」舊作「咄」。○趙本無「咄」字。校云：舊本「顧」字下亦有一「咄」字，御覽四百三十六引無，今删。○維遹案：宋本御覽引「咄」作「叱」，今據正。曰：「咄！內劍。吾將與若言勇。」於是君令悁內劍而上。「令」下舊脱「悁」字。○維遹案：御覽四百三十六引有「悁」字，今據補。子夏曰：「來！吾嘗與子從君而西見趙簡子，簡子披髮杖矛而見我君。維遹案：御覽四百三十六引「西」作「北」，「披」作「被」，「杖」作「仗」。我從十三行之後，趨而進曰：『諸侯相見，不宜不朝服。君不朝服，「服」下舊脱「君」字。○諸本皆無「君」字，元本末「不」字作「下」。○趙本有「君」字。校云：舊脱「君」字，據御覽（四百三十六）補。○維遹案：趙校是也，今據補。行人卜商將以頸血濺君之服矣。』趙本「服」作「衣」。校云：舊作「服」，據御覽（四百三十六）改。使反朝服而見吾君者，子耶我耶？」「君」下舊脱「者」字。○趙善詒云：御覽四百三十六引「使反朝服而見吾君」下有「者」字，例以下文「揄其一鞠而去之者，子耶我耶」，則此句當有「者」字可證。○維遹案：趙校是也，今據補。悁曰：「子也。」子夏曰：「子之勇不若我一矣。又與子從君而東至阿，遭齊君重鞇而坐。維遹案：御覽四百三十六引「阿遭」作「海曹」。吾君單鞇而坐。我從十三行之後，趨而進曰：『禮，諸侯相見，不宜相臨以庶。』揄其一鞇而去之者，子耶我耶？」維遹案：説文手部：「揄，引也。」悁曰：「子也。」子夏曰：「子之勇不若我二矣。又與子從君於囿中，於是兩寇肩逐我君，孫詒讓云：「肩」即齊風還「並驅從兩肩兮」之「肩」。毛傳云：「獸三歲曰肩。」但「寇肩」義不可通，疑「寇」當爲「㲋」之誤。晏子春秋内篇諫下：「公孫接曰：接一搏猏，而再搏乳虎。」「猏」「肩」字亦同。○維遹案：孫校肩字是。「寇」爲「㲋」誤，非。「寇」「㲋」形不相近，無由致誤。元本「寇」作「字」。然「字」「肩」連文，古書無證。尋繹晏子春秋「一搏猏而再乳虎」，爾雅釋水疏引作「一搏特猏，再搏乳虎」。是本書「字肩」當作「特肩」。「字」或作「牸」，「牸」「特」形似，故「特」譌爲「牸」。元本「牸」作「字」，校者不得其解，訒「字」與「寇」形略近，遂以意改爲「寇肩」。廣雅釋獸謂「獸三歲爲肩，四歲爲特」，詩魏風伐檀傳「獸三歲曰特」，周禮大司馬鄭注謂「獸，三歲爲特，四歲爲肩」，即特肩之誼。拔矛下格而還之者，子耶我耶？」「還」下舊脱「之者」二字。○維遹案：御覽四百三十六引「還」下有「之者」二字，與上文一例，今據補。悁曰：「子也。」子夏曰：「子之勇不若我三矣。所貴爲士者，上不攝萬乘，下不敢敖乎匹夫，「攝」上舊脱「不」字。諸本皆同，元本「敖」作「放」。○維遹案：「攝」上當有「不」字，御覽四百三十六引有「不」字，今據補。攝讀爲懾，懾，懼也。「敖」本或作「放」，御覽引同，「放」即「敖」之形誤。外立節矜而敵不侵擾，維遹案：御覽四百三十六引「擾」作「掠」。内禁殘害而君不危殆，是士之所長而君子之所致貴也。「長」下舊脱「而」字。○維遹案：御覽四百三十六引「長」下有「而」字，與下文「是士之甚毒而君子之所致惡也」文同一例，今據補。若夫以長掩短，以衆暴寡，凌轢無罪之民，而成威於閭巷之間者，是士之甚毒而君子之所致惡也，衆之所誅鋤也。詩曰：『人而無儀，不死何爲！』夫何以論勇於人主之前哉！」於是靈公避席抑手曰：「寡人雖不敏，請從先生之勇。」詩曰：「不侮矜寡，不畏强禦。」卜先生之謂也。「先生」下舊脱「之謂」二字。元本「矜」作「鰥」。○維遹案：「先生」下當有「之謂」二字，前第十二章：「詩曰：人亦有言，進退維谷，石先生之謂也。」卷三第八章：「詩曰：嗟嗟保介，莊王之謂也。」其例並同，今據補。

第二十一章

孔子行，簡子將殺陽虎，趙懷玉云：說苑雜言篇作「孔子之宋，匡簡子」云云。家語困誓篇「匡」下有「人」字。○維遹案：此有脱誤，當依說苑作「孔子之衞，匡簡子將殺陽虎」。「行」即「衞」字之壞，說苑「宋」字亦當作「衞」。莊子秋水篇：「孔子遊於匡，宋人圍之數帀，而弦歌不輟。」釋文引司馬云：「宋當作衞。匡，衞邑也。衞人誤圍孔子，以爲陽虎。虎嘗暴於匡人。」司馬彪乃據史記孔子世家改「宋」爲「衞」。成玄英疏說同，云「孔子自魯適衞，路經匡邑」，義尤明顯。是其證也。孔子似之，帶甲以圍孔子舍。子路愠怒，奮戟將下。維遹案：說苑雜言篇「下」下有「鬭」字。孔子止之曰：「由！何仁義之寡裕也。黄本「何」作「有」。○維遹案：「裕」「容」古同聲。前第七章「遇少而賤者，則修告道寬裕之義」，荀子非十二子篇「裕」作「容」。廣雅釋詁四云：「裕，容也。」賈子新書道術篇：「包衆容物謂之裕。」然則寡裕猶言少容忍也。說苑作「何仁義之不免俗也」，家語困誓篇作「惡有修仁義而不免世俗之惡者乎」。此與兩書異。夫詩書之不習，禮樂之不講，是丘之罪也。若我非陽虎而以我爲陽虎，則非丘之罪也。命也夫！歌予和若。」「夫」舊作「我」，「予」舊作「子」。○元本「我」作「夫」。○趙本作「由歌予和若」。校云：舊本作「我歌子和若」，譌。説苑雜言篇作「由歌予和汝」，今據改。○周本作「子歌我和若」，校云：諸本「子」「我」二字文倒，今從説苑「由歌予和汝」校正。○許瀚云：此校皆非也。此當依説苑〈雜言篇〉、家語〈困誓篇〉於「命也」下補「夫」字。下句依家語改作「歌予和若」。今本「我」字蓋即「夫」字之譌。「歌予和若」者，即詩鄭風〈蘀兮〉「倡予和汝」也。○維遹案：許校是也，元本「我」作「夫」，「歌」下「予」字亦譌爲「子」。今據正。子路歌，孔子和之，三終而圍罷。詩曰：「來游來歌。」以陳盛德之和而無爲也。沈本、張本、鍾本、黄本、楊本、毛本、程本、劉本同，元本無「之」字，「和而」作「而和」。

第二十二章

詩曰：「愷悌君子，民之父母。」君子爲民父母何如？曰：君子者，貌恭而行肆，身儉而施博，故不肖者不能逮也。殖盡於己，而區略於人，故可盡身而事也。篤愛而不奪，厚施而不伐。見人有善，欣然樂之，見人不善，惕然掩之，有其過而兼包之。聞一多先生云：「有」讀爲「宥」。授衣以最，授食以多。法下易由，事寡易爲。是以中立而爲人父母也。築城而居之，別田而養之，沈本、張本、黄本、楊本、毛本、程本、劉本同，鍾本「城」作「陂」，元本「養」作「事」。立學以教之。使人知親尊。親尊故父服斬縗三年，爲君亦服斬縗三年，爲民父母之謂也。

第二十三章

事强暴之國難，使强暴之國事我易。事之以貨寶，則寶單而交不結。維遹案：「單」與「殫」通。淮南子銓言篇作「殫」，許注：「殫，盡也。」約契盟誓，則約定而反無日。維遹案：荀子富國篇「反」作「畔」，淮南子銓言篇與此傳同，高注：「反，背叛也。」是反畔義亦相同。割國之錙錘以賂之，「錙錘」舊作「强乘」。○周本「强乘」作「疆垂」。校云：「疆垂」猶言邊隅也。「垂」與「陲」通。本皆譌爲「彊乘」，今從楊倞注荀（子富國篇）校正。「疆垂」荀作「錙銖」。○維遹案：荀子楊注引「彊乘」作「疆垂」，當爲「錙錘」之誤。淮南子銓言篇作「雖割國之錙錘以事人，而無自恃之道，不足以爲全」，吕氏春秋應言篇「今割國之錙錘矣，而因得大官，且何地以給之」，高注：「錙錘，銖兩也。」今據正。則割定而欲無厭。事之彌順，其侵之愈甚，諸本皆同，元本「侵」下「之」字作「人」。○維遹案：本或作「人」，與荀子富國篇合。今本作「之」亦通。必致寶單國舉而後已。雖左堯右舜，未有能以此道免者也。故非有聖人之道，特以巧敏拜請畏事之，則不足以持國安身矣。道下「特」字舊作「持」。○諸本皆同，元本「持」作「特」。○趙懷玉云：「持」當作「特」。○維遹案：趙校與元本合，今據正。荀子富國篇作「故非有一人之道也，直將巧繁拜請而畏事之，則不足以持國安身」，「直」「特」義同。故明君不道也。王念孫云：道，由也。○維遹案：本書卷三第七章作「明君不蹈也」，「道」與「蹈」通，皆言行也。必修禮以齊朝，正法以齊官，平政以齊下，然後禮義節奏齊乎朝，法則度量正乎官，忠信愛利刑乎下。「刑」舊作

「平」。○維遹案：「平」當作「刑」，「刑」與「形」通。荀子儒效篇「平」作「形」，今據正。校語詳卷三第七章。行一不義，殺一無罪，而得天下不爲也。故近者競親而遠者致願。「致願」舊作「願至」。○沈本、張本、鍾本、黄本、楊本、毛本、程本、劉本亦作「願志」。元本作「至願」。○維遹案：本或作「至願」，「至」即「致」字之壞，他本遂乙爲「願至」。荀子富國篇作「遠方致願」，今據正。上下一心，三軍同力。名聲足以薰炙之，諸本皆同，元本「薰」作「暴」。○維遹案：本或作「暴」，與荀子富國篇合。「薰」「暴」義同。威强足以一齊之，則拱揖指麾，而强暴之國莫不趨使如赤子歸慈母者，何也？仁形義立，教誠愛深。故詩曰：「王猷允塞，徐方既來。」

第二十四章

勇士一呼而三軍皆避，出之誠也。「出」舊作「士」。○趙善詒云：淮南子繆稱篇、文子精誠篇下「士」字俱作「出」，疑是。下述熊渠子射寢石事，即出之誠也。「出」作「士」，形誤。新序雜事四作「士」，疑後人據外傳改之耳。○維遹案：趙校是也，今據正。昔者楚熊渠子夜行，見寢石以爲伏虎，「寢」上舊脱「見」字。○趙本有「見」字。校云：本脱「見」字，據新序雜事四補。○趙善詒云：類聚七十四、初學記五、御覽五十一、又七百四十四、類説、後漢書光武十王列傳注引俱有「見」字，可證。論衡儒增篇同。○維遹案：趙校是也，今據補。彎弓而射之，没金飲羽，下視知其石也，因復射之，矢躍無迹。熊渠子見其誠心，而金石爲之開，舊作「下視知其爲石，石爲之開」。○元本作「下視知其石爲之開」。○趙本作「下視知其石也，因復射之，矢躍無迹，熊渠子見其誠心，而金石爲之開」。校云：新序〔雜事四〕「躍」作「摧」。○維遹案：各本皆脱，趙本據後漢書光武十王列傳注引補而失去校語，亦或吴兆棠本失之也。類聚七十四引與後漢書注引同，惟「射之」作「射石」，下熊渠子無「熊」字。白帖五引作「熊渠子夜行，寢石以爲伏獸，彎弓射之，飲羽，下視乃石也，因復射之，無跡」，御覽五十一、又七百四十四引作「下視知其石，因復射之，矢摧無迹也」。皆可佐證趙校。趙善詒亦校此條，證據相同，斷語小異，其云「類説引同今本，則宋時已誤。其所以誤，疑傳寫者抄上石字，誤越行，接下金石之石，有以致之也，或前人所删耳」。此是抄寫者誤越行也，由元本可以知其痕跡。明刊諸本妄增「爲石」二字，反失其真矣。

而況人乎？夫倡而不和，動而不僨，維遹案：卷五第三十章作「動而天下隨」，新序雜事四作「動而不隨」，淮南子繆稱篇作「意而不戴」，文子精誠篇「戴」作「載」。王念孫謂：「戴讀爲載，鄭注：堯典，載，行也。」案僨讀爲賁，廣雅釋詁：「賁，進也。」「僨」「隨」「戴」「載」並字異而義同。

中心有不合者矣。「合」舊作「全」。○維遹案：「全」當作「合」，字之誤也。淮南子繆稱篇、文子精誠篇均作「合」，今據正。新序雜事四作「全」，誤與此同。

夫不降席而匡天下者，求之己也。孔子曰：「其身正，不令而行，其身不正，雖令不從。」先王之所以拱揖指麾而四海賓服者，「賓服」舊作「來賓」。○沈本、張本、鍾本、黄本、楊本、毛本、程本、劉本亦作「來賓」，元本無「來」字。○維遹案：本或無「來」字，與新序雜事四合。然兩書「賓」下均脱「服」字。文選陸佐公石闕銘注引新序作「賓服」，則本書亦當作「賓服」，今據删補。本或作「來賓」，因脱「服」字而妄增「來」字，不如元本尚存其真。

誠德之至也，色以形於外也。趙懷玉云：新序〔雜事四〕作「誠德之至，已形於外」，此似有衍文。

詩曰：「王猷允塞，徐方既來。」

第二十五章

昔者趙簡子薨而未葬，而中牟畔之。維遹案：御覽百九十二、又二百七十九引「畔」作「叛」，古字通用。**既葬五日，**舊脱「既」字。○趙本有「既」字。校云：舊脱「既」字，據御覽百九十二引補。○趙善詒云：趙校據御覽補「既」字，是也。淮南子道應篇作「已」，「已」與「既」音義並通。○維遹案：趙校是也，今據補。**襄子興師而攻之，**「攻」舊作「次」。○趙本作「攻」。校云：「攻」舊譌「次」，亦據御覽（百九十二）改正。○趙善詒云：御覽二百七十九引及淮南子道應篇「次」皆作「攻」。○維遹案：趙校是也，今據正。**圍未匝，而城自壞者十丈。襄子擊金而退之。軍吏諫曰：「君誅中牟之罪而城自壞，是天助也。**「壞」下舊有「者」字，「助」下舊有「之」字。○趙本無「者」「之」二字。校云：舊有「者」「之」二字，衍，俱依新序（雜事四）删。○趙善詒云：御覽百九十二引及淮南子道應篇亦無「者」「之」二字。○維遹案：趙校是也，今據删。**君曷爲而退之？」襄子曰：「吾聞之於叔向曰：『君子不乘人於利，不厄人於險。』」**「利」舊作「危」。○張本亦作「危」，元本、沈本、鍾本、黄本、楊本、毛本、程本、劉本作「利」。○維遹案：本或作「利」，與新序雜事四、淮南子道應篇合，御覽百九十二、又二百七十九引亦作「利」，今據正。御覽二百七十九引「乘」作「承」。意林引淮南子兩「於」字並作「之」。「乘」「承」古通，「於」「之」義同。尚書君奭篇「乘兹大命」，乘猶承也。不乘人於利，言不承人之利也。本或作「危」，則與「不厄人於險」意複矣。**使脩其城，然後攻之。**「使」下舊脱「脩」字。○趙懷玉云：「使其城」新序（雜事四）作「使之城」，御覽（百九十二）下有「成」

字，今不從。○維遹案：御覽二百七十九引「使」下有「脩」字，今據補。淮南子道應篇作「使之治城，城治而後攻之」。**中牟聞其義而請降，曰：「善哉！襄子之謂也。」詩曰：「王猷允塞，徐方既來。」**陳喬樅云：「襄子之謂也」五字，當在引詩二語之後，文義始順。○維遹案：依本書例，陳校可從。惟「曰善哉」三字於義未完，若非衍文，當作「曰善哉襄子」，「之謂也」三字移在詩末，作「此之謂也」。「曰善哉襄子」，是韓嬰所增之辭，且與上文語氣相承接，本書多有類此。新序雜事四、淮南子道應篇無此句，是其明證。新序於詩末有「此之謂也」句，新序確采自本書，兩書互校，足證今本之誤。

第二十六章

威有三術。有道德之威者，有暴察之威者，有狂妄之威者。此三威不可不審察也。何謂道德之威？曰：禮樂則修，分義則明，舉措則時，愛利則刑。維遹案：「刑」與「形」同。荀子彊國篇作「形」。**如是，則百姓貴之如帝王，親之如父母，畏之如神明。故賞不用而民勸，罰不加而威行。**維遹案：元本「罰」作「伐」，誤。**是道德之威也。何謂暴察之威？曰：禮樂則不修，分義則不明，舉措則不時，愛利則不刑。然而其禁非也察，**「察」舊作「暴」。○趙懷玉云：荀子（彊國篇）作「其禁暴也察」。○維遹案：荀子作「察」，義長，今據正。**其誅不服也審，其刑罰繁而信，**「繁」字舊在「審」上。○周廷寀云：案荀子（彊國篇），「繁」字當在「罰」下。繁亦重也。○維遹案：周校是也，今據乙正。**其誅殺猛而**

必，闇然如雷擊之，「闇」下舊脱「然」字。○趙本「闇」作「闐」。校云：「闐」舊作「闇」，譌。荀子彊國篇作「黷然」，與「填然」同，是「闇」當作「闐」，音義同「填」。○周本有「然」字。校云：「闇」荀子彊國篇作「黭」。「然」字從荀校補。○維遹案：周校是也，今據補。如牆壓之。百姓劫則致畏，怠則傲上，執拘則聚，遠間則散。「間」舊作「聞」。○趙懷玉云：荀子彊國篇作「得間則散」，此似譌。○維遹案：「聞」即「間」之形誤。「遠間」與「執拘」相對爲文，今本作「聞」，失其指矣。今據正。非劫之以刑勢，振之以誅殺，維遹案：荀子彊國篇「振」上有「非」字。本書因上句「非」字直貫下句，故從省。「振」與「震」古通用，周語韋注：「震，懼也。」則無以有其下。是暴察之威也。何謂狂妄之威？曰：無愛人之心，無利人之事，而日爲亂人之道。百姓讙譁，則從而放執於刑灼。維遹案：「放執於刑灼」當作「執縛刑灼」。荀子彊國篇作「則從而執縛之，刑灼之」，本書即節其文。上句「百姓讙譁」，荀子「譁」作「敖」，一本作「放」，此句因脱「縛」字，校者依荀子增「放」字。「於」字衍文，本在下文「而下窮衣食之用」「窮」字下，錯置在此句內。不知人心，悖逆天理，是以水旱爲之不時，年穀以之不升。維遹案：「升」與「登」通，登，成也。百姓上困於暴亂之患，而下窮衣食之用，維遹案：例以上文，「窮」下當有「於」字，今本「於」字錯置在上文「放執」下。愁哀而無所告訴，比周憤潰以離上，荀子彊國篇「憤」作「賁」。○郝懿行云：「賁」與「奔」古字通。賁潰謂奔走潰散而去也。「賁」外傳作「憤」，此作「賁」，二義俱通。傾覆滅亡，可立而待。是狂妄之威也。夫道德之威，成乎衆强。諸本皆同，元本「衆」作「暴」。○維遹案：本或作「暴」，涉下文而誤，荀子彊國篇「衆」作「安」。暴察之威，成乎危弱。狂妄之威，成乎滅亡。

故威名同而吉凶之效遠矣。故不可不審察也。詩曰：「昊天疾威，元本、沈本、鍾本、黄本、楊本、程本、劉本同，張本、毛本「昊」作「旻」。天篤降喪，瘨我飢饉，民卒流亡。」元本、沈本、張本、毛本同，鍾本、黄本、楊本、程本、劉本「飢」作「饑」。

第二十七章

晉平公游於西河而樂，「河」上舊脱「西」字。○維遹案：新序雜事一有「西」字。今本説苑尊賢篇亦脱「西」字，而御覽四百七十五、後漢書班彪傳、循吏傳注、黄朝英靖康緗素雜記七引説苑並有「西」字，今據補。又「晉平公」説苑作「趙簡子」。曰：「安得賢士與之樂此也！」船人盍胥跪而對曰：趙懷玉云：文選注凡四引皆作「蓋胥」，説苑（尊賢篇）作「舟人古乘」，新序雜事一作「固桑」，漢書古今人表同。○陳喬樅云：「蓋」「盍」古通。蓋姓見廣韻注。胥，其名也。○許瀚云：「盍」「蓋」音義同，通用。群書治要、藝文類聚九十引亦並作「蓋」，王浚儀姓氏急就篇注引作「盍」，是唐本作「蓋」，宋本作「盍」也。説苑「古乘」乃「古桑」之譌。類聚引韓傳下有注引作「古桑」。○維遹案：後漢書循吏傳引注作「古桑」，班彪傳注引作「吉桑」，文選古詩十九首注引作「蓋桑」，御覽九百十六引作「蓋胥」，漢書古今人表作「固來」，顔注：「固乘也。」錢大昕謂「固」即古字，「來」「乘」皆「桑」之譌。外傳作「盍胥」，文選注引作「蓋胥」。「蓋」「盍」皆古合切，與「固」聲近。「桑」「胥」亦聲近也。外傳以爲晉平公時人，説苑以爲趙簡子時。表列亥唐醫和之後，蓋據韓詩。「主君亦不好士耳。夫珠出於江海，玉出於崑山，無足而至者，猶主君之好也。元本、沈本、張本、毛本、程本同，鍾本、黄本、楊本、劉本「猶」作「由」。○趙本作「由」。校云：「由」本或作「猶」，古通用。

士有足而不至者，蓋主君無好士之意耳。何患於無士乎？舊作「無患乎無士也」。○維遹案：治要、類聚九十、御覽九百十六引作「何患於無士乎」，文選顔延年陶徵士誄注引作「何患無士乎」，今據正。平公曰：「吾食客門左千人，門右千人，朝食不足，夕收市賦，暮食不足，朝收市賦。吾可謂不好士乎？」維遹案：新序雜事一、説苑尊賢篇「吾」下有「尚」字。盍胥對曰：「夫鴻鵠一舉千里，所恃者六翮爾。背上之毛，腹下之毳，益一把，飛不爲加高，損一把，飛不爲加下。今君之食客門左門右各千人，趙懷玉云：文選注引無次「門」字。亦有六翮在其中矣。將皆背上之毛腹下之毳耶？維遹案：將，轉折詞，與抑同義。新序雜事一此下有「平公默然而不應焉」八字，於義爲長。卷七第一章齊宣王與田過問答，其末亦云「宣王悒然無以應之」，其比正同。詩曰：「謀夫孔多，是用不就。」「就」舊作「集」。○沈本、張本、鍾本、黄本、楊本、毛本、程本、劉本亦作「集」，元本作「就」。○陳喬樅云：「就」毛詩作「集」，傳云：「集，就也。」詩考引外傳「不就」，而今本仍作「集」，誤。○許瀚云：治要引「集」作「就」，與王浚儀詩考合。是唐宋皆不誤。○今本皆作「集」，後人以毛詩改之也。○維遹案：許校是也，今據正。此之謂也。維遹案：治要引有此句，今據補。

韓詩外傳卷第七

第一章

齊宣王謂田過曰：「吾聞儒者喪親三年，喪君三年，「喪親三年，喪君三年」，舊作「親喪三年」，脱下句。○周廷寀云：説苑修文篇作「吾聞儒者喪親三年，喪君三年」，則「親」字當在「喪」下。疑此文倒，兼脱下句。○瞿中溶云：元本作「喪親三年」，與説苑合。○維遹案：周瞿校是，今據補正。文選陶徵士誄注亦脱下句，則其誤已久。君與父孰重？」趙懷玉云：文選陶徵士誄注引「君」下有「之」字。田過對曰：「殆不如父重。」宣王忿然，「過」上舊脱「田」字，「王」上舊脱「宣」字。○趙本有「田」「宣」二字。校云：舊無「田」字，據文選陶徵士誄注引補。又「重」作「宣」。案「重」字當有，「宣」字屬下句。○維遹案：趙校是也，今據補。説苑修文篇有「田」字無「宣」字，「然」下有「怒」字。曰：「曷爲士去親而事君？」田過對曰：「非君之土地無以處吾親，舊脱「田過」二字。○維遹案：文選陶徵士誄注引有「田」字，脱「過」字，説苑修文篇有「田過」二字，今據補。非君之禄無以養吾親，非君之爵無以尊顯吾親。趙懷玉云：説苑〈修文篇〉「爵」下有「位」字。受之於君，致之於親。凡事君，以爲親也。」趙懷玉云：文選〈陶徵士誄〉注引作「凡事君者，亦爲親也」。○維遹案：説苑修文篇「以」上有「所」字。宣王悒然無以應之。詩曰：「王事靡盬，不遑將父。」

第二章

趙王使人於楚，鼓瑟而遣之，曰：「必如吾言，慎無失吾言。」舊脱「必如吾言」四字。○趙善詒云：「慎無失吾言」文選廣絶交論注引作「必如吾言辭」，説苑奉使篇同。治要引句上有「必如吾言」四字，義似重複，而文情實勝，蓋臨行諄諄囑付之辭也。今本與文選注互有奪耳，當據治要補之。御覽五百七十六引同今本，其誤已久。○維遹案：趙校是也，今據補。使者受命，伏而不起，曰：「大王鼓瑟未嘗若今日之悲也。」王曰：「然，瑟固方調。」舊作「王曰調」。○趙善詒云：「王曰調」無義。治要引作「王曰然，瑟固方調」，今本當有奪文，疑應據補。御覽五百七十六引作「王曰然，鼓瑟者固方調也」，説苑奉使篇作「王曰宮商固方調矣」，俱可證之。○維遹案：趙校是也，今據治要補。使者曰：「調則可記其柱。」王曰：「不可。天有燥溼，維遹案：説苑奉使篇同，文選廣絶交論注引作「夫時有燥溼」。絃有緩急，柱有推移，維遹案：「柱有推移」文選廣絶交論注引作「徽柱推移」。不可記也。」使者曰：「臣請借此以喻。舊脱「臣」字。○趙善詒云：治要、御覽五百七十六、〈文〉選〈廣絶交論〉注引「請」上皆有「臣」字。○維遹案：趙校是也，今據補。楚之去趙也千有餘里，維遹案：文選廣絶交論注引作「二千餘里」。亦有吉凶之變。維遹案：治要引「亦」作「且」。「亦」「且」同義。凶則弔之，吉則賀之，猶柱之有推移，不可記也。故明王之使人也，必慎其所使，既使之，任之以心，不任以辭也。舊作「故王之使人，必慎其所之而不任以辭」。○趙善詒云：「必慎其所之」與上下文不應。治要引作「故明王之使人也，必慎其所使，既使之，任之以心，不任以辭也」，今本當有奪文。○維遹案：趙校是也，今據補。說苑奉使篇作「使者曰，臣聞（「臣聞」二字今本脱，據原本北堂書鈔四十引補）明君之使人也，任之以事，不制以辭」，其義亦明。**詩曰：「莘莘征夫，每懷靡及。」**「莘莘征夫」舊作「征夫捷捷」。○陳喬樅云：説文及國語晉語並引作「莘莘」，與詩考引韓詩同，今本外傳引詩作「征夫捷捷，每懷靡及」，則在大雅蒸民矣，今本誤也。茲從詩考訂正。○瞿中溶云：元本作「莘莘征夫」，與説苑（奉使篇）合，今作「征夫捷捷」，非。○維遹案：陳瞿校是也，詩考引與元本同，今據正。

第三章

齊有隱士東郭先生梁石君。當曹相國爲齊相也，周廷寀云：曹相國，高祖功臣平陽侯參也。齊相，謂相齊悼惠王。**客謂匱生曰：**趙懷玉云：匱生即蒯通也。匱音近蒯。事見漢書（蒯）通傳。○郝懿行云：匱生即蒯生。○維遹案：趙郝校是，匱從貴聲，貴從臾聲。臾古文蕢。廣韻十六怪，蒯蕢並苦怪切，此匱蒯聲類相同之證也。蒯通稱蒯生，猶賈誼稱賈生耳。**「夫東郭先生梁石君，世之賢士也。**「賢」下舊脱「士」字。○維遹案：下文與此同，正有「士」字，今據補。**隱於深山，終不詘身下志以求仕者也。吾聞先生得謁曹相國，願先生爲之先。臣里婦與里母相善。婦見疑盜肉，**「臣里婦與里母相善」舊作「臣里母相善」。○維遹案：「臣里母相善」語意不完，當作「臣里婦與里母相善」。漢書蒯通傳作「臣之里婦與里之諸母相善也」，此約其文。今據補。**其姑去之，恨而告于里母，里母曰：『安行。**趙懷玉云：漢書（蒯通傳）作「汝安行」。○周廷寀云：顏

注：「安，徐也。」今令姑呼汝。』即束蘊請火去婦之家，趙懷玉云：「蘊」漢書〈蒯通傳〉作「縕」，亂麻也。下同。曰：『吾犬爭肉相殺，請火治之。』姑乃直使人追去婦還之。諸本皆同，元本「追」作「逐」。○維遹案：本或作「逐」，「逐」爲「遽」字之壞，本作「遽追」，元本脱「追」字，他本脱「遽」字，合之乃備。漢書蒯通傳作「亡肉家遽追呼其婦」，惟今本亦通。故里母非談説之士，束蘊請火，非還婦之道也，然物有所感，事有適可。「適可」舊作「可適」。○周廷寀云：「可」「適」文倒，當從〈漢書蒯通〉傳作「適可」。○維遹案：周校是也，今據乙正。何不爲之先？」匱生曰：「愚恐不及。然請盡力爲東郭先生梁石君束蘊請火。」於是乃見曹相國曰：「臣之里有夫死三日而嫁者，有終身不嫁者。則自爲娶，將何娶焉？」維遹案：「則」猶「即」也。漢書蒯通傳作「足下即欲求婦何取」，是其義。相國曰：「吾亦娶其終身不嫁者耳。」匱生曰：「齊有隱士東郭先生梁石君，世之賢士也。隱於深山，終不詘身下志以求仕。相國娶婦，欲娶其不嫁者，取臣獨不取其不仕之臣耶？」於是曹相國因匱生束帛安車迎東郭先生梁石君，厚客之。詩曰：「既見君子，我心則降。」

第四章

孔子曰：「昔者周公事文王，行無專制，事無由己，身若不勝衣，言若不出口，有奉持於前，洞洞焉若將失之，可謂能子矣。「謂」下舊脱「能」字。○趙善詒云：例以下文「可謂能武矣」，則此「謂」下亦當有「能」字。淮南子氾論篇「謂」下有「能」字。○維遹案：趙校是也，今據補。武王崩，成王幼，周公承文武之業，履天子之位，聽天下之政，「天下」舊作「天子」。○趙善詒云：下「天子」淮南子氾論篇作「天下」，當據正之。○維遹案：趙校是也。荀子儒效篇作「聽天下之斷」，今據正。征夷狄之亂，誅管蔡之罪，抱成王而朝諸侯，誅賞制斷，無所顧問，威動天地，振恐海內，可謂能武矣。成王壯，周公致政，北面而事之，請然後行，無伐矜之色，可謂能臣矣。「謂」下舊脱「能」字。○趙善詒云：淮南子氾論篇「謂」下有「能」字，當從之補，與前例同。○維遹案：趙校是也，今據補。故一人之身，能三變者，所以應時也。」詩曰：「左之左之，君子宜之，右之右之，君子有之。」維遹案：兩「右」字周本並作「有」。

第五章

傳曰：鳥之美羽勾喙者，鳥畏之。「喙」舊作「啄」。○元本、沈本、張本、鍾本、黃本、楊本、毛本、程本、劉本亦作「啄」，趙本作「喙」。○周廷寀云：「啄」疑當作「喙」。○趙善詒云：御覽四百六十四引「啄」作「喙」。「畏」上有「共」字，下倣此。○維遹案：各本皆作「啄」。宋本御覽亦仍作「啄」。今據正。魚之侈口垂腴者，魚畏之。人之利口贍辭者，人畏之。趙善詒云：御覽四百六十四引「贍辭」作「巧辯」。是以君子避三端：避文士之筆端，避武士之鋒端，避辯士之舌端。維遹案：文選陸機文賦注引「避」並作「辟」。古字通用。詩曰：「我友敬矣！讒言其興。」

第六章

孔子困於陳蔡之間，即三經之席，諸本皆同，元本「即」作「席」。○維遹案：本或作「席」，與説苑雜言篇合。日本關嘉説苑纂註云：「三經，詩書禮也，席三經之席者，下所謂席讀詩書治禮之席也。」七日不食，藜羹不糁，維遹案：吕氏春秋慎大篇、説苑雜言篇、莊子讓王篇、風俗通窮通篇同。墨子非儒下篇、荀子宥坐篇「糁」作「糂」。説文米部：「糂，以米和羹也。糁古文糂。」弟子有飢色，維遹案：荀子宥坐篇、説苑雜言篇「子」下有「皆」字。讀詩書習禮樂不休。「書」上舊脱「詩」字。○趙善詒云：説苑雜言篇「書」上有「詩」字，是也。「讀詩書」與「習禮樂」對文。○維遹案：趙校是也，今據補。子路進諫曰：「爲善者，天報之以福。爲不善者，天報之以禍。「禍」舊作「賊」。○趙本作「禍」。校云：一作「賊」，非。○維遹案：趙校是也。荀子宥坐篇、説苑雜言篇、家語在厄篇作「禍」，今據正。今夫子積德累仁，爲善久矣。意者尚有遺行乎，舊作「意者當遺行乎」。○趙本作「意者尚有遺行乎」。校云：本作「意者當遺行乎」，譌。據文選對楚王問、辯命論兩注引改正。○維遹案：趙校是也。説苑雜言篇亦作「意者尚有遺行乎」，今據補正。奚居之隱也？」維遹案：荀子宥坐篇同。楊注：「隱謂窮約。」家語在厄篇「隱」作「窮」，以訓詁字改之。孔子曰：「由來！汝小人也，未講於論也。居，吾語汝。子以知者爲無罪乎，則王子比干何爲刳心而死？子以義者爲聽乎，維遹案：「義」讀爲「議」。荀子宥坐篇、説苑雜言篇、家語在厄篇作「諫」，字異而義同。則伍子胥何爲抉目而懸吴東門？趙懷玉云：當時説士所爲，每不細考前後。○趙善詒云：趙校是也。孔子困陳蔡在哀六年，伍子胥被殺在哀十一年。子以廉者爲用乎，則伯夷叔齊何爲餓於首陽之山？維遹案：「首陽之山」諸本皆同，惟元本作「首山之陽」。説苑雜言篇、莊子讓王篇、史記伯夷列傳、東方朔七諫亦作「首陽山」。子以忠者爲用乎，則鮑叔何爲而不用，葉公子高終身不仕，周廷寀云：鮑叔，説苑（雜言篇）云：鮑莊也。荀（子宥坐篇）作關龍逢。○沈豫云：（左傳莊八年）「鮑叔事公子小白」，杜注：「鮑叔，小白傅。」哀十六年「沈諸梁兼二事」，杜注：「沈諸梁即葉公子高。二事，令尹、司馬。」未得云不用不仕。鮑焦抱木而立，子推登山而燔？「立」舊作「泣」。○維遹案：諸書載鮑焦抱木而死事，未有言其抱木而泣者。「泣」本作「立」，校者妄改爲「泣」。説苑雜言篇作「鮑焦抱木而立枯，介子推登山焚死」。説苑采自本書，義尤明顯。本書卷一第二十七章「鮑焦立槁於洛水之上」，文選鄒陽獄中上書自明注引列士傳「立槁」作「立枯」，韓非子八説篇「鮑焦木枯」，風俗通義愆禮篇「鮑焦立枯而死」，莊子盜跖篇「鮑子立乾」，又「子推抱木而燔死」，鮑焦子推古書中往往並舉之，其事亦混而爲一，故楚辭九章惜往日「介子推而立枯兮」。此不作立枯燔死，省其文耳。今據正。故君博學深謀，不遇時者衆矣。豈獨丘哉？賢不肖者材也。遇不遇者時也。今無有時，賢安所用哉？故虞舜耕於歷山之陽，立爲天子，其遇堯也。傅説負土而版築，以爲大夫，其遇武丁也。伊尹故有莘氏僮也，負鼎操俎調五味，而立爲相，其遇湯也。吕望行年五十，賣食棘津，趙善詒云：尉繚子兵議篇作「賣食盟津」。水經河水注：「棘津猶孟津也。」朱氏起鳳云：「孟盟古通用，盟字古又通作望，望之音可轉爲𣗥，棘即𣗥之訛字也。」年七十屠於朝歌，九十乃爲天子師，則遇文王也。管夷吾束縛自檻車，以爲仲父，趙懷玉云：「自」說苑（雜言篇）作「膠目」，此脫誤。○維遹案：說苑作「管夷吾束縛膠目，居檻車中，自車中起爲仲父」，呂氏春秋贊能篇云「管子束縛在魯」，又云「魯君乃使吏鞹其拳，膠其目，盛之以鴟夷，置之車中」。本書若有膠目之文，據說苑當云「管夷吾束縛膠目，居檻車以爲仲父」，或「自檻車」作「自檻車起」，不加膠目亦通。據呂氏春秋則「自檻車」當作「置檻車」。則遇齊桓公也。百里奚自賣五羊之皮，爲秦伯牧牛，維遹案：說苑雜言篇「牧牛」作「牧羊」。據孟子萬章篇則「牛」是而「羊」非。舉爲大夫，則遇秦繆公也。虞丘名聞於天下，舊脫「名聞」二字。○周廷寀云：「虞丘」（說苑雜言篇）作「沈尹」。「於」字上當據說苑補「名聞」二字。○陳喬樅云：外傳二載沈令尹進孫叔敖事，列女傳賢明篇及新序一，「沈令尹」並作「虞邱子」，則虞邱子當即沈令尹之號。○維遹案：沈令尹即沈尹筮，筮其名也，見呂氏春秋尊師篇、當染篇、察傳篇、贊能篇。周校補「名聞」二字，是也，今據補。以爲令尹，讓於孫叔敖，則遇楚莊王也。伍子胥前功多，後戮死，非知有盛衰也，前遇闔閭，後遇夫差也。夫驥罷鹽車，此非無形容也，莫知之也。維遹案：「非」上「此」字衍。「莫」上脫「世」字，或「世」字誤爲「此」，校者移在上句。說苑雜言篇無「此」字有「世」字。使驥不得伯樂，安得千里之足？造父亦無千里之手矣。夫蘭茝生於茂林之中，深山之間，不爲人莫見之故不芬。舊脫「不爲」二字。○諸本皆同，元本有「不爲」二字。○維遹案：本或有「不爲」二字，今據補。荀子宥坐篇作「非以無人而不芳」，說苑雜言篇作「非爲無人而不香」，家語在厄篇作「不以無人而不芳」，皆可佐證元本。「故」猶「乃」也，「乃」「而」同義。夫學者非爲通也。爲窮而不困，憂而志不衰，元本、沈本、張本、毛本、劉本同，鍾本、黃本、楊本、程本、周本「困」與「憂」互易。〇周廷寀云：荀子〔宥坐篇〕「憂」在「困」下，疑倒。〇維遹案：本或作「困憂」，與説苑雜言篇合。周校非是。**先知禍福之終始，**舊脱「終」字。〇維遹案：「始」上當有「終」字。荀子宥坐篇有「終」字，今據補。説苑雜言篇亦脱「終」字。**而心無惑焉。故聖人隱居深念，獨聞獨見。夫舜亦賢聖矣，南面而治天下，惟其遇堯也。使舜居桀紂之世，能自免於刑戮之中，則爲善矣，亦何位之有？桀殺關龍逢，紂殺王子比干，當此之時，豈關龍逢無知，而王子比干不慧乎哉？**趙本「知」下無「而」字。**此皆不遇時也。故君子務學，脩身端行而須其時者也。子無惑焉。」詩曰：「鶴鳴九皋，聲聞于天。」**「鳴」下舊有「于」字。〇瞿中溶云：元本上句作「鶴鳴九皋」，與説文、唐石經並合。今「鳴」下加「于」字，非。〇許瀚云：此章引詩，諸本皆同，唯明唐玉林校刊本作「鶴鳴九皋」，無「于」字。何燕泉先生家語注引韓詩外傳亦無「于」字。然則此無「于」字本，明嘉靖天啟間猶存也。錢竹汀先生十駕齋養新録一引臧在東先生語，博徵史記、論衡、風俗通、文選、初學記、白帖、後漢書注、文選注及賈昌朝群經音辨引詩並無「于」字，以證毛詩本無「于」字，謂北宋人尚見古本。今觀何唐二公所據外傳，是韓詩亦本無「于」字。今本毛詩韓詩外傳皆有「于」字者，目唐石經有「于」字，後人因以改毛詩，又因以改韓詩外傳耳。群書引詩無「于」字，據今所見，猶十許處，而王浚儀詩考不載，蓋深知其爲石經之誤，故不以爲異文也。〇維遹案：瞿許校是，今據删。

第七章

曾子曰：「往而不可還者親也。至而不可加者年也。元本「加」作「用」。**是故孝子欲養，**

而親不待也。木欲直，而時不待也。諸本皆同，元本下「待」字作「使」。○維遹案：本或作「使」，與卷一第十七章「樹木欲茂，霜露不使」之「使」同義。**是故椎牛而祭墓，不如雞豚逮親存也。故吾嘗仕爲吏，禄不過鐘釜，**「嘗」下舊有「仕齊」二字。○許瀚云：藝文類聚二十、初學記十七引皆作「初吾爲吏，禄不過釜」，歐引「過」作「及」，無「仕齊」字。案無「仕齊」字是也。本書首章云「曾子仕於莒，得粟三秉。方是之時，曾子重其禄而輕其身。親没之後，齊迎以相，楚迎以令尹，晉迎以上卿。方是之時，曾子重其身而輕其禄」。禮記檀弓「曾元稱曾子爲夫子」，鄭注云：「言夫子者，曾子親没之後，齊嘗聘以爲卿而不爲也。」孔氏正義即引韓詩外傳爲證。然則曾子親没之前，未嘗仕齊。此「仕齊」字蓋後人所加，當依歐徐二書所引删正。或疑「齊」即「莒」字之譌。案仕莒得粟三秉，秉十六斛，三秉則四十八斛，此云「禄不過釜」，釜六斗四升耳。即如今本作「禄不及鍾釜」，釜十則鍾，才六斛四斗，與三秉之數甚相縣殊。以此證之，知非「莒」譌也。○維遹案：許校是也。史記仲尼弟子列傳正義、御覽四百十四引並作「故吾嘗仕爲吏，禄不過鐘釜」亦無「齊」字，今據删。**尚猶欣欣而喜者，非以爲多也，樂其逮親也。既没之後，**維遹案：史記仲尼弟子列傳正義、御覽四百十四引「逮」作「養」，「既」作「親」。**吾嘗南遊於楚，得尊官焉，堂高九仞，**諸本皆同，趙本「仞」作「尺」。○維遹案：本或作「尺」，類聚二十、白帖二十引同。**榱題三圍，**維遹案：史記仲尼弟子列傳正義、御覽四百十四引「圍」作「尺」。**轉轂百乘，**維遹案：白帖二十引同。史記仲尼弟子列傳正義引「轉」作「軑」，御覽四百十四引作「數」。**猶北鄉而泣涕者，**諸本皆同，趙本「泣涕」作「涕泣」。○維遹案：史記仲尼弟子列傳正義、類聚二十、御覽四百十四引「猶」上有「然」字，疑脱。**非爲賤也，悲不逮吾親也。**維遹案：史記仲尼弟子列傳正義、御覽四百十四引「逮」作「見」，類聚二十、白帖二十引同今本。**故家貧親老不擇官而仕。**

若夫信其志，約其親者，非孝也。維遹案：「信」與「約」相對，信當讀若伸。詩曰：「有母之尸雍。」

第八章

趙簡子有臣曰周舍，立於門下三日三夜。簡子使人問之，「使」下舊脱「人」字。○維遹案：書鈔百四引「使」下有「人」字，新序雜事一同，今據補。曰：「子欲見寡人何事？」周舍對曰：「願爲諤諤之臣，維遹案：原本玉篇諤字下引同。治要引「諤諤」作「愕愕」，史記趙世家集解引作「鄂鄂」。古皆通用。書鈔百四引「曰」下有「臣」字，「爲」下有「君」字。墨筆操牘，趙懷玉云：「墨」御覽六百三引作「秉」。○維遹案：書鈔九十六，御覽六百六引「墨」亦作「秉」，玉篇引作「執」，治要、史記趙世家集解引與今本同。墨筆連文，亦見管子霸行篇。從君之後，司君之過而書之，舊作「從君之過而」。○趙本作「從君之後，司君之過而書之」。校云：舊本無「之後司君」「書之」六字。據御覽〔六百三〕補。新序雜事一亦有。○周廷寀云：案新序〔雜事一〕當云「從君之後，司君之過而書之」，疑此從下而下文脱。○維遹案：趙周校是。書鈔九十六、又百四、類聚五十八、事類賦九、廣韻五質「筆」下引並作「從君之後，伺君過而書之」，今據補。治要、史記趙世家集解、玉篇引與今本同。玉篇又改「過」爲「道」。是其脱誤已久。日有記也，月有成也，歲有效也。」趙懷玉云：新序〔雜事一〕「成」作「效」，「效」作「得」。簡子居則與之居，出則與之出。居無幾何，而周舍死。簡子如喪子。後與諸大夫飲於洪波之臺，酒酣，簡子涕泣。諸大夫皆出走，曰：「臣有罪而不自知也。」「知」下舊脱「也」字。○趙本有「也」字。校云：舊無「也」字。據御覽四百九十七引補。○維遹案：趙校是也。治要引亦有「也」字，新序雜事一同，今據補。簡子曰：「大夫皆無罪。昔者吾友周舍有言，「吾」下「友」舊作「有」。○元本以下諸本亦作「有」，趙本作「友」。○維遹案：本或作「友」，是。治要、御覽四百九十七引作「友」，新序雜事一同，今據正。曰：『千羊之皮不若一狐之腋，衆人之唯唯不若直士之諤諤。舊作「衆人諾諾，不若一士之諤諤」。○諸本皆同，元本「諾諾」作「唯諾」，「一士」作「直士」。○趙本「人」下有「之」字。校云：「之」字舊無，案當有。○維遹案：趙校是也。「諾諾」當作「唯唯」，因元本作「唯諾」，他本又改爲「諾諾」，全失其真。「一士」當從元本作「直士」，他本改爲「一士」，求與衆人相對也。治要、御覽四百九十七引作「衆人之唯唯」，新序雜事一同。又「一士」治要、御覽四百九十七引作「直士」。今據補正。昔者商紂默默而亡，維遹案：「默默」新序雜事一作「昏昏」，字異而義同。武王諤諤而昌。』今自周舍之死，維遹案：新序雜事一無「今」字，「死」下有「後」字。吾未嘗聞吾過也。吾亡無日矣。是以寡人泣也。」周廷寀云：此下疑脱詩辭。

第九章

傳曰：齊景公問晏子：「爲國何患？」「國」舊作「人」。○趙懷玉云：韓非外儲説右上〔篇〕、説苑政理篇皆作「桓公問管仲」，惟晏子問上篇與此同。「爲人」作「治國」。○周廷寀云：「人」當作「國」。○維遹案：周校是也。下文云「此國之大患也」，與此相應，今據正。爲國猶言治國。晏子對曰：「患夫社鼠。」景公曰：「何謂社鼠？」晏子曰：「社鼠出竊於外，入託於社，灌之恐壞牆，燻之恐燒木。此鼠之患。維遹案：「患」下疑有脱文。當云「此鼠之患，以社故也」。晏子春秋問上篇、説苑政理篇作「此鼠所以不可得殺者，以社故也」。本書即截晏文。今君之左右，出則賣君以要利，維遹案：諸本皆同，惟元本「要利」作「效利」。韓非子外儲説右上篇作「收利」。入則託君，維遹案：「君」下疑有脱文。當云「入則託君以蔽惡」，此與上文「出則賣君以要利」對舉。韓非子外儲説右上篇作「入則比周而蔽惡於君」，晏子春秋問上篇作「內則蔽善惡于君上」，蔽善惡猶言蔽惡，此複解偏義也。不罪乎亂法，君又并覆而有之。「有」舊作「宥」。○諸本皆作「宥」，元本作「有」。○劉師培云：「并」疑「平」字之訛。「宥」，宥字之假借。「覆」字當訓爲反。廣雅釋言云：「覆，反也。」覆而宥之，猶言平反而赦之也。晏子此語，言人臣欲誅左右，則爲君者反平其獄，以宥其罪。如後世漢文赦鄧通是也。○維遹案：劉校是也。惟「君」上疑脱「罪之則」三字。韓非子外儲説右上篇作「吏不誅則亂法，誅之則君又（「又」舊作「不」，從劉師培校改。）安據而有之」，晏子春秋問上篇作「不誅之則爲亂，誅之則爲人主所案據覆（「覆」舊作「腹」，從黃以周校改。）而有之」，説苑政理篇作「不誅之則爲亂，誅之則爲人主所案（「案」舊作「察」，從黃以周校改。）據覆（舊作「腹」）而有之」，並其明證。「宥」本或作「有」，與諸書合，「有」即「宥」之省。今據正。此社鼠之患也。」維遹案：「此」下疑脱「亦」字。韓非子外儲説右上篇、晏子春秋問上篇並有「亦」字。景公曰：「嗚呼，豈其然！」趙懷玉云：晏子（問上篇）無「景公曰」八字，下亦晏子語。○郝懿行云：「豈其然」以下蓋有闕文。「人有市酒而甚美者，置表甚長，郝懿行云：韓非子外儲説右上篇作「縣幟甚高」，其意一也。然至酸而不售。問里人其故。蘇輿云：言以其故問里人也。史記（趙奢傳）「括母問奢其故」，文與此同。里人曰：『公之狗甚猛，而人有持器而欲往者，狗輒迎而齧之，是以酒酸不售也。』士欲白萬乘之主，用事者迎而齧之，亦國之惡狗也。左右者爲社鼠，用事者爲惡狗，諸本皆同，元本「惡」上脱「爲」字。此爲國之大患也。」「此」下舊脱「爲」字。○維遹案：「此」下當有「爲」字。説苑政理篇作「此治國之所患也」，「爲」「治」同義。上文亦云「爲國何患」，今據補。詩曰：「瞻彼中林，侯薪侯蒸。」言朝廷皆小人也。

第十章

昔者司城子罕相宋，趙懷玉云：此子罕非樂喜。○周廷寀云：子罕，樂喜也。案左氏春秋樂喜爲司城以爲政，在平公十二年，魯襄公九年也。平公在位四十四年乃薨，當魯昭公十年，不得有子罕期年出君之事。蓋韓〔非〕子外儲説誣也。○劉先生云：韓非子二柄篇、外儲説右下篇、史記李斯傳、説苑君道篇並云司城子罕劫逐其君而專國政。蓋法家諸子以子罕柄政最久，得君最專，故造作事狀有期年劫君之説。而後世隘儒以左傳所載子罕相宋有善政，乃創爲子罕有二之説，其實皆失之。謂宋君曰：「夫國家之安危，百姓之治亂，在君之行賞罰。「行」下舊脱「賞罰」二字。○諸本皆同，元本「之行」作「行之」。○維遹案：「行」下當有「賞罰」二字。此總言賞罰，下文乃分別言之。今本脱此二字，則下文不相承矣。淮南子道應篇作「在君行賞罰」，説苑君道篇作「在君行之賞罰也」，「行」「之」誤倒，今據補。夫爵賞賜與，人之所好也，「爵」下舊有「禄」字，「與」舊作「舉」。○趙本無「禄」字，「舉」作「與」。校云：舊本「爵」下衍「禄」字，「與」譌作「舉」。案韓非〔子〕外儲説右下〔篇〕作「慶賞賜予」，淮南〔子〕道應篇作「爵賞賜予」，今據刪正。○周廷寀云：韓〔非子〕云「慶賞賜與」，疑此「禄」字衍，「舉」當作「與」。○維遹案：趙周校是。韓非子二柄篇作「夫慶賞賜予」，説苑君道篇作「夫賞賜讓與」，亦無「禄」字，今據删正。君自行之。殺戮刑罰，民之所惡也，臣請當之。」君曰：「善。寡人當其美，子受其惡，寡人自知不爲諸侯笑矣。」國人知殺戮之刑專在子罕也，大臣親之，百姓畏之。居不期年，子罕遂劫宋君而專其政。「劫」舊作「去」。○淮南子道應篇「去」作「却」。○王念孫云：「却」當爲「劫」字之誤也。韓詩外傳作「去」，「去」亦「劫」之誤。韓非子外儲説右篇作「劫宋君而專其政」，是其證。二柄篇又云：「宋君失刑而子罕用之，故宋君見劫。」史記李斯傳亦云：「司城子罕劫其君。」○維遹案：王校是也，今據正。説苑君道篇作「逐其君而專其政」，「逐」爲「遂」字之壞，下脱「劫」字。故老子曰：「魚不可脱於淵，國之利器不可以示人。」詩曰：「胡爲我作，不即我謀？」

第十一章

衛懿公之時，有臣曰弘演者，沈本、張本、鍾本、楊本、毛本、程本同，黄本、劉本、趙本「弘演」作「宏演」，元本作「弘負」。○維遹案：本或作「弘演」，與呂氏春秋忠廉篇、新序義勇篇、論衡儒增篇合。受命而使。未反，而狄人攻衛。於是懿公欲興師迎之。其民皆曰：「君之所貴而有禄位者，鶴也。所愛者，宫人也。諸本皆同，惟元本「貴」下無「而有」二字，「鶴」作「鳥」，「愛」作「貴」。○維遹案：呂氏春秋忠廉篇、新序義勇篇作「君之所予位禄者鶴也，所貴富者宫人也」，新序無「貴」字。若從元本參驗呂氏春秋、新序，則本書當作「君之所與禄位者鶴也，所貴愛者宫人也」。篆文「貴」上半與「與」形近。新序「予」一本作「與」，「予」「與」古通。惟今本亦通。亦使鶴與宮人戰。維遹案：「亦使」呂氏春秋忠廉篇、新序義勇篇作「君使」，賈子新書春秋篇作「君亦使」。余安能戰！」諸本皆同，元本「余」作「其餘」。○維遹案：左傳閔公二年、呂氏春秋忠廉篇、新序義勇篇作「余焉能戰」，元本不可從。遂潰而皆去。狄人至，攻懿公於熒澤，元本同，黃本、周本「熒」作「滎」。○維遹案：本或作「熒」，與左傳閔公二年合。本或作「滎」，與新序義勇篇合。呂氏春秋忠廉篇作「榮」。當以「熒」字爲正。殺之。盡食其肉，獨舍其肝。弘演至，報使於肝。辭畢，呼天而號。哀止，曰：「若臣者，獨死可耳。」於是遂自刳，出腹實，內懿公之肝，乃死。桓公聞之，曰：「衞之亡也，以無道也。今有臣若此，不可不存。」於是復立衞於楚丘。如弘演，可謂忠士矣。趙善詒云：類聚二十引無「士」字，與呂氏春秋忠廉篇同。殺身以捷其君，趙懷玉云：呂氏春秋忠廉篇「捷」作「徇」。非徒捷其君，又令衞之宗廟復立，祭祀不絕，可謂有大功矣。詩曰：「四方有羨，我獨居憂。民莫不穀，我獨不敢休。」

第十二章

孫叔敖遇狐丘丈人。周廷寀云：荀子堯問篇云「繒邱封人」，說苑敬慎但作「老父」，而不著地名。○維遹案：列子說符篇、淮南子道應篇與此略同。狐丘丈人曰：「僕聞之，有三利必有三患，子知之乎？」孫叔敖蹵然易容曰：「小子不敏，何足以知之。敢問何謂三利？何謂三患？」狐丘丈人曰：「夫爵高者，人妬之。官大者，主惡之。祿厚者，怨歸之。此之謂也。」孫叔敖曰：「不然。

吾爵益高，吾志益下。吾官益大，吾心益小。吾禄益厚，吾施益博。可以免於患乎？」狐丘丈人曰：「善哉言乎！堯舜其猶病諸。」詩曰：「温温恭人，如集於木。惴惴小心，如臨于谷。」

第十三章

孔子曰：「明王有三懼。周廷寀云：説苑君道篇作「明主」。一曰處尊位而恐不聞其過，二曰得志而恐驕，三曰聞天下之至道而恐不能行。維遹案：「行」下説苑君道篇有「何以識其然也」六字。昔者越王勾踐與吴戰，大敗之，兼有南夷。當是之時，君南面而立，近臣三，遠臣五，令諸大夫曰：『聞過而不以告我者爲上戮。』維遹案：説苑君道篇「聞」下有「吾」字。此處尊位而恐不聞其過也。昔者晉文公與楚戰，大勝之，燒其軍，火三日不息。「軍」舊作「草」。○俞樾云：當從説苑〈君道篇〉作「軍」爲是。説文車部：「軍，圜圍也，從車從包省。」一切經音義引字林曰：「軍，圍也，包車爲軍。」是軍之本義，車在其中而包裹其外，正爲營壘之象。古書「軍」字如晉軍函陵、秦軍氾南之類，其本義也。如郤縠將中軍、狐偃將上軍之類，其引申義也。宣十二年左傳「君盍築武軍」，杜注曰：「築軍營以章武功。」襄二十三年「張武軍於熒庭」，杜注曰：「張武軍謂築壁壘。」然則此云「燒其軍」，謂燒其壁壘也。○維遹案：俞校是也。今據正。文公退而有憂色。侍者曰：『君大勝楚而有憂色，何也？』文公曰：『吾聞能以戰勝而安者惟聖人。「勝」下舊脱「而」

字。○維遹案：説苑君道篇有「而」字，今據補。若夫詐勝之徒，未嘗不危，吾是以憂也。』此得志而恐驕也。昔者齊桓公得管仲隰朋，辯其言，説其義，正月之朝，令具太牢，進之先祖。桓公西面而立，管仲隰朋東面而立。舊作「昔者齊桓公得管仲隰朋，南面而立」。○趙懷玉云：此句有脱誤。案説苑君道篇云：「辯其言，説其義，正月之朝，令具太牢，進之先祖。桓公西面而立，管仲隰朋東面而立。」此段當補入，方可接下文。○陳喬樅校同。○維遹案：趙校是也，今據補正。桓公曰：『吾得二子也，吾目加明，吾耳加聰。不敢獨擅，維遹案：管子戒篇、呂氏春秋贊能篇「不」上有「孤」字。進之先祖。』此聞天下之至道而恐不能行者也。「聞」下舊脱「天下之」三字。○維遹案：此復舉上文，當有「天下之」三字。説苑君道篇有，今據補。由桓公、晉文、越王勾踐觀之，三懼者，明君之務也。」詩曰：「温温恭人，如集于木。惴惴小心，如臨于谷。戰戰兢兢，如履薄冰。」「兢」下舊有「如臨深淵」句。○元本、鍾本、黄本、楊本、程本亦有此句，沈本、張本、毛本、劉本無此句。○趙懷玉云：林本無此句。○周廷寀云：此句小旻詩文，蓋傳者錯引入小宛也。○維遹案：周校是也，今據本或無此句者删。此言文王居人上也。周本同，元本、沈本、諸本「文」作「大」。○周廷寀云：「文」疑當爲「明」。

第十四章

楚莊王賜其群臣酒。日暮酒酣，左右皆醉。殿上燭滅，有牽王后衣者。后扢冠纓而絶之，周廷寀云：説苑復恩篇「扢」作「援」。○郝懿行云：扢音骨，又音槩，摩也。言於王曰：「今燭滅，有牽妾衣者，妾扢其纓而絶之。願趣火視絶纓者。」維遹案：趣讀爲促。王曰：「止！」立出令曰：「與寡人飲，周廷寀云：「與」上説苑復恩篇有「今日」二字。不絶纓者，不爲樂也。」於是冠纓無完者，不知王后所絶冠纓者誰。於是王遂與群臣歡飲，乃罷。後吳興師攻楚，周廷寀云：説苑復恩篇云「晉與楚戰」。有人常爲應行合戰者，沈本、張本、毛本、劉本同，元本、鍾本、黄本、楊本、程本「合戰者」作「五合戰」。○維遹案：「應行」猶顔行，其義爲首行、前行也。「應」金文作「雁」。毛公鼎「雁受大命」，猶逸周書祭公篇「應受天命」。弓鎛「雁受君公之錫光」，猶管子小匡篇「應公之賜」。此雁讀爲應之驗。雁與顔聲類同，得相通假。管子輕重甲篇「若此則士争前戰爲顔行」，漢書嚴助傳「如使越人蒙死徼幸以逆執事之顔行」，注引文穎曰「顔行猶雁行，在前行故曰顔也」。是其證。説文頁部：「顔，眉之間也。」顔亦稱顙。方言十「顔，顙也，東齊謂之顙，汝潁江淮之間謂之顔」，儀禮士喪禮「主人哭拜稽顙」，鄭注：「稽顙，頭觸地。」公羊傳昭二十五年「再拜顙」，何解「顙者，猶今叩頭」。案叩頭當於周禮太祝九拜之頓首，是顙之爲首，猶顔之爲首耳。説苑復恩篇作「有一臣常在前也」，前即前行。墨子號令篇「勇敢爲前行」，亦即首行。吕氏春秋簡選篇「齊桓公良車三百乘，教萬人以爲兵首」，兵首謂軍之首行，猶下文云前陣也。「合戰者」本或作「五合戰」，屬下讀。説苑作「五合」。今本亦通。五陷陣卻敵，遂取大軍之首而獻之。維遹案：大軍猶將軍也。説苑尊賢篇「田忌去齊奔楚」章：「使上將軍將之。至，禽將軍首而反耳。」王怪而問之曰：「寡人未嘗有異於子，子何爲於寡人厚也？」對曰：「臣先殿上絶纓者也。當時宜以肝膽塗地。諸本皆同，元本「宜」作「立」。負日久矣，周廷寀云：「負」當作「爲」。説苑復恩篇云：「用頸血湔敵久矣。」○維遹案：廣雅釋詁：「負，後也。」言延緩久矣。未有所效。今幸得用於臣之義，尚可爲王破吴而强楚。」詩曰：「有漼者淵，雈葦淠淠。」言大者無不容也。周宗杬云：詩考外傳第十九事引小弁「雈」與毛詩「萑」異文。○趙善詒云：今本外傳同詩考作「雈」。説文：「雈，雈爵也。」與「葦」非連文，且義不可通，當爲「萑」之誤刊，本同毛詩也。佛典引外（當爲「内」之誤）傳云：「老萑爲萑，老蒲爲葦（見經義考引董斯張語）。」亦作「萑」，可證。

第十五章

傳曰：伯奇孝而棄於親。隱公慈而殺於弟。叔武賢而殺於兄。比干忠而誅於君。詩曰：「予慎無辜。」

第十六章

紂殺王子比干，箕子被髮佯狂。陳靈公殺泄冶，鄧元去陳以族從。自此之後，殷并於周，陳亡於楚，以其殺比干、泄冶，而失箕子、鄧元也。燕昭王得郭隗而鄒衍樂毅以齊魏至。於是興兵而攻齊，棲閔王於莒。舊作「燕昭王得郭隗鄒衍樂毅，是以魏趙興兵而攻齊，棲於莒」。○諸本皆誤同今本，元本「趙」下有「至」字，「棲」下有「閔」字，「閔」下亦脱「王」字。○趙本作「燕昭王得郭隗，而鄒衍樂毅以魏齊至之，於是興兵而攻齊，棲閔王於莒」。校云：舊本無「而」字，作「鄒衍樂毅，是以魏趙」，譌誤不可讀。據盧辯注大戴〔禮〕保傅篇引改正。大戴〔禮〕及賈子〔新書〕胎教篇皆作「自齊魏至」，上並有「而」字。「於是」及「閔王」舊本皆脱，據兩書補。○維遹案：賈子新書胎教篇作「燕昭王得郭隗，而鄒衍樂毅自齊魏至，於是舉兵而攻齊，棲閔王於莒」，說苑尊賢篇略同，「以齊魏至」作「以齊趙至」，下有「蘇子屈景以周楚至」八字。「趙」當作「魏」，史記燕世家云：「鄒衍自齊往，樂毅自魏往」，則作「以齊魏至」是也。今據賈子新書補正。**燕度地計衆，**「度」舊作「之」。○元本、沈本亦作「之」，趙本作「支」。○周廷寀云：「之」當從說苑〔尊賢篇〕作「校」。大戴禮保傅〔篇〕作「支」，注：「支，猶計也。」○維遹案：賈子新書胎教篇作「度」，今據正，取其一律也。廣雅釋詁：「校，度也。」漢書嚴助傳注：「校，計也。」「支」「校」「度」三字，字異而義同。**不與齊均也。然所以信意至於此者，由得士也。**「意」舊作「燕」。○諸本亦作「燕」，元本作「竟」。○周宗杬云：信讀曰伸。○趙懷玉云：「燕」兩書作「意」。○維遹案：說苑尊賢篇亦作「信意」，大戴禮保傅篇作「申意」，「信」「申」古通用，即周校所本。元本「燕」作「竟」，「竟」即「意」之形誤，今據正。**故無常安之國，無恒治之民，**「恒」舊作「宜」。○維遹案：說苑尊賢篇作「恒是」，今據正。說詳卷五第十九章。**得賢者昌，失賢者亡，自古及今，未有不然者也。明鏡者，所以照形也。脩往古者，所以知今也，**「往」上舊脱「脩」字。○諸本亦無「脩」字，元本有「脩」字，無「往」字。○維遹案：本或無「脩」字，有「往」字，本或有「脩」字，無「往」字，合之乃備，今據補。說詳卷五第十九章。**知惡往古之所以危亡，**「惡」字舊脱。○元本、沈本、張本、鍾本、黄本、楊本、毛本、程本、劉本有「惡」字，無「往」字。○維遹案：本或作「知惡古」，與大戴禮保傅篇、賈子新書胎教篇合。「知惡往古」與說苑尊賢篇合，卷五第十九章亦作「知惡往古」，足證今本脱「惡」字，今據補。**而不務襲蹈其所以安存，**諸本皆同，元本「蹈」作「跡」，脱「其」字。○維遹案：本或作「跡」，與大戴禮保傅篇、說苑尊賢篇合。**則未有以異乎卻走**

而求逮前人也。太公知之，故舉微子之後而封比干之墓。夫聖人之於賢者之後，尚如是其厚也，「是」下舊脱「其」字。○維遹案：説苑尊賢篇、賈子新書胎教篇並有「其」字，今據補。而況當世之存者乎？維遹案：此下各書尚有一句。大戴禮保傅篇云「其不失可知也」，賈子新書胎教篇云「其弗失可知矣」，説苑尊賢篇云「則其弗失可識矣」。或脱此句，或韓嬰省此句，皆不可知。詩曰：「昊天太憮，予慎無辜。」

第十七章

宋玉因其友見楚襄王，襄王待之無以異，乃讓其友。其友曰：「夫薑桂因地而生，下「其」字舊脱。○趙善詒云：類聚八十九、御覽九百七十七引「其友」二字重，新序雜事五同。疑今本奪「其」字。○維遹案：趙校是也，今據補。不因地而辛。女因媒而嫁，不因媒而親。子之事王未耳，何怨於我？」宋玉曰：「不然。昔者齊有狡兔，曰東郭㕙，舊脱「曰東郭㕙」四字。○維遹案：新序雜事五有此四字，今據補。齊策三亦云：「東郭逡者，海内之狡兔也。」蓋一日而走五百里。於是齊有良狗曰韓盧，亦一日而走五百里。「蓋」舊作「盡」，「里」下舊脱十七字。○周廷寀云：新序（雜事五）「盡」作「蓋」，「里」下有「於是齊有良狗曰韓盧，亦一旦而走五百里」十七字。疑此脱。○維遹案：周校是也，今據補正。若無此十七字，則下文不相接矣。説苑善説篇亦載此故事，可爲旁證。「一日」新序作「一旦」，誤。使之瞻見指注，周廷寀云：新序（雜事五）「瞻」作「遥」，「注」作「屬」。「屬」「注」古通。雖良狗猶不及衆兔之塵。「衆」舊作「狡」。○維遹案：「衆兔」與「狡兔」對舉。新序雜事五「狡」作「衆」，是，今據正。若攝纓而縱紲之，則狡兔亦不能離也。今子之屬臣也，攝纓縱紲與？瞻見指注與？」舊脱「則狡兔亦不能離也，今子之屬臣也，攝纓縱紲與」十九字。○趙本有。校云：「則狡兔」以下十九字，舊本脱去，據新序雜事五補。○維遹案：趙校是也，今據補。其友曰：「僕人有過，僕人有過。」舊脱「其友」以下十一字。○維遹案：新序雜事五有此十一字，在詩辭末。新序采自本書，本書亦當有，今據補。詩曰：「將安將樂，棄予如遺。」「如」舊作「作」。○元本、沈本、鍾本、楊本、毛本、程本、劉本亦作「作」，張本、黄本作「如」。○陳喬樅云：臧鏞堂輯韓詩，引外傳云「棄予作遺」，考元槧本外傳「棄予作遺」，壞字也，不當采入，臧改爲「作」字，殊誤。○維遹案：本或作「如」，與新序雜事五合，今據正。陳氏所見元本小異。

第十八章

宋燕相齊見逐，趙懷玉云：齊策（四）「宋燕」作「管燕」，下「陳饒」作「田需」。○周廷寀云：「宋燕」説苑尊賢篇作「宗衛」。○維遹案：新序雜事二作「燕相得罪於君」。罷歸之舍，召門尉陳饒等二十六人，趙懷玉云：文選苦熱行注引作「田饒等」。○周廷寀云：説苑（尊賢篇）「陳」作「田」，同。「六」作「七」。曰：「諸大夫有能與我赴諸侯者乎？」維遹案：文選苦熱行注引「有能」作「誰」，説苑尊賢篇作「誰能」，齊策四作「孰而」，「孰而」與「誰能」同義。陳饒等皆伏而不對。宋燕曰：「悲乎哉！何士大夫易得而難用也！」陳饒對曰：「非士大夫易得而難用也，君弗能用也。君不能用，則有不平之心。舊作「饒曰：君弗能用也，則有不平之心」。〇維遹案：治要引作「陳饒對曰：非士大夫易得而難用，君弗能用也。君不能用，則有不平之心」，文義完備，今據補。説苑尊賢篇作「饒對曰：非士大夫之難用也，是君不能用也」，新序雜事二作「亦有君之不能養士，安有士之不足養者」，可爲旁證。是失之己而責諸人也。」宋燕曰：「夫失諸己而責諸人者何？」陳饒對曰：「三斗之稷不足於士，「對」字舊脱。〇維遹案：治要引有「對」字，「斗」作「升」，説苑尊賢篇同，今據補。而君雁鶩有餘粟，是君之一過也。果園梨栗，後宮婦人以相提擲，而士曾不得一嘗，「士」上舊脱「而」字。〇維遹案：治要引「擲」作「挃」，「士」上有「而」字。説苑尊賢篇同，今據補。是君之二過也。綾紈綺縠，維遹案：治要引同。文選苦熱行注引作「紈素錦繡」，説苑尊賢篇同，「錦」作「綺」。新序雜事二作「帷幨錦繡」。靡麗於堂，周廷寀云：「於堂」説苑〔尊賢篇〕作「堂楯」。從風而弊，維遹案：新序雜事二作「隨風飄飄而弊」，説苑尊賢篇作「從風雨弊」，「雨」「而」形近。而士曾不得以爲緣，「士」上舊脱「而」字。〇維遹案：「士」上當有「而」字，方與上文一律。齊策四作「而士不得以爲緣」，説苑尊賢篇作「而士曾不得以緣衣」，並有「而」字，今據補。治要亦脱「而」字。是君之三過也。且夫財者，君之所輕也。死者，士之所重也。君不能行君之所輕，而欲使士致其所重，譬猶鉛刀畜之，「譬猶」舊作「猶譬」。〇趙本作「譬猶」。校云：舊倒，今乙。〇維遹案：趙校是也，治要引作「譬猶」，今據乙。而干將用之，不亦難乎？」宋燕面有慙色，逡巡避席曰：「是燕之過也。」詩曰：「或以其酒，不以其漿。」

第十九章

傳曰：善爲政者，循情性之宜，順陰陽之序，諸本皆同，元本「序」作「行」。通本末之理，合天人之際。如是則天氣奉養而生物豐美矣。不知爲政者，使情厭性，使陰乘陽。諸本皆同，周本「乘」作「勝」。勝亦乘陵也。使末逆本，使人詭天，維遹案：淮南子主術篇「詭自然之性」，高注：「詭猶違也。」氣鞠而不信，諸本皆同，元本「鞠」下脱「而」字。○周廷寀云：信讀曰伸。鬱而不宣。如是則災害生，怪異起，群生皆傷，而年穀不熟。是以其動傷德，其靜亡救。故緩者事之，急者弗知，日反理而欲以爲治。詩曰：「廢爲殘疾，莫知其尤。」

第二十章

魏文侯之時，子質仕而獲罪焉，去而北遊，趙懷玉云：說苑復恩篇作「陽虎得罪於衛」，此云魏文侯之時，亦不與簡主同時，疑皆誤。○周廷寀云：「子質」韓非子作「陽虎」，外儲說（左下篇）云「陽虎去齊走趙」，說苑復恩篇云「陽虎得罪於衛，北見趙簡子」。以左氏春秋證之，陽虎囚於齊而逃，奔宋，遂奔晉適趙氏，則韓說爲近也。謂簡主曰：「從今已後，吾不復樹德於人矣。」簡主曰：「何以也？」質曰：「吾所樹堂上之士半，吾所樹朝廷之大夫半，吾所樹邊境之人亦半。今堂上之士惡我於君，朝廷之大夫恐我以法，舊脱「惡我於君朝廷之大夫」九字。○元本「恐」作「惡」。○趙本作「今堂上之士惡我於君，朝廷之大夫恐我以法」。校云：「惡我」九字舊本脱，據御覽六百三十二引補。又御覽作「中我於法」。○維遹案：趙校是也。類聚八十六引作「今堂上之人惡我於君，朝廷之士危我於法」，説苑復恩篇作「今夫堂上之人親劫（原作「却」，誤）臣於君，朝廷之吏親危臣於法」，類聚所引，乃攙合兩書，細繹本書前後，足證今本有脱文。元本「恐」作「惡」，蓋傳寫者書「惡我於君」之「惡」字，越句書「我以法」，因「惡」「恐」形相近也。其誤脱痕跡可推而知矣，今據補。邊境之人劫我以兵，是以不復樹德於人也。「不」下舊脱「復」字。○趙本有「復」字。校云：「復」字舊本無，據御覽（六百三十二）補。○維遹案：趙校是也，今據補。簡主曰：「噫！子之言過矣。夫春樹桃李，夏得陰其下，維遹案：文選七命注、類聚八十六、御覽十八、又六百三十二、又九百六十八、葉大慶考古質疑引「陰」作「蔭」。「陰」「蔭」古通用。秋得食其實。元本、沈本、張本、毛本、劉本同，鍾本、黄本、楊本、程本「食」作「陰」。郝懿行云：「陰」字譌，御覽十八引作「食」。○維遹案：本或作「陰」，涉上文而誤。春樹蒺藜，夏不可採其葉，維遹案：類聚八十六、御覽六百三十二引「可」作「得」，與上下文一例。御覽十八、葉大慶考古質疑引同今本，惟「採」作「采」。秋得其刺焉。由此觀之，在所樹也。今子之所樹，非其人也，「子」下舊脱「之」字。○維遹案：御覽六百三十二引「子」下有「之」字，説苑復恩篇同，今據補。故君子先擇而後種也。維遹案：御覽十八、葉大慶考古質疑引「子」下無「先」字。詩曰：「無將大車，惟塵冥冥。」

第二十一章

正直者順道而行，順理而言，公平無私，不爲安肆志，不爲危骫行。「骫」舊作「激」。○諸本亦作「激」，元本作「骫」。○維遹案：本或作「骫」，最是。本或作「激」，蓋後人罕見「骫」字，以爲「骫」「激」形近而妄改之也。御覽四百二十九引作「易」，「骫」「易」古通用，今據正。史記李斯傳「不爲安肆志，不爲危易心」，義與此略同，可爲旁證。昔衛獻公出走，反國及郊，將班邑於從者而後入。周廷寀云：鄭注檀弓云「獻公以魯襄十四年出奔齊，二十六年復歸於衛」。太史柳莊曰：「如皆守社稷，則孰負羇縶而從？周廷寀云：「羇縶」檀弓作「羈靮」。「羇」與「羈」通，靮亦縶也。○維遹案：御覽三百五十九引作「羈靮」。如皆從，則孰守社稷？君反國而有私也，維遹案：御覽三百五十九引「有」作「復爲」。無乃不可乎？」於是不班也。柳莊正矣。

昔者衛大夫史魚病且死，趙懷玉云：舊本提行起，非是，今改連上文。○維遹案：趙校是也。通津草堂本正連上文，趙未言及，疏矣。謂其子曰：「我數言蘧伯玉之賢而不能進，彌子瑕不肖而不能退。爲人臣生不能進賢而退不肖，死不當治喪正堂，殯我於室足矣。」維遹案：新序雜事一亦作「治喪」。後漢書儒林戴憑傳注、文選演連珠注、楊荊州誄注、齊故安陸昭王碑文注並引作「居喪」。後漢書虞詡傳注引作「理喪」，「理」「治」同義。又戴憑傳注引「室」上有「側」字。衛君問其故。周廷寀云：「衛君」下脱「弔」字。〔大戴禮〕保傅篇及新序雜事〔一〕並云「靈公往弔」也。其子以父言聞。舊脱「其」字。○維遹案：大戴禮保傅篇、賈子新書胎教篇、新序雜事一、家語困誓篇並有「其」字，今據補。後漢書戴憑傳注、文選演連珠注引「聞」下有「於君」二字。君造然召蘧伯玉而貴之，大戴禮保傅篇盧注：「造然，驚慘之貌。」○孔廣森云：〔賈子〕新書作「戚然」。「戚」「造」二字異形同聲。韓非子〔忠孝篇〕「舜見瞽叟，其容造焉」，孟子〔萬章篇〕作「蹙」。詩小明以「戚」與「奧」爲韻。周官眡瞭「鼓鼛」，杜子春讀爲憂戚之戚，掌固注則云「杜子春讀爲造次之造」。明古音戚與造同也。○維遹案：孔校是也。新序雜事一作「蹴然」。「蹴」「蹙」亦同聲同義。而退彌子瑕，徙殯於正堂，「徙」舊作「從」。○周本作「徙」。校云：「徙」本皆誤爲「從」，今從大戴禮〔保傅篇〕、新序〔雜事一〕校正。○維遹案：周校是也。後漢書儒林戴憑傳注、虞詡傳注、文選演連珠注、楊荊州誄注、齊故安陸昭王碑文注引「從」作「徙」，賈子新書胎教篇同，今據正。成禮而後去。生以身諫，死以尸諫，可謂直矣。詩曰：「靜恭爾位，好是正直。」

第二十二章

孔子閑居，子貢侍坐，請問爲人下之道奈何。孔子曰：「善哉！爾之問也。爲人下，其猶土乎。」子貢未達。孔子曰：「夫土者，掘之得甘泉焉，樹之得五穀焉，草木植焉，鳥獸魚鼈遂焉。生則立焉，死則入焉，多功不言，維遹案：春秋繁露山川頌篇、說苑臣術篇同。荀子堯問篇「言」作「息」，家語困誓篇作「意」。王引之云：「息意並爲德字之誤，不言與不德同。」賞世不絕。趙懷玉云：說苑〔臣術篇〕無此句。故曰：能爲人下者，其惟土乎？」「爲」下舊脱「人」字。○維遹案：此複舉上文，當有「人」字。

荀子堯問篇、説苑臣術篇、家語困誓篇並有「人」字，今據補。子貢曰：「賜雖不敏，請事斯語。」詩曰：「式禮莫愆。」

第二十三章

傳曰：南假子過程本子，「本」下舊脱「子」字。○趙本有「子」字。校云：「程本」下舊脱「子」字，下句亦同。案下文稱「本子」，則此處亦當有。説苑雜言篇作「南瑕子過程本子」。○維遹案：趙校是也，今據補。下同。本子爲之烹鱺魚。郝懿行云：鱺音黎。玉篇：「魚似蛇，無鱗甲，其氣避蠹魚也。」南假子曰：「吾聞君子不食鱺魚。」「聞」上舊脱「吾」字。○維遹案：説苑雜言篇有「吾」字，是，今據補。本子曰：「此乃君子不食也，我何與焉？」「子」下舊脱「不」字。○維遹案：「此乃君子食也」與上「君子不食鱺魚」義不相貫，當作「此乃君子不食也」。今本脱「不」字，非其指矣。説苑雜言篇作「程本子曰：乃君子否，子何事焉」，御覽九百三十八引説苑作「乃君子不食，而何事焉」，文雖小異而義則一，今據補。假子曰：「夫高比所以廣德也，下比所以狹行也。比於善者，自進之階。比於惡者，自退之原也。且詩不云乎：『高山仰止，景行行止。』吾豈自比君子哉？志慕之而已矣。」

第二十四章

子貢問大臣。子曰：「齊有鮑叔，鄭有子皮。」子貢曰：「否。齊有管仲，鄭有東里子產。」孔子曰：「然。吾聞鮑叔之薦管仲也，子皮之薦子產也，未聞管仲子產有所薦也。」舊作「孔子曰：產薦也」。○趙懷玉云：文有脱誤。説苑臣術篇、家語賢君篇皆載而文不同。此似當云「管仲，鮑叔薦也，子產，子皮薦也」。○周廷寀云：「產薦」之「產」，疑當作「誰」。○維遹案：此有脱文，不易董理，姑據説苑補之。説苑「薦」作「進」。本書上下文皆作「薦」，故亦改爲「薦」。子貢曰：「然則薦賢賢於賢。」曰：「知賢，智也。推賢，仁也。引賢，義也。有此三者，又何加焉？」周廷寀云：亦脱詩辭。

第二十五章

孔子遊於景山之上，趙懷玉云：又見卷九中，「景山」作「戎山」。説苑指武篇、家語致思篇俱作「農山」。○許瀚云：「景」古音陽部，與「農」「戎」一聲之轉，然景山見商頌，或傳聞異辭（説詳卷九第十五章）。子路、子貢、顏淵從。孔子曰：「君子登高必賦。小子願者，何言其願。沈本、張本、毛本、劉本同，元本、鍾本、黄本、楊本、程本作「小子願言者何其願」，元本「其」作「期」。○維遹案：御覽四百三十六引「爾願言者何其」。當從今本，何猶盍也。丘將啓汝。」子路曰：「由願奮長戟，盪三軍，乳虎在後，趙善詒云：類説引「乳」作「猛」。○維遹案：大戴禮保傅篇云：「無養乳虎，將傷天下。」仇敵在前，蠡躍蛟奮，諸本皆同，元本「躍蛟」作「使志」。○維遹案：御覽四百三十六引作「搏躩快志」。進救兩國之患。」孔子曰：「勇士哉！」子貢曰：「兩國搆難，壯士列陣，塵埃漲天，諸本皆同，元本、趙本「漲」作「張」，二字古通用。賜不持一尺之兵，一斗之糧，解兩國之難。用賜者存，不用賜者亡。」孔子曰：「辯士哉！」顏回不願。孔子曰：「回何不願？」顏淵曰：「二子已願，故不敢願。」孔子曰：「不同，意各有事焉。回其願，丘將啓汝。」顏淵曰：「願得小國而相之。主以道制，臣以德化，君臣同心，外內相應。列國諸侯，莫不從義嚮風，壯者趨而進，老者扶而至。教行乎百姓，德施乎四蠻，莫不釋兵，輻輳乎四門。天下咸獲永寧，蝖飛蠕動，各樂其性。進賢使能，各任其事。於是君綏於上，臣和於下，垂拱無爲，動作中道，從容得禮。言仁義者賞，言戰鬭者死。則由何進而救？賜何難之解？」孔子曰：「聖士哉！大人出，小子匿。沈本、張本、毛本、劉本同，元本亦同，惟「大人出」作「大也」，鍾本、黃本、楊本、程本「小子」作「小人」。聖者起，賢者伏。回與執政，則由賜焉施其能哉！」詩曰：「雨雪瀌瀌，曣晛聿消。」舊作「雨雪瀌瀌，見晛曰消」。○維遹案：此文據詩考及釋文引韓詩改正，說詳卷四第二十二章。

第二十六章

昔者孔子鼓瑟，周廷寀云：孔叢子記義篇以爲鼓琴也。○趙善詒云：「瑟」當作「琴」。書鈔百九引作「琴」。

孔廣陶校云：「近本琴作瑟，則斷非是。本鈔既入琴篇，是隋以前所見本必作琴也。」孔校甚是。類説引作「琴」，則宋時尚作「琴」也。曾子子貢側門而聽。趙善詒云：類説引「門」作「耳」。○維遹案：孔子集語五引亦作「耳」。曲終，曾子曰：「嗟乎！夫子瑟聲殆有貪狼之志，邪僻之行，何其不仁趨利之甚？」子貢以爲然，不對而入。夫子望見子貢有諫過之色，應難之狀，元本作「應之難狀」。釋瑟而待之。子貢以曾子之言告。子曰：「嗟乎！夫參，天下賢人也，其習知音矣。鄉者丘鼓瑟，有鼠出游，狸見於屋，循梁微行，造焉而避，厭目曲脊，求而不得。諸本皆同，元本「於」作「屬」，「而避」作「便弊」，「脊」下有「逆色」二字，「求」作「獲」。丘以瑟淫其音。沈本、張本、毛本、劉本同，鍾本、黄本、楊本、程本「淫」作「浮」，元本作「爲」。參以丘爲貪狼邪僻，不亦宜乎！」詩曰：「鼓鐘于宫，聲聞于外。」

第二十七章

夫爲人父者，必懷慈仁之愛，維遹案：御覽四百三十二引「必」作「心」。以畜養其子。撫諸本皆同，元本「撫」作「拊」。循飲食，以全其身。維遹案：文選謝靈運過始寧墅詩注引「身」下有「體」字。及其有識也，必嚴居正言，以先導之。及其束髮也，授明師以成其技。維遹案：文選謝靈運過始寧墅詩注引「授」上有「屬」字，「技」作「材」。十九見志，請賓冠之，足以成其德。舊作「足以死其意」。○孫詒讓云：「死其意」義難通，疑當作「成其悳」。儀禮士冠禮「始加祝曰：棄爾幼志，順爾成德」，鄭注云：「既冠爲成德。」「成」「死」，

「悳」「意」並形近而誤（「悳」「德」古今字）。○維遹案：孫校是也，今據正。血脈澄靜，娉內以定之，信承親授，無有所疑。冠子不詈，髦子不笞，「詈」「髦」舊作「言」「髮」。○維遹案：「言」爲「詈」字之壞，「髮」爲「髦」之形誤。御覽四百三十二引作「詈」「髦」，甚是，今據正。呂氏春秋蕩兵篇「家無怒笞，則豎子嬰兒之過也立見」，義雖相反，足證髦子爲嬰兒之稱，且與冠子對文。髦，説文髟部作「髳」，云：「髮至眉也。」儀禮既夕禮「既殯，主人説髦」，鄭注：「兒生三月，剪髮爲鬌，男角女羈，否則男左女右，長大猶爲飾存之謂之髦，所以順父母幼小之心。」是髦即嬰兒夾囟之角髮下垂，故稱嬰兒爲髦子。今鄂湘俗語猶然。聽其微諫，無令憂之。此爲人父之道也。諸本皆同，元本脱「父之」二字。詩曰：「父兮生我，母兮鞠我。拊我畜我，長我育我，顧我復我，出入腹我。」

韓詩外傳卷第八

第一章

越王勾踐使廉稽獻民於荆王。王紹蘭云：古諸侯相聘問，無獻民之事。周禮司氏「獻民數」，曲禮「獻民虜」，皆非越所宜獻於荆者。蓋古文「民」字，説文作□，與篆文「每」字作□相似。外傳本作「獻梅」，「梅」壞爲「每」，因誤作「民」。説苑奉使篇「越王使諸發執一枝梅遺梁王」，即其事也。兩書下文皆言越翦髮文身，欲令冠而禮見之事，其説正同。是「獻民」爲「獻梅」之誤。古書中一事而異説者，此類多矣。○莫天一云：外傳卷十（第八章）亦有齊使使獻鴻於楚之言，鴻、梅均爲使物，則民當爲梅，益有徵矣。荆王使者曰：「越，夷狄之國也。臣請欺其使者。」荆王曰：「越王，賢人也，其使者亦賢，子其慎之。」使者出見廉稽，曰：「冠則得以俗見。周廷寀云：「俗」説苑（奉使篇）作「禮」。不冠不得見。」廉稽曰：「夫越亦周室之列封也，不得處於大國，維遹案：御覽七百七十九引「大」作「中」。而處江海之陂，與魭鱣魚鼈爲伍，維遹案：御覽七百七十九引「魭」作「黿」，越語同。文身翦髮而後處焉。今來至上國，必曰冠得俗見，不冠不得見，如此，則上國使適越，亦將劓墨文身翦髮而後得以俗見，可乎？」荆王聞之，披衣出謝。孔子曰：「使於四方，不辱君命，可謂士矣。」

第二章

人之所以好富貴安榮，爲人所稱譽者，爲身也。惡貧賤危辱，爲人所謗毀者，亦爲身也。然身何貴也？莫貴於氣。人得氣則生，失氣則死。其氣非金帛珠玉也，不可求於人也。非繒布五穀也，不可糴買而得也。在吾身耳，不可不慎也。詩曰：「既明且哲，以保其身。」

第三章

吴人伐楚，昭王去國，國有屠羊説從行。昭王反國，賞從者。及説，説辭曰：「君失國，臣所失者屠。君反國，臣亦反其屠。臣之祿既厚，又何賞之？」維遹案：莊子讓王篇「既厚」作「已復」，既與已同義，復亦厚也。呂氏春秋季冬篇「水澤復」，月令「復」作「腹」，鄭注：「腹，厚也。」上農篇「民農則其産復」，産復猶産厚也。「賞之」之下莊子有「有」字。辭不受命。君强之，説曰：「君失國，非臣之罪，故不伏其誅。「伏」下舊脱「其」字。○趙善詒云：「伏」下疑有「其」字，與下「故不受其賞」正相對也。莊子讓王篇此二句作「故不敢伏其誅」，「故不敢當其賞」，亦相對，可證。○維遹案：趙校是也，今據補。君反國，非臣之功，故不受其賞。吴師入郢，臣畏寇避患。君反國，説何事焉？」君曰：「不受則見之。」説對曰：「楚國之法，商人欲見於君者，必有大獻重質，然後得見。今臣智不能存國，節不能死君，勇不能待寇，維遹案：魯語「其誰云待之」，韋注：「待猶禦也。」然見之，非國法也。」遂不受命，入於澗中。昭王謂司馬子期曰：「有人於此，居處甚約，論議甚高，爲我求之。願爲兄弟，請爲三公。」司馬子期舍車徒求之，五日五夜，見之，謂曰：「國危不救，非仁也。君命不從，非忠也。惡富貴於上，甘貧苦於下，諸本皆同，元本「甘貧苦」作「習俗」。意者過也。今君願爲兄弟，請爲三公，不聽君，何也？」説曰：「三公之位，我知其貴於刀俎之肆矣。萬鍾之禄，我知其富於屠羊之利矣。今見爵禄之利，而忘辭受之禮，非所聞也。」遂辭三公之位，而反乎屠羊之肆。君子聞之曰：「甚矣哉！屠羊子之爲也。約己持窮而處人之國矣。」維遹案：元本「窮」下衍「説」字。説曰：「何謂窮？吾讓之以禮而終其國也。」曰：「在深淵之中而不援彼之危，見昭王德衰於吴，而懷寶絶迹，以病其國，諸本皆同，元本「彼」下無「之危」二字，「懷」上「而」字作「是」，「病」字作「面」。欲獨全己者也。是厚於己而薄於君，狷乎非救世者也。」諸本皆同，元本「狷」作「捐」，誤。「何如則可謂救世矣？」維遹案：「何」上省「曰」字。曰：「若申伯仲山甫，可謂救世矣。昔者周德大衰，道廢於厲，申伯仲山甫輔相宣王，維遹案：諸本皆同，鍾本脱「可謂救世矣，昔者周德大衰，道廢於厲，申伯仲山甫」二十字。撥亂世反之正，天下略振，宗廟復興。申伯仲山甫乃並順天下，匡救邪失，喻德教，舉遺士，海内翕然向風。故百姓勃然詠宣王之德。郝懿行云：勃然，興起。傳曰：「興曰勃然。」詩曰：『周邦咸喜，戎有良翰』，又曰：諸本皆同，元本無「又曰」二字。『邦國若否，仲山甫明之。元本、沈本、張本、毛本、劉本同，鍾本、黄本、楊本、程本「否」作「丕」。○郝懿行云：「丕」與「不」古字通用。周書康誥「丕丕基」，石經作「不不其」，此類極多。既明且哲，以保其身。夙夜匪懈，以事一人。』如是可謂救世矣。」

第四章

齊崔杼弒莊公。荆蒯芮使晉而反，左傳襄二十五年作「申蒯」，説苑立節篇作「邢蒯聵」。○章炳麟云：稱申蒯曰邢蒯聵者，「蒯」「聵」疊韻爲名，本可單舉。韓詩外傳作荆蒯芮，「荆」即「邢」之誤，「蒯」「芮」亦疊韻。此邢蒯聵即襄二十一年傳之邢蒯。彼云「知起中行喜州綽邢蒯出奔齊」，故蒯後爲齊臣。「申」「邢」異者，邢蒯當是申公巫臣之子。成二年傳云「巫臣奔晉，晉人使爲邢大夫」，故其子謂之邢侯，明邢蒯亦其子姓也。○維遹案：如章説蒯芮爲申公巫臣後，巫臣，楚大夫，則稱荆蒯芮亦得。章謂「荆」爲誤字，殆不然矣。其僕曰：「崔杼弒莊公，子將奚如？」荆蒯芮曰：「驅之。將入死而報君。」舊脱「其僕曰」以下二十四字。○趙本有。校云：此二十四字本皆脱，今依説苑〔立節篇〕補。○維遹案：趙校是也，今據補。其僕曰：「君之無道也，四鄰諸侯莫不聞也。以夫子而死之，不亦難乎？」荆蒯芮曰：「善哉而言也。維遹案：「而」猶「汝」也。説苑立節篇作「能」。劉先生云：「能」當從韓傳作「而」。「而」「爾」古通。禮記禮運正義云「劉向説苑能字皆爲而」，此疑校者誤於此語而改之耳。早言我，我能諫。「我」字舊不重。○維遹案：本作「早言我，我能諫」。「我能諫」與下「我能去」一例。説苑立節篇重「我」字，今據補。諫而不用，我能去。今既不諫，又不去。吾聞之，食其食，死其事。吾既食亂君之食，又安得治君而死之？」遂驅車而入死。其僕曰：「僕」上舊有「事」字。○趙本無「事」字。校云：舊本「僕」上有「事」字，衍。今删。○維遹案：説苑立節篇無「事」字，即趙氏所本。今據删。「人有亂君，猶必死之。我有治長，可無死乎？」乃結轡自刎于車上。君子聞之，曰：「荆蒯芮可謂守節死義矣。僕夫則無爲死也，諸本皆同，元本「則」字在「僕」字上，誤。猶飲食而遇毒也。」詩曰：「夙夜匪懈，以事一人。」荆先生之謂也。易曰：「不恒其德，或承之羞。」僕夫之謂也。

第五章

遜而直，上也。切，次之。謗諫爲下。懦爲死。詩曰：「柔亦不茹，剛亦不吐。」諸本皆同，元本脱「剛亦不吐」四字。

第六章

宋萬與莊公戰，獲乎莊公。莊公散舍諸宮中，「散」舊作「敗」。沈本、張本、毛本、劉本亦作「敗」，元本、鍾本、黄本、楊本作「散」。○維遹案：本或作「散」，與公羊傳莊公十二年合，今據正。數月，然後歸之。反爲大夫于宋。宋萬與閔公博，婦人皆在側。萬曰：「甚矣，魯侯之淑，魯侯之美也！天下諸侯宜爲君者，惟魯侯耳。」閔公矜此婦人，妬其言，顧曰：「爾虜，焉知魯侯之美惡乎？」宋萬怒，搏閔公絶脰。「顧曰：爾虜焉知魯」七字，元本作六缺格。○趙懷玉云：莊十二年公羊傳「爾虜焉故」爲一句，「魯侯之美惡乎至」爲一句。惡音烏。此文出公羊，必本與之同，疑後人妄改之。新序義勇篇作「爾魯之囚虜，爾何知」。○許瀚云：公羊是，此傳及新序皆有誤。萬爲魯虜，畏服魯公，故斥之曰「爾虜焉故」。不然，虜豈即不知美惡乎？且閔公與魯莊比美，萬亦僅侈言魯君之美，何言焉知美惡乎？○維遹案：春秋繁露王道篇引公羊傳作「爾虜焉知魯侯之美惡乎，致萬怒，搏閔公絶脰。」俞樾據此謂公羊傳「故」字是古本作「知」，何邵公所據本誤也，其説甚是。漢書五行志師古注引公羊傳「故」亦作「知」。蓋「知」「故」草書形相近，因譌爲「故」。「至」爲「致」之壞字。本書省「致」字。趙許沿襲何解，而疑本書之誤，適得其反。獨惠棟九經古義謂「何本意迂曲」，惜未加訂正耳。仇牧聞君弑，趨而至，遇之于門，手劍而叱之。諸本皆同，元本作「趨而遇之門中，手劍而挑之」。萬臂摋仇牧，周廷寀云：何休注公羊傳云「側手曰摋」。碎其首，齒著乎門闔。「碎其首齒著乎」六字，元本作六缺格。仇牧可謂不畏强禦矣。詩曰：「惟仲山甫，柔亦不茹，剛亦不吐。」

第七章

可於君，不可於父，孝子弗爲也。可於父，不可於君，君子亦弗爲也。故君不可奪，親亦不可奪也。維遹案：禮記曾子問引記曰：「君子不奪人之親，亦不可奪親也」，家語曲禮子夏問篇作「記曰：君子不奪人之親，亦不奪故也」。此疑有脱文。詩曰：「愷悌君子，四方爲則。」

第八章

黄帝即位，施惠承天，趙懷玉云：説苑辨物篇「施惠承天」作「施聖恩，承天明命」，似有衍字。○維遹案：御覽九百十五引與説苑同。一道脩德，惟仁是行，宇内和平，未見鳳凰，惟思其象。夙寐晨興，維遹案：元本「寐」作「夜」，與説苑辨物篇合。乃召天老而問之曰：「鳳象何如？」維遹案：漢書藝文志方技略有天老雜子陰道二十五卷。天老對曰：「夫鳳之象，鴻前而麟後，舊脱「之」字，「而」字。○趙本有。校云：舊無「之」字「而」字，俱從説苑辨物篇增。○維遹案：趙校是也。説文「鳳」字下引天老之言有「之」字，御覽九百十五、事類賦十八引有「而」字，今據補。蛇頸而魚尾，郝懿行云：説文引天老，於尾下有「鸛顙鴛思」一句，疑此有脱文也。龍文而龜身，燕頷而雞啄，元本、沈本、張本、毛本同，鍾本、黄本、楊本、劉本、程本「啄」作「喙」。○維遹案：本或作「喙」，誤。御覽九百十五引亦作「喙」，是其誤已久。説苑辨物篇作「燕喙而雞噣」，「喙」爲「頷」之誤。「啄」與「噣」同。戴德負仁，抱中挾義。元本、沈本、張本、毛本同，鍾本、黄本、楊本、劉本、程本「中」作「忠」。○維遹案：本或作「忠」，古字通用。白帖九十四引作「戴德揚義，背負仁，翼挾信，心抱忠，足履正，尾繫武」，御覽九百十五引作「首戴德，頸揭義，背負仁，心入信，翼挾義，足履正，尾繫武」，説苑辨物篇略同。小音金，大音鼓。延頸奮翼，五彩備明。舉動八風，諸本皆同，趙本作「五采備舉，明動八風」。校云：說苑（辨物篇）「采」作「光」。○維遹案：御覽九百十五引作「五光備舉」。說文「鳳」下引天老之言作「五色備舉」。氣應時雨。食有質，飲有儀。往即文始，來即嘉成。諸本皆同，元本「往」作「住」，黄本「始」作「治」。○郝懿行云：「文始」「嘉成」，蓋鳳鳴中律其音云。○趙善詒云：御覽九百十五「往即文始，來即嘉成」，引作「往即文，來則喜」，下有云：「遊必擇所，飢不妄下。其鳴也，雄曰節節，雌曰足足，昏鳴曰固常，晨鳴曰發明，晝鳴曰保章，舉鳴曰上翔，集鳴曰歸昌。」末二句又見張景陽七命注引（「舉鳴」作「鳳舉」）。此節與說苑（辨物篇）略同，「保章」作「保長」，廣雅釋鳥亦有云：「雄鳴曰即即，雌鳴曰足足，昏鳴曰固常，晨鳴曰發明，晝鳴曰保長，舉鳴曰上翔，集鳴曰歸昌。」亦本于外傳，而今外傳此節已全刪。惟鳳爲能通天祉，應地靈，律五音，覽九德。趙善詒云：御覽九百十五引作「夫唯鳳能究萬物，通天地，象百物，達乎道，律五音，成九德，覽九州，觀八極，則有福備文武，正王國，嚴照四方，人聖皆服」，與說苑（辨物篇）略同。初學記三十作「究方物，通天地」（「萬」俗作「万」，故誤作「方」），今外傳已刪改。天下有道，得鳳象之一，則鳳過之。得鳳象之二，則鳳翔之。得鳳象之三，則鳳集之。得鳳象之四，則鳳春秋下之。趙善詒云：初學記三十、御覽九百十五引「下」字下有「就」字。得鳳象之五，則鳳沒身居之。」黄帝曰：「於戲，允哉！朕何敢與焉！」於是黄帝乃服黄衣，帶黄紳，舊脫「帶黄紳」三字。○趙懷玉云：「衣」下初學記（三十）有「帶黄紳」三字。○趙善詒云：路史疏仡紀黄帝篇注引有「帶黄紳」三字，御覽九百十五同，惟「帶」作「垂」，疑當補入。說苑（辨物篇）有之，可證。○維遹案：趙校是也，今據補。戴黄冕，致齋于中宮。舊脫「中」字。○趙本有「中」字。校云：舊「中」字脫，據初學記〔三十〕補。○趙善詒云：路史疏仡記黄帝篇注、御覽九百十五引俱有「中」字。○維遹案：趙校是也。説苑辨物篇作「齋于中宫」，今據補。**鳳乃蔽日而至。黄帝降于東階，西面，再拜稽首曰：「皇天降祉，敢不承命！」**「敢」上舊有「不」字。○趙本無「不」字。校云：舊本「敢」字上衍一「不」字，御覽七十九引無，今據删。○維遹案：趙校是也。説苑辨物篇亦無「不」字，今據删。**鳳乃止帝東園，**「園」舊作「國」。○諸本皆作「國」，元本、趙本作「園」。○郝懿行云：御覽百八十四引「國」作「園」，國字當因形近而譌。○維遹案：郝校是也。本或作「園」，與初學記三十引合，是唐宋本皆不誤，誤自明本始。趙本作「園」。趙氏未見元本，疑據初學記改。今據元本改正。**集帝梧桐，**諸本皆同，元本「梧桐」作「桐樹」。○維遹案：初學記九引「梧桐」作「梧樹」。**食帝竹實，没身不去。詩曰：「鳳凰于飛，翽翽其羽，亦集爰止。」**

第九章

魏文侯有子曰擊，次曰訴，元本、沈本、張本、黄本、楊本、毛本、劉本、程本、趙本同，鍾本「訴」作「訢」，下同。○趙懷玉云：疑是「訢」。但文選四子講德論注亦引作「訴」，仍之。**訴少而立之以爲嗣。**舊脱「之」字「爲」字。○趙本有此二字。校云：舊本作「而立以嗣」。今據文選〔四子講德論〕注增二字。○趙善詒云：御覽七百七十九引「以」下亦有「爲」字。○維遹案：趙校是也。今據補。**封擊於中山，**舊脱「於」字。○趙本有「於」字。校云：「於」字舊脱。亦據文選〔四子講德論〕注增。○趙善詒云：御覽一百四十六、又七百七十九引俱有「於」字，漢書杜鄴傳師古注亦有「於」字。○維遹案：趙校是也，今據補。**三年莫往來。其傳趙蒼唐諫曰：**舊脱「諫」字。○趙本「蒼」作「倉」，「唐」下有「諫」字。校云：「蒼」文選（四子講德論）注及御覽七百七十九俱作「倉」。「諫」字舊脱，亦據增。（漢書）古今人表作「趙倉堂」。○陳喬樅云：「蒼唐」漢書古今人表上之下作「倉堂」。「倉」「蒼」古通，「堂」與「唐」以同音假借。左氏定五年傳「堂谿氏」，後漢書延篤傳作「唐溪」，是其證也。**「父忘子，子不可忘父。何不遣使乎？」擊曰：「願之，而未有所使也。」蒼唐曰：「臣請使。」**趙懷玉云：御覽（七百七十九引）作「未爲之使，則臣請使」，多五字。**擊曰：「諾。」於是乃問君之所好與所嗜。曰：「君好北犬，嗜晨鴈。」**趙懷玉云：文選（四子講德論）注同。御覽（七百七十九）作「鳧」，下並同。○周廷寀云：「鴈」説苑（奉使篇）作「鳧」。**遂求北犬晨鴈賫行。**諸本皆同。趙本「賫」作「齎」。○維遹案：本或作「齎」，文選四子講德論注引同。**蒼唐至，曰：「北蕃中山之君，有北犬晨鴈，使蒼唐再拜獻之。」文侯曰：「嘻！**舊脱「嘻」字。○趙懷玉云：説苑奉使篇有「嘻」字。○維遹案：文選四子講德論注引亦有「嘻」字，與説苑同，今據補。**擊知吾好北犬，嗜晨鴈也。」則見使者。文侯曰：「擊無恙乎？」蒼唐唯唯而不對。三問而三不對。文侯曰：「不對何也？」蒼唐曰：「臣聞諸侯不名君。既已賜弊邑，使得小國侯，君問以名，不敢對也。」**諸本皆同，元本脱「君問以名」四字。**文侯曰：「中山之君無恙乎？」蒼唐曰：「今者臣之來，拜送於郊。」文侯曰：「中山之君長短若何矣？」蒼唐曰：「問諸侯，比諸侯。諸侯之朝，則側者皆人臣，**周廷寀云：「側」當爲「侍」。○趙懷玉云：「則」下當有「在」字。御覽（七百七十九引）「臣」下有「也臣」二字。**無所比**

之。然則所賜衣裘幾能勝之矣。」周廷寀云：此蓋以爲文侯復問也，下無蒼唐對辭，疑脱。文侯曰：「中山之君亦何好乎？」對曰：「好詩。」文侯曰：「於詩何好？」曰：「好黍離與晨風。」文侯曰：「黍離何哉？」對曰：「彼黍離離，彼稷之苗。行邁靡靡，中心摇摇。知我者謂我心憂，不知我者謂我何求。悠悠蒼天，此何人哉！」文侯曰：「怨乎？」曰：「非敢怨也，時思也。」文侯曰：「晨風謂何？」對曰：「『鷸彼晨風，「鷸」舊作「鴥」。○諸本皆同，元本作「鳩」。○趙本作「鷸」。校云：舊本「鷸」作「鴥」，今從文選〈四子講德論〉注及詩考改。○維遹案：趙校是也，今據正。廣韻：「鴥，鳥飛快也。」鬱彼北林。未見君子，憂心欽欽。如何如何，忘我實多。』此自以忘我者也。」舊脱「此自以忘我者也」七字。○瞿中溶云：元本末句下有「此忘我者」一句，今本皆脱。○趙懷玉云：此下文選〈四子講德論〉注引作「此自以忘我者也」，御覽〈七百七十九引〉同。○維遹案：文選注及御覽引是，今據補。於是文侯大悦，曰：「欲知其子視其母，欲知其人視其友，欲知其君視其所使。「母」下舊脱「欲知其人視其友」七字。○維遹案：説苑奉使篇采自本書，作「故曰：欲知其子視其友，欲知其君視其所使」，又説苑雜言篇：「孔子曰：不知其子視其所友，不知其君視其所使」，並有脱文。本作「故曰：欲知其子視其母，欲知其人視其友，欲知其君視其所使」，「母」與「友」「使」爲韻。此乃成語，成語多有韻。家語六本篇「不知其子視其父，不知其人視其友，不知其君視其所使」，「父」亦當作「母」。○維遹案：今據補。中山君不賢，惡能得賢？」趙懷玉云：御覽〈七百七十九引〉作「中山君若不賢，惡能使其使賢」。○維遹案：文選四子講德論注引句末有「傅」字。賢傅即趙蒼唐，亦通。遂廢太子訴，召中山君以爲嗣。維遹案：

「嗣」下元本有「中山君稱」四字。説苑奉使篇作「太子乃稱」。詩曰：「鳳凰于飛，翽翽其羽，亦集爰止。藹藹王多吉士，惟君子使，媚于天子。」君子曰：「夫使非直敝車罷馬而已，亦將喻誠信，通氣志，明好惡，然後可使也。」

第十章

子賤治單父，其民附。孔子曰：「告丘之所以治之者。」對曰：「不齊時發倉廩，振困窮，補不足。」孔子曰：「是小人附耳，未也。」維遹案：元本脱「人」字，説苑政理篇、家語辯政篇作「小民附矣，猶未足也」。對曰：「賞有能，招賢才，退不肖。」孔子曰：「是士附耳，未也。」對曰：「所父事者三人，所兄事者五人，所友者十有二人，所師者一人。」孔子曰：「所父事者三人，足以教孝矣。舊脱「足以教孝矣」五字。○趙本有。校云：本皆脱此五字。案説苑政理篇、家語辯政篇皆有「可以教孝矣」一句，今據補。從下例改「可」爲「足」字。○維遹案：趙校是也，今據補。所兄事者五人，足以教弟矣。維遹案：「弟」與「悌」通，家語辯政篇作「悌」。所友者十有二人，足以祛壅蔽矣。所師者一人，足以慮無失策，舉無敗功矣。昔者堯舜清微其身，以聽觀天下，務來賢人。夫舉賢者，百福之宗也，而神明之主也。舊脱「昔者」以下三十二字。○周廷寀云：家語〈辯政篇〉作「昔堯舜聽天下，務求賢以自輔。夫賢者，百福之宗也，神明之主也」。○趙善詒云：周校此節下引家語有「堯舜」一節。説苑政理篇亦有之，略同，作「昔者堯舜清微其身，以聽觀天下，務來賢人。夫舉賢者，百福之宗也，而神明之主也」。疑今本奪之。集語四引有「子曰：堯舜清微其身，以聽天下，務來賢人。夫舉賢，百福之宗也，神明之主也」。正有此節。似宜據補，方與下文「堯舜參矣」句相應。○維遹案：趙校是也。今據説苑補。惜乎不齊之所爲者小也。舊脱「之所爲者小也」六字。○趙本有。校云：此六字舊本脱，約兩書補。○維遹案：趙校是也。今據補。爲之大功，乃與堯舜參矣。」詩曰：「愷悌君子，民之父母。」子賤其似之矣。

第十一章

度地圖居以立國，崇恩溥利以懷衆，明好惡以正法度，諸本皆同，元本「明」下有「正」字，「正」作「立」。率民力稼，周廷寀云：此二句疑有譌脱。○元本「力稼」作「稼力」。學校庠序以立教，事老養孤以化民，升賢賞功以勸善，懲奸絀失以醜惡，講御習射以防患，禁奸止邪以除害，接賢連友以廣智，宗親族附以益强。詩曰：「愷悌君子。」

第十二章

齊景公使使於楚，下「使」字舊作「人」。○維遹案：治要引「人」作「使」，下文兩稱使者，義正相應，今據正。

賈子新書退讓篇亦載此事，謂「翟王使使至楚」，可爲旁證。楚王與之上九重之臺，顧使者曰：「齊亦有臺若此者乎？」「齊」下舊脱「亦」字，「此」下舊脱「者」字。○維遹案：治要引有「亦」字「者」字，今據補。賈子新書退讓篇亦有「亦」字。使者曰：「吾君有治位之堂，「堂」舊作「坐」。○維遹案：治要引「坐」作「堂」，今據正。土階三等，茅茨不翦，采椽不斲，「采」舊作「樸」，「斲」下舊有「者」字。○諸本皆作「樸」，元本「樸」作「采」。○趙懷玉云：「者」字疑衍。○維遹案：本或作「采椽」，治要引作「采桷不斲」，無「者」字。「桷」即「椽」字之誤。今據删正。賈子新書退讓篇作「采椽弗刮」。猶以謂爲之者勞，居之者泰。維遹案：治要引「謂」作「爲」。「謂」「爲」古通用。吾君惡有臺若此者乎？」「者」下舊脱「乎」字。○維遹案：治要引「者」下有「乎」字，與上文相應，今據補。於是楚王蓋悒如也。維遹案：「蓋」猶「乃」也。治要引省「蓋」字。使者可謂不辱君命，其能專對矣。周廷寀云：亦脱詩辭。

第十三章

傳曰：予小子使爾繼邵公之後。受命者必以其祖命之。孔子爲魯司寇，命之曰：「宋公之子弗甫何孫，魯孔丘，命爾爲司寇。」「何」舊作「有」。諸本皆作「有」，元本作「何」。○維遹案：本或作「何」，困學紀聞六引同，今據正。左傳昭公七年作「弗父何」，「甫」「父」古通用。孔子曰：「弗甫敦及厥辟將不堪。」公曰：「不妄。」傳曰：諸侯之有德，天子錫之。趙本别爲一條。校云：此條舊本連上文。今案當别爲一條。一錫車馬，再錫衣服，三錫虎賁，四錫樂器，五錫納陛，吾友劉盼遂釋九錫中納陛云：納陛者，天子之禮。禮之以安爲貴者也。納者引也，援也。古者天子堂高數仞，登陟爲勞，故侍臣以玉瑗引其君以就便。説文玉部：「瑗，大孔璧也。人君上陛除以相引。」𠬪部有「曼」字，徐鼎臣本云：「己物也。」不知「己」即「〇」之訛，象兩人以瑗牽之形。「爰」「瑗」「援」其形雖殊，而音義仍一貫爾。朱德潤、吳大澂二氏古玉圖考中所收瑗類甚多，猶可藉以考見上陛相引之制。然率皆三代時物，知納陛之禮實行於三代。至漢氏則殿堂下爲城石平之制，人主得乘輦上殿，納陛廢也宜。故漢人於納陛之實，遂曹然不能説矣。六錫朱户，七錫弓矢，八錫鈇鉞，九錫秬鬯，謂之「九錫」也。舊脱「謂之九錫也」五字。〇維遹案：文選潘元茂册魏公九錫文注引有「謂之九錫也」一句，類聚五十三引作「謂曰九錫」，唐留存事始引作「爲之九錫」，「謂」「爲」古通用，今據補。詩曰：「釐爾圭瓚，元本「圭」作「珪」。秬鬯一卣。」

第十四章

齊景公謂子貢曰：「先生何師？」對曰：「魯仲尼。」曰：「仲尼賢乎？」曰：「聖人也，豈直賢哉！」景公嘻然而笑曰：「其聖何如？」子貢曰：「不知也。」景公悖然作色。元本、沈本、鍾本、黄本、楊本、劉本、程本同，張本、毛本「悖」作「勃」，古字通用。曰：「始言聖人，今言不知，何也？」子貢曰：「臣終身戴天，不知天之高也。周廷寀云：此以上説苑善説〔篇〕亦以爲子貢對齊景公之辭，與此略同。終身踐地，不知地之厚也。若臣之事仲尼，譬猶渴操壺杓，就江海而飲之，腹滿而去，又安知江海之深乎？」周廷寀云：此上説苑（善説篇）別以爲子貢答趙簡子之辭，而文亦小異。景公曰：「先生之譽，得無太甚乎？」子貢曰：「臣賜何敢甚言，尚慮不及耳。諸本皆同，元本「甚言」作「直言」，誤。臣譽仲尼，譬猶兩手捧土而附泰山，其無益亦明矣。周廷寀云：此又采子貢答太宰嚭語意。使臣不譽仲尼，譬猶兩手杷泰山，無損亦明矣。」沈本、張本、毛本同，元本、鍾本、黄本、楊本、劉本、程本「杷」作「把」。○趙善詒云：趙本「把」作「杷」，是也。漢書貢禹傳「捽中杷土」，注：「手掊之也。」作「把」者形似之譌。景公曰：「善！豈其然？善！豈其然？」詩曰：「民民翼翼，不測不克。」「民民」舊作「緜緜」。○陳喬樅云：釋文引韓詩曰：「民民，靚也。」「民民」毛詩作「緜緜」，今外傳本仍同作「緜」，誤，當據釋文訂正。○馬瑞辰云：「緜」「緡」雙聲通用。故詩「緜蠻黄鳥」一作「緡蠻」，韓詩「緜緜」作「民民」，亦以雙聲假借。至毛傳訓「緜緜」爲靚者，靚即静也，静即密也。爾雅釋詁：「密，静也。」「緜」「密」雙聲字，故訓爲静，猶言密也。○維遹案：陳馬校是，今據正。

第十五章

一穀不升謂之鎌，周廷寀云：襄公二十四年穀梁春秋「鎌」作「嗛」。○維遹案：「鎌」與「嗛」通，范注云：「嗛，不足貌。」二穀不升謂之饑，「饑」舊作「飢」。○元本、沈本、程本亦作「飢」，張本、鍾本、黄本、楊本、毛本、劉本作「饑」。○維遹案：本或作「饑」，與穀梁傳合，今據正。三穀不升謂之饉，四穀不升謂之荒，周廷寀云：「荒」穀梁作「康」，范注：「康，虚也。」五穀不升謂之大侵。大侵之禮，君食不兼味，臺榭不飾，道路不除，百官補而不制，周廷寀云：「補」穀梁作「布」，范注云：「官職修列不可闕廢，不更有造作。」然則布亦補也。鬼神禱而不祠，周廷寀云：「祠」穀梁作「祀」。「祠」與「祀」通。此大侵之禮也。詩曰：「我居御卒荒。」此之謂也。

第十六章

古者天子爲諸侯受封，謂之采地。百里諸侯以三十里，七十里諸侯以二十里，五十里諸侯以十五里。「十」下舊脱「五」字。○皮錫瑞云：「十里」大傳作「十五里」不誤，外傳脱「五」字耳。○維遹案：皮校是也，今據補。其後子孫雖有罪而絀，維遹案：絀讀爲黜。尚書大傳作「黜」，莊子大宗師篇「黜聰明」，淮南子覽冥篇「黜」作「絀」，吕氏春秋驕恣篇「是長吾過而絀吾善也」，説苑君道篇「絀」作「黜」，是其例。其采地不絀，舊脱「其采地不絀」五字。○郝懿行云：尚書大傳有「其采地不黜」一句。○維遹案：本書亦當有此一句，今據補。從上例改「黜」爲「絀」字。使子孫賢者守其地，世世以祠其始受封之君。此之謂興滅國繼絶世也。書曰：「兹予大享于先王，爾祖其從與享之。」「予」下舊脱「大」字，「從」下舊脱「與」字。○維遹案：本皆脱「大」字「與」字，今據尚書盤庚篇及尚書大傳補。鄭玄注云：「大享，謂烝嘗也。」

第十七章

梁山崩，晉君召大夫伯宗。周廷寀云：「宗」（成公五年）穀梁（傳）作「尊」。○趙善詒云：「宗」「尊」古通。

楊升庵丹鉛續録四云：「古帝尊盧氏一作宗盧，故遷、逵以宗盟爲尊盟。」楊説是也。道逢輦者，以其輦服其道。趙懷玉云：「服」當作「覆」。晉語五云：「遇大車當道而覆。」○周廷寀云：「服」與「覆」同。「其道」之「其」當作「於」。國語云：「遇大車當道而覆。」○聞一多先生云：下「其」字斥伯宗。輦者欲止伯宗而與之語，佯覆其輦以阻伯宗之道也。周氏未得傳意，遂謂「其」爲「於」誤耳。伯宗使其右下，欲鞭之。輦者曰：「君趨道豈不遠矣，諸本皆同，元本「趨」作「取」。○維遹案：本或作「取」，與穀梁傳成公五年合。「趨」與「取」古通用。不如捷而行。舊作「不知事而行可乎」。○元本作「不知逝而行」。○維遹案：當作「不如捷而行」，元本「知逝」即「如捷」之形誤，明本「如捷」誤爲「知事」，遂妄增「可乎」二字以足其義。晉語五作「不如捷而行」，左傳成公五年作「不如捷之速也」。韋注：「旁出爲捷。」杜注：「捷，邪出。」其義一也。今據晉語删正。伯宗喜，問其居。曰：「絳人也。」伯宗曰：「子亦有聞乎？」曰：「梁山崩，壅河，顧三日不流，是以召子。」伯宗曰：「如之何？」曰：「天有山，天崩之。天有河，天壅之。伯宗將如之何？」伯宗私問之。曰：「君其率群臣素服而哭之，既而祠焉，河斯流矣。」伯宗問其姓名，弗告。伯宗到，君問伯宗。以其言對。於是君素服率群臣而哭之，既而祠焉，河斯流矣。君問伯宗何以知之，伯宗不言受輦者，詐以自知。元本「詐以」作「設意」。孔子聞之曰：「伯宗其無後。攘人之善。」詩曰：「天降喪亂，滅我立王。」又曰：元本無「又曰」二字。「畏天之威，于時保之。」

第十八章

晉平公使范昭觀齊國之政。景公錫之宴。趙懷玉云：新序雜事一作「景公賜之酒」。○維遹案：「錫」「賜」古通用，金文「賜」字多以「錫」爲之。晏子在前。范昭趨曰：「願君之倅樽以爲壽。」景公顧左右曰：「酌寡人樽獻之客。」范昭已飲，晏子曰：「客」下舊脱「范昭已飲」四字，「曰」上舊有「對」字。○趙本有「范昭已飲」四字，無「對」字。校云：四字舊脱，據新序〈雜事一〉增。又舊「曰」上衍「對」字，今删。○維遹案：趙校是也，今據補删。「徹去樽。」范昭不説，起舞，顧太師曰：「子爲我奏成周之樂，吾爲子舞之。」舊作「願舞」。○趙本作「吾爲子舞之」。校云：此五字舊本止作「願舞」，今據新序〈雜事一〉改正。晏子〈春秋〉雜上篇同。○維遹案：趙校是也，今據删補。太師對曰：「盲臣不習。」范昭起出門。景公謂晏子曰：「夫晉，天下大國也，使范昭來觀齊國之政，今子怒大國之使者，將奈何？」晏子曰：「范昭之爲人也，非陋而不知禮也，是欲試吾君臣，舊脱「臣」字。○趙本有「臣」字。校云：舊脱「臣」字，據兩書補。○維遹案：趙校是也，今據補。嬰故不從。」於是景公召太師而問之曰：「范昭使子奏成周之樂，何故不調？」對如晏子。於是范昭歸報平公曰：「齊未可并也。吾試其君，周廷寀云：「吾」〈新〉序〈雜事一〉作「臣」，下同。晏子知之。吾犯其樂，太師知之。」孔子聞之曰：「善乎晏子，不出俎豆之間，折衝千里之外。」舊脱「之外」二字。○趙善詒云：句末當有「之外」二字。御覽三百二十二引有之。

晏子（春秋）雜上篇、新序雜事一亦有「之外」二字。○維遹案：趙校是也，今據補。詩曰：「實右序有周，薄言振之，莫不震疊。」「振」舊作「震」。○陳喬樅云：「薄言振之」，舊譌作「震」，非是，今據後漢書（李固傳）注引薛君傳校正。○維遹案：陳校是也，文選甘泉賦注、七命注引薛君章句亦作「振」，今據正。

第十九章

三公者何？曰司馬，司空，司徒也。「司馬司空」舊作「司空司馬」。○趙本作「司馬司空司徒也」。校云：本皆「司空」在「司馬」之前，據續漢書百官志一劉昭注改轉，與下文合。○維遹案：趙校是也，今據乙。司馬主天，司空主土，司徒主人。故陰陽不和，四時不節，星辰失度，災變非常，則責之司馬。山陵崩竭，川谷不流，五穀不植，趙本「植」作「殖」。校云：章懷注後漢書郎顗傳作「陵崩川絶，山谷不流」，劉昭注續漢書百官志一「崩絶」作「崩陁」，「流」作「通」，「殖」作「植」。○維遹案：書鈔五十引「竭」作「絶」，「植」作「殖」。御覽二百八引「竭」作「陁」，「流」作「通」，「植」作「殖」。草木不茂，則責之司空。君臣不正，人道不和，國多盜賊，下怨其上，則責之司徒。故三公典其職，憂其分，舉其辯，明其德，「德」舊作「隱」。○趙懷玉云：「隱」疑「德」字之誤。劉昭作「得」，古「德」「得」通。○維遹案：趙校是也，今據正。此三公之任也。詩曰：「濟濟多士，文王以寧。」又曰：「明照有周，諸本皆同，劉本、周本「照」作「昭」。式序在位。」言各稱職也。

第二十章

夫賢君之治也，温良而和，寬容而愛，刑清而省，維遹案：漢書丙吉傳云：「聖王以順動，故刑罰清而民服。」喜賞而惡罰。移風崇教，生而不殺，布惠施恩，仁不偏與。不奪民力，役不踰時，百姓得耕，家有收聚，民無凍餒，食無腐敗。士不造無用，雕文不粥于肆。斧斤以時入山林。國無佚士，皆用於世。黎庶歡樂衍盈，趙懷玉云：「衍盈」二字疑倒。方外遠人歸義，重譯執贄，故得風雨不烈。小雅曰：「有弇淒淒，興雲祁祁。」舊作「有渰萋萋，興雲祈祈」。○瞿中溶云：元本作「有弇淒淒」，與詩考合。○陳喬樅云：玉篇水部：「渰，雲雨貌。」詩曰：「有渰淒淒。」毛詩作「有渰萋萋」，此所引亦據韓詩之文。經典釋文云：「渰本又作弇。」「弇」者「渰」之渻借字。○趙本作「有弇淒淒，興雲祁祁」。校云：本皆作「有渰萋萋，興雲祁祁」，今據詩考所引改。御覽八百七十二引作「有黭淒淒，興雨祁祁」。案作「興雨」是。○維遹案：瞿陳趙校是，今據元本及詩考改正。趙謂「作興雨是」，今不從。「興雲」「興雨」之説，聚訟紛如，王先謙謂「齊魯韓三家興雨皆作興雲」，是也。其説詳於詩三家義集疏小雅大田篇。以是知太平無飄風景雨明矣。趙懷玉云：御覽（八百七十二）「以是知」作「神是以和」，又「明」上有「亦」字。

第二十一章

昨日何生？今日何成？必念歸厚，必念治生。日慎一日，完如金城。詩曰：「我日斯邁，而月斯征。夙興夜寐，無忝爾所生。」諸本皆同，惟末二句元本作「庶幾夙夜，以永終譽」。

第二十二章

官怠於有成，趙懷玉云：此條皆曾子之言，見説苑敬慎篇。「有成」作「宦成」。○周廷寀云：鄧子轉辭〔篇〕云：「患生於宦成。」病加於小愈，禍生於懈惰，孝衰於妻子。察此四者，慎終如始。易曰：「小狐汔濟，濡其尾。」詩曰：「靡不有初，鮮克有終。」

第二十三章

孔子燕居，子貢攝齊而前曰：「弟子事夫子有年矣，才竭而智罷，倦於學問，「倦」舊作「振」。○維遹案：「振」當作「倦」，字之誤也。荀子大略篇、列子天瑞篇、家語困誓篇並作「倦」，今據正。不能復進。請一休焉。」孔子曰：「賜也欲焉休乎？」曰：「賜欲休於事君。」孔子曰：「詩云：『夙夜匪懈，以事一人。』爲之若此其不易也，維遹案：「其」猶「之」也。古「其」「之」二字互訓。考工記「以其一爲之厚」，即以其一爲其厚也。左傳定公二年「奪之杖以敲之」，即奪其杖以敲之也。若之何其休也！」曰：「賜欲休於事父母。」舊脱「欲」字「母」字。○元本、沈本、張本、毛本、程本作「賜休於事父」，鍾本、黄本、楊本、劉本作「賜欲休於事父」。○維遹案：本或有「欲」字，與上下文一例。「父」下當有「母」字。荀子大略篇、家語困誓篇作「賜願息事親」。「欲」

猶「願」也，親爲父母也，今據補。孔子曰：「詩云：『孝子不匱，永錫爾類。』爲之若此其不易也，如之何其休也！」曰：「賜欲休於事兄弟。」周廷寀云：荀子大略篇有「妻子朋友」，而無「事兄弟」，家語困誓篇同。孔子曰：「詩云：『妻子好合，如鼓瑟琴。兄弟既翕，和樂且耽。』諸本皆同，元本「耽」作「湛」。○維遹案：「耽」與「湛」通，並爲「酖」之借字。說文酉部：「酖，酒樂也。」引申爲樂也。爲之若此其不易也，如之何其休也！」曰：「賜欲休於畊田。」孔子曰：「詩云：『晝爾于茅，宵爾索綯，亟其乘屋，其始播百穀。』爲之若此其不易也，若之何其休也！」子貢曰：「君子亦有休乎？」孔子曰：「『闔棺兮乃止播兮，不知其時之易遷兮。』」鍾本、黃本、楊本同，元本、沈本、毛本、劉本、程本「播」下「兮」字作「耳」。末句元本作「不知與時至易遠兮」。○趙本亦作「兮」。校云：本多作「耳」，今從楊本。○許瀚云：所據楊本，瀚未之見。案作「兮」是也。（「兮」草書作「[illegible]」，「耳」草書作「[illegible]」，形近易譌。）此語以「棺」「播」「遷」爲韻。韻下語助字必從同，韻語通例也。「播」韻「棺」「遷」，乃其本音。說文「播」從手，番聲。楚辭九歌「𤲱芳椒兮成堂」，洪氏補注：「𤲱，古播字。」「𤲱」乃古「番」字，非古「播」字。楚辭假「番」爲「播」，古「番」「播」同音也。周禮大司樂「播之以八音」，鄭注：「播之言被也，故書播爲藩。」尚書大傳洪範五行傳「播國率相行事」，鄭注：「播讀曰藩。藩國，諸侯。」鄭讀「播」如今音，而故書作「藩」。其注書傳亦破「播」爲「藩」，古「藩」「播」同音也。史記賈誼傳「大專槃物兮」，索隱曰：「漢書云：大鈞播物，此專讀曰鈞，槃猶轉也，與播同義。」古「槃」「播」同音也。番也，藩也，璠也，槃也，皆與「棺」「遷」同部，故知「播」與「棺」「遷」爲韻。學者不知「播」字本音，斯不知與「棺」「遷」韻。不知爲韻，斯「兮」譌爲「耳」而不覺矣。○聞一多先生云：許說是也。惟「番」「播」於韻爲對轉，例可通協，不必「播」之本音即爲「番」也。此「播」當讀爲「蟠」，或即「蟠」之誤字。蟠猶伏也。法言問神篇「龍蟠於泥」，謂伏於泥也。爾雅釋蟲「蟠，鼠負」，注：「瓮器底蟲。」此蟲伏於瓮器底，故謂之蟠。禮記樂記「及夫禮樂之極乎天而蟠乎地」，注：「蟠猶委也。」廣雅釋言：「委，闋也。」詩南山傳：「闋，息也。」是蟠猶息也。伏息義相因。漢書天文志「奢爲扶」，注引鄭氏曰：「蟠，止不行也。」止不行亦即伏息之謂。此之謂君子所休也。周廷寀云：荀子（大略篇）云：「望其壙，皋如也，嵮如也，鬲如也，此則知所息矣。」列子（天瑞篇）以「皋」爲「睪」，以「嵮」爲「墳」。故學而不已，闔棺乃止。」詩曰：「日就月將。」言學者也。

第二十四章

魯哀公問冉有曰：「凡人之質而已，將必學而後爲君子乎？」冉有對曰：「臣聞之，雖有良玉，不刻鏤則不成器，雖有美質，不學則不成君子。」曰：「何以知其然也？」諸本皆同，元本無「曰」字。○趙懷玉云：「曰」下似著書者之辭。姚賈與冉有亦不同時。但後云「哀公嘻然而笑」，則「曰」字爲哀公問。此下亦當有「曰」字，爲冉有答。○維通案：本或無「曰」字，其義亦通。夫子路，卞之野人也。子貢，衞之賈人也。皆學問於孔子，遂爲天下顯士。諸侯聞之，莫不尊敬。卿大夫聞之，莫不親愛。學之故也。昔吳楚燕代，謀爲一舉而欲伐秦。姚賈，監門之子也，「姚」舊作「桃」。○鍾本、黃本、楊本、劉本、程本亦作「桃」，元本、沈本、張本、毛本作「祧」，趙本作「姚」。○維通案：本或作「姚」，秦策五同，今據正。爲秦往使之，遂絕其謀，止其兵。及其反國，秦王大悅，立爲上卿。夫百里奚，齊之乞者也，逐於齊西，無以進，自賣五羊皮，爲一軛車。見秦繆公，立爲相，遂霸西戎。太公望少爲人壻，老而見去，屠牛朝歌，賃於棘津，釣於磻溪，文王舉而用之，封於齊。管仲親射桓公，遂除報讎之心，立以爲相，存亡繼絶，九合諸侯，一匡天下。此四子者，皆嘗卑賤窮辱矣，然其名聲馳於後世，豈非學問之所致乎？由此觀之，士必學問，然後成君子。詩曰：『日就月將。』」於是哀公嘻然而笑曰：「寡人雖不敏，請奉先生之教矣。」

第二十五章

曾子有過，曾皙引杖擊之。仆地，有間乃蘇，起曰：「先生得無病乎？」魯人賢曾子，以告夫子。夫子告門人：「參來勿内也。」曾子自以爲無罪，使人謝夫子。夫子曰：舊脱「勿内」以下十七字。○趙本有。校云：以上十七字本皆脱，據説苑建本篇補。○周廷寀云：「來」下家語六本篇有「勿内也。曾子自以爲無罪，使人請於孔子，子曰」十八字。説苑亦然。疑此文脱。○維遹案：趙周校是，今據説苑補。「汝不聞昔者舜爲人子乎？小箠則待，大杖則逃。「待」下舊有「笞」字。○維遹案：「笞」字衍，蓋因讀者旁註而誤入正文内。「小箠則待，大杖則逃」，相對爲文。家語六本篇作「小棰則待過，大杖則逃走」，文亦相對。説苑建本篇采自本書，作「小箠則待，大箠則走」，正無「笞」字，今據删。索而使之，未嘗不在側，索而殺之，未嘗可得。今汝委身以待暴怒，拱立不去，諸本皆同，鍾本「立」作「而」。○維遹案：説苑建本篇作「立體而不去」，家語六本篇作「殪而不避」。汝非王者之民邪？殺王者之民，「汝非王者之民邪，殺王者之民」，舊作「非王者之民」五字。○趙本作「汝非王者之民邪，殺王者之民」。校云：以上十二字本皆作「非王者之民」五字。說苑（建本篇）云「汝非天子之民邪，殺天子之民」云云，家語六本篇亦同，今據其文補。○維遹案：趙校是也，今據補。其罪何如？」詩曰：「優哉柔哉，亦是戾矣。」又曰：「載色載笑，匪怒伊教。」

第二十六章

齊景公使人爲弓，周廷寀云：列女傳辯通（篇）以爲晉平公。三年乃成。景公引弓而射，「引」舊作「得」。○維遹案：「得」當作「引」，草書形近。書鈔百二十五引作「引」，列女傳辯通篇同，今據正。不穿一札。「一札」舊作「三札」。○趙懷玉云：列女傳（辯通篇）「三札」作「一札」。○趙善詒云：書鈔百二十五引「三札」亦作「一札」，與列女傳同。疑「一札」是，言力之弱也。○維遹案：趙校是也，今據正。景公怒，將殺弓人。弓人之妻往見景公曰：「蔡人之子，弓人之妻也。此弓者，太山之南，烏號之柘，燕牛之角，「燕」舊作「騂」。○維遹案：「騂」當作「燕」。今本作「騂」，校者或據論語雍也篇「犁牛之子騂且角」妄改。初學記二十二、御覽三百四十七引作「燕」，列女傳辯通篇同，今據正。荆麋之筋，河魚之膠也。列女傳辯通篇「河」作「阿」。○王照圓云：類聚引「阿」作「河」，與韓詩外傳同。書鈔仍作「阿」。阿魚未詳，疑作「河」者是。御覽引綦母邃注曰：「燕角善，楚筋細，阿膠粘也。」○維遹案：書鈔百二十五引「河」作「阿」，初學記二十二引仍作「河」。據考工記，製膠之材，多用獸皮，亦有「魚膠餌」語。此作「河魚之膠」亦通。阿膠以獸皮爲之，「阿魚之膠」，謂阿膠魚膠也。四物者，天下之練材也，趙善詒云：書鈔百二十五、初學記二十二、御覽三百四十七引「練」俱作「精」。○維遹案：「精」「練」同義。不宜穿札之少如此。且妾聞奚公之車，不能獨走，莫耶雖利，不能獨斷，必有以動之。夫射之道，左手若拒石，右手若附枝，「左」舊作「在」，脱「手若拒石右」五字。○周廷寀云：〈列女〉傳〈辯通篇〉云：「左手如拒，右手如附枝」，疑此譌脱。○趙善詒云：書鈔百二十五引作「左手如拒，右手如附枝」，與列女傳同。○維遹案：周趙校是。梁端列女傳校讀本「拒」下據御覽補「石」字，云「拒石與下附枝對文」，其説甚是。本書「在」字即「左」之形誤，今據補正。例以下文，改「如」爲「若」字。掌若握卵，四指如斷短杖，元本「杖」作「校」。右手發之，左手不知，此蓋射之道。」維遹案：「蓋」猶「乃」也。景公以其言爲儀而射之，舊脱「其言」二字。○維遹案：書鈔百二十五引「爲儀」作「其言」，列女傳辯通篇有「其言」無「爲儀」。梁端據御覽補「爲儀」二字。蓋兩書互有脱文，合之乃備，今據補。穿七札。蔡人之夫立出矣。詩曰：「好是正直。」周廷寀云：列女傳〈辯通篇〉云：「詩曰：敦弓既堅，舍矢既鈞。言射有法也。」○維遹案：列女傳引詩是。本書引詩與此章義無涉，蓋因下章引詩而誤。

第二十七章

齊有得罪於景公者。維遹案：類聚二十四、御覽六百四十一引作「齊景公之時，民有得罪於景公者」。景公大怒，縛置之殿下，召左右肢解之，元本「肢」作「枝」，下同。○維遹案：類聚二十四、御覽六百四十一引作「支」，下同。古通用。敢諫者誅。晏子左手持頭，右手磨刀，仰而問曰：維遹案：類聚二十四引無「仰」字，御覽六百四十一引「仰」下有「面」字。「古者明王聖主，其肢解人，維遹案：御覽六百四十一引「其」作「每」。類聚二十四引無「其」字，晏子春秋内篇諫上同。不審從何肢始也？」「肢」下舊有「解」字。○趙善詒云：類聚二十四、御覽六百四十一引無「解」字，疑涉上「解」字而衍，應删。晏子春秋内篇諫上「堯舜支解人，從何軀始」？亦可證此當無「解」字。○維遹案：趙校是也，今據删。景公離席曰：「縱之！罪在寡人。」詩曰：「好是正直。」

第二十八章

傳曰：居處齊則色姝，食飲齊則氣珍，言語齊則信聽，思齊則成，志齊則盈。五者齊，斯神居之。詩曰：「既和且平，依我磬聲。」

第二十九章

魏文侯問狐卷子曰：「父賢足恃乎？」對曰：「不足。」「子賢足恃乎？」對曰：「不足。」「兄賢足恃乎？」對曰：「不足。」末「對」字舊脱。○沈本、程本亦無「對」字，鍾本、黄本、楊本、毛本、劉本有「對」字。○維遹案：本或有「對」字，與治要、御覽四百二引合，今據補。又案：元本脱「兄賢足恃乎，對曰不足」九字。

「弟賢足恃乎？」對曰：「不足。」「臣賢足恃乎？」對曰：「不足。」文侯勃然作色而怒曰：「寡人問此五者於子，一一以爲不足者何也？」維遹案：御覽四百二引「一一」作「子一」，「一」猶「皆」也，其義亦通。對曰：「父賢不過堯，而丹朱放。子賢不過舜，而瞽瞍拘。兄賢不過舜，而象放。「拘」舊作「頑」，「放」舊作「傲」。○許瀚云：藝文類聚二十引「頑」作「拘」。馬卧廬先生詩傳略考云：「案韓詩外傳，乃狐卷子論父賢子賢皆不足恃也。以『放』字及下文『誅』『伐』字推之，疑『拘』字乃韓詩外傳舊文矣。」瀚謹案：趙蕤長短經難必篇引狐卷子此言亦作「拘」。又反經篇引慎子云「父有良子而舜放瞽瞍，桀有忠臣而過盈天下」，群書治要載慎子知忠篇有之。韓非子忠孝篇亦云「瞽瞍爲舜父而舜放之」。然則古書傳中有拘放瞽瞍之事，故狐卷子、慎子、韓非子言之略同，而歐趙引之不駭也。乃群書治要八引外傳亦作「頑」，後人據誤本外傳妄改，抑或唐初即有作「拘」作「頑」二本矣。下「兄賢不過舜而象傲」，「傲」字亦與不足恃意不符，似當作「放」。「放」見孟子。疑後人怪其與丹朱放複，又習知象傲之文，意爲「傲」「放」形近之譌而改之。○維遹案：許校是也。御覽四百二引「頑」亦作「拘」。治要引「傲」作「敖」，「敖」「放」形近易誤。淮南子泰族篇亦有「舜放弟」語，今據正。弟賢不過周公，而管叔誅。臣賢不過湯武，而桀紂伐。望人者不至，恃人者不久。君欲治，從身始。人何可恃乎？」詩曰：「自求伊祜。」此之謂也。舊脱「此之謂也」四字。○維遹案：治要引有「此之謂也」四字，今據補。

第三十章

湯作護，聞其宮聲，使人温良而寬大。聞其商聲，使人方廉而好義。聞其角聲，使人惻隱而愛仁。聞其徵聲，使人樂養而好施。維遹案：史記樂書「養」作「善」。聞其羽聲，使人恭敬而好禮。詩曰：「湯降不遲，聖敬日躋。」

第三十一章

孔子曰：「易先同人後大有，承之以謙，不亦可乎？」故天道虧盈而益謙，地道變盈而流謙，鬼神害盈而福謙，人道惡盈而好謙。謙者，抑事而損者也。諸本皆同，元本「抑」作「挹」。持盈之道，抑而損之，維遹案：本書卷三文與此同。元本「抑」作「挹」，文選王仲寶褚淵碑文注、淮南子道應篇、説苑敬慎篇同。「抑」「挹」聲相近，義皆爲損，説見前傳。此謙德之於行也。元本、沈本、張本、毛本、劉本同，鍾本、黄本、楊本、程本「謙」作「損」。又「之於行也」四字，元本錯置在「凶」字下，作「其於行也」。○周廷寀云：此「謙」本一作「損」，誤。順之者吉，逆之者凶。五帝既没，三王既衰，能行謙德者，其惟周公乎。周公以文王之子，舊脱「周公以」三字。○趙善詒云：〔孔子〕集語四「文王之子」上有「周公以」三字，疑當補入，於文方爲順。○維遹案：趙校是也，今據補。武王之弟，成王之叔父，假天子之尊位七年，所執贄而師見者十人，所還質而友見者十三人，周廷寀云：「還」尚書大傳作「委」，「友」作「相」。「質」與「贄」同。「十三人」當從大傳及荀子堯問〔篇〕作「三十」，説已見前傳。窮巷白屋之士所先見者四十九人，時進善者百人，宮朝者千人，周廷寀云：「宮」説苑尊賢〔篇〕作「官」。前傳云：「教士千人，宮朝者萬人。」諫臣五人，輔臣五人，拂臣六人，載干戈以至於封侯，異族九十七人，「侯」下舊脱「異族九十七人」六字。○趙善詒云：〔孔子〕集語四引「侯」下有「異族九十七人」六字，疑應補入。下文有「異族爲寡」句，可證。○維遹案：趙校是也，今據補。而同姓之士百人。孔子曰：「猶以爲周公爲天下黨，「周」上舊脱「爲」字，「黨」舊作「賞」。○元本「周」上有「爲」字。○趙善詒云：「賞」字無義。〔孔子〕集語四引作「黨」字，甚是。蓋以爲周公封同族者多，故人云周公以天下爲己黨也。○維遹案：「爲」字據元本補，「賞」字從集語改爲「黨」。則以同族爲衆，而異族爲寡也。」故德行寬容而守之以恭者榮，土地廣大而守之以儉者安，位尊禄重而守之以卑者貴，人衆兵强而守之以畏者勝，聰明睿智而守之以愚者哲，博聞强記而守之以淺者不隘。「隘」舊作「溢」。○維遹案：「溢」當作「隘」，字之誤也。説苑敬慎篇「不隘」作「廣」。不隘即廣也，是其證。本書卷三作「智」。智與不隘，義亦相因。此六者皆謙德也。易曰：「謙亨，君子有終吉。」能以此終吉者，君子之道也。貴爲天子，富有四海，而德不謙，以亡其身，桀紂是也，而況衆庶乎？夫易有一道焉，大足以治天下，中足以安家國，趙善詒云：類説引「家國」作「國家」。○維遹案：説苑敬慎篇作「國家」。近足以守其身者，其惟謙德乎。詩曰：「湯降不遲，聖敬日躋。」

第三十二章

昔者田子方出，見老馬於道，喟然有志焉，以問於御者曰：「此何馬也？」御曰：「故公家畜也，「曰」上舊脱「御」字。○維遹案：治要、御覽四百八十六引「曰」字上有「御」字，淮南子人間篇同，今據補。罷而不爲用，故出放之也。」「放」下舊脱「之」字。○維遹案：治要、文選顔延年赭白馬賦注、御覽八百九十三引「放」下並有「之」字，今據補。淮南子人間篇作「出而鬻之」。田子方曰：「少盡其力，而老棄其身，」「棄」舊作「去」。○趙懷玉云：文選赭白馬賦注引作「弃其身」。又東武吟注亦同。○趙善詒云：類聚九十三、治要、白帖九十六、御覽四百八十六、又八百九十三引「去」俱作「棄」，「弃」「棄」古今字，「弃」「去」形近致譌。淮南子人間篇亦作「弃」。○維遹案：趙校是也，今據正。仁者不爲也。」束帛而贖之。窮士聞之，知所歸心矣。詩曰：「湯降不遲，聖敬日躋。」

第三十三章

齊莊公出獵，有螳蜋舉足將搏其輪，問其御曰：「此何蟲也？」御曰：「此是螳蜋也。維遹案：下「御曰」淮南子人間篇作「對曰」。御覽四百三十六、九百四十七、事類賦三十引同。其爲蟲，知進而不知退，不量力而輕就敵。」莊公曰：「此爲人必爲天下勇士矣。」「此」舊作「以」。○維遹案：「以」當作「此」，字之誤也。御覽四百三十六引作「此」，淮南子人間篇同，今據正。於是迴車避之，而勇士歸之。維遹案：治要、御覽九百四十七引「歸之」作「歸焉」。詩曰：「湯降不遲，聖敬日躋。」鍾本、黄本、楊本、程本同，元本、沈本、張本、毛本、劉本脱「聖敬日躋」四字。

第三十四章

魏文侯問李克曰：「人有惡乎？」李克曰：「有。夫貴者則賤者惡之，富者則貧者惡之，智者則愚者惡之。」文侯曰：「善。行此三者，使人勿惡，亦可乎？」李克曰：「可。臣聞貴而下賤，則衆弗惡也。富而分貧，「富」下「而」字舊作「能」。○元本、沈本、張本、毛本、程本亦作「能」，鍾本、黄本、楊本、劉本作「而」。○維遹案：本或作「而」，與上下文一例，今據正。則窮士弗惡也。智而教愚，則童蒙者弗惡也。」文侯曰：「善哉言乎！堯舜其猶病諸。寡人雖不敏，請守斯語矣。」詩曰：「不遑啓處。」

第三十五章

有鳥於此，架巢於葭葦之顛，天喟然而風，則葭折而巢壞，何也？舊脱「也」字。○趙善詒云：說苑善説篇「何」下有「也」字，於語氣方順。○維遹案：趙校是也，今據補。其所托者弱也。稷蜂不攻，維遹案：說苑善説篇「蜂」作「狐」，類聚九十七引作「稷蜂不螫」。而社鼠不薰，非以稷蜂社鼠之神，其所托者善也。故聖人求賢者以自輔。「以」下舊脱「自」字。○周廷寀云：「者」疑當爲「自」，在「以」字下。○趙善詒云：類聚二十、類説引「以」下有「自」字，蓋今本奪之。○維遹案：趙校是也。類聚九十七引亦有「自」字，今據補。夫吞舟之魚大矣，蕩而失水，則爲螻蟻所制，失其輔也。故詩曰：「不明爾德，「故」下舊脱「詩」字。○周廷寀云：「故」疑當爲「詩」。○維遹案：「故」下脱「詩」字。卷六第二十三章有「故詩曰」云云，今據補。以無陪無側，舊作「時無背無側」。○元本作「以無陪無側」。○維遹案：元本與詩考合，今據正。爾德不明，以無陪無側。」「側」舊作「卿」。○維遹案：詩考引作「側」，今據正。説詳卷五第十八章。

韓詩外傳卷第九

第一章

孟子少時誦，其母方織。孟子輟然中止，乃復進。「輟」上舊脱「子」字。○諸本皆無「子」字，黄本、楊本有「子」字。○維遹案：本或有「子」字，是，今據補。其母知其諠也，維遹案：諠，忘也。詩衛風淇奥篇「終不可諼兮」，毛傳：「諼，忘也。」禮記大學篇引詩「諼」作「諠」。呼而問之曰：「何爲中止？」對曰：「有所失復得。」其母引刀裂其織，以此誡之。自是之後，孟子不復諠矣。孟子少時，東家殺豚。維遹案：類聚九十四、白帖十八引「豚」作「豬」，下同。孟子問其母曰：「東家殺豚何爲？」元本「何」下有「以」字。母曰：「欲啖汝。」其母自悔失言。「失」舊作「而」。○元本「悔」下無「而」字。○趙懷玉云：御覽四百三十引作「其母悔失言」。○維遹案：類聚九十四引亦作「其母悔失言」，今據正。曰：「吾懷姙是子，席不正不坐，割不正不食，胎教之也。今適有知而欺之，是教之不信也。」乃買東家豚肉以食之，明不欺也。詩曰：「宜爾子孫承承兮。」「承承」舊作「繩繩」。○維遹案：詩考引作「承承」，今據正。下章同。言賢母使子賢也。

第二章

田子爲相，趙懷玉云：列女傳母儀篇作「田稷子」。三年歸休，得金百鎰奉其母。趙懷玉云：「得」御覽八百十一引作「以」。○維遹案：白帖八引「得」作「持」。母曰：「子安得此金？」對曰：「所受俸禄也。」母曰：「爲相三年不食乎？維遹案：列女傳母儀篇「爲」上有「子」字。元本「不食乎」作「無食之」。治官如此，非吾所欲也。孝子之事親也，盡力致誠，不義之物，不入於館。爲人臣不忠，是爲人子不孝也。舊作「爲人子不可不孝也」。○趙本作「爲人臣不忠，是爲人子不孝也」。校云：舊本無「爲人臣不忠是」六字，又「不孝」上衍「不可」二字，今據御覽（八百十一）增删。列女傳（母儀篇）同。○瞿中溶云：元本無「不可」二字，與御覽合。○維遹案：趙瞿校是，今據删補。子其去之。」田子愧慙走出，趙本「愧慙」作「慙愧」。校云：「慙愧」舊倒，依御覽（八百十一）乙。造朝還金，退請就獄。王賢其母，説其義，即舍田子罪，趙懷玉云：舍與赦同。列女傳（母儀篇）亦作「舍」。令復爲相，以金賜其母。詩曰：「宜爾子孫承承兮。」言賢母使子賢也。黄本、楊本、程本同，元本、沈本、張本、毛本、劉本無「言賢母使子賢也」七字。

第三章

孔子出行，聞哭聲甚悲。「子」下舊脱「出」字。○維遹案：「子」下當有「出」字。文選長笛賦注引作「孔子出行，聞有哭聲甚悲」，今據補。孔子曰：「驅之驅之！前有賢者。」「驅之驅之」舊作「驅驅」。○趙懷玉云：御覽四百八十七引「驅驅」作「驅之」。○維遹案：此當作「驅之驅之」。古人遇疊句，皆省不書，止於字旁加二小畫以識之。如「驅之驅之」書作「驅＝之＝」。御覽引脱去「＝」，變爲「驅之」。今本作驅驅，脱「之＝」，以「驅＝」變爲「驅驅」。説苑敬慎篇正作「驅之驅之」，今據補。至則皋魚也，周廷寀云：「皋魚」説苑敬慎〈篇〉作「丘吾子」。○維遹案：家語致思篇亦作「丘吾子」。○孫志祖云：「丘吾」「皋魚」，聲轉字異，一人也。被褐擁鎌，哭於道旁。孔子辟車與之言，維遹案：御覽四百八十七引「車」下有「而」字。曰：「子非有喪，何哭之悲也？」皋魚曰：「吾失之三矣。少而好學，周游諸侯，舊脱「好」「周」二字。○趙懷玉云：文選長笛賦注引作「吾少好學，周流諸侯」，御覽四百八十七同。○維遹案：此文當作「少而好學，周游諸侯」。御覽四百八十七引作「少而好學，周流諸侯」。「流」「游」古字通用。今據補。文選長笛賦注引作「少好學，周流天下」，家語致思篇作「吾少時好學問，周遍天下」，説苑敬慎篇作「吾少好學問，周遍天下」，並可參證。以殁吾親，失之一也。「殁」舊作「後」。○維遹案：孔子集語四引「後」作「殁」，今據正。文選長笛賦注引「親」下有「死」字，説苑敬慎篇作「還後吾親亡」，家語致思篇作「後還喪吾親」。高尚吾志，簡吾事，不事庸君，而晚事無成。舊作「高尚吾志，間吾事君」。○維遹案：此有脱文。當作「高尚吾志，簡吾事，不事庸君，而晚事無成」。文選長笛賦注引作「高尚其志，不事庸君，而晚事無成」。御覽四百八十七引作「高吾志，簡吾事，不事庸君」，今據補正。失之二也。與友厚而中絶之，失之三矣。「中」舊作「小」。○趙懷玉云：〈文〉選〈長笛賦〉注作「少擇交游，寡親友，而老無所託」。○趙善詒云：御覽四百八十七引同〈文〉選注，〈孔子〉集語四引作「與交友厚，中而絶之，失之三也」。按本卷第二十五章有「久交友而中絶之」句，則今本「小」字當爲「中」之誤，可證。○維遹案：趙校是也，今據正。夫樹欲静而風不止，子欲養而親不待，「樹」上舊脱「夫」字，「待」下有「也」字。○趙本有「夫」字，無「也」字。校云：舊本無「夫」字，「待」下有「也」字，俱依文選〈長笛賦〉注增删。○維遹案：趙校是也，今據補删。往而不可追者年也，去而不可得見者親也。舊脱「不可追者年也，去而」八字。○趙本有。校云：舊本脱「不可追者年也，去而」八字，據御覽〈四百八十七〉補。文選〈長笛賦〉注作「往而不可反者年也，逝而不可追者親也」，後漢書桓榮傳注所引亦略同。○維遹案：趙校是也，今據補。說苑敬慎篇作「往而不來者年也，不可得再見者親也」，家語致思篇略同。吾請從此辭矣。」立槁而死。孔子曰：「弟子識之，足以誡矣。」舊作「弟子誡之，足以識矣」。○許瀚云：此本作「弟子識之，足以誡矣」。「識」「誡」形近，傳寫誤舛。說苑敬慎篇作「弟子記之，足以爲戒也」。「記」「識」、「戒」「誡」古者義同通用，則韓傳本上「識」下「誡」明矣。宋薛氏據孔子集語引上句正作「弟子識之」。○維遹案：許校是也，今據正。家語致思篇作「小子識之，斯足爲戒矣」。於是門人辭歸而養親者十有三人。趙懷玉云：此下各本皆不提行。案此書末不引詩者亦多有，下當別爲一條是。

第四章

子路曰：「有人於斯，夙興夜寐，手足胼胝而面目黧黑，樹藝五穀以事其親，而無孝子之名者，何也？」孔子曰：「意者身未敬邪？「意」上舊有「吾」字。○黄本「吾」作「噫」。○趙本無「吾」字。校云：舊本有「吾」字，衍。荀子子道篇無，今從之。○維遹案：家語困誓篇亦無「吾」字。今本「吾」字本在下文「坐與汝」「坐」字下，傳寫者錯移於此，今據删。**色不順邪？辭不遜邪？古人有言曰：『衣歟醪歟，曾不爾聊。』**「醪」舊作「食」，「聊」舊作「即」。○元本「食」作「謬」。○趙懷玉云：荀子（子道篇）作「衣與繆與，不女聊」，楊倞注引此作「衣予教予」，與今本不同。然「即」字自當作「聊」爲是。○盧文弨云：「教予」疑是「飤予」之譌。「即」疑「聊」之譌。○劉師培云：盧説近是。古人於衣食二端，均屬自謀，無假于人。今孝子耕耘樹藝以養其親，則是兼爲親謀衣食也。外傳「教」字當作「飤」，則此「繆」字亦係「醪」字之訛。竊疑此二語本佚詩，其易「食」爲「醪」者，則以與「聊」字叶韻之故。「醪」爲有汁滓之酒，見説文。○維遹案：趙劉校是，今據正。**子勞以事其親，無此三者，何爲無孝之名？意者所友非仁人邪？坐，吾語汝。**「坐」下舊脱「吾」字。○維遹案：此當有「吾」字。今本「吾」字錯置於上文。説苑敬慎篇、家語困誓篇並有「吾」字，今據補。**雖有國士之力，不能自舉其身。**元本「身」作「聲」，誤。**非無力也，勢不便也。是以君子入則篤孝，出則友賢，何爲其無孝子之名？」詩曰：「父母孔邇。」**

第五章

伯牙鼓琴，鍾子期聽之。方鼓琴，志在太山。「在」下舊脱「太」字。○趙懷玉云：説苑尊賢篇作「志在太山」。○趙善詒云：「在」下「太」字當據補。劉義慶注世説新語傷逝篇引有「太」字。説苑（尊賢篇）、吕氏春秋本味篇同。○維遹案：趙校是也，今據補。陶鴻慶云：「太山本作大山，大山與流水對文，乃泛言山之大者，非指東嶽泰山也。列子湯問篇作志在登高山，高山即大山也。」鍾子期曰：「善哉鼓琴，巍巍乎如太山！」莫景之間，舊脱「莫景之間」四字。○趙懷玉云：説苑〔尊賢篇〕「山」下有「少選之間而」五字。○趙善詒云：劉義慶注世説新語傷逝篇引有「莫景之間」四字，義與少選之間同，皆謂有頃之間也。○維遹案：趙校是也，今據補。志在流水。鍾子期曰：「善哉鼓琴，洋洋乎若江河！」鍾子期死，伯牙擗琴絶絃，終身不復鼓琴，以爲世無足與鼓琴也。諸本皆同，元本「與」作「以」。○維遹案：本或作「以」，「以」「與」古通。非獨鼓琴如此，「獨」下舊脱「鼓」字。○維遹案：説苑尊賢篇有「鼓」字，今據補。賢者亦有之。苟非其時，則賢者將奚由得遂其功哉？周廷寀云：疑脱詩辭。

第六章

秦攻魏，破之，周廷寀云：始皇二十二年，秦滅魏，虜其王假。假讀曰瑕。少子亡而不得。令魏國曰：「有得公子者賜金千斤，匿者罪至十族。」趙懷玉云：列女傳節義篇作「罪至夷」。公子乳母與俱亡。人謂乳母曰：「得公子者賞甚重，乳母當知公子處而言之。」乳母應之曰：「我不知其處。雖知之，死則死，不可以言也。爲人養子，不能隱而言之，是畔上畏死。吾聞忠不畔上，勇不畏死。凡養人子者務生之，舊脱「務」字。○趙本有「務」字。校云：「務」字舊無，依列女傳〔節義篇〕增。○維遹案：趙校是也，今據補。非務殺之也。豈可見利畏誅之故，廢義而行詐哉？吾不能生而使公子獨死矣。」遂與公子俱逃澤中。秦軍見而射之，乳母以身蔽之，著十二矢，遂不令中公子。諸本皆同，元本作「遂不令公子中」。秦王聞之，饗以太牢，且爵其兄爲大夫。諸本皆同，元本作「饗祭祀以太牢，具爵其兄爲大夫」。○維遹案：列女傳節義篇作「祠以太牢，寵其兄爲五大夫」。詩曰：「我心匪石，不可轉也。」

第七章

子路曰：「人善我，我亦善之。人不善我，我不善之。」子貢曰：「人善我，我亦善之。人不善我，我則引之進退而已耳。」顏回曰：「人善我，我亦善之。人不善我，我亦善之。」三子所持各異，問於夫子。夫子曰：「由之所持，「持」舊作「言」。○鍾本、黃本、楊本、劉本、程本亦作「言」，元本、沈本、張本作「持」。○周廷寀云：「所言」之「言」，疑並當作「持」。○維遹案：本或作「持」，與上文「三子所持各異」相應，今據正。下文「賜之所言」「回之所言」，諸本仍誤爲「言」，今亦據此改正。蠻貊之言也。賜之所持，朋友之言也。回之所持，親屬之言也。」詩曰：「人而無良，我以爲兄。」「而」舊作「之」。○趙本「之」作「而」。校云：各本「而」作「之」，今從詩考。○維遹案：趙校是也，今據正。

第八章

齊景公縱酒，醉而解衣冠，鼓琴以自樂。顧左右曰：「仁人亦樂此乎？」左右曰：「仁人耳目猶人，何爲不樂乎！」景公曰：「駕車以迎晏子。」晏子聞之，朝服而至。景公曰：「今者寡人此樂，願與大夫同之。請去禮。」舊脱「請去禮」三字。○趙本有「請去禮」三字。校云：三字舊本脱，據新序刺奢篇補，下方有所承。○維遹案：趙校是也，今據補。晏子春秋外篇亦有「請去禮」句。孫星衍謂「外傳無此句，文理不貫」，是也。晏子曰：「君言過矣。自齊國五尺已上，力皆能勝嬰與君，所以不敢亂者，畏禮也。「敢」下舊脱「亂」字。○維遹案：晏子春秋外篇、新序刺奢篇並有「亂」字，今據補。故自天子無禮則無以守社稷，維遹案：「自」字疑涉上文而衍。諸侯無禮則無以守其國。爲人上無禮則無以使其下，爲人下無禮則無以事其上。大夫無禮則無以治其家，兄弟無禮則不同居。人而無禮，不若遄死。」景公色媿，離席而謝曰：「寡人不仁，無良左右，淫湎寡人，以至於此。諸本皆同，「淫湎寡人」元本作「陰陽過矣」。請殺左右以補其過。」晏子曰：「左右無過。君好禮，則有禮者至，無禮者去。君惡禮，則無禮者至，有禮者去。左右何罪乎？」景公曰：「善哉！」乃更衣而坐，觴酒三行。晏子辭去。景公拜送。詩曰：「人而無禮，胡不遄死！」

第九章

傳曰：堂衣若扣孔子之門曰：「丘在乎？丘在乎？」子貢應之曰：「君子尊賢而容衆，嘉善而矜不能，親内及外，己所不欲，勿施於人。子何言吾師之名爲？」「爲」舊作「焉」。○諸本皆作「焉」，元本作「爲」。○維遹案：本或作「爲」，是，今據正。堂衣若曰：「子何年少言之絞！」子貢曰：「大車不絞則不成其任，琴瑟不絞則不成其音。子之言絞，是以絞之也。」堂衣若曰：「吾始以鴻之力，今徒翼耳。」子貢曰：「非鴻之力，安能舉其翼？」詩曰：「如切如瑳，如錯如磨。」「瑳」舊作「磋」，「錯」舊作「琢」。○維遹案：「磋」當作「瑳」，「琢」當作「錯」，今均改正，説詳卷二第五章。

第十章

齊景公出弋昭華之池，使顏斲聚主鳥而亡之。「顏」上舊脱「使」字，「斲」舊作「鄧」。○趙本作「顏涿聚」。校云：「顏涿聚」舊本作「顏鄧聚」，譌，據御覽八百三十二引改正。又上有「使」字。晏子外篇作「顏燭鄒」，史記及漢書古今人表皆同，聲相近。○周廷寀云：「顏鄧聚」説苑正諫篇作「燭鄒」。○孫詒讓云：此書舊本「鄧」字當作「斲」。唐人俗書「斲」字或作「鄧」（見蘇靈芝憫忠寺碑），又作「斵」（見李承嗣造像銘），並與「鄧」字絶相似，故傳寫易譌。「斲」與「涿」「燭」音並相近。「斲聚」「涿聚」「燭鄒」皆形聲通借，不知孰爲正字。御覽作「涿」，疑據哀二十七左傳文改，韓傳故書未必如是也。○維遹案：趙孫校是，今據正。下同。晏子外篇、說苑正諫篇，「顏」上並有「使」字，今據補。景公怒而欲殺之。晏子曰：「夫斲聚有死罪四，請數而誅之。」景公曰：「諾。」晏子曰：「斲聚！汝爲吾君主鳥而亡之，「爲」上舊脱「汝」字。○趙本有「汝」字。校云：「汝」字舊脱，據晏子（春秋外篇）增。○維遹案：趙校是也，今據補。是罪一也。使吾君以鳥之故而殺人，是罪二也。使四國諸侯聞之，以吾君重鳥而輕士，是罪三也。天子聞之，必將貶絀吾君，危其社稷，絶其宗廟，是罪四也。此四罪者，故當殺無赦，臣請加誅焉。」景公曰：「止！此吾過矣。願夫子爲寡人敬謝焉。」詩曰：「邦之司直。」

第十一章

魏文侯問於解狐曰：「寡人將立西河之守，趙懷玉云：「立」御覽四百八十二引作「定」。誰可用者？」解狐對曰：「荆伯柳者賢人，殆可。」文侯曰：「是非子之讎也？」對曰：「君問可，非問讎也。」於是將以荆伯柳爲西河守。舊脱「曰：是非子之讎也？對曰：君問可，非問讎也。於是」十八字。○趙本有。校云：十八字舊本脱，今據御覽（四百八十二）補。○維遹案：趙校是也，今據補。荆伯柳問左右：「誰言我於吾君？」左右皆曰：「解狐。」荆伯柳往見解狐而謝之曰：「子乃寬臣之過也，言於君。謹再拜謝。」解狐曰：「言子者公也，怨子者私也。「私」上舊有「吾」字。○趙善詒云：「吾」字似衍文，當删。「公也」「私也」相對爲文也。御覽四百八十二無「吾」字，韓非子外儲説左下、説苑至公篇亦俱無，可證。○維遹案：趙校是也，今據删。公事已行，怨子如故。」張弓射之，走十步而没，可謂勇矣。詩曰：「邦之司直。」

第十二章

楚有善相人者，所言無遺策，聞於國中。「策」舊作「美」。○周廷寀云：「美」當從吕氏春秋不拘論貴當篇、新序雜事五作「策」。○孫詒讓云：「美」當作「筴」，與「策」字同。漢隸「策」字多作「莢」（見漢北海相景君銘、鄭令景君闕銘、馮焕殘碑、靈臺碑），與「美」形近而誤。○維遹案：周孫校是，今據正。莊王召見而問焉。對曰：「臣非能相人也，能相人之友者也。觀布衣者，其友皆孝悌，篤謹畏令，如此者家必日益，而身日安，此所謂吉人者也。觀事君者，其友皆誠信，有行好善，如此者措事日益，元本「措」作「指」，誤。官職日進，此所謂吉臣者也。觀人主也，朝臣多賢，「觀人主也」舊作「人主」。○周本有「觀也」二字。校云：「觀也」二字從吕氏春秋貴當篇校補。○維遹案：周校是也，今據補。左右多忠，主有失，皆敢交争正諫，「皆敢」舊作「敗皆」。○維遹案：當作「主有失，皆敢交争正諫」，因「敢」字譌爲「敗」，校者乃移「敗」字於「失」下，以爲「失敗」連文。吕氏春秋貴當篇作「主有失，皆敢交争證諫」（原脱「敢」字，詳拙著吕氏春秋集釋），新序雜事五作「主有失，皆敢分争正諫」，今據正。如此者國日安，主日尊，名聲日顯，此所謂吉主者也。臣非能相人也，能觀人之友者也。」舊作「觀友者也」。○維遹案：當作「能觀人之友者也」，方與上文「臣非能相人也，能相人之友者也」一例。今本有脱文。呂氏春秋貴當篇作「能觀人之友也」，新序雜事五作「能觀人之交也」，「交」「友」義同，今據補。王曰：「善！」其所以任賢使能而霸天下者，殆遇之於是也。「殆」舊作「始」。○周廷寀云：「始」當爲「殆」。○俞樾云：「始」乃「殆」字之誤。「遇」當作「得」。言莊王所以霸者，殆得之於是也。本書「得」字有誤作「遇」者，「子夏問」篇（卷五）「獨明夫先王所以遇之者，所以失之者」，「遇」與「失」對文，則亦「得」之誤。「得」與「遇」形聲俱遠而致誤，不可解也。「齊桓公」篇（卷十）「桓公之所以九合諸侯，一匡天下，不以兵車者，非獨管仲也，亦遇之於是」，此「遇」字亦當作「得」。○趙善詒云：俞氏以「遇」字當作「得」，非是。「遇」「得」義通。孟子離婁下「而不相遇也」，注：「遇，得也。」可證。○維遹案：「始」字從周俞校改正。「遇」字當以趙説爲是。詩曰：「彼己之子，邦之彦兮。」

第十三章

孔子出遊少源之野，諸本皆同，劉本、趙本「源」作「原」。○維遹案：本或作「原」，文選陸士衡演連珠注、類聚六、御覽五十五、四百八十七引同。有婦人中澤而哭，其音甚哀。孔子怪之，使弟子問焉，「孔子」下舊脱「怪之」二字。○趙本有。校云：此二字舊本脱，據文選陸士衡〔演〕連珠注引補。御覽五十五引亦同。○維遹案：趙校是也，今據補。曰：「夫人何哭之哀？」婦人曰：趙本作「婦人對曰」。校云：舊本無「對」字，據〔文〕選〔演連珠〕注增。○維遹案：類聚六、御覽五十五、四百八十七引俱無「對」字。「鄉者刈蓍薪而亡吾蓍簪，「薪」下舊脱「而」字。○趙懷玉云：「薪」下〈文〉選〈演連珠〉注兩引皆有「而」字。○趙善詒云：御覽六百八十八、〈孔子〉集語三引亦並有「而」字，下文有「刈著薪而亡著簪」句，可證。○維遹案：趙校是也，今據補。**吾是以哀也。」弟子曰：「刈著薪而亡著簪，有何悲焉？」**趙懷玉云：「弟子」兩書俱作「孔子」。**婦人曰：「非傷亡簪也，吾所以悲者，蓋不忘故也。」**舊脱「吾所以悲者」五字。○趙懷玉云：「蓋」字兩書俱作「吾所以悲者」五字，〈御覽〉六百八十八引亦同。○趙善詒云：〈孔子〉集語三引亦有「而所以悲者」五字，疑今本奪之。○維遹案：趙校是也，今據補。**詩曰：「代馬依北風，飛鳥揚故巢。」皆不忘故之謂也。**舊脱「詩曰」以下十九字。○許瀚云：宋薛據孔子集語引末多「詩曰：代馬依北風，飛鳥揚故巢。皆不忘故之謂也」十九字。案薛所據本是也。文選古詩十九首「胡馬依北風，越鳥巢南枝」，李善注亦引韓詩外傳曰：「代馬依北風，飛鳥棲故巢。言不忘本之謂也。」（此「言」字誤，當作「皆」。鹽鐵論十五未通篇「故代馬依北風，飛鳥翔故巢」，注引韓嬰曰：「詩云：代馬依北風，飛鳥棲故巢。皆不忘本之謂也。」鹽鐵論注引「韓嬰曰」者，即韓詩外傳文。）與此正同。惟「揚」作「棲」，「故」作「本」，爲小異耳。又宣德皇后令注引「代馬依北風」句，後漢書班超傳注引「代馬依北風，飛鳥揚故巢」二句，皆謂出韓詩外傳，則其爲韓詩脱文無疑。蓋後人訝其所引非三百篇之詩而妄删之。不知韓君説詩，自有内傳，其外傳或引易（見二之七、八之四），或引書（見八之十六）或引禮（見四之八），或引論語（見五之三十三、六之六、十之十八），或引傳（見九之二十七），或竟不引詩，不必拘詩本義，並不必盡爲詩發也。後漢書注、文選注皆節引，未知所繫。趙億孫舍人校外傳僅采「代馬依北風」句入補遺中，幸薛氏全引其文，可據以復舊。○維遹案：許校是也，今據補。

第十四章

傳曰：君子之聞道，入之於耳，藏之於心，察之以仁，守之以信，行之以義，出之以遜，故人無不虛心而聽也。小人之聞道，入之於耳，出之於口，苟言而已，譬如飽食而嘔之，其不惟肌膚無益，而於志亦戾矣。諸本皆同，元本「而於志亦戾矣」作「於是已戾矣」。詩曰：「胡能有定。」

第十五章

孔子與子路、子貢、顏淵「子路」舊在「子貢」下。○趙本作「孔子與子路子貢顏淵」。校云：「子路」舊誤在「子貢」下，今據第七卷移正。○維遹案：趙校是也，今據乙正。游於戎山之上。許瀚云：「戎山」説苑指武篇、家語致思篇作「農山」，蓋即齊之峱山也。毛詩「遭我乎峱之間兮」，漢書地理志引齊詩作「遭我虖嶩之間兮」，顏師古注：「嶩，山名也，字或作峱，亦作巎。」詩釋文：「峱，崔靈恩集注本作嶩。」案説文無「嶩」字，字本當作「農」。其作「嶩」者，正陸元朗所云「飛禽即須安鳥，水族便應著魚」之類也。「峱」「農」一音之轉。集韻：「夒」，奴冬切。「獶」「農」「憹」，奴刀切。「䃩」「繷」，尼交切。合「峱」「巎」「嶩」爲一字，入豪韻。「農」「戎」音近同部，得相假借。召南「何彼襛矣」，毛傳：「襛，猶戎也。」釋文：「襛韓詩作茙，茙音戎。」集韻「襛」「𧙕」同字，與「戎」「茙」同而融切，入東韻，是其例矣。説苑作「孔子北游，東上農山」。齊於魯爲東北，明其爲齊山矣。本書七又有游景山事，與此略同。「景」古音陽部，與「農」「戎」亦一聲之轉。然景山見商頌及鄘。水經注「河水分濟北逕景山東」，寰宇記「景山在澶州衛南縣東南三里」，景山實在衛地，或傳聞異辭，故有農山、戎山及景山之别，不可强説也。孔子喟然嘆曰：「二三子各言爾志，予將覽焉。由爾何如？」對曰：「得白羽如月，赤羽如日，黄本、楊本、劉本、趙本同，元本、沈本、張本、毛本、程本「日」作「朱」。○趙懷玉云：「日」本或作「朱」，非。○維遹案：本或作「日」，與説苑指武篇、家語致思篇合。擊鐘鼓者，上聞於天，諸本皆同，元本脱「上」字。旌旗翩翻，下蟠於地，舊脱「旌旗翩翻」四字，「蟠」舊作「槃」。○周廷寀云：「白」上疑有脱漏。説苑〈指武篇〉云：「旌旗翩翻，下蟠於地。」○維遹案：周校是也，今據説苑補正。家語致思篇作「旍旗繽紛，下蟠於地」，王肅注：「蟠，委。」使將而攻之，諸本皆同，元本「使」下衍「由」字。惟由爲能。」孔子曰：「勇士哉！賜爾何如？」對曰：「得素衣縞冠，使於兩國之間，不持尺寸之兵，升斗之糧，使兩國相親如兄弟。」孔子曰：「辯士哉！回爾何如？」對曰：「鮑魚不與蘭茝同笥而藏，桀紂不與堯舜同時而治。二子已言，回何言哉？」孔子曰：「回有鄙之心。」趙懷玉云：句下似有脱字。○維遹案：説苑指武篇作「孔子曰：若鄙心不與焉，第言之」。顔淵曰：「願得明王聖主爲之相，使城郭不治，溝池不鑿，陰陽和調，家給人足，鑄庫兵以爲農器。」孔子曰：「大士哉！由來，區區汝何攻？賜來，便便汝何使？願得衣冠爲子宰焉。」「衣」舊作「之」。○周廷寀云：「之」當爲「衣」。説苑〈指武篇〉云：「吾願負衣冠而從顔氏子也。」○維遹案：周校是也，今據正。

第十六章

賢士不以恥食，不以辱得。老子曰：「名與身孰親？身與貨孰多？得與亡孰病？是故甚愛必大費，多藏必厚亡。知足不辱，知止不殆，可以長久。大成若缺，其用不敝。大盈若沖，其用不窮。大直若詘，大辯若訥，大巧若拙，其用不屈。元本「屈」作「掘」。罪莫大於多欲，禍莫大於不知足，咎莫憯於欲得。舊脱「咎莫憯於欲得」六字。○諸本皆脱，元本有此六字。○維遹案：本或有此六字，與老子、韓非子解老篇、喻老篇合，今據補。「憯」元本誤爲「僭」，亦據老、韓改。説文心部：「憯，痛也。」痛猶甚也。明本删此六字，以爲下文「故知足之足常足」正與上文「禍莫大於不知足」相銜。殊不知喻老篇所釋之次第如此。今之治老子者又據明本韓詩外傳删老子之文，謬甚。故知足之足常足矣。」

第十七章

孟子妻獨居，踞。孟子入户視之，白其母曰：「婦無禮，請去之。」母曰：「何也？」曰：「踞。」其母曰：「何知之？」聞一多先生云：「何」下疑脱「以」字。孟子曰：「我親見之。」母曰：「乃汝無禮也，非婦無禮。趙善詒云：類説引作「母曰：非婦無禮，乃汝無禮也」。禮不云乎：『將入門，問孰存。舊脱「問孰存」三字。○趙本有「問孰存」三字。校云：舊本無，據列女傳母儀篇補。○維遹案：趙校是也，今據補。將上堂，聲必揚。將入户，視必下。』不掩人不備也。今汝往燕私之處，諸本皆同，元本「往」作「獨」。○維遹案：此當作「獨往」，蓋元本脱「往」字，明本脱「獨」字，合之乃備。入户不有聲，令人踞而視之，趙懷玉云：「令」列女傳〈母儀篇〉作「今」。是汝之無禮也，非婦無禮也。」於是孟子自責，不敢去婦。詩曰：「采葑采菲，無以下禮。」「禮」舊作「體」。○諸本皆作「體」，元本作「禮」。○馮登府云：釋名：「禮，體也，得其事體也。」廣雅釋言：「禮，體也。」義皆本韓詩。○維遹案：本或作「禮」，與詩考合，今據正。

第十八章

孔子出衛之東門，孫星衍云：「衛」當作「鄭」。○維遹案：白虎通壽命篇、論衡骨相篇、史記孔子世家亦載此事，「衛」並作「鄭」，即孫氏所本。逆姑布子卿，曰：「二三子使車避。有人將來，必相我者也。志之。」姑布子卿亦曰：「二三子引車避。有聖人將來。」孔子下步，姑步子卿迎而視之五十步，從而望之五十步，顧子貢曰：「是何爲者也？」子貢曰：「賜之師也，所謂魯孔丘也。」姑布子卿曰：「是魯孔丘歟？吾固聞之。」子貢曰：「賜之師何如？」姑布子卿曰：「得堯之顙，舜之目，禹之頸，皋陶之喙。從前視之，盎盎乎似有土者。「土」舊作「王」。○趙善詒云：「有王」不可解。孔子集語十一引作「有土者」，甚是。「王」乃「土」之誤刊也。蓋王者有土，似有土者即似王者也。○維遹案：趙校是也，今據正。從後視之，高肩弱脊。循循固得之轉廣一尺四寸，舊脱「循循固得之轉廣一尺四寸」十一字。○諸本皆無，元本有。○維遹案：本或有此十一字，是，今據補。孔子集語十一引亦有，作「循循固得之轉要下四寸」，可爲旁證。此惟不及四聖者也。」子貢吁然。姑布子卿曰：「子何患焉？汙面而不惡，葭喙而不藉，郝懿行云：汙面者，黑也，葭喙者，長也。皋陶鳥喙，孔子得皋陶之喙，故曰有喙三尺也，見莊子（徐無鬼篇）。○維遹案：山海經海内經「人面豕喙」，郝懿行箋疏引此傳爲證，云：「葭蓋與豭通，即豕喙也。」遠而望之，元本「遠」上有「而慮道」三字。羸乎若喪家之狗。維遹案：「羸」與「纍」聲同。史記孔子世家作「纍纍」。家語困誓篇作「纍然」，王肅注：「纍然是不得意之貌也。」子何患焉？」子貢以告孔子。孔子無所辭，獨辭喪家之狗耳，曰：「丘何敢乎？」子貢曰：「汙面而不惡，葭喙而不藉，賜以知之矣。周本「以」作「已」。○維遹案：「以」與「已」古通用。不知喪家狗，何足辭也？」子曰：「賜，汝獨不見夫喪家之狗歟？既斂而椁，布席而祭。「席」舊作「器」。○周廷寀云：「器」（史記孔子）世家注引此傳作「席」，當從之。○維遹案：周校是也，今據正。顧望無人，意欲施之。上無明王，下無賢方伯，「賢」下舊有「士」字。○周廷寀云：「士」字疑衍。○維遹案：周校是也。困學紀聞十、孔子集語十一引無「士」字，今據刪。王道衰，政教失，强陵弱，衆暴寡，百姓縱心，莫之綱紀。是人固以丘爲欲當之者也，丘何敢乎！」

第十九章

脩身不可不慎也。維遹案：説苑敬慎篇「身」下有「正行」二字。嗜慾侈則行虧，讒毁行則害成。

患生於忿怒，禍起於纖微。汙辱難湔灑，敗失不復追。維遹案：說苑敬慎篇「失」作「事」。不深念遠慮，後悔何益？徼幸者，伐性之斧也。嗜慾者，逐禍之馬也。維遹案：說苑敬慎篇同，日本關嘉說苑纂註引太室云：此二句當作「嗜欲者伐性之斧也，徼幸者逐禍之馬也。」其說可從。呂氏春秋本生篇：「肥肉厚酒，務以自彊，命之曰爛腸之食。靡曼皓齒，鄭衛之音，務以自樂，命之曰伐性之斧。」酒肉色音皆嗜欲之屬也。謾誕者，趨禍之路也。毀於人者，困窮之舍也。是故君子去徼幸，「去」舊作「不」。○周本「不」作「去」。校云：「去」本皆作「不」，今從說苑敬慎篇校正。○維遹案：周校是也，今據正。節嗜慾，務忠信，無毀於一人，則名聲常存，「常存」舊作「尚尊」。○周廷宷云：「尚尊」亦當從說苑〈敬慎篇〉作「常存」。○維遹案：周校是也，今據正。稱爲君子矣。詩曰：「何其處也，必有與也。」

第二十章

君子之居也，綏如安裘，晏如覆杅。天下有道，則諸侯畏之。天下無道，則庶人易之。非獨今日，自古亦然。昔者范蠡行遊，與齊屠地居，許瀚云：句疑有誤。奄忽龍變，仁義沈浮，湯湯慨慨，郝懿行云：「湯」疑當作「惕」。說文：「惕，憂也。」天地同憂。故君子居之，安得自若。詩曰：「心之憂矣，其誰知之！」

第二十一章

田子方之魏，魏太子從車百乘而迎之郊。維適案：書鈔百三十六引與今本同。御覽四百九十八、又七百七十三引「之」下並有「於」字。太子再拜，謁田子方，田子方不下車。太子不說，曰：「敢問何如則可以驕人矣？」田子方曰：「吾聞以天下驕人而亡者有矣，以一國驕人而亡者有矣。舊脱「以一國驕人而亡者有矣」一句。○趙本有此一句。校云：本皆脱此句，據御覽七百七十三引增。○趙善詒云：御覽四百九十八引亦有此句。○維適案：趙校是也，今據補。由此觀之，則貧賤可以驕人矣。夫志不得，則授履而適秦楚耳，趙本「授」作「揳」。校云：舊本作「授」，譌，今據御覽（七百七十三）改。○俞樾云：玉篇手部：「揳，挾也，扶也。」廣韻十三佳：「揳，挾物。」然履不可云挾，且將適秦楚，則履又不可挾之而行也。御覽作「揳」，未足據。俗本作「授」，更爲無義。說苑尊賢篇作「納履而去」，然不言「適秦楚」，則兩文不同，又未可引以爲證也。疑此傳本作「鞵」。廣韻十三佳：「鞵，屩也。」是「鞵」與「屩」同類。考說文鞵爲革鞮，屩爲草履，二者不同，然不詳言其制。釋名：「屩，草履也。屩，蹻也，出行著之，蹻蹻輕便，因以爲名也。」「鞵，解也，著時縮其上如履然，解其上則舒解也。」因悟鞵之制，蓋與今草履同，特以革爲之耳。出行者跋涉山川，履必易敝，故履之外或著草履，則爲屩，或著革鞮，則爲鞵，皆承藉履下，使耐跋涉也。莊子天下篇釋文：「蹻，紀略反，一音居玉反，以藉鞋下也。」是屩之藉鞋下，古有明訓。而廣韻訓「鞵」爲「屩」，則鞵亦藉鞋下可知矣。說文「屐」亦訓「屩」。蓋屩也，鞵也，屐也，三字皆同類。以草爲之則曰屩，以革爲之則曰鞵，以木爲之則曰屐耳。鞵履而適秦楚者，蓋人之行必以履，而將有遠行，則又著鞵，故連言之曰鞵履也。○聞一多先生云：「授」當作「扱」。御覽引作「㨙」，佩文韻府四紙引作「投」，皆字之誤也。「扱」「插」通。禮記內則注：「猶扱也。」釋文曰：「扱本作捷，一本又作插。」扱履猶接履也。説詳卷二第二十二章。安往而不得貧賤乎？」趙懷玉云：「不得」下御覽（七百七十三引）有「吾」字。於是太子再拜而後退。田子方遂不下車。

第二十二章

戴晉生弊衣冠而往見梁王。元本、沈本、張本、毛本同，鍾本、黄本、楊本、劉本「弊」作「敝」。梁王曰：「前日寡人以上大夫之祿要先生，先生不留，今過寡人邪？」戴晉生欣然而笑，仰而永嘆曰：「嗟乎！由此觀之，君曾不足與遊也。君不見大澤中雉乎？趙懷玉云：「大」疑「夫」。五步一噣，終日乃飽，羽毛悦澤，光照於日月，奮翼爭鳴，元本「爭」作「曾」，誤。聲響於陵澤者何？彼樂其志也。援置之囷倉中，常噣粱粟，不旦時而飽，元本「旦」作「誕」。然猶羽毛憔悴，志氣益下，低頭不鳴。夫食豈不善哉？彼不得其志故也。今臣不遠千里而從君遊者，豈食不足？竊慕君之道耳。臣始以君爲好士，天下無雙，乃今見君不好士，明矣。」辭而去，終不復往。

第二十三章

楚莊王使使賫金百斤聘北郭先生。元本、沈本、張本、毛本同，鍾本、黄本、楊本、劉本、程本「賫」作

「齎」。○趙懷玉云：列女傳賢明篇以爲於陵子終事。先生曰：「臣有箕箒之使，願入計之。」維遹案：渚宮舊事一引「使」作「婦」，列女傳賢明篇作「妾」，義皆可通。即謂婦人曰：「楚欲以我爲相，今日相，周廷寀云：「相」上〈列女〉傳〈賢明篇〉有「爲」字，下有「明日」二字。即結駟列騎，食方丈於前，如何？」婦人曰：「夫子以織屨爲食，食粥毚履，郝懿行云：「毚」字疑誤。無怵惕之憂者何哉？元本「者」作「云」，誤。與物無治也。今如結駟列騎，所安不過容膝，食方丈於前，所甘不過一肉。以容膝之安，一肉之味，而殉楚國之憂，其可乎？」周廷寀云：「殉」〈列女〉傳〈賢明篇〉作「懷」。於是遂不應聘，與婦去之。維遹案：渚宮舊事引「與」下有「其」字。詩曰：「彼美淑姬，可與晤言。」

第二十四章

傳曰：昔戎將由余使秦，秦繆公問以得失之要，元本「以」作「之」。對曰：「古有國者未嘗不以恭儉也，維遹案：文選四子講德論注引「古」下有「之」字。失國者未嘗不以驕奢也。」由余因論五帝三王之所以衰，趙本「王」作「皇」。及至布衣之所以亡。繆公然之，於是告内史王廖曰：「王廖」舊作「王繆」。○趙本作「王廖」，下同。校云：舊本作「王繆」，據文選四子講德論注引改正。史記秦本紀、説苑反質篇皆作「内史廖」。○維遹案：趙校是也，今據正。韓非子十過篇、吕氏春秋不苟篇亦作「内史廖」。「鄰國有聖人，敵國之憂也。由余聖人也，將奈之何？」王廖曰：「夫戎王居僻陋之地，未嘗見中國之聲色也。君其遺之女樂以婬其志，亂其政，其臣下必疎。因爲由余請緩期，使其君臣有間，然後可圖。」繆公曰：「善。」乃使王廖以女樂二列遺戎王，維遹案：呂氏春秋不苟篇、壅塞篇「二列」作「二八」。夫舞所以節八音，故以八人爲列。左傳襄公十一年「晉悼公納鄭女樂二八，以半賜魏絳」，此樂以八人爲列之證。然則二列與二八其數等爾。說苑反質篇作「三九」，乃「二八」之譌。爲由余請期。戎王大悦，許之。於是張酒聽樂，日夜不休，終歲婬縱，牛馬多死。「牛」舊作「卒」。○維遹案：韓非子十過篇作「牛馬半死」，說苑作「馬牛羊半死」，今據正。由余歸，數諫不聽，去之秦。秦繆公迎而拜之上卿。末句舊作「秦公子迎，拜之上卿」。○維遹案：韓非子十過篇作「秦繆公迎而拜之上卿」，今據删補。說苑反質篇作「秦繆公迎拜爲上卿」，可爲旁證。遂并國十二，趙懷玉云：「十二」漢書韓安國傳作「十四」。辟地千里。周廷寀云：疑脱詩辭。

第二十五章

子夏過曾子，曾子曰：「入食。」維遹案：文選謝靈運初發都詩注引作「子夏過，曾子曰入食」。書鈔百四十三、御覽八百四十七引作「子夏過曾子食之」。子夏曰：「不爲公費乎？」曾子曰：「君子有三費，飲食不在其中。君子有三樂，鐘磬琴瑟不在其中。」子夏曰：「敢問三樂。」曾子曰：「有親可畏，有君可事，有子可遺，此一樂也。有親可諫，有君可去，有子可怒，此二樂也。有君可喻，有友可助，此三樂也。」子夏曰：「敢問三費。」曾子曰：「少而學，長而忘之，此一費也。

「忘」下舊脱「之」字。○維遹案：文選謝靈運初發都詩注、御覽八百四十七引並有「之」字，今據補。事君有功，而輕負之，此二費也。久交友而中絶之，此三費也。」子夏曰：「善哉！謹身事一言，愈於終身之誦，而事一士，愈於治萬民之功。夫知人者不可以不知，何也？末句舊作「夫人不可以不知也」。○元本作「夫知人者不可以何也」。○維遹案：此當作「夫知人者不可以不知，何也」。今本脱「知」「者」「何」三字，元本脱「不知」二字。合之乃備，並與上下文義一貫。今據補。吾嘗菑焉吾田，朞歲不收。趙懷玉云：菑當是鹵莽之意。○郝懿行云：「菑」疑當作「鹵」，謂鹵莽也。○維遹案：莊子則陽篇「昔予爲禾耕而鹵莽之，則其實亦鹵莽而報予」，即趙郝所本。土莫不然，元本「不然」作「不言焉」。何況於人乎？與人以實，雖疎必密。與人以虚，雖戚必疎。夫實之與實，如膠如漆。虚之與虚，如薄冰之見晝日。君子可不留意哉！」詩曰：「神之聽之，終和且平。」

第二十六章

晏子之妻布衣紵表。田無宇譏之曰：「出於室何爲者也？」晏子曰：「臣家也。」「妻」下舊有「使人」二字，「臣家」舊作「家臣」。○元本「家臣」作「臣家」。○維遹案：據元本作「臣家」，則上文不當有「使人」二字。晏子春秋外篇載此事云：「田無宇見晏子獨立于閨内，有婦人出於室者髮班白，衣緇布之衣而無裏裘。田無宇譏之曰：『出於室何爲者也？』晏子曰：『嬰之家也。』」晏云「嬰之家」，韓云「臣家」，「家」爲夫人之稱，其義一也。且下文晏子曰：「棄老取少謂之瞽，貴而忘賤謂之亂，見色而説謂之逆。吾豈以逆亂瞽之道哉。」此論祇當於妻，不當於使人。本書采自晏子，似不當出入太遠。今本「臣家」誤倒，校者遂妄增「使人」，既與本書相違，復與晏子不合。幸有元本尚存其舊，今據删乙。

田無宇曰：「位爲中卿，食田七十萬，何用是人爲畜之？」晏子曰：「棄老取少謂之瞽，貴而忘賤謂之亂，見色而説謂之逆。吾豈以逆亂瞽之道哉。」

第二十七章

夫鳳凰之初起也，翾翾十步，藩籬之雀，喔咿而笑之。 舊脱「藩籬」二字。○趙本作「翾翾十步，藩籬之雀」。校云：「翾翾十步」，御覽九百二十二引作「遥上千里」，似誤。下「藩籬」二字舊本缺，據御覽補。○維遹案：類聚九十二引與御覽同，今據補。 **及其升少陽，**「升少陽」舊作「升於高」。○趙本作「升少陽」。校云：舊本作「升於高」，今從御覽（九百二十二）改。○瞿中溶云：元本作「升少陽」，與御覽合。○維遹案：趙瞿校是。類聚九十二引亦作「升少陽」，今據正。 **一詘一信，展羽雲間，**「羽」舊作「而」。○趙懷玉云：御覽（九百二十二）作「輾轉雲間」。○維遹案：類聚九十二引「詘」作「屈」，古通。餘與御覽同。惟宋本御覽引作「輾羽雲間」。「而」「羽」形近，今據正。 **藩籬之雀超然自知不及遠矣。** 「籬」舊作「木」。○趙本作「籬」。校云：「籬」舊譌「木」，據御覽（九百二十二）改。○維遹案：趙校是也。類聚九十二引亦作「籬」，今據正。 **士褐衣緼著未嘗完也，糲荅之食未嘗飽也，**「荅」舊作「藿」。○秦更年云：元本「藿」作「荅」，説文：「荅，小尗也。」蓋糲飯豆羹爲食之薄者，此正兩漢經師相承故訓，今本「荅」誤作「藿」，失其義矣。○維遹案：秦校是也，今據正。世俗之士即以爲羞耳。及其出則安百議，元本「議」作「姓」。用則延民命，世俗之士超然自知不及遠矣。詩曰：「正是國人，胡不萬年！」

第二十八章

齊王厚送女，欲妻屠牛吐。趙懷玉云：初學記十九引作「屠門肚」，注：「肚，一作吐。」御覽三百八十二同。○維遹案：管子制分篇、漢書賈誼傳有屠牛坦。屠牛吐辭以疾。其友曰：「子終死腥臭之肆而已乎，趙懷玉云：「友」下兩書俱有「勸之」二字。何謂辭之？」吐應之曰：「其女醜。」其友曰：「子何以知之？」吐曰：「以吾屠知之。」其友曰：「何謂也？」吐曰：「吾肉善，如量而去苦少耳。舊作「吾肉善，而去若少耳」。○趙本作「吾肉善，如量而去苦少耳」。校云：「如量」二字舊本無，又「苦」字作「若」，據兩書增改。○瞿中溶云：元本「而去苦少耳」，「而」上有二字少闕，似是「如量」，證以初學記、御覽所引正合。今本脫。○維遹案：趙瞿校是，今據補正。元本有「如量」二字，惟「苦」仍作「若」，小異耳。吾肉不善，雖以他附益之，「他」舊作「吾」。○趙懷玉云：「以吾」初學記（十九）作「以他」。○維遹案：「吾」字涉上文而誤，今據正。尚猶賈不售。今厚送子，子醜故耳。」其友後見之，果醜。傳曰：目如擗杏，齒如編蠁。「蠁」舊作「貝」。○陳喬樅云：各本有「傳曰」二字，疑衍文也。○朱亦棟云：莊子盜跖篇：「將軍身長八尺二寸，面目有光，脣如激丹，齒如齊貝，音中黃鐘。」漢書東方朔傳：「臣朔年二十二，長九尺三寸，目若懸珠，齒如編貝。」宋玉登徒子好色賦：「臣東家之子，眉如翠羽，肌如白雪，腰如束素，齒如編貝。」李善注：「貝，海螺，其色白。」皆言其齒之美也，以比醜女，則儗之不倫矣。後讀陸佃埤雅，其引韓詩外傳則曰「齒如編蠁」，始知「編貝」二字乃「編蠁」之訛，校書者不知而誤改之耳。○趙善詒云：朱説甚是。御覽三百八十二引作「編蟹」，「蟹」乃「蠁」之形誤。蠁，廣雅：「土蛹，蠁蟲也。」即爾雅之「國貉蟲蠁」。義疏：「今謂之地蛹，如蠶而大，出土中。」且「蠁」與「杏」字亦協韻。○維遹案：朱趙校是，今據正。

第二十九章

傳曰：孔子過康子，子張子夏從。孔子入坐，二子相與論，終日不決。子夏辭氣甚隘，顏色甚變。子張曰：「子亦聞夫子之議論邪？諸本皆同，元本「議論」作「論議」。徐言誾誾，威儀翼翼，後言先默，得之推讓，巍巍乎，蕩蕩乎，道有歸矣！諸本皆同，元本「蕩蕩乎道有歸矣」作「信可好嚴乎，塊乎道歸矣」。小人之論也，專意自是，元本「意自」作「義而」。言人之非，瞋目搤腕，疾言噴噴，趙懷玉云：「噴噴」疑「嘖嘖」之譌。口沸目赤。一幸得勝，疾笑嗌嗌。威儀固陋，辭氣鄙俗，是以君子賤之也。」周廷寀云：亦脱詩辭。

韓詩外傳卷第十

第一章

齊桓公逐白鹿，趙懷玉云：晏子春秋諫上篇以爲景公。○許瀚云：初學記二十九引正作「景公」，與晏子合，是韓傳亦有「景公」本也。至麥丘，見邦人曰：「爾何謂者也？」舊作「至麥丘之邦，遇人曰：何謂者也」。○元本「麥丘」作「畝丘」，下同。○趙本作「爾何爲者也。」校云：「遇人」御覽七百三十六引作「見封人」。又「爾」字亦據增。「爲」舊本作「謂」，據新序雜事四作「爲」。○許瀚云：「麥邱」初學記二十九及藝文類聚十八引皆作「畝邱」。「畝」「麥」古音同部。韓作「畝」，晏子、新序作「麥」，同音假借。今本皆作「麥」，蓋韓傳别有此本，後人喜與晏子、新序合，故此傳而彼微矣。「至麥邱之邦遇人」，遇人不詞，當改作「至麥邱見邦人」。初學記引作「至畝邱見封人」，可證。蓋「邦」上「之」字本「見」字之譌，讀者不得其解，復於「邦」下增「遇」字也。「曰何謂者也」，「何」上增「爾」字，是。「謂」改「爲」非，古「謂」「爲」通用，改之轉失古義。○維遹案：許校是也，今據删補。「麥丘」元本作「畝丘」，御覽七百三十六、九百六引作「海丘」，三百八十三引作「敏丘」。「麥」「畝」「敏」聲近，畝古作「晦」，「晦」「海」形近。「邦」讀爲「封」。對曰：「臣麥丘之邦人。」趙懷玉云：御覽（七百三十六）作「臣麥丘封人也」。以下「邦人」俱作「封人」。○許瀚云：「邦」唐宋引本皆作「封」，今本作「邦」。「邦」「封」古音義同通用。釋名：「邦，封也，封有功於是也。」論語「且在邦域之中矣」，釋文：「邦或作封。」「而謀動干戈於邦内」，釋文：「鄭本作封内。」詩「邦畿千里」，文選西京賦注引作「封畿」。邦人之義古於封人。

漢世諱「邦」，故新序作「邑人」。韓亦漢人，豈得用「邦」？疑六朝傳寫者用假借字，乃有作「邦」作「封」二本耳。桓公曰：「叟年幾何？」對曰：「臣年八十有三矣。」桓公曰：「美哉壽也！舊脱「壽也」二字。○趙善詒云：類聚十八、御覽三百八十三、又七百三十六引末句作「美哉壽也」。「壽也」二字宜據補，方與下文「叟盍爲寡人壽也」相應。晏子諫上作「壽哉」，新序雜事四作「美哉壽乎」。「也」「乎」古通。○維遹案：趙校是也，今據補。與之飲。曰：「叟盍爲寡人壽也？」維遹案：「壽」與「祝」通。晏子春秋内篇諫上作「子其祝我」，字異而義同。呂氏春秋直諫篇「桓公謂鮑叔曰：何不起爲壽」，新序雜事四、御覽方術部引尸子「壽」並作「祝」，是其例矣。對曰：「野人不知爲君王之壽。」趙懷玉云：「君王」當作「吾君」。桓公曰：「盍以叟之壽祝寡人矣！」邦人奉觴再拜曰：「使吾君固壽，金玉之賤，人民是寶。」趙本「玉」下「之」字作「是」。校云：舊本「是」作「之」，據初學記（二十九）引改。○維遹案：御覽九百六引亦作「是」，新序雜事四、桓譚新論同。惟「之」非譌文，與下「是」字互文見義。「之」亦「是」也。呂氏春秋情欲篇「德義之緩，邪利之急」，兩「之」字義皆與「是」相同。初學記、御覽所引，蓋據新序改。桓公曰：「善哉祝乎！寡人聞之矣，至德不孤，善言必再，叟盍復之。」「復」舊作「優」。○周廷寀云：「優」當從新序（雜事四）爲「復」。○趙善詒云：周校是也。御覽七百三十六引作「叟盍復祝乎」，晏子（春秋諫上篇）作「子其復之」，皆是「復」字，可證。○維遹案：周趙校是，今據正。邦人奉觴再拜曰：「使吾君好學而不惡下問。「學」下舊有「士」字，「惡」下舊脱「下」字。○周廷寀云：「士」字疑衍。○維遹案：御覽七百三十六引無「士」字。「士」爲「下」字之誤，本在「惡」字下，校者依誤字而錯移於上。新序雜事四作「使主君無羞學，無惡下問」，今據删補。賢者在側，諫者得入。」桓公曰：「善哉祝乎！寡人聞之，至德不孤，善言必三，叟盍復之。」邦人奉觴再拜曰：「無使群臣百姓得罪於吾君，亦無使吾君得罪於群臣百姓。」「無」上舊脱「亦」字。○維遹案：御覽七百三十六引有「亦」字，今據補。桓公不説曰：「此一言者，「此」下舊脱「一」字。○維遹案：新序雜事四有「一」字，下文亦云「此一言者」，今據補。非夫前二言之祝，趙懷玉云：「之祝」御覽〔七百三十六〕作「之善也」。○周廷寀云：此「祝」當從新序〔雜事四〕爲「匹」。叟其革之矣。」邦人瀾然而涕下，「瀾」舊作「潸」。○趙懷玉云：「潸」御覽〔七百三十六〕作「瀾」。○瞿中溶云：元本「潸」作「瀾」，與御覽合。○維遹案：趙瞿校是，今據正。曰：「願君熟思之，諸本皆同，元本「熟思」作「終熟」。○維遹案：御覽七百三十六引作「願與吾君終盡之」。此一言者，夫前二言之上也。元本作「一言失前二言者上也」。臣聞子得罪於父，可因姑姊妹而謝也，「妹」下舊脱「而」字。○維遹案：御覽七百三十六引有「而」字，今據補。父乃赦之。趙懷玉云：「乃」新序雜事四作「能」，下同。臣得罪於君，可使左右而謝也，「右」下舊脱「而」字。○元本有「而」字。○維遹案：元本有「而」字，是。御覽七百三十六引作「可因便僻之左右而謝也」，新序雜事四略同，並有「而」字，今據補。君乃赦之。昔者桀得罪湯，紂得罪於武王，此君得罪於臣也，舊脱「湯」下十一字。○趙本有。校云：「湯」字以下十一字舊本脱，據御覽〔七百三十六〕引補，新序〔雜事四〕亦有。○維遹案：趙校是也，今據補。至今未有爲謝者。」「者」舊作「也」。○維遹案：「也」御覽七百三十六作「者」，今據正。桓公曰：「善哉！寡人賴宗廟之福，社稷之靈，使寡人遇叟於此。」扶而載之，自御以歸，薦之於廟而斷政焉。桓公之所以九合諸侯，一匡天下，不以兵車者，非獨管仲也，亦遇之於是。詩曰：「濟濟多士，文王以寧。」

第二章

鮑叔薦管仲曰：「臣所不如管夷吾者五。寬惠柔愛，趙懷玉云：「愛」齊語作「民」。○維遹案：管子小匡篇「柔愛」作「愛民」。臣弗如也。忠信可結於百姓，維遹案：齊語同。管子小匡篇「百姓」作「諸侯」。臣弗如也。制禮約法於四方，維遹案：齊語、管子小匡篇「禮」下有「義」字，「約」作「可」。臣弗如也。決獄折中，臣弗如也。執枹鼓立於軍門，使士卒勇，維遹案：齊語作「使士卒加勇焉」，管子小匡篇作「使百姓皆加勇」。臣弗如也。」詩曰：「濟濟多士，文王以寧。」

第三章

晉文公重耳亡過曹，里鳧須從，周廷寀云：國語（晉語四）云：「文公之出也，豎頭須守藏者也，不從。」此疑别有所據。○維遹案：左傳僖公二十四年亦作「豎頭須」，新序雜事五與本書同。梁玉繩云：「豎，未冠者之官名，頭字古叶仝都切，與鳧音近，里蓋其氏，此傳聞之别，非有二名也。」因盜重耳資而亡。重耳無糧，餒不能行，子推割股肉以食重耳，然後能行。維遹案：左傳僖公二十四年正義引「股」下無「肉」字。漢書丙吉傳注引同，今本惟「割」下有「其」字。及重耳反國，國中多不附重耳者。於是里鳧須造見曰：「臣能安晉國。」文公使人應之曰：「子尚何面目來見寡人欲安晉也！」里鳧須曰：「君沐邪？」使者曰：「否。」周廷寀云：「使」當爲「謁」。○維遹案：新序雜事五作「謁者」，即周氏所本。里鳧須曰：「鳧」上舊脱「里」字。○諸本皆無「里」字，周本有「里」字。○維遹案：本或有「里」字，是，今據補。「臣聞沐者其心倒，心倒者其言悖。今君不沐，何言之悖也？」使者以聞。文公見之，里鳧須仰首曰：「離國久，臣民多過君，君反國而民皆自危。里鳧須又襲竭君之資，避於深山，而君以餒，介子推割股，天下莫不聞。臣之爲賊亦大矣，罪至十族，未足塞責。然君誠赦之罪，與驂乘遊於國中，百姓見之，必知不念舊惡，人自安矣。」於是文公大悦，從其計，使驂乘於國中。百姓見之，皆曰：「夫里鳧須且不誅而驂乘，吾何懼也！」是以晉國大寧。故書云：「文王卑服，即康功田功。」若里鳧須，罪無赦者也。周廷寀云：下疑有脱。詩曰：「濟濟多士，文王以寧。」

第四章

傳曰：言爲王之不易也。大命之至，諸本皆同，元本作「天命之既」。○維遹案：「天」「大」古字通，疑一本脱「既」字，一本脱「至」字，合之乃備。下文云「大命既至矣」，可證。其太宗、太史、太祝，斯素服執策，周廷寀云：荀子大略〔篇〕楊注云：「策者，編竹爲之，後易之以玉。」北面而弔乎天子曰：「大命既至矣，如之何憂之長也！」授天子策一矣，周廷寀云：授之者上卿，於周若冢宰也。曰：「敬享以祭，永主天命，沈本、張本、毛本、劉本、程本同，鍾本、黄本、楊本「主」作「王」，元本作「敬高依濟，求主天命」。畏之無疆，厥躬無敢寧。」授天子策二矣，周廷寀云：授之中卿，若宗伯也。曰：「敬之！夙夜伊祝，厥躬無怠。萬民望之。」授天子策三矣，周廷寀云：授之者下卿，若司寇也。曰：「天子南面受於帝位，以治爲憂，未以位爲樂也。」郝懿行云：此節蓋古天子即位，史書策命之辭。必以三者，禮成於三也，一敬，二勤民，三憂治。此必古經之遺文而傳述之者也。詩曰：「天難諶斯，不易惟王。」「諶」舊作「忱」。○趙本「忱」作「諶」。校云：「諶」舊本作「忱」，今從詩考改。○瞿中溶云：元本「忱」作「諶」，與詩考合。○維遹案：趙瞿校是，今據正。

第五章

君子温儉以求於仁，恭讓以求於禮，得之自是，不得自是。元本下「於」字作「役」。○周廷寀云：禮記表記文。「温」作「恭」，「恭」作「信」，「於」並作「役」。故君子之於道也，猶農夫之耕，雖不獲年，優之無以易也。「優之」舊作「之優」。○諸本皆同，元本作「優之」。○維遹案：本或作「優之」，是，今據乙。「優」讀爲「櫌」，或誤字。與論語微子篇「櫌而不輟」之「櫌」同義。（此依漢石經、説文，今本作「耰」。）上文言仁禮謂「得之自是，不得自是」，猶不更易其道，故舉農事以喻之。校者不知「優」即「櫌」字，遂倒其文，失之遠矣。大王亶甫有子曰太伯、仲雍、季歷。歷有子曰昌。太伯知大王賢昌而欲季爲後也，元本、沈本、張本、毛本、劉本、程本同，鍾本、黄本、楊本、趙本無「太伯知」三字。○趙懷玉云：「大王」上毛本有「太伯知」三字。今案若有此三字，下文「去之吴」即不必復用「太伯」二字。若無此三字，文義未嘗不接續，似可不補。太伯去之吴。大王將死，謂曰：「我死，汝往讓兩兄，彼即不來，汝有義而安。」大王薨，季之吴告伯仲，伯仲從季而歸。群臣欲伯之立季，季又讓。維遹案：元本作「群臣欲伯之位季，仲又讓」，「位」「立」古爲一字，「仲」爲「季」字之誤。伯謂仲曰：「今群臣欲我立季，季又讓，何以處之？」元本下「季」字誤爲「仲」，「處」作「隨」。仲曰：「刑有所謂矣，維遹案：「謂」「爲」古通用。要於扶微者。可以立季。」季遂立而養文王，周廷寀云：「養」字疑。文王果受命而王。孔子曰：「太伯獨見，王季獨知。伯見父志，季知父心。元本「父心」作「無心」，誤。故大王、太伯、王季，可謂見始知終而能承志矣。」詩曰：「自太伯王季。惟此王季，因心則友。則友其兄，則篤其慶，載錫之光，受禄無喪，奄有四方。」此之謂也。太伯反吴，吴以爲君，至夫差二十八世而滅。諸本皆同，周本作「二十八世至夫差而滅」。

第六章

齊宣王與魏惠王會田於郊。周廷寀云：史記田齊世家以爲齊威王也。會田事在威王二十四年，魏惠王十六年。此云宣王，蓋所傳聞異。魏王曰：「亦有寶乎？」齊王曰：「無有。」魏王曰：「若寡人之小國也，尚有徑寸之珠照車前後十二乘者十枚，奈何以萬乘之國無寶乎？」齊王曰：「寡人之所以爲寶與王異。吾臣有檀子者，諸本皆同，元本「檀子」作「樗里子」。○維遹案：史記齊世家作「檀子」。使之守南城，則楚人不敢北鄉爲寇，舊脱「北鄉」二字。諸本皆無「北鄉」二字，元本「爲寇」作「北鄉」。○維遹案：史記齊世家作「則楚人不敢爲寇東取」。蓋明本據史記删「北鄉」二字，元本脱「爲寇」二字，合之乃備，今據補。泗水上有十二諸侯皆來朝。趙懷玉云：「水」字「有」字皆衍文。○維遹案：史記齊世家無「水」字「有」字，即趙氏所本。吾臣有肦子者，「肦」舊作「盼」。○趙本作「肦」。校云：「肦」或作「盼」，今從史記（齊世家）。○維遹案：趙校是也，今據正。使之守高唐，則趙人不敢東漁於河。吾臣有黔夫者，使之守徐州，則燕人祭北門，趙人祭西門，從而歸之者七千餘家。「七」舊作「十」。○元本「歸」作「送」。趙本「十」作「七」。○周廷寀云：「從」史（記齊世家）作「徙」，「歸」作「從」，「十」作「七」。○維遹案：趙本「十」作「七」，乃據史記改，失其校語，今據正。吾臣有種首者，使之備盜賊，而道不拾遺。吾將以照千里之外，豈特十二乘哉！」魏王慙，不懌而去。詩曰：「辭之懌矣，民之莫矣。」

第七章

東海有勇士，趙懷玉云：「海」下御覽十三引有「之上」二字，又七十同。○維遹案：御覽七百四十引亦有「之上」二字，事類賦三引有「上」字，類聚九十六引同今本。曰菑丘訢，周廷寀云：「菑」吴越春秋（闔閭内傳）作「椒」。以勇猛聞於天下。諸本皆同，元本「猛」作「衛」。○趙懷玉云：御覽（十三、又七十）作「以勇游於天下」。○維遹案：御覽七百四十、事類賦三引亦作「以勇游於天下」。**過神淵，曰：「飲馬。」**「過」舊作「遇」。○趙本作「過」。校云：「過」舊本作「遇」，今從御覽（十三、又七十）。○維遹案：趙校是也。類聚九十六、御覽七百四十、事類賦三引亦作「過」，今據正。**其僕曰：「飲馬於此者，馬必死。」**諸本皆同，元本無「於」字。○趙本「其僕」作「津吏」，下云：「水中有神，見馬即出，以害其馬，君勿飲也。」○維遹案：元本無「於」字，與御覽七百四十引合。又趙本據吴越春秋闔閭内傳改，失其校語。**曰：「以訢之言飲之。」其馬果沈。菑丘訢去朝服拔劍而入，三日三夜，殺三蛟一龍而出。雷神隨而擊之，十日十夜，眇其左目。要離聞之，往見之，曰：「訢在乎？」曰：「送有喪者。」**維遹案：「有」與「友」同，吴越春秋闔閭内傳云：「遂之吴，會於友人之喪。」**往見訢於墓。曰：「聞雷神擊子十日十夜，眇子左目。夫天怨不全日，人怨不旋踵。至今弗報，何也？」叱而去，墓上振憤者不可勝數。**俞樾云：叱而去，謂菑丘訢怒叱而去也。「振」當作「震」，「憤」當作「僨」，言墓上之人震懼而僨仆者，不可勝數。皆極言菑丘訢之勇也。**要離歸，謂門人曰：「菑丘訢，天下勇士也。今日我辱之人中，是其必來攻我。暮無閉門，寢無閉户。」菑丘訢果夜來，拔劍拄要離頸，**「拄」舊作「住」。黄本作「注」，趙本作「拄」。○周廷寀云：「住」當爲「拄」。○維遹案：本或作「拄」，今據正。惟黄本作「注」，亦通。**曰：「子有死罪三。辱我以人中，死罪一也。**趙懷玉云：「以」疑當作「於」。○維遹案：「以」猶「於」也。**暮無閉門，死罪二也。寢不閉户，死罪三也。」要離曰：「子待我一言。來謁，不肖一也。**趙本作「子待我一言。子有三不肖。昏暮來謁，不肖一也」。校云：「子有三不肖昏暮」七字舊皆脱，今案文義當有。拔劍不刺，不肖二也。刃先辭後，不肖三也。能殺我者，是毒藥之死耳。」菑丘訢引劍而去曰：「嘻！所不若者，元本「若」下脱「者」字。天下惟此子爾！」傳曰：公子目夷以辭得國，今要離以辭得身。言不可不文，猶若此乎？詩曰：「辭之懌矣，民之莫矣。」

第八章

傳曰：齊使使獻鴻於楚，鴻渴，使者道飲，維遹案：類聚九十、御覽九百十六引「者」下並有「於」字。鴻攫筥潰失。「攫筥」舊作「玃笞」。○趙懷玉云：「玃笞」説苑奉使篇作「空籠」，此「笞」當亦謂籠也。「玃」疑是「攫」字。○周廷寀云：「玃笞」蓋籠名。○郝懿行云：此「玃笞」集韻云俱碧切，其字本作「攫」，搏也。○俞樾云：下云「玃笞在此」則「玃笞」二字相連爲義。趙以笞爲籠，而疑「玃」當爲「攫」，非也。周以玃笞爲籠名，然何以名玃笞，亦不可曉。「笞」疑「笿」字之誤。玉篇：「笿，力各切，籠笿也。」其云「玃笿」者，「玃」與「笿」本疊韻字，急言之曰「笿」，長言之則曰「玃笿」也。「玃笿」二字合音即爲籠字，亦猶「終葵」爲椎，「不律」爲筆之類矣。「笿」與「笞」形似而誤，遂失其義。○維遹案：「玃」當從趙郝校作「攫」，「笞」當作「筥」，皆字之誤也。淮南子時則篇「具撲曲筥筐」，高注：「員底曰筥。」禮記月令「筥」作「籧」，二字聲義相通。「籧」或作「篆」，廣韻「篆，絲具」，廣雅「篆，杯落」，集韻「攫，搏也」，則「鴻」字當從黃本屬下句讀。修文御覽殘卷引作「攫莒」，「莒」即「筥」字，隸書形變也，今據正。下同。使者遂之楚，曰：「齊使臣獻鴻，鴻渴，道飲，攫筥潰失。臣欲亡去，爲兩君之使不通。「亡」下舊脱「去」字，「爲」下舊有「失」字。

○周本「失」作「夫」。校云：「夫」本皆作「失」，疑因上潰「失」字譌。○維遹案：「失」爲「去」字之誤，本在「亡」字下。修文御覽殘卷引作「臣欲亡，爲兩使不通」，省一「去」字。類聚九十、御覽九百十六引作「臣欲亡去，爲兩使不通」。今據删補。今本蓋因「去」字誤爲「失」後，校者移置於「爲」字下，義仍未安，故周所據本又改爲「夫」。欲拔劍而死，維遹案：說苑奉使篇作「拔劍刎頭」。修文御覽殘卷、御覽九百十六引「拔劍」作「拔頸」，類聚九十引作「絞頸」。「拔頸」不詞，「拔」即「絞」字之誤。史記滑稽列傳續述齊王使淳于髡獻鵠於楚事與此相類，云「吾欲刺腹絞頸而死」，可作旁證。疑本書有作「絞頸」本者，而元明本皆作「拔劍」。人將以吾君賤士貴鴻也。攫筥在此，願以將事。」「將」舊作「汙」。○周廷寀云：「汙」當爲「將」。○維遹案：周校是也，今據正。周語「未將事」，韋注：「將，行也。」楚王賢其言，辯其詞，因留而賜之，終身以爲上客。故使者必矜文辭，喻誠信，明氣志，解結申屈，然後可使也。詩曰：「辭之懌矣，民之莫矣。」鍾本、黃本、楊本、劉本、程本同，元本、沈本、張本、毛本無「民之莫矣」四字。

第九章

扁鵲過虢侯，世子暴病而死。趙本重「虢」字。校云：舊本「虢」字不重，今案文義補。依史記扁鵲傳「侯」字可省。說苑辨物篇「虢」作「趙」，下云「趙王太子暴疾而死」，案是時虢亡已久矣，作趙是也。扁鵲造宮門，舊脱「門」字。○維遹案：說苑辨物篇有「門」字，今據補。曰：「吾聞國中卒有壤土之事，得無有急乎？」

曰：「世子暴病而死。」扁鵲曰：「入言鄭醫秦越人能活之。」「活」舊作「治」。○趙懷玉云：說苑〈辨物篇〉作「能活太子」，此「治」字亦疑是「活」。○維遹案：趙校是也，今據正。中庶子之好方者出應之，舊脱「中」字。○周本有「中」字。校云：「中」字從史記〈扁鵲傳〉補。○維遹案：周校是也，今據補。曰：「吾聞上古醫曰茅父，「茅」舊作「弟」。○趙懷玉云：「弟」當是「茅」之譌，說苑〈辨物篇〉作「苗父」。○維遹案：趙校是也，今據正。下同。茅父之爲醫也，以莞爲席，元本「莞」作「管」。以蒭爲狗，北面而祝之，發十言耳，諸扶輿而來者皆平復如故。郝懿行云：此蓋後世符咒治病之始。子之方豈能若是乎？」扁鵲曰：「不能。」又曰：「吾聞中古之爲醫者曰踰跗。趙懷玉云：史記〈扁鵲傳〉作「俞跗」，說苑〈辨物篇〉作「俞柎」。踰跗之爲醫也，搦腦髓，爪荒莫，吹區九竅，定腦脱，舊作「搦木爲腦，芷草爲軀，吹竅定腦」。○元本作「榒腦隋，不芷莫，吹區九竅，定腦脱」。○維遹案：明本竄改，多非其義，元本亦有誤字，當作「搦腦髓，爪荒莫，吹區九竅，定腦脱」，「榒」當作「搦」，「隋」即「髓」省，「不」與「爪」、「芷」與「荒」，皆形近致誤。「莫」與「膜」通，「吹區」猶「吹嘔」，「嘔」與「呴」通。老子云「或呴或吹」，注：「呴，温也。」史記扁鵲傳作「搦髓腦，揲荒爪幕」，索隱：「搦音女角反。揲荒，膏荒也。」正義：「以爪決其闌幕也。」說苑辨物篇作「搦腦髓，束盲莫，炊灼九竅，而定經絡。」盧文弨云：「盲爲肓訛，史記作揲荒爪幕，此肓莫即荒幕，幕，膜也。」是也。今據元本及史記、說苑訂正。死者復生。子之方豈能若是乎？」扁鵲曰：「不能。」中庶子曰：「苟如子之方，譬如以管窺天，以錐刺地，所窺者大，所見者小，所刺者巨，所中者少。如子之方，豈足以變駭童子哉？」「變」下舊脱「駭」字。○維遹案：說苑辨物篇有「駭」字，今據補。扁鵲曰：「不然。事故有昧投而中蟲頭，維遹案：元本「投」作「提」。說苑辨物篇「投」作「揥」，「蟲」作「蛟」。盧文弨云：「揥當爲擿，與摘同。昧揥，暗投也。蛟爲蚊訛。外傳作昧投而中蟲頭。蟲蚊同。」掩目而別白黑者。夫世子病所謂尸蹶者。劉先生云：說苑辨物篇作「尸厥」，史記扁鵲傳作「尸蹷」。「厥」「蹷」「蹶」並通。釋名云：「蹷，氣從下厥起上行，外及心脅也。」以爲不然，試入診世子股陰當温，耳焦焦如有啼者聲。維遹案：說苑辨物篇「啼」作「嘯」。若此者，皆可活也。」中庶子遂入診世子，以病報虢侯。虢侯聞之，「虢侯」二字舊不重。○趙懷玉云：當重二字。○維遹案：趙校是也，依史記、說苑亦當重此二字，今據補。足跣而起，至門曰：「先生遠辱，幸臨寡人。先生幸而治之，諸本皆同，元本「治」作「有」。○維遹案：本或作「有」，與說苑辨物篇合。則糞土之息，得蒙天載地長爲人。「載地」舊作「地載」。○維遹案：說苑辨物篇作「得蒙天履地而長爲人矣」，今據乙正。先生弗治之，則先犬馬填溝壑矣。」舊脫「溝」字。○周本有「溝」字。校云：「溝」字從說苑辨物篇補。○維遹案：周校是也，今據補。言未卒而涕泣沾襟。扁鵲入，砥鍼礪石，取三陽五輸，郝懿行云：「五輸」扁鵲傳作「五會」。素問云：「五會，謂百會、胸會、聽會、氣會、臑會也。」又云：「手足各有三陰三陽，太陰、少陰、厥陰，太陽、少陽、陽明也。」○孫詒讓云：史記扁鵲傳作「厲鍼砥石以取三陽五會」。（張氏正義云：「謂百會、胸會、聽會、氣會、臑會也。」）此及說苑辨物篇並作「五輸」者，當爲「五俞」之借字。素問痹論篇云「五藏有俞」，王注云：「肝之俞曰太衝，心之俞曰太陵，脾之俞曰太白，肺之俞曰太淵，腎之俞曰太谿，皆經脈之所注也」，與史記「五會」文異而義兩通。爲軒光之竈，「軒光」舊作「先軒」。○諸本皆作「先軒」，元本作「軒先」。○維遹案：本或作「軒先」，「先」即「光」之形誤，説苑辨物篇作「軒光」，今據正。**八減之湯，**舊作「八拭之陽」。○周廷寀云：史記扁鵲傳云「乃使子豹爲五分之熨，以八減之齊和煮之」，説苑辨物篇云「八成之湯」。然則「拭」當爲「減」或「成」也。「湯」本皆脱，今據説苑校補。○維遹案：「拭」當從周校作「減」，説苑辨物篇作「成」，「成」即「咸」之形誤，「咸」與「減」古通用，明本外傳多從「之」字絶句，「陽」字屬下句，故周云各本皆脱「湯」字，然周校本下句無「陽」字，則其校語有誤，今據史記、説苑訂正。**子同擣藥，**舊脱「擣」字。○趙本有「擣」字。校云：説苑辨物篇作「子容擣藥」，「擣」字舊本缺，今據補。○維遹案：趙校是也，今據補。**子明灸陽，**趙懷玉云：「灸陽」説苑辨物篇作「吹耳」。○維遹案：周禮疾醫正義引説苑作「子明炊湯」，「湯」爲「陽」誤，「炊陽」與「灸陽」同義。**子游按摩，**「摩」舊作「磨」。○諸本皆作「磨」，鍾本、周本作「摩」。○維遹案：本或作「摩」，是，今據正。説苑辨物篇作「子游矯摩」，周禮疾醫正義引説苑作「子術按摩」。**子儀反神，**趙懷玉云：「子儀」説苑辨物篇作「陽儀」。○維遹案：説苑「陽」字本屬上句「子明吹陽」，「耳」字草書與「子」字形近，因「子」誤爲「耳」，校者遂倒其文，故上句作「吹耳」，下句作「陽儀」。周禮疾醫正義引説苑作「子儀脈神」。郝懿行云：「中經簿云：子義本草經一卷。儀與義一人。若然，子義亦周末時人也。」是也。周禮疾醫注云：「其治合之齊，則存乎神農子儀之術。」足徵漢晉儒所見之説苑、外傳皆作「子儀」。**子越扶形，於是世子復生。天下聞之，皆以扁鵲能起死人也。扁鵲曰：「吾不能起死人，直使夫當生者起耳。」夫死者猶可藥，而況生乎？**舊脱「耳」「夫」二字。○趙本有。校云：「耳」「夫」二字依説苑辨物篇補。下云：「死者不猶可藥而生也」，似當從之。○維遹案：趙校是也，今據補。**悲夫！罷君之治，無可藥而息也。詩曰：「不可救藥。」言必亡而已矣。**諸本皆同，元本無「言必亡而已矣」六字。

第十章

楚丘先生周廷寀云：新序雜事〔五〕云：「行年七十。」披蓑帶索，往見孟嘗君。孟嘗君曰：「先生老矣，春秋高矣，多遺忘矣，何以教文？」楚丘先生曰：「惡將使我老？惡將使我老？「將使」舊並作「君謂」。○諸本亦作「君謂」，元本作「將使」。○維遹案：本或作「將使」，是也，今據正。類聚十八引作「惡將我使而老哉」，新序雜事五作「噫，將我而老乎」，皆其明證。意者將使我投石超距乎？諸本皆同，元本「超」作「斤」。○維遹案：「超距」新序雜事五同。管子輕重丁篇有「戲笑超距」語。類聚十八引作「拔距」。追車赴馬乎？逐麋鹿搏虎豹乎？「虎豹」舊作「豹虎」。○維遹案：新序雜事五亦作「豹虎」。何允中本新序作「虎豹」，今據乙。吾則死矣，何暇老哉？將使我深計遠謀乎？役精神而決嫌疑乎？「役精神」舊作「定猶豫」。○諸本皆作「定猶豫」，元本作「設精神」。○維遹案：本或作「設精神」，與類聚十八、御覽三百八十三引合，惟鮑刻本御覽、白帖六十引「設」作「役」，於義爲長，今據正。新序雜事五作「決嫌疑而定猶豫乎」，然則明本蓋據新序妄改。出正辭而當諸侯乎？吾乃始壯耳，何老之有！」孟嘗君赧然，汗出至踵，曰：「文過矣！文過矣！」詩曰：「老夫灌灌。」諸本皆同，元本無「詩曰：老夫灌灌」。○維遹案：元本誤脱詩辭。新序雜事五作「詩曰：老夫灌灌，小子蹻蹻，言老夫欲盡其謀，而少者驕而不受也」。新序采自本書，則本書詩辭下仍有脱文。

第十一章

齊景公遊於牛山之上，而北望齊，曰：「美哉國乎！鬱鬱蓁蓁，「蓁蓁」舊作「泰山」。○許瀚云：「鬱鬱泰山」，藝文類聚二十八引作「鬱鬱蓁蓁」。今本「泰山」字即「蓁蓁」之譌。古人重書或作「二」，或作「〻」，又或作「ヒ」。「蓁」與「泰」形近，「〻」「ヒ」與「山」形近，因致誤也。此文亦見列子力命篇，彼作「鬱鬱芊芊」。「蓁」「秦」聲，「芊」「千」聲，古音同部。廣雅釋訓「蓁蓁」「芊芊」，並訓「茂也」，義又相同，故通用。考之説文，「蓁，草盛皃」，「芊」則大徐本新附字亦訓「草盛也」，然則「蓁」「芊」本一字。古但作「蓁」，俗變作「芊」，以趣簡易，久乃歧而爲二耳。○維遹案：許校是也，今據正。使古而無死者，則寡人將去此而何之！」俯而泣下沾襟。舊脱「下」字。○維遹案：御覽百六十引有「下」字，今據補。國子高子曰：趙懷玉云：後漢書趙壹傳注引作「周子高」。○周廷寀云：列子（力命篇）云「史孔、梁丘據皆從而泣」，疑此誤爲國高也。○維遹案：文選陸韓卿奉答内兄希叔詩注引作「齊子」，晏子春秋諫上篇作「艾孔、梁丘據」，此傳聞異耳。「然！臣賴君之賜，疏食惡肉可得而食也，駑馬柴車可得而乘也，且猶不欲死，而況君乎！」又俯而泣。舊作「況君乎俯泣」。○趙本作「而況君乎！又俯而泣」。校云：舊本無兩「而」字「又」字，據御覽百六十引補。○維遹案：趙校是也，今據補。列子力命篇、晏子春秋外篇「況」上並有「而」字。晏子笑曰：舊脱「笑」字。○趙本有。校云：「笑」字舊本無，據御覽（百六十引）補。○維遹案：趙校是也，今據補。「樂哉，今日嬰之游也！見怯君一而諛臣二。使古而無死者，則太公至今猶存。趙懷玉云：「太公」下御覽（百六十）有「丁公」二字。吾君方今將被蓑笠而立乎畎畝之中，維遹案：御覽百六十引「蓑笠」作「萊笠」。惟農事之恤，舊脱「農」字。○趙懷玉云：御覽〔百六十引〕「惟」下有「農」字。○維遹案：此當有「農」字，今據補。列子力命篇亦脱「農」字，「之恤」猶是勞也。何暇念死乎！」景公慚而舉觴自罰，因罰二臣。周廷寀云：此及下傳並脱詩辭。

第十二章

秦繆公將田，而喪其馬，求三日而得之於莖山之陽，周廷寀云：「莖山」吕氏春秋〔愛士篇〕作「岐山」。○維遹案：淮南子氾論篇亦作「岐山」。有鄙夫乃相與食之。繆公曰：「此駮馬之肉，周廷寀云：吕氏春秋〔愛士篇〕、説苑復恩篇「駮」並作「駿」。○郝懿行云：「駮」疑當作「駿」。○趙善詒云：淮南子泰族〔篇〕亦作「駿馬」。本書作「駮馬」，或是。説苑辨物篇有「晉平公驂駮馬而出畋，見乳虎伏而不動」，管子小問篇「桓公乘駮馬，虎望見而不敢行」，皆謂「駮馬」也。開元占經馬占引禮斗威儀云：「君乘大王，其政和平，則南河輸駮馬。」注云：「駮者，黄赤色馬也。」不得酒者死。」繆公乃求酒，徧飲之然後去。明年，晉師與繆公戰，晉之右路石者圍繆公而擊之，「右路石」舊作「左格右」。○周廷寀云：「左格右」三字皆譌。吕氏春秋〔愛士篇〕云「晉惠公之右路石」也，當改從吕。○維遹案：周校是也，今據正。下同。甲已墮者六札矣。舊脱「札」字。○維遹案：「六」下當有「札」字。吕氏春秋愛士篇作「中之者已六札矣」，今據補。本書卷八「齊景公使人爲弓，三年乃成，景公得弓而射，不穿一札」，亦可佐證此文。食馬肉者三百餘人，舊脱「肉」字。○維遹案：吕氏春秋愛士篇、淮南子氾論篇「馬」下並有「肉」字，今據補。皆曰：「吾君仁而愛人，不可不死。」還擊晉之右路石，免繆公之死。

第十三章

傳曰：卞莊子好勇，母無恙時，三戰而三北，諸本皆同，元本「北」作「背」，下同。○維遹案：「北」「背」古今字也。交遊非之，國君辱之。卞莊子受命，顏色不變。及母死三年，魯興師，卞莊子請從。至見於將軍曰：「前猶與母處，是以戰而北也，辱吾身。今母沒矣，請塞責。」元本「塞」作「雪」，誤，下同。遂走敵而鬬，維遹案：新序義勇篇「走」作「赴」。獲甲首而獻之，曰：「請以此塞一北。」舊脱此「曰」字，及下文兩「曰」字。○維遹案：「請以此塞一北」及「請以此塞再北」上並當有「曰」字，方與下文「曰請以此塞三北」一律。新序義勇篇有「曰」字，今據補。下同。又獲甲首而獻之，曰：「請以此塞再北。」將軍止之，曰：「足！」不止，又獲甲首而獻之，曰：「請以此塞三北。」將軍止之，曰：「足！請爲兄弟。」諸本皆同，元本作「獲甲首而獻之，請以此雪再背。將軍止之，曰：不足止。又獲甲首而獻之，曰：請以此雪三背。將軍止之，曰：足，請爲兄弟。」○維遹案：元本有脱文。卞莊子曰：「三北以養母也，「三」舊作「夫」。○周本「夫」作「三」。校云：「三」本作「夫」，誤，今從新序義勇（篇）校正。○維遹案：周校是也，今據正。今母歿矣，吾責塞矣。吾聞之，節士不以辱生。」諸本皆同，元本「節士」作「庶人」。遂奔敵，殺七十人而死。周廷寀云：新序（義勇篇）無「七」字，疑此爲羨。君子聞之曰：「三北已塞責，又滅世斷宗，士節小具矣，而於孝未終也。」諸本皆同，元本作「君子聞之曰：三背已雪，輔世繼宗，國家義不衰，而神保有所歸，是子道也，死節小具矣，而敬孝未終也」。詩曰：「靡不有初，鮮克有終。」

第十四章

天子有争臣七人，雖無道，不失其天下。昔殷王紂殘賊百姓，絶逆天道，至斮朝涉，刳孕婦，脯鬼侯，醢梅伯。然所以不亡者，以其有箕子比干之故。微子去之，箕子執囚爲奴，比干諫而死，然後周加兵而誅絶之。諸侯有争臣五人，雖無道，不失其國。吴王夫差爲無道，至驅一市之民以葬闔閭。然所以不亡者，有伍子胥之故也。胥以死，維遹案：「胥」上脱「子」字，下文皆作「子胥」，是其證也。越王勾踐欲伐之。范蠡諫曰：「子胥之計策，尚未忘於吴王之腹心也。」子胥死後三年，越乃能攻之。大夫有争臣三人，雖無道，不失其家。季氏爲無道，僭天子，舞八佾，旅泰山，以雍徹。孔子曰：「是可忍也，孰不可忍也！」然不亡者，維遹案：「然」下脱「所以」二字，上文「然所以不亡者」兩見，是其明證。以冉有季路爲宰臣也。故曰：「有諤諤争臣者其國昌，有默默諛臣者其國亡。」詩曰：「不明爾德，以無陪無側。爾德不明，以無陪無側。」言文王咨嗟，諸本皆作「大王」，劉本作「文王」。○周本作「文王」。校云：「文王」本作「太王」，誤。○趙懷玉校同。痛殷商無輔弼諫諍之臣而亡天下矣。

第十五章

齊桓公出遊，遇一丈夫褎衣應步，「褎」舊作「袞」。○元本、沈本亦作「袞」，張本、毛本、周本作「褎」。○郝懿行云：袞，聚也。應步，蓋禹步也。方術家喜爲此態，故桓公怪之。○維遹案：本或作「褎」，是，今據正。「應」與「雁」通，説見卷七第十四章。帶著桃殳。桓公怪而問之曰：「是何名？何經所在，何篇所居？何以斥逐，何以避余？」聞一多先生云「何以斥逐，何以避余」，義不可通。二「何」字並當作「可」，涉上文而誤。古者禁民奇服，此人帶著桃殳，異於常制，故桓公欲逐之使避己也。丈夫曰：「是名戒桃。「戒」舊作「二」。○孫詒讓云：「是名二桃」義不可通，疑「二」當作「戒」。「戒」俗書或作「𢍰」（見顏元孫干禄字書）與「貳」草書相似，傳寫譌省，又以「貳」爲「二」，遂莫能校覈。下援戒社爲比況，又云「庶人之戒在桃殳」，即釋「戒桃」之義。○維遹案：孫校是也，今據正。桃之爲言亡也。夫日日慎桃，何患之有。故亡國之社以戒諸侯，庶人之戒在於桃殳。」諸本皆同，元本脱「庶」字。桓公説其言，與之共載。元本脱「之」字。來年正月，庶人皆佩。郝懿行云：漢世正月作剛卯，謂之毅改，以避鬼魅，其制蓋起於此。詩曰：「殷監不遠。」

第十六章

齊桓公置酒，令諸大夫曰：「諸」下舊有「侯」字。○趙懷玉云：「侯」疑衍。○周廷寀云：「侯」字衍。説苑敬慎〔篇〕云：「爲大臣具酒，期以日中也。」○維遹案：趙周校是，今據删。「後者飲一經程。」郝懿行云：經程，酒器名也。侯鯖録云：「陶人爲酒器，有酒經焉，晉安人凡餽人酒，書曰酒一經，或二經至五經，他境人有遊於此邦，不達其義，聞五經至，束帶迎於門，乃知酒五缾爲五經。」○維遹案：張雲璈四寸學「酒經」條亦引侯鯖録云：「今之量酒言斤，當是經字之譌，古量酒以升以斗以石，未聞斤也。酒缾名酒經，典雅可用，而人罕知之。」管仲後，維遹案：說苑敬慎篇「後」下有「至」字，於義爲長。若此句增「至」字，則上句「後」字下亦當增「至」字。當飲一經程。飲其一半，而棄其半。桓公曰：「仲父當飲一經程，而棄之何也？」管仲曰：「臣聞之，酒入口者舌出，舌出者言失，言失者棄身。舊脱「言失言失者」五字。○維遹案：此五字舊本皆脱。說苑敬慎篇作「舌出者言失，言失者棄身」，今據補。宋竇革酒譜上引作「臣聞酒入舌出，則言失者棄身」，亦有「言失者」三字。與其棄身，不寧棄酒乎？」桓公曰：「善！」詩曰：「荒愖于酒。」「愖」舊作「湛」。○諸本皆作「湛」，元本作「愖」。○維遹案：本或作「愖」，與詩考引合，今據正。○陳喬樅云：「愖」毛詩作「湛」，「湛」「愖」皆「酖」之假借。說文：「酖，樂酒也。」是也。

第十七章

齊景公遣晏子南使楚。楚王聞之，謂左右曰：「齊遣晏子使寡人之國，幾至矣。」左右曰：「晏子，天下之辯士也。與之議國家之務，則不如也。與之論往古之術，則不如也。王獨可以與晏子坐，使有司束人過王，王問之，使言齊人善盜，故束之。是宜可以困之。」王曰：「善。」晏子至，即與之坐。圖國之急務，辨當世之得失，再舉再窮，王默然無以續語。居有間，束徒以過之。王曰：「何爲者也？」有司對曰：「是齊人善盜，束而詣吏。」王欣然大笑曰：「齊乃冠帶之國，辯士之化，固善盜乎？」晏子曰：「然。固取之。王不見夫江南之樹乎？名橘，樹之江北，則化爲枳。何則？土地使然爾。「土地」舊作「地土」。○諸本皆作「地土」，黄本作「土地」。○趙懷玉云：「地土」當依下文作「土地」。○維遹案：趙校與黄本合，今據乙。説苑奉使篇亦作「土地」。夫子處齊之時，冠帶而立，儼有伯夷之廉，今居楚而善盜，意土地之化使然爾。王又何怪乎？」詩曰：「無言不酬，無德不報。」「酬」舊作「讐」。○諸本皆作「讐」，元本作「酬」。○維遹案：本或作「酬」，與詩考引合，今據正。列女傳節義篇引詩作「醻」。「讐」「醻」並與「酬」通。後漢書明帝紀永平二年詔引詩曰：「無德不報，無言不酬。」蓋用韓詩。

第十八章

吴延陵季子遊於齊，見遺金，維遹案：事類賦九引作「見遺金於路」，論衡書虚篇作「見路有遺金」。呼牧者取之。牧者曰：「何子居之高，「子」上舊脱「何」字。○周本有「何」字。校云：「何」字本皆脱，今從論衡〔書虚篇〕及高士傳校補。○維遹案：周校是也。御覽八百十一、事類賦九引並有「何」字，今據補。論衡書虚篇、高士傳同。視之下，貌之君子，而言之野也！吾有君不臣，「臣」舊作「君」。○維遹案：御覽八百十一引「君」作「臣」，今據正。有友不友，當暑衣裘，吾豈取金者乎？」「吾豈」舊作「君疑」。○諸本亦作「君疑」，元本作「君宜」。○維遹案：「君疑」當作「吾豈」。元本「疑」作「宜」，「宜」即「豈」之形誤，御覽八百十一引作「吾豈」，今據正。論衡書虛篇、高士傳作「豈取金者哉」。延陵子知其爲賢者，維遹案：御覽八百十一引「延陵」下有「季」字。請問姓字。牧者曰：「子乃皮相之士也，何足語姓字哉！」遂去。延陵季子立而望之，不見乃止。孔子曰：「非禮勿視，非禮勿聽。」

第十九章

顏淵問於孔子曰：「淵願貧如富，賤如貴，趙善詒云：下文「貧而如富，賤而如貴」，則此「貧」下「賤」下俱奪「而」字，當據補。〔孔子〕集語五引正有「而」字，可證。無勇而威，與士交通，終身無患難，亦且可乎？」諸本皆同，元本「亦」作「人」。孔子曰：「善哉回也！夫貧而如富，其知足而無欲也。賤而如貴，其讓而有禮也。無勇而威，其恭敬而不失於人也。終身無患難，其擇言而出之也。若回者，其至乎！雖上古聖人，亦如此而已。」周廷寀云：此以下三傳並脱詩辭。

第二十章

齊景公出田，十有七日而不反。維遹案：「田」與「畋」同，晏子春秋内篇諫上作「畋」，又「七」字作「八」。晏子乘而往。比至，衣冠不正。景公見而怪之曰：「夫子何遽乎？得無有急乎？」晏子對曰：「然，有急。國人皆以君爲惡民所禽。臣聞之：魚鼈厭深淵而就乾淺，故得於釣網。禽獸厭深山而下於都澤，故得於田獵。今君出田十有七日而不反，不亦過乎？」景公曰：「不然。爲賓客莫應待邪？則行人子牛在。維遹案：晏子春秋内篇諫上，「子牛」作「子羽」。爲宗廟而不血食邪？趙懷玉云：「而」字當衍。則祝人太宰在。維遹案：晏子春秋内篇諫上作「則泰祝子游存矣」。爲獄不中邪？則大理子幾在。爲國家有餘不足邪？則巫賢在。寡人有四子，猶有四肢也，而得代焉，不可患焉！」趙懷玉云：「代」晏子春秋諫上篇作「佚」，下同。「不可」二字疑倒。○周廷寀云：「不可」當爲「又何」，蓋字誤。○維遹案：周校是也。晏子曰：「然，人心有四肢而得代焉則善矣，令四肢無心，十有七日不死乎？」元本「令」作「今」。景公曰：「善哉言！」遂援晏子之手，與驂乘而歸。若晏子者，可謂善諫者矣。

第二十一章

楚莊王將興師伐晉，告士大夫曰：「有敢諫者死無赦。」「敢」上舊脱「有」字。維遹案：御覽三百三、又九百四十六引有「有」字，省「敢」字。又三百五十引作「有敢諫者，罪至死無赦」。説苑正諫篇作「吴王欲伐荆，告其左右曰：敢有諫者死」，「敢有」誤倒。吴越春秋夫差内傳亦有「有」字，今據補。孫叔敖曰：「臣聞畏鞭箠之嚴而不敢諫其父，非孝子也。懼斧鉞之誅而不敢諫其君，非忠臣也。」於是遂進諫曰：「臣園中有榆，其上有蟬。蟬方奮翼悲鳴，欲飲清露，不知螳蜋之在後，維遹案：書鈔百二十四、御覽三百三、九百四十六引無「之」字，御覽引「在」下有「其」字。曲其頸，欲攫而食之也。螳蜋方欲食蟬，而不知黄雀在後，趙懷玉云：御覽三百三引作「在其後」。○維遹案：御覽九百四十六引亦作「在其後」，類聚六十引「而」下有「又」字。舉其頸，欲啄而食之也。黄雀方欲食螳蜋，不知童子挾彈丸在榆下，「童」下舊脱「子」字，「在」下舊脱「榆」字。○元本、沈本、張本、毛本、程本亦脱「子」字「榆」字，鍾本、黄本、楊本、劉本有「子」字無「榆」字。○維遹案：本或有「子」字，是。書鈔百二十四、類聚六十、御覽三百五十、九百四十六、九百五十六引有「子」字「榆」字，今據補。迎而欲彈之。童子方欲彈黄雀，不知前有深坑，後有掘株也。舊作「後有窟也」。○趙本作「後有掘株也」。校云：「掘株」二字舊本作「窟」，今據北堂書鈔（百二十四）引改。○維遹案：趙校是也。類聚六十、御覽三百五十、九百四十六、九百五十六引亦作「後有掘株也」。「掘」與「橛」通。「橛株」見莊子達生篇、列子黄帝篇。橛者斷木爲杙，株者木根也。因「掘」誤爲「窟」，校者遂妄删「株」字，今據補正。此皆貪前之利，而不顧後害者也。「貪」舊作「言」。○維遹案：書鈔百二十四、類聚六十、御覽三百五十引「言」作「貪」，今據正。非獨昆蟲衆庶若此也，人主亦然。君今知貪彼之土，而樂其士卒。」楚國不殆，而晉以寧，孫叔敖之力也。「國」上舊脱「楚」字，「殆」舊作「怠」。○元本、沈本、張本、毛本、劉本同，無「楚」字，鍾本、黄本、楊本、程本亦無「楚」字，「晉」作「楚」。○趙懷玉云：「卒」下有脱文。○周廷寀云：「怠」當爲「殆」。○趙善詒云：類聚六十引「樂其士卒」下作「楚國不征，而晉國以寧，孫叔敖之力也」。蓋此章言楚莊王將興師伐晉，孫叔敖諫止之，晉國遂不被兵禍，故當云「晉國以寧」。沈本「楚」正作「晉」，可證。又上「國」字上，亦當據補「楚」字，「怠」乃「殆」之誤，御覽三百五十引作「楚國不殆，而晉國以寧，孫叔敖之力也」，是也。○維遹案：周趙校是，今據補正。

第二十二章

晉平公之時，藏寶之臺燒，士大夫聞者，舊脱「者」字。○元本、沈本、張本、毛本、劉本亦無「者」字，鍾本、黄本、楊本、程本有「者」字。○維遹案：本或有「者」字，與御覽六百二十七引合，今據補。皆趨車馳馬救火。元本、沈本、張本、毛本、劉本同，鍾本、黄本、楊本、程本無「皆」字。○趙本有「皆」字。校云：本或無「皆」字，毛本、林本有。○維遹案：本或有「皆」字，與御覽六百二十七引合。三日三夜，乃勝之。維遹案：初學記二十四引「勝」作「止」。公子晏獨奉束帛而賀，「晏」下舊有「子」字，「獨」下脱「奉」字。○趙本有「奉」字。校云：御覽六百二十七引作「公子晏」，下「子」字無，下同。舊本無「奉」字，亦據增。○維遹案：初學記二十四、事類賦八引亦無「子」字，今據删補。曰：「甚善矣！」平公勃然作色曰：「珠玉之所藏也，國之重寶也，而天火之。士大夫皆趨車走馬而救之，子獨束帛而賀，何也？有説則生，無説則死。」公子晏曰：「何敢無説！臣聞之，王者藏於天下，諸侯藏於百姓，農夫藏於囷庾，舊脱「農夫藏於囷庾」六字。○趙本有。校云：舊本脱此六字。御覽凡三引，皆有此句，又一引作「囷倉」。○維遹案：趙校是也。類聚八十、初學記二十四、白帖十一、事類賦八引均有此句，今據補。商賈藏於篋匱。維遹案：白帖十一、御覽百九十引「匱」作「笥」，又六百二十七引作「簣」。今百姓乏於外，「乏」舊作「之」。諸本皆作「之」，黄本、周本作「乏」。○維遹案：本或作「乏」，與類聚八十、事類賦八引合，今據正。短褐不蔽形，糟糠不充口，虚耗而賦斂無已，鍾本、黄本、楊本、劉本、程本、周本同，元本、沈本、張本、毛本無「耗」字。○周廷寀云：「耗」下文疑有脱。收大半而藏之臺，元本、沈本、張本、毛本、劉本同，鍾本、黄本、楊本、程本、周本「收」上有「王」字。○周廷寀云：「王」當作「君」。是以天火之。且臣聞之，昔者桀殘賊海內，賦斂無度，萬民甚苦，是故湯誅之，爲天下戮笑。今皇天降災於藏臺，是君之福也，而不自知變悟，亦恐君之爲鄰國笑矣。」公曰：「善！自今已往，請藏於百姓之間。」詩曰：「稼穡維寶，代食維好。」

第二十三章

魏文侯問里克曰：趙懷玉云：吕氏春秋適威篇作「魏武侯問李克」，「里」「李」古通用。「吴之所以亡者何也？」里克對曰：「數戰而數勝。」文侯曰：「數戰數勝，國之福也，舊脱「數戰」二字。○維遹案：此承上文言之，當有「數戰」二字。淮南子道應篇、新序雜事五並作「數戰數勝」。吕氏春秋適威篇作「驟戰而驟勝」，義同，今據補。其獨亡何也？」里克對曰：「數戰則民疲，數勝則主驕。驕則恣，恣則極。物疲則怨，怨則極慮。舊脱「物疲則怨，怨則極慮」八字。○諸本皆脱此八字。元本「恣則極」下有「慮」字，餘亦脱。○趙本有。校云：「物」下八字舊本無，依吕氏春秋（適威篇）增。下云「上下俱極」，則本有可知。○維遹案：趙校是也。據元本僅存一「慮」字，足徵此有脱文，明本删去「慮」字，則無痕可尋。淮南子道應篇亦有此八字，今據補。上下俱極，吴之亡猶晚矣。此夫差所以自喪於干遂。」詩曰：「天降喪亂，滅我立王。」

第二十四章

楚有士曰申鳴，治園以養父母，孝聞於楚。王召之，申鳴辭不往。其父曰：「王欲用汝，何謂辭之？」趙懷玉云：「謂」當作「爲」。○維遹案：「謂」「爲」古通用，本書多有此例。申鳴曰：「何舍爲孝子，乃爲王忠臣乎？」舊脱「孝」字及「王忠」二字。○諸本皆脱，元本無「孝」字，有「王忠」二字。○維遹案：下文申鳴自云「已不得爲孝子矣，安得不爲忠臣乎」，則此亦當以孝子與忠臣對舉。渚宮舊事二引「子」上有「孝」字，「臣」上有「忠」字，今據補。説苑立節篇作「申鳴對曰：舍父之孝子而爲王之忠臣，何也？」可爲旁證。其父曰：「使汝有禄於國，有位於廷，汝樂而我不憂矣。維遹案：渚宮舊事二引「汝」下有「爲」字，説苑立節篇無。我欲汝之仕也。」申鳴曰：「諾。」遂之朝受命，楚王以爲左司馬。其年遇白公之亂，周廷寀云：「其年」説苑立節篇云「居二年」。○趙善詒云：渚宮舊事二「其」作「朞」。殺令尹子西、司馬子期，申鳴因以兵圍之。「圍之」舊作「之衞」。○周本作「圍之」。校云：「圍之」本作「之衞」，今從説苑〔立節篇〕校正。○維遹案：周校是也，今據正。渚宮舊事二引作「申鳴率師攻之」。白公謂石乞曰：「申鳴，天下之勇士也，「勇」上舊脱「之」字。○諸本皆無「之」字，元本有「之」字。○維遹案：本或有「之」字，與説苑立節篇合，今據補。今將兵，爲之奈何？」石乞曰：「吾聞申鳴孝子也，舊脱「子」字。○周本有「子」字。校云：「子」字亦從説苑〔立節篇〕校正。○趙善詒云：渚宮舊事二引有「子」字。○維遹案：周趙校是也，今據補。劫其父以兵。」元本「父」下有「取」字。使人謂申鳴曰：「子與我，則與子分楚國，「楚」上舊脱「分」字。○趙本有「分」字。校云：舊本脱「分」字，説苑〔立節篇〕作「分楚國之半」，今據增。○趙善詒云：渚宮舊事二引有「分」字。○維遹案：趙校是也，今據補。不與我，則殺乃父。」申鳴流涕而應之曰：「始則父之子，今則君之臣，已不得爲孝子矣，安得不爲忠臣乎？」援桴鼓之，遂殺白公。其父亦死焉。王歸賞之，申鳴曰：「受君之禄，避君之難，非忠臣也。正君之法，以殺其父，周廷寀云：説苑〔立節篇〕云：「定君之國，殺臣之父」。○趙善詒云：渚宫舊事二引「其父」作「臣之父」。又非孝子也。行不兩全，名不兩立，維遹案：渚宫舊事引兩「不」字下均有「可」字，説苑立節篇同。悲夫！若此而生，亦何以示天下之士哉！」諸本皆同，元本「示」作「視」，「士」下有「乎」字。○維遹案：本或作「視」，渚宫舊事二引作「見」，「見」即「視」字之壞，「示」「視」古通用。遂自刎而死。詩曰：「進退惟谷。」

第二十五章

昔者太公望周公旦受封而見。太公問周公何以治魯。周公曰：「尊尊親親。」太公曰：「魯從此弱矣。」周公問太公曰：「何以治齊？」太公曰：「舉賢尚功。」「尚功」舊作「賞功」。○維遹案：「賞功」當作「尚功」，吕氏春秋長見篇作「上功」，「上」與「尚」古通用。今據正。周公曰：「後世必有劫殺之君矣。」後齊日以大，至於霸，二十四世而田氏代之。魯日以削，三十四世而亡。由此觀之，鍾本、黄本、楊本、劉本、程本同，元本、沈本、張本、毛本「由」作「猶」。○維遹案：「猶」「由」古通用。聖人能知微矣。諸本皆同，元本作「聖人終始微矣」。詩曰：「惟此聖人，瞻言百里。」